JEANINE

Der Venu

JEANINE KROCK

DER VENUSPAKT

Roman

LYX EGMONT

Deutschsprachige Taschenbuchausgabe Juli 2009 bei LYX
verlegt durch EGMONT Verlagsgesellschaften mbH,
Gertrudenstraße 30–36, 50667 Köln

Lizenzausgabe mit freundlicher Genehmigung des UBooks Verlags.
Die Originalausgabe erschien 2005 bei UBooks Verlag.

1. Auflage
Redaktion: Joern Rauser
Satz: Greiner & Reichel
Druck: CPI – Clausen & Bosse, Leck
ISBN 978-3-8025-8229-5

www.egmont-lyx.de

Zum Haus meiner Eltern gehörte eine wunderbare, von Rosen umrankte Terrasse. Die hohen, lichten Räume im Inneren waren mit einem gemütlich knarrenden Parkett ausgelegt.

Der Duft des Bienenwachses, der zur Möbelpflege verwendet wurde, gehört ebenso zu den Erinnerungen meiner frühen Kindheit wie die Magie. Früh lernte ich, die Gedanken anderer zu lesen, und oft tauchten die wunderlichsten Gestalten aus der Anderwelt auf, um mit mir zu spielen oder irgendeinen Schabernack zu treiben.

Hinter dem Haus lag der Kräutergarten. Da die Beete von einer niedrigen Buchsbaumhecke eingefasst waren, glich er einem duftenden Labyrinth. Seit ich denken kann, halfen wir Mädchen bei der Pflege des Gartens – und lernten auf diese Weise nebenher alles über Blumen, Kräuter und Heilpflanzen.

Wie schön unsere Mutter aussah, wenn sie mit zerzauster Frisur und erdverkrusteten Händen aus dem Garten kam und ein wenig atemlos ihren Erntekorb abstellte! Manchmal gesellte sich dann auch Vater zu uns. Er drehte Mutter mit Entschiedenheit zu sich herum, küsste sie und nahm uns auf seine starken Arme, während er rief: „Ich liebe meine wunderschönen Frauen!" Doch das geschah … in einem anderen Leben.

Mit Magie habe ich mich seit dem Tod meiner Eltern dann kaum noch befasst. Letztlich hat sie ihnen nicht geholfen. Im Gegenteil, ich bin sogar überzeugt: Sie war der eigentliche Grund dafür, dass sie so früh sterben mussten.

Meine magischen Talente empfinde ich seither als Fluch. Viele Menschen fühlen sich ausgesprochen unwohl in meiner Gesellschaft. Sie spüren, dass ich anders bin, und meiden mich. Tante Jill, die sich um uns Kinder kümmerte, wendet allerdings ein, das müsse nicht zwangsläufig so sein. Ich sollte eben lernen, meine Kräfte zu beherrschen. Zur Außenseiterin hätte ich mich doch ganz allein gemacht.

Dieses Problem scheinen meine Schwestern jedoch nicht zu haben. Estelle wirkt stark, selbstbewusst und klug. Ich denke, sie hat ihre Magie einigermaßen gut im Griff. Gefragt habe ich sie allerdings nie danach.

Selena liebt die Natur und ganz besonders Tiere. Keine Ahnung, wie die Viecher immer wieder zu ihr finden. Doch ständig tauchen schwanzlose Katzen, einäugige Köter und flügellahme Vögel bei ihr auf. Und sie nimmt sich dann dieser armen Kreaturen an, pflegt sie liebevoll mit Hilfe merkwürdiger, selbst gebrauter Kräutertränke und entlässt sie schließlich wieder in die Freiheit.

Ich weiß nicht, ob es daran liegt, dass meine Schwestern noch zu klein waren, um den Verlust der Eltern damals wirklich zu begreifen. Sie schienen einfach so weiterzuleben wie bisher – und das nahm ich ihnen übel. Wir haben uns seit jenem furchtbaren Tag nicht mehr gut verstanden, und dann war ich froh, als ich wegen meines Studiums endlich in eine andere Stadt ziehen konnte.

Selena ist bei Jill geblieben und hilft ihr, den kleinen Buchladen zu führen. Estelle lebt zurzeit in Paris. Manchmal schreibt sie mir eine E-Mail. Sie scheint glücklich zu sein.

Es ist traurig, aber ich fürchte, das Einzige, was uns Schwestern verbindet, ist unser Musikgeschmack. Ich finde, die Zwillinge sehen sensationell gut aus, wenn sie abends in einen der Szene-Clubs in unserer Heimatstadt gehen. Tante Jill beklagt sich schon seit Jahren über diese, wie sie es nennt, *morbiden Neigungen* – und verlangt von mir, ich solle ein Vorbild für die beiden sein und endlich ein wenig Farbe in mein Leben lassen.

Als der Anruf von Tante Jill kam, war ich auf alles gefasst. Bereits seit Tagen quälte mich das ungute Gefühl, etwas Außergewöhnliches werde geschehen. Und so war ich enttäuscht, als sie sich zunächst wie üblich nach meinem Befinden erkundigte, um dann vorsichtig zu fragen: „Nuriya, willst du uns nicht wieder mal besuchen? Du warst schon so lange nicht mehr hier!"

„Tantchen! Was soll ich diesmal für dich tun? Einladungen zum Jahresfest schreiben, deinen Computer reparieren oder dir bei der Inventur helfen?"

„Nichts von alledem!"

„Bist du krank? Deine Stimme klingt so eigenartig!"

Jill räusperte sich. „Du weißt, ich träume schon lange davon, eine Reise zu den magischen Orten dieser Erde zu machen."

„Und jetzt hast du im Lotto gewonnen und willst gemeinsam mit dem ganzen Hexenzirkel verreisen?" Es war eine plötzliche Eingebung gewesen, der ich mit dieser Frage folgte. Der Gedanke schien mir aber so absurd, dass ich lachen musste.

„Nuriya, wie wundervoll! Ich wusste, dass du eines Tages zur Magie zurückfinden würdest. Selena wird ausgesprochen glücklich sein, wenn du ihr hilfst, den Buchladen während unserer Abwesenheit zu beaufsichtigen." Waren meine Fähigkeiten so stark geworden, dass sie jetzt sogar über das Telefon funktionierten? Oder hatte da vielleicht ein kleiner Zauber meiner Schwestern nachgeholfen?

„Ich hab doch gar keine Ahnung von diesem ganzen Esoterik-Kram!" Selbst in meinen eigenen Ohren klang meine Stimme jetzt etwas schrill.

Tante Jill ignorierte die abfällige Bemerkung. „Du musst einfach nur gelegentlich nach dem Rechten schauen. Für alles andere ist Selena zuständig. Ich habe schon mit ihr gesprochen. Du wirst sehen", fügte sie zuversichtlich hinzu, „alles wird gut!"

„Wenn du meinst", entgegnete ich schwach. Aber darauf antwortete mir nur noch das Freizeichen.

Nach dem Telefonat joggte ich zu meinem Lieblingsplatz am Fluss. Die Parkbank lag versteckt und schmiegte sich an eine alte Eibe. Der Baum war wunderbar kräftig, und von hier aus bot sich ein atemberaubender Blick über das breite, träge dahinfließende Gewässer. Aber das wussten nur wenige.

Die Beine hochgezogen und das Kinn auf die Knie gestützt, beobachtete ich eine Gruppe Enten dabei, wie sie hungrig gründelten, immer auf der Hut, den eleganten, aber aggressiven Schwänen nicht ins Gehege zu kommen. Die Enten waren meine Freunde, und ich vergaß nie, ihnen ein wenig Brot mitzubringen.

Die Tante hatte recht. Ich war schon seit Ewigkeiten fort. Nach dem Abitur waren meine wenigen Bekannten in die Welt hinausgezogen, um zu studieren. Ich ebenfalls.

Meine sozialen Kontakte beschränkten sich im Wesentlichen auf die morgendliche Begrüßung des Zeitungsverkäufers und auf die regelmäßigen Telefonate mit Tante Jill. Mit Ausnahme einiger unerquicklicher Begegnungen war auch mein Liebesleben praktisch nicht existent.

Der Blick in den Spiegel bewies mir täglich, warum das so war – abgesehen von meiner beunruhigenden Wirkung auf Normalsterbliche, meine ich. Ich war so bleich wie ein Gespenst. Mein Gesicht wurde von zwei viel zu weit auseinanderliegenden Augen und einem eindeutig zu großen Mund bestimmt. Außerdem war mein Hintern zu dick, die Hände kräftig – ›knubbelig‹ hatte sie mein Vater immer genannt –, und an das eigenwillige rote Haar wollte ich gar nicht erst denken.

Was sprach eigentlich dagegen heimzukehren? Ich würde mich im Hause meiner Eltern wohlfühlen, zumal ich dort noch immer mein eigenes Zimmer besaß, das stets eine gemütliche Trutzburg gegen alles Schlechte und Beunruhigende gewesen war. Arbeiten würde ich auch von dort aus können – dank des Internets und meines neuen Computers. Und Selena war ja sowieso meistens unterwegs. Hinzu kam eine gehörige Portion schlechten Gewissens. Jill hatte mir in der Vergangenheit als gute Freundin zur Seite gestanden und trotz meiner Feindseligkeiten alles getan, um uns den schmerzlichen Verlust der Eltern etwas erträglicher zu machen. Also wurde es allmählich Zeit, dass ich mich revanchierte.

Tante Jill organisierte ihre Weltreise so eilig, dass sie schon fort war, als ich mich aufmachte, das nächste Jahr als Geschäftsführerin einer kleinen Buchhandlung zu verbringen.

Anstelle eines Taxis begrüßte mich eisiger Wind am Flughafen. Selena war natürlich auch nicht erschienen, um mich abzuholen. Deshalb spurtete ich zur Haltestelle und erreichte den abfahrbereiten Shuttle-Bus gerade noch rechtzeitig. Viel Gepäck hatte ich glücklicherweise nicht dabei.

Der Nachmieterin hatte ich heute früh die Schlüssel für mein kleines Apartment in die Hand gedrückt. Meine wenigen Habseligkeiten waren bereits gestern von einer Spedition abgeholt worden.

Beim Anblick der alten Fachwerkhäuser meiner Heimatstadt, die sorgsam restauriert und aneinandergelehnt die Straßen säumten, spürte ich plötzlich das vertraute Flattern in der Magengegend, das sich regelmäßig einstellte, wenn außergewöhnliche Ereignisse ihre Schatten vorauswarfen.

Je näher ich meinem Ziel kam, desto deutlicher wurden auch

die Veränderungen, die in diesem Viertel stattgefunden hatten. Bäume waren frisch gepflanzt und parkende Autos in eine Tiefgarage verbannt worden. Viele neue Geschäfte und Cafés lockten die für diese Uhrzeit ungewöhnlich zahlreichen Passanten. Kein Zweifel, diese Gegend war in Mode gekommen – und merkwürdigerweise gefiel mir das gar nicht. Ich fühlte mich fremd, einer Jugenderinnerung beraubt, ausgeschlossen und einsam. Bedrückt trottete ich an fröhlichen Passanten vorbei, bis ich endlich vor dem Buchladen meiner Tante stand.

Warmes Licht fiel von innen auf das Kopfsteinpflaster, und neugierig blickte ich durch die einladenden Sprossenfenster. Über teuren Bildbänden, die dort ausgestellt waren, hing ein Hinweisschild, das weitere Kostbarkeiten im Inneren versprach und auf das gut sortierte Antiquariat aufmerksam machte. „Hier hat sich auch … so einiges getan", murmelte ich missmutig, als ich schließlich die drei steinernen Stufen hinaufstieg, um in den Laden einzutreten, der um diese Zeit früher immer schon geschlossen gewesen war. Kaum aber hatte ich das Geschäft betreten, schlug mir der feine Duft von Weihrauch, Kräutern und altem Papier entgegen. Also hatte sich doch nicht alles verändert. Ich atmete tief durch, schloss kurz die Augen und war – zu Hause.

Doch dann nahm ich ungewöhnliche Geräusche wahr, die aus dem Wintergarten im hinteren Teil des Geschäfts zu kommen schienen. Neugierig umrundete ich dicht gefüllte Büchertische und fand mich, von den Besuchern offenbar unbemerkt, ganz plötzlich als Zuhörerin einer literarischen Veranstaltung wieder. Mit ruhiger Stimme trug dort drüben Selena zarte Gedichte über die Magie der Liebe vor und wirkte dabei wie ein gänzlich unirdisches Geschöpf aus einer anderen Dimension.

Meine kleine, zurückhaltende Schwester strahlte eine Selbstsicherheit aus, wie ich sie bisher nur von Estelle kannte. Während ich noch überlegte, was diese so augenfällige Veränderung verursacht haben könnte, glitt mein Blick über das Publikum. Vor mir hockten, wie Raben, mindestens dreißig Gothics, die dem Vortrag konzentriert lauschten.

Behutsam stellte ich meine Reisetasche ab. Das dabei verursachte Geräusch veranlasste eine Zuhörerin, sich mit tadelndem Blick nach mir umzusehen.

Kurz darauf war die Lesung zu Ende, die Gäste applaudierten. Einige machten sich auf den Heimweg, andere scharten sich eifrig um die kleine Bühne, als hofften sie, mit der Vorleserin ein paar Worte wechseln zu können.

Selena.

Ohne darüber nachzudenken, hatte ich ihr einen Gedanken gesandt. Mitten im Gespräch hob sie ihren Blick und sah mich an. Es war, als stünde die Welt für einen Augenblick still und zwei verwandte Seelen hätten einander wiedergefunden. Magie tanzte um ihr nachtschwarzes Haar, und meine Schwester schwebte mehr, als dass sie mir entgegenschritt, und streckte beide Arme aus, während sie mit weicher Stimme sagte: „Willkommen zu Hause!“

„Seit wann werden hier Gruftie-Lesungen gehalten?“

Eine Besucherin starrte mich verständnislos an.

„Was?!“, fauchte ich und beobachtete mit Genugtuung, wie die restlichen Gäste eilig den Laden verließen. Als die Türglocke endlich verklungen war, wandte ich mich wieder Selena zu. „Wir sprechen uns morgen um neun Uhr. Pünktlich!“ Dann schnappte ich meine Tasche, stürmte hinaus und nahm das nächste Taxi zum Haus meiner Familie.

Das war nicht nett!

Ich wünschte mir nicht zum ersten Mal, dass diese Stimme

verstummen möge. Die Visionen, das plötzliche Eintauchen in die Gedanken anderer, die Magie – all das hatte ich in den letzten Jahren unterdrücken und sogar vergessen können. Nur diese verdammte Wesenheit hörte nicht auf, mir bei jeder Gelegenheit unaufgefordert Ratschläge zu erteilen. Sie begleitete mich schon, solange ich denken kann, und kritisierte meine Entscheidungen, tröstete mich aber auch, wenn Kummer und Einsamkeit zu groß wurden.

Wer bist du?, hatte ich als kleines Mädchen gefragt. Doch ausnahmsweise war die lästige Stimme damals verstummt, und so gab ich ihr den erstbesten Namen, der mir in den Sinn kam: Ninsun.

Sie schien damit einverstanden zu sein – jedenfalls beschwerte sie sich nie – und stand weiter unerschütterlich zu mir, sosehr ich gelegentlich auch versuchte, sie zu ignorieren.

Du hättest sie nicht so beleidigen dürfen.

Aber hast du nicht gesehen? Selena benimmt sich, als wäre sie hier zu Hause!

Ich hasste es, mit Ninsun zu streiten. Irgendwie verstand sie es immer, die Dinge so darzustellen, wie es ihr gefiel. Und obendrein behielt sie meistens recht!

Eifersüchtig?

Ich ignorierte den Einwurf. *Und wie sie aussieht! Sie vergrault doch die Kunden.*

Mir schien allerdings, dass für diese Uhrzeit ungewöhnlich viele Menschen im Laden gewesen sind.

Alles Verrückte!

Sei doch nicht so provinziell! Darf ich dich daran erinnern, wer selbst am liebsten in dunkle Farben gekleidet auf Unsichtbarkeit hofft?

Ich floh in mein altes Zimmer und schlug wütend die Tür hinter mir zu. Durch meinen Kopf wehte zwar ein leises Lachen, doch Ninsun schwieg.

Wie bei jedem Besuch empfing mich hier der beruhigende Geruch der Kindheit, und wenig später ließ ich mich weit weniger aufgewühlt in mein frisch bezogenes Bett sinken. Bald darauf klapperte ein Schlüsselbund in der Haustür, dann vernahm ich Selenas leichte Schritte und das vertraute Knarren der Holztreppe.

„Nuriya, bist du noch wach?“, fragte meine Schwester mit sanfter Stimme. Feige gab ich vor, schon zu schlafen. Die Geräusche im Haus verstummten bald, aber ich wälzte mich noch lange hin und her.

Am nächsten Morgen war Selena schon fort, als ich aufwachte. Nach einer entspannenden Dusche zog ich eine Jeans und mein riesiges Wohlfühlhemd aus der Tasche und schlüpfte in beides hinein. Wie gewohnt bändigte ich noch rasch mein Haar, indem ich es zu einem festen Zopf flocht, und glitt auf Socken in die lichtdurchflutete Küche. Auf dem Tisch standen frische Blumen, und auch der Kühlschrank war gut gefüllt. Mit einer großen Tasse Tee in der Hand wartete ich darauf, dass der Toaster endlich die knusprigen Scheiben herausgab, und linste dabei neugierig ins Arbeitszimmer.

Dort stand mein Zeichentisch bereits aufgebaut neben Jills Staffelei. Die Umzugskartons waren nirgendwo im Haus zu entdecken – und später bestätigte ein Blick in meinen Kleiderschrank die Vermutung, dass sich darin alle Kleider sauber gestapelt und bereits ordentlich aufgehängt befanden. Da die Tante bereits vor Wochen abgereist war, konnte all dies nur Selenas Werk sein.

Welcher Teufel war gestern nur in mich gefahren?

Schließlich hatte ich, um meine Wohnung aufzulösen, Selena ziemlich lange mit dem Laden allein gelassen und sie nicht einmal über meinen genauen Anreisetermin informiert.

Kein Wunder also, dass sie mich nicht abgeholt hat, dachte ich beschämt.

Und nun fand ich unser Haus gewohnt aufgeräumt und einladend vor, obwohl sie sich neben dem Verkauf auch noch um Lesungen zu kümmern schien. War ich es nicht selbst gewesen, die immer wieder darauf hingewiesen hatte, dass derartige Veranstaltungen für den Umsatz sehr wichtig waren?

Ausnahmsweise gab Ninsun einmal keinen Kommentar ab.

Endlich raffte ich mich auf und ging die morgendlichen Straßen entlang zum Laden. Leicht beklommen öffnete ich die Tür – und ein vertrautes Läuten begrüßte mich.

Die Wände waren frisch gestrichen und neue, kleine Strahler in die Decke eingelassen, deren Licht eine sonnige Atmosphäre schuf. Irgendwie wirkte alles klarer und moderner, ohne dass es das Ambiente der viele Jahrzehnte alten Räume beeinträchtigte. Das Sortiment hatte sich ebenfalls verändert. Anstelle der staubigen Ladenhüter stapelten sich nun wertvolle Bildbände in den Auslagen, und im hinteren Bereich des Ladens entdeckte ich eine ansprechende Auswahl antiquarischer Fachbücher. In einem angrenzenden, neu hinzugekommen Raum fand ich schließlich Tante Jills Geschäft, so wie ich es in Erinnerung hatte. Unter der Decke hingen Bündel getrockneter Kräuter, in wurmstichigen Regalen waren neben großen und kleinen Statuen finster blickender Gottheiten, Tarotkarten, Amulette, Pendel und riesige Glaskugeln aufgereiht. In dieser Atmosphäre hatten wir uns als Kinder schon immer besonders wohlgefühlt und das gruselige Gefühl genossen, uns vorzustellen, was wohl in den unzähligen Gläsern und Krügen gelagert wurde. Die Trennung zwischen einem modernen Buchladen – der wunderbar in die schicke Nachbarschaft passte – und dem ursprünglichen Hexengeschäft fand ich außerordentlich elegant gelöst. Tante Jill war dem Zeitgeist gefolgt, ohne dabei ihre eigentliche Leidenschaft aufgeben zu müssen. Ich war beeindruckt.

Als ich den lichten Wintergarten betrat, in dem Selena gestern gelesen hatte, sah ich meine Schwester konzentriert über einen Stapel von Abrechnungen gebeugt. Gerade wollte ich mich räuspern, um auf mich aufmerksam zu machen, da hob sie anmutig den Kopf, blickte mich lächelnd an und deutete auf den Sessel neben sich.

„Ich bin gleich so weit! Möchtest du Tee?“ Ich unterdrückte irritiert meinen erneut aufwallenden Ärger und riss mich zusammen.

Was dachte sie sich dabei, mich so mitleidig anzusehen!

Bequem in den Sessel gekuschelt, beobachtete ich sie über den Rand meiner Teetasse hinweg. Dieses seltsam fremde Geschöpf dort vor mir besaß alles, wonach ich mich sehnte. Sie wirkte selbstbewusst und war, den Veränderungen im Laden zufolge, darüber hinaus äußerst geschäftstüchtig. Zudem sah sie auch noch hinreißend aus. Allein ihr Haar war ein Traum. Seidig floss es über die schmalen Schultern bis fast zur Taille hinab. Selena war zwar ebenso blass wie ich, bei ihr wirkte die helle Haut aber geradezu ätherisch und gab ihr ein aristokratisches Flair. Ihre schmalen Hände glitten flink über die Tastatur des Laptops, und auch ohne die schmeichelnden Linien des schwarzen Kleides hätte man ihre Figur nicht anders als vollkommen bezeichnen können.

Als Selena endlich die Papiere beiseitelegte, versuchte ich meine Stimme freundlich klingen zu lassen: „Guten Morgen. Du bist aber früh hier.“

Das klang in ihren Ohren offenbar wie ein weiterer Vorwurf. Sie blickte verwundert auf, sagte dann aber: „Ich glaube, ich sollte mich entschuldigen. Du konntest ja von der Lesung nichts wissen und warst sicher sehr überrascht.“

„Allerdings. Vielleicht sollte ich mich erst einmal mit den Veränderungen im Laden vertraut machen, und dann werden wir einen Arbeitsplan für die nächsten Wochen aufstellen.“ *Waffenstillstand.*

„Himmel, Nuriya! Was ist denn das?“, fragte mich Selena, als sie wenige Tage später in den Laden wirbelte und eine alte Kiste im Antiquariat stehen sah. Ihre unbeirrt freundliche Art irritierte mich immer wieder aufs Neue. Bisher war ich noch nicht dahinter gekommen, was diese Veränderungen in der Aura meiner Schwester ausgelöst haben mochte. Ich spürte die Röte in meinem Gesicht aufsteigen und entgegnete schnippisch: „Du wirst es nicht glauben, aber in der Kiste sind Bücher. Ich habe sie zu einem sehr guten Preis bekommen.“

Insgeheim machte ich mir wegen des überstürzten Kaufes Vorwürfe. Aber ich hatte einfach nicht Nein sagen können, als dieser arme alte Mann mich anflehte, die Bücher zu nehmen. Zumindest verfügte ich nun für lange Zeit über ausreichend Lesestoff, denn bei einem kurzen Blick in die Truhe hatte ich bereits ein paar abgegriffene Vampirromane entdeckt, für die ich eine heimliche Leidenschaft hegte. Das war jedoch keine Entschuldigung für den überhöhten Preis, den ich gezahlt hatte. Allmählich dämmerte mir, dass ich als Geschäftsführerin wohl fehl am Platz sein würde.

Aber das alles mochte ich nicht zugeben und fauchte deshalb: „Im Übrigen möchte ich dich bitten, zukünftig weniger auffällig gekleidet hier aufzutauchen! Die Leute bekommen ja einen Schreck, wenn sie dich sehen!“

Selena blickte mich einen Augenblick lang ratlos an. Dann wandte sie sich wortlos der monatlichen Abrechnung zu.

Ich wühlte ärgerlich in der Bücherkiste und bemühte mich, Ninsuns Kommentare zu meinem erneuten Anfall von Feindseligkeit zu überhören. Schließlich fand ich ein paar vielversprechend klingende Titel und verließ damit wütend den Laden.

Nachdem ich eine Zeit lang durch die Straßen gelaufen war, wurde mir klar: Woher auch immer diese Anfälle schlechter Laune kommen mochten, ich musste etwas dagegen unternehmen.

Und kaum hatte ich diesen Entschluss gefasst, da fand ich mich auch schon im Hof des ehemaligen Fabrikgebäudes wieder, in dem Taos Schule lag. Tao war früher meine Trainerin für asiatische Kampfkunst gewesen. Ohne Zweifel: Mein Unterbewusstsein war wesentlich entscheidungsfreudiger als ich.

Tao verzog keine Miene. Aus ihren Augen sprach jedoch Wiedersehensfreude, als sie mich kurz angebunden aufforderte, mich doch umzuziehen.

Und dann kämpfte ich. Verbissen, aber aussichtslos versuchte ich sie anzugreifen. Zwar konnte ich ihren geschmeidigen Attacken entgehen, wirkte dabei aber steif und ungelenk.

„Nuriya, hast du alles vergessen?“, fragte sie schließlich, als ich nach einer halben Stunde verschwitzt und mit hochrotem Gesicht auf der Matte lag und nach Atem rang.

„Sieht so aus“, sagte ich mit schiefem Grinsen und schloss für einen Moment die Augen.

„Du bist aus dem Gleichgewicht. Geh nach Hause und mach deine Übungen. Ich erwarte dich morgen nach Sonnenuntergang zum Training.“

Mit diesen Worten war ich entlassen.

1

Die Pubs hatten längst geschlossen, und der Nebel kroch vom Fluss herüber, hinein in die Gassen der Altstadt. Da hörte er plötzlich einen schrillen Schrei. Der Jäger erstarrte, hob kurz prüfend seinen Kopf und sog die kühle Nachtluft ein, als könne er die Angst des Opfers wittern.

Noch bevor die Frau ihren Mund zu einem zweiten Hilferuf öffnen konnte, war Kieran bei ihr. Er packte ihren bulligen Angreifer am Hals und riss ihn zurück, als wäre er nicht mehr als ein lästiges Ungeziefer.

„Lauf!", flüsterte er mit heiserer Stimme. Nach angstvoll starrem Zögern raffte sie ihre zerfetzte Bluse über der bloßen Brust und verschwand mit klappernden Absätzen in der Dunkelheit. Kieran blickte ihr nach, bis ihn ein gurgelndes Geräusch an den zappelnden Vergewaltiger erinnerte. Angeekelt ließ er ihn fallen.

Doch der Mann war zäh. Mit einem Fluch auf den Lippen sprang er auf die Beine und versuchte, Kieran mit einem wuchtigen Hieb zu treffen.

Der fing den Faustschlag mit einer Hand ab. Lächelnd zerquetschte er ganz langsam die Pranke des Angreifers, bis dieser wimmernd in die Knie ging. Dann packte er den Kerl erneut am Kragen, zog ihn bis auf Augenhöhe zu sich hoch und starrte ihn drohend an. Kieran konnte nur ahnen, was der Mann in seinen Augen sehen mochte, das ihn auf einmal alle Gegenwehr vergessen ließ. Mit Genugtuung registrierte er, wie die Farbe aus dem Gesicht des Sterblichen schwand.

Er spürte seine Reißzähne länger werden, und mit einer beinahe sanft anmutenden Handbewegung zwang er sein Opfer, den Kopf beiseitezudrehen. Er hatte schon mehrere Tage nicht mehr gejagt, und so erregte ihn der nervöse Puls unter der bleichen Haut derart, dass er nicht mehr zu unterscheiden vermochte, ob es sein eigenes oder das Blut des Sterblichen war, dessen Rauschen alle anderen Laute übertönte.

Mit einem Fauchen grub er seine Zähne in das weiche Fleisch, begann gierig zu trinken und verlor sich alsbald im betörenden Strudel des Pulsschlages. Immer schneller schlug das Herz, immer angstvoller pumpte es köstliches Blut aus der klaffenden Wunde.

Mehr, noch mehr wollte Kieran trinken, sich im verbotenen Augenblick des reinen Glücks verlieren und darin endlich Vergessen finden – und wäre es nur für einen Wimpernschlag der Ewigkeit. Doch viel zu bald floss weniger Blut, der dröhnende Rhythmus verlangsamte sich und verstummte schließlich vollends. Enttäuscht ließ Kieran den schlaffen Körper seines Opfers zu Boden sinken, lehnte sich leicht benommen an eine kalte Mauer und wischte sich mit dem Handrücken über seinen Mund. Seit langer Zeit hatte er nicht mehr die Beherrschung verloren und auf diese Art getötet. Dafür würde er sich verantworten müssen.

Ein finsteres Lachen erklang. Erst jetzt spürte er ihre Gegenwart. Sie waren zu fünft und griffen sofort an. Den ersten Widersacher setzte Kieran mit einem präzisen Schlag außer Gefecht, den zweiten traf sein Stiefel so hart am Kinn, dass das hässliche Geräusch eines gebrochenen Genicks deutlich zu hören war.

Die drei anderen Angreifer näherten sich gemeinsam. Ihre langen, vom Wind geblähten Ledermäntel verliehen ihnen das Aussehen schmutziger Westernhelden.

Und dann waren sie über ihm.

Kieran drehte sich herum, packte den Mann in der Mitte am langen Haar und schleuderte ihn in hohem Bogen gegen die gemauerte Hauswand, wo er leblos zu Boden glitt.

Rasch wandte er sich den beiden verbliebenen Gegnern zu, um sie ebenfalls unschädlich zu machen, da spürte er einen glühenden Blitz durch seinen Körper fahren, dessen Schmerz ihn für einen Augenblick beinahe straucheln ließ.

In Kierans Schulter steckte ein scharf geschliffener Wurfstern, von dem ein Brennen ausging, das sich regelrecht durch seinen Körper fraß: Gift!

Seine Überraschung musste ihm wohl für einen Augenblick vom Gesicht abzulesen gewesen sein, denn die Gegner lachten zufrieden und stürzten sich mit einem gemeinen Fauchen auf ihn – zweifellos in der Absicht, ihrem Opfer den Todesstoß zu versetzen. Doch Kieran galt nicht ohne Grund als einer der besten Kämpfer unter den Vengadoren, einer sagenumwobenen Elitegruppe, die im Auftrag des Rates für die Einhaltung der Regeln sorgte.

Jahrhundertelanges Training erlaubte ihm, den Schmerz in eine Energiequelle zu verwandeln. Er griff so vehement nach den beiden, dass sich seine zu gefährlichen Klauen gebogenen Finger tief ins Fleisch ihrer Schultern bohrten. Das Splittern ihrer aneinanderschlagenden Schädel hörte er schon fast nicht mehr, als er mit den Schatten der Nacht verschmolz und seine Spuren hoffentlich so weit verwischte, dass die Angreifer ihm nicht mehr folgen konnten.

Doch darüber brauchte er sich eigentlich keine Sorgen zu machen, denn die allmählich wieder wacher werdenden Mitglieder der Vampirgang hatten genug damit zu tun, ihre eigene Präsenz vor den Sterblichen zu verbergen, die inzwischen, von den Kampfgeräuschen angelockt, neugierig aus ihren Fenstern schauten.

In der Ferne heulte bereits eine Polizeisirene, als die vampirischen Soldaten, in undurchdringliche Schatten gehüllt, in ihr Quartier zurückgeschafft wurden. Dort würden sie ihre Wunden behandeln können.

Nur ein sehr mächtiger Vampir verfügte über ausreichend magische Energie, um zwei verletzte Kameraden auf diese Weise in Sicherheit zu bringen.

Das Gift brannte wie die ewigen Feuer der Hölle in Kierans Körper, während er in der Sicherheit seines Hauses Zuflucht suchte.

Donates! Wie wäre es mal wieder mit einem gemeinsamen Abend?

Kieran? Die Stimme des Freundes klang einen Augenblick lang verwundert. Dann perlte ein heiteres Lachen in seinen Gedanken. *Wir kommen gern!*

Erschöpft ließ Kieran den schmerzenden Kopf auf die weichen Kissen seines Bettes sinken. Es hatte ihn nahezu seine letzten Kräfte gekostet, um Hilfe zu rufen. Bevor er das Bewusstsein verlor, standen die beiden Vampire schon vor ihm; weit konnten sie nicht gewesen sein.

Angelina gab einen erstickten Laut von sich, als sie Kieran auf dem breiten Bett in seinem riesigen Schlafzimmer liegen sah, und stürzte sofort zu dem Schwerverletzten. Sie streckte die Hand aus, um nach der gefährlichen Waffe zu greifen, die tief in Kierans Schulter steckte. Doch Donates stellte sich vor sie und sagte scharf: „Rühr ihn nicht an!"

Empört blickte sie zu ihrem Gefährten: „Er ist verletzt!"

„Das sehe ich auch. Aber der Shuriken ist vergiftet!"

„Shuriken?"

„Donates hat recht. Der Wurfstern …" Kieran war kaum noch zu verstehen, sein Atem ging rasselnd. „Es breitet sich rasend schnell aus", flüsterte er.

„Du darfst nicht sprechen! Ich werde dich in Heiltrance versetzen und gemeinsam mit Donates versuchen, das Gift zu neutralisieren.“ Beruhigend legte Angelina ihre kühle Hand auf seine glühende Stirn, und sofort schlossen sich Kierans Augen. Er stöhnte noch, dann war alles still.

„Wir haben nicht viel Zeit! Donates, entzünde bitte sofort die Kerzen!“

Angelina hatte nach der seltsamen Einladung Kierans sofort gewusst, dass etwas nicht in Ordnung war. Sie hatte ihre Notfalltasche zusammen mit ein paar gut gekühlten Beuteln besten Blutes mitgebracht. Die Kerzen verströmten ihren heilsamen Duft, und Angelina blickte Donates kurz fragend an. Der nickte nur und sagte: „Wir gehen gemeinsam.“

„Das ist nicht möglich. Du musst hierbleiben, falls etwas schiefläuft.“

„Wir gehen gemeinsam oder gar nicht!“

„Bist du eifersüchtig? Liegt es daran, dass er ein Vengador ist?“

„Das ist doch albern!“, knurrte Donates, und Angelina wusste sofort, dass sie mit ihrer Vermutung richtig lag.

Donates bekam diesen besonderen Gesichtsausdruck, der Angelina sagte, dass er nicht mit sich handeln ließe. „Angel, wir kennen dieses Gift nicht. Ich würde dich niemals dieser Gefahr aussetzen!“ Und dann schaute er verlegen: „Nach einer derart aufwendigen Heilung wärst du für immer auf ganz besondere Weise mit Kieran verbunden. Du müsstest mich inzwischen gut genug kennen, um zu wissen, dass mir das nicht gefallen kann. Entweder bekommt er uns zusammen oder gar nicht.“

Kieran stöhnte leise.

„Wenn wir noch länger streiten, ist das Thema ohnehin erledigt!“, fauchte Angelina. Sie wollte nicht zugeben, dass Donates’ Sorge um ihre Sicherheit schuld an dem Kloß in ihrem Hals war. Wie konnte es nur möglich sein, dass sie diesen Vampir auch nach zwanzig Jahren noch jeden Tag ein wenig mehr liebte? Sie räusperte sich: „Dann brauchen wir Nik. Er muss uns überwachen."

Donates war einverstanden. Seine Konturen schimmerten wie flüssiges Silber, bevor er verschwand, um Nik zu holen. Allein hätte der wesentlich jüngere Vampir den Weg durch das magische Gespinst, das Kierans Haus vor Eindringlingen schützte, niemals unbeschadet finden können. Einen derartigen Zauber beherrschten nur die erfahrensten Vampire, und Kieran war einer davon. Donates' Haut prickelte unangenehm, als er schließlich mit Nik zu dem Schwerverletzten zurückkehrte.

Nik schüttelte sich wie eine nasse Katze und fluchte: „Was für ein scheußlicher Zauber! Empfängt man so seine Gäste?" Doch dann betrachtete er verblüfft den leblos daliegenden Vampir. „Was ist denn mit dem passiert?"

„Er ist vergiftet worden. Doch wir kennen dieses Gift nicht – und werden deshalb gemeinsam versuchen, ihn zu heilen. Und ... Nicholas: Niemand darf davon erfahren!"

Nik hob abwehrend die Hände, während er einen Schritt zurücktrat. „Was glaubst du denn? Dass ich lebensmüde bin? Meine Lippen sind versiegelt!"

Er hatte nur vor wenigen Dingen Respekt. Der royalistische Aufbau, der die verborgene Gesellschaft der Vampire prägte, war ihm, der in einer Demokratie des 20. Jahrhunderts aufgewachsen war, zuwider. Doch er erkannte Macht, wenn er ihr begegnete, und Kieran war einer der furchterregendsten Vampire, die er jemals getroffen hatte. Insgeheim fragte er sich, warum der sorglose und lebenslustige Donates ausgerechnet mit diesem finsteren Typen, der zum Lachen vermutlich in seine Gruft ging, eine Freundschaft pflegte.

Donates nickte zufrieden und stimmte in den uralten rituellen

Gesang Angelinas ein, bis die beiden vampirischen Heilkundigen vor Niks Augen zu einem einzigen Wesen aus purer Energie verschmolzen. Sichtbare Magie umhüllte den leblosen Körper Kierans und floss dann sanft in ihn hinein, bis er von innen heraus in einem warmen Licht zu strahlen schien.

Sofort entdeckten sie die winzigen virenähnlichen Mikroorganismen. Die grün glitzernden Angreifer waren nicht zu übersehen und vermehrten sich rasend schnell. Angelina studierte ihre Struktur gewissenhaft. Nachdem sie diese entschlüsselt hatte, begann sie – vereint mit Donates – das tödliche Gift mit einem magischen Netz behutsam zu fangen und schließlich zu neutralisieren.

Nik bewunderte die Arbeit seiner Freunde. Er selbst hatte auch ein beachtliches Talent in der Behandlung von Verletzungen, so wie es für seine Familie typisch war, die etwas Besonderes unter den Vampiren darstellte. Aber Angel, Angelina, trug ihren Kosenamen zu Recht, denn sie war trotz ihres verhältnismäßig kurzen Vampirdaseins als magische Heilkundige bereits sehr erfolgreich. Ihr konnte er nicht annähernd das Wasser reichen.

Donates hatte sie anfangs häufig liebevoll als seine „Hexe" bezeichnet, nicht ahnend, dass er damit gar nicht so weit von der Wahrheit entfernt war. Bald nach ihrer Transformation erschien eine Fee und erklärte, Angelina sei ihre Nichte und habe die magischen Talente ihrer Verwandten geerbt.

Als Nik davon erfahren hatte, war er anfangs skeptisch gewesen. Aber wenn es Vampire gab und er selbst zu einem geworden war, warum sollten dann nicht auch Feen existieren? Inzwischen wusste er, dass die magische Welt noch ganz andere Kreaturen beherbergte. Es hatte sich herausgestellt, dass auch Angelinas Seelengefährte Donates mit heilenden Kräften ausgestattet war, und insgeheim vermutete Nik, dass es unter dessen französischen Vorfahren ebenfalls die eine oder andere Fee gegeben haben könnte.

Nik, eigentlich Nicholas von Winterfeld, hatte den beiden viel zu verdanken. Unmittelbar nach seiner Transformation, die vor gut zwanzig Jahren ein Unfall herbeigeführt hatte, war er in einen gefährlichen Kampf um die Freiheit der Kinder der Dunkelheit verwickelt worden. Fast hätte Nik damals nicht überlebt – und auch Sylvain, Familienoberhaupt des Winterfeld-Clans, verdankte seinen beiden vampirischen Kindern Angel und Donates die rasche Genesung.

Nur allmählich begann Nik zu begreifen, wie außergewöhnlich seine Stellung und die seiner Blutsgeschwister in der Welt der Vampire war. Zur Familie der Winterfelds zu gehören garantierte nicht nur hohes Ansehen, sondern verlieh auch außergewöhnliche Kräfte.

Dazu gehörte das Reisen durch die Zwischenwelt. Aber ganz genau, so gestand Nik sich ein, hatte er das Konzept dieser eigenartigen Dimension noch immer nicht erfasst. Donates hatte ihm die Zwischenwelt folgendermaßen beschrieben: „Stell dir eine Kombination aus Nirwana, Paradies und Walhalla vor, aber mit eingeschränkter Rückfahrkarte und kostspieligem Transit-Ticket."

Tatsächlich nutzten die meisten magischen Wesen die Zwischenwelt in erster Linie als Möglichkeit, rasche Ortswechsel vorzunehmen. Besonders kraftraubend war es, Gegenstände oder gar andere Personen durch die Zwischenwelt zu transportieren. Derartige Reisen waren ausnahmslos den mächtigeren Geschöpfen vorbehalten.

Weil es dort aber keine Zeit gab, war die Gefahr groß, sich in ihren Weiten zu verlieren. In ihren Untiefen, so sagte man, lebten die alten Götter und fürchterliche Dämonen.

Wer es verstand, die trennende Wand zwischen den Welten zu

öffnen, den lockten zauberhafte Landschaften. Wiesen in sattem Grün erstreckten sich bis zu den Hügeln und Wäldern am Horizont. Das eigenartige Blau des Himmels spiegelte sich in lieblich plätschernden Bächen wider. Doch wenn man genauer hinsah, dann waren die Wiesen sumpfig und verschlangen jeden, der vom Wege abkam. Die Flussbetten führten kein echtes Wasser, sondern waren Energieadern, die sich von den Durchreisenden, aber auch von den Schwachen dieser Welt nährten. Den Mächtigen, die es verstanden, sie zu nutzen, verhießen sie noch mehr Macht. Nik wollte gar nicht wissen, um welchen Preis.

Ihn schauderte bereits bei dem Gedanken an das Gefühl der Hilflosigkeit, das ihn bei jeder Reise auf dem Pfad zwischen den Dimensionen befiel. Er beeilte sich jedes Mal, der Zwischenwelt so schnell wie möglich wieder zu entkommen. Es hätte ihn allerdings nicht gewundert, wenn Kieran, der in diesem Augenblick scheinbar so schwach vor ihm lag, zu denjenigen gehörte, die die Energieadern der Zwischenwelt zu ihrem Vorteil nutzen konnten.

Er hoffte nur, dass dieser unheimliche Kerl seinen Freunden – oder besser: Blutsgeschwistern – keinen Schaden zufügen würde. Nicht auszudenken, wenn Sylvain davon erfuhr.

Besorgt warf er einen Blick zum Bett hinüber, doch die Aura des Ohnmächtigen wies keine Spur von Verunreinigung auf. Angelina und Donates hatten das Problem offenbar im Griff.

Nik musste lächeln, als er daran dachte, was für ein Rebell sein vampirischer Bruder noch vor zwanzig Jahren gewesen war. Er selbst hatte das zwar nicht erlebt, weil er, ebenso wie Angelina, damals erst zum Vampir transformiert worden war. Aber wenn man nur den geringsten Teil dessen glaubte, was man Donates an Untaten nachsagte, dann hatte der rebellische Einzelgänger während der letzten drei Jahrhunderte alles getan, um die Vampirgemeinde und den magischen Rat zu verärgern. Einen Enkel

Liliths, einer Göttin der Kinder der Nacht, wies jedoch niemand so einfach in seine Schranken. Nicht zuletzt auch deshalb, weil keiner genau wusste, über welche Macht der Winterfeld-Clan tatsächlich verfügte. Und dabei, so hatte der kluge Sylvain entschieden, sollte es auch bleiben.

Erst Angelina war es gelungen, den überheblichen blonden Unruhestifter zu zähmen. Wahrscheinlich war es auch ihre Idee gewesen, die überschüssige Energie des Geliebten in geordnete Bahnen zu lenken und ihn als Vengador, als Agent und Vollstrecker des Rats der Vampire, arbeiten zu lassen. Sie hatten Kieran kennengelernt, und der war Donates' Lehrer und Pate geworden. Schnell hatte Kieran ihr Potenzial erkannt und dafür gesorgt, dass man sie mit geheimem Wissen über Gifte und anderes, das Vampiren schaden konnte, ausstattete.

Die Ausbildung zum Vengador dauerte meist viele Jahrzehnte, manchmal gar Jahrhunderte. Dank seiner besonderen Abstammung und der damit verbundenen Fähigkeiten durfte Donates jedoch von Anfang an mit Kieran zusammenarbeiten, was seine Lehrzeit entscheidend verkürzte.

Nik erfüllte es mit Genugtuung, dass er sich mit dem unbehaglichen Gefühl, das ihn stets in Kierans Gegenwart befiel, in guter Gesellschaft befand. Er war noch nicht vielen geborenen Vampiren wie Kieran begegnet, denn ihnen haftete nicht ohne Grund der Ruf an, unberechenbare Einzelgänger zu sein. Aber nur Kieran besaß diese tödliche Aura, die Nik jedes Mal, wenn er sie spürte, eine Gänsehaut verursachte. Es schien, als bestünde seine Seele aus purem Eis. Sein Lachen klang stets zynisch, und seine Gedanken waren ganz und gar unergründlich. Nik hatte niemals auch nur annähernd die Gelegenheit gehabt, weit genug vorzudringen, um die Gedanken des Kriegers lesen zu können. Auch jetzt nicht, da er leblos auf seinem riesigen Bett lag.

Neugierig blickte sich Nik um. Er hatte das erste Mal die Gelegenheit, ein Haus Kierans von innen zu betrachten. Erstaunlich eigentlich, dass er überhaupt hatte hineingelangen können. Nun war er sich nicht einmal sicher, ob er ohne Donates' Hilfe jemals wieder herauskäme.

Das Schlafzimmer war groß genug, um eine Drei-Zimmer-Wohnung daraus zu machen. Natürlich gab es keine Fenster. Nik spürte, dass sie sich unter der Erde befanden. Der Raum wurde vom Bett dominiert. Gegenüber entdeckte er unzählige DVDs, CDs und – Nik musste grinsen – auch Schallplatten. Er selbst hing sehr an seinen LPs und Singles aus den Achtzigerjahren und schwor, dass deren Klangqualität, trotz gelegentlichen Knisterns, viel besser sei als jede CD. Über der bemerkenswerten Sammlung hing ein riesiger Plasmabildschirm. Er fand die Einrichtung überraschend geschmackvoll, und Kieran erschien ihm auf einmal wesentlich sympathischer. Dieses Refugium hatte sicherlich niemals die gestalterische Hand eines weiblichen Wesens gespürt. Kurz überlegte er, den Rest des Hauses zu erkunden, um herauszufinden, ob auch die anderen Räume in diesem strengen, männlichen Stil eingerichtet waren. Eigentlich konnte ihm das aber ganz gleich sein, dachte er achselzuckend und richtete seine Aufmerksamkeit wieder auf den Bewohner.

Kierans Aussehen hatte sich deutlich gebessert. Seine Haut wirkte nicht mehr so beängstigend grau – mittlerweile war das Leuchten schwächer geworden. Nik freute sich, heute eine Extraportion von dem in dieser Woche besonders frischen Blut getrunken zu haben. Es ist wieder einmal Blutspendesaison, dachte er. Zweifellos würden Angelina und Donates nach der Heilung seine Hilfe benötigen.

Und dann kehrten sie zurück. Die magische Energie entwich Kierans Körper, tanzte als leuchtende Kugel kurz über ihm und teilte sich schließlich. Dann standen die beiden Heiler erschöpft vor ihm. Angel wirkte nahezu transparent. Als sie leicht schwankte, sprang Nik hinzu, öffnete mit einem zur Klaue gewordenen Finger seine Pulsader und bot ihr sein mächtiges Blut zur Stärkung an. Donates labte sich erst einmal an einer der mitgebrachten Blutkonserven, lehnte aber auch nicht ab, als Nik ihm seinen anderen Arm anbot. Nach ein paar Schlucken verschloss er die Wunde, indem er kurz mit seiner Zunge darüberfuhr, und ließ sich schwer auf einen dunklen Ledersessel fallen. Angelina kuschelte sich, inzwischen fast erholt, in seine Arme.

„Wir haben es geschafft", flüsterte sie, „aber es war das heimtückischste Gift, das ich je bekämpft habe!"

„Ja, und es wird noch eine Weile dauern, bis Kieran wieder völlig genesen ist. Ich mache mir wirklich Sorgen, welche Nachwirkungen dieser Anschlag noch haben kann. Wir haben es neutralisiert – die Rückstände wirken nun wie Antikörper, ähnlich einer Impfung, und schützen ihn vor einem erneuten Angriff. Möglicherweise sollten wir, nachdem er sich erholt hat, eine Probe des Blutes zur Untersuchung in unsere Labors bringen. Der Rat muss auf jeden Fall sofort informiert werden", bestätigte Donates.

Dann erhob er sich, Angel immer noch in seinen Armen, und sagte: „Ihr bleibt hier. Wir brauchen noch mehr Blutkonserven. Ich bin bald zurück."

Angelina wandte sich Kieran zu und zog den Wurfstern, der für sie nun ungefährlich geworden war, aus der klaffenden Wunde. Anschließend öffnete sie einen Beutel frischen Spenderblutes und hielt ihn an den Mund des ohnmächtigen Patienten. Kaum hatte die Flüssigkeit seine Lippen benetzt, begann er auch zu trinken. Es folgten noch zwei weitere Beutel. Und als Donates zurückkehrte, labten sich die drei Freunde ebenfalls an der kraftspendenden Flüssigkeit.

Kieran hasste den Gedanken, jemanden um Hilfe bitten zu müssen. Im Laufe seines langen Daseins hatte er es vermieden, wann immer es möglich schien. Doch er war so geschwächt gewesen, dass er keine andere Möglichkeit gesehen hatte, als Donates und seine Feen-Geliebte herbeizurufen. Mit ihrer außergewöhnlichen Fähigkeit, ein Netz aus purer Energie zu knüpfen, waren sie die Einzigen, denen er überhaupt zutraute, das Gift zu bezwingen. Er war dankbar, dass die beiden keine Fragen stellten, und während ihre Magie ihn durchflutete, konnte er spüren, wie hart sie gemeinsam um sein Leben gekämpft hatten.

Wie oft hatte er schon überlegt, seiner hoffnungslosen Existenz ein Ende zu bereiten. Aber von einer räudigen Straßenbande überfallen und vergiftet zu werden – so wollte er sicher nicht sterben!

Als er endlich wieder zu sich kam, beobachtete er, wie Angelina und Donates sich küssten. Lustvoll umschlang sie den Körper seines Freundes mit ihren langen Beinen.

Er schätzte Donates sehr, als seinen Gefährten und als gnadenlosen Krieger. Gern war er während der anspruchsvollen Ausbildung zum Vengador sein Tutor. Und Kieran beneidete ihn insgeheim darum, dass dieser seine Seelenpartnerin gefunden hatte, bevor sein Dasein in einem einzigen Grau versunken war.

Er selbst hatte keine Aussicht auf ein solches Glück. Noch bevor er überhaupt das wahre Ausmaß seines Schicksals begriff, hatte er bereits vor Jahrhunderten die einzige Chance vertan, die Liebe einer Gefährtin zu erfahren. Damals war er instinktiv seiner Natur gefolgt und hatte sich in das vermutlich einzige magische Wesen der Region verliebt und sie zu der Seinen gemacht.

Geborene Vampire unterschied in ihren ersten Lebensjahren wenig von gleichaltrigen Normalsterblichen. Erst später, etwa um das dreißigste Lebensjahr herum, begann ihre Wandlung zu einem bluttrinkenden Geschöpf der Nacht. Aber unsterblich oder nicht, für alle galt, dass sie sich nur einmal in ihrem Dasein binden durften – und dies für die Ewigkeit. Kieran hätte gut daran getan zu warten, bis er seiner wahren Seelengefährtin begegnet wäre. Doch zu jener Zeit gab es niemanden, der ihm die Regeln seiner Art erklärt hätte.

Als Findelkind, das er gewesen war, hatte er sich glücklich schätzen können, dass ihn die Familie eines angesehenen Schmieds im Königreich Dalriada aufgenommen und immer gut behandelt hatte.

Sein Laird, der Besitzer weiter Landstriche Dalriadas, die heute Argyll heißen und im westlichen Schottland liegen, erkannte seine Intelligenz und die kriegerischen Talente frühzeitig. Und obwohl der halbwüchsige Waisenjunge als Bastard von vielen Dorfbewohnern misstrauisch beäugt wurde, übertrug er ihm bald schon verschiedene Aufgaben. Anfangs waren es kleine Botengänge, aber als Kieran seine Zuverlässigkeit immer wieder unter Beweis stellte, sandte er ihn häufiger auch zu weiteren Reisen aus.

Eines Tages kehrte Kieran erschöpft aus Dunadd, einer der bedeutendsten Siedlungen des Reiches, heim. Es hatte seit Tagen geregnet, und mehrmals war er gezwungen gewesen, große Umwege zu reiten, um Kämpfern feindlicher Familien auszuweichen. Insgeheim verfluchte er den streitsüchtigen Chief, der seine Leute ständig ausschickte, um das Vieh anderer Clans zu rauben. Und wenn die Situation zu bedrohlich wurde, beauftragte er Kieran, die Wogen zu glätten.

Je näher er seinem Tal kam, desto freundlicher wurde das Wetter, und gegen Mittag brannte die Sonne so heiß auf ihn hinab, dass er beschloss, ein Bad zu nehmen, bevor er an den Hof seines Herrn zurückkehrte. Behutsam schlich er durch den

Wald. Zwar kannten nur wenige diesen versteckt gelegenen See, aber er wollte kein Risiko eingehen und womöglich von feindlichen Kriegern überrascht werden, während er hilflos und ohne Waffen im Wasser schwamm.

Der Anblick der verführerischen Nixe verzauberte ihn sofort. Erst sah er nur üppiges Haar, das wie ein kostbarer Teppich auf der Wasseroberfläche lag. Dann hörte er ein Plätschern, und als sie leise summend ans Ufer schritt, bot sich ihm ein unvergesslicher Anblick feenhafter Grazie.

Sein Puls raste, ein verwirrendes Ziehen in den Lenden ließ ihn beinahe laut aufstöhnen, und den Laut der Enttäuschung konnte er nur mit Mühe unterdrücken, als das Mädchen seine Formen mit einem groben Leinenkittel verhüllte und das herrliche Haar zu einem festen Zopf flocht, den es unter seiner schlichten Haube verbarg.

Unbemerkt war er ihr bis zu der kleinen Kate neben der Kirche ihres Dorfes gefolgt. Hier wohnte der Priester. Kieran hasste den Mann, den er von seinen regelmäßigen Gottesdiensten in der Burg kannte. Seine betörende Wassernixe hieß, so erfuhr er später, Maire und stand – das wusste jeder hier in der Gegend – völlig unter dem Einfluss des Geistlichen, ihres streng gläubigen Vormunds. Sie war ebenfalls Waise und – genauso wie er selbst – vollkommen ahnungslos, was ihre wahre Abstammung betraf.

Der Priester, so erzählte man sich, hatte damals die Ehe seines geliebten Bruders mit einer Witwe, von der keiner so genau wusste, woher sie eigentlich stammte, nie akzeptiert. Doch Angus liebte seine junge Frau sehr und war der hübschen Stieftochter ein guter Vater.

Von Anfang an versuchte der missgünstige Geistliche, seine Schwägerin der Hexerei zu überführen, und als Maires Eltern bei dem Versuch, ihr Vieh vor einem Hochwasser zu retten, umkamen, war sein einziger Kommentar: „Das ist Gottes gerechte Strafe!"

Wohl nahm er die hübsche Nichte barmherzig in seinem Haus auf, doch befahl er ihr auch sofort, das lange Haar zu verbergen, weil es „des Teufels" wäre. Er schlug sie täglich, um sie „Demut zu lehren", und ließ sie bereits als Kind so hart arbeiten, dass selbst die Gläubigsten unter den Gefolgsleuten des neuen Gottes zu murren begannen. Doch niemand wagte es, dem Priester offen zu widersprechen, immer aus der Furcht heraus, der Hexerei bezichtigt zu werden – wie es zuvor schon anderen ergangen war.

Kieran hörte kaum zu, als seine Freunde ihn vor einer Verbindung mit „der Verrückten aus dem Pfarrhaus" warnten. Er war bis über beide Ohren verliebt. Und schließlich erklärte sich der Laird bereit, die Verbindung zu gestatten.

Mit eisiger Miene und von der großzügigen Mitgift, mit der Kieran ausgestattet war, zweifellos beeindruckt, stimmte auch der Priester einer Verbindung zu. Nicht jedoch, ohne zu drohen: „Nur einem aufrichtigen Christenmenschen ist es gegeben, diese Tochter Satans zu beherrschen. Wenn du fehlst, versagst du auch vor Gott!"

Mit ausdruckslosem Gesicht ließ sich Maire von ihrem Bräutigam zum Altar führen. Zweifellos erwartete sie keine Besserung ihres Schicksals, jetzt, da sie einem der gefürchtetsten Krieger des Clans gehören würde.

So vielversprechend und verlockend ihr Körper auch sein mochte, so ernüchternd war bereits die Hochzeitsnacht. Die junge Braut kniete während der gesamten Nacht vor dem Ehebett und betete ängstlich den Rosenkranz. Es halfen keine guten Worte – und wollte Kieran sie auch nur zärtlich berühren, um ihr die Angst zu nehmen, so zuckte sie jedes Mal zurück.

Schließlich gab er auf. Kieran zog unter dem entsetzten Blick seiner Braut den scharfen Dolch hervor, ohne den er nie zu Bett ging. Maire öffnete ihren Mund zu einem stummen Schrei. Glaubte das Mädchen wirklich, er würde sie auf diese Weise gefügig machen wollen?

Er packte den Dolch, schnitt sich selbst in die Handfläche und benetzte das saubere Leinentuch mit seinem eigenen Blut, um den Vollzug der Ehe vorzutäuschen.

Danach verließ er wortlos die Hütte und verbrachte den Rest der Nacht auf dem heiligen Hügel. Dort fand der junge Krieger stets die Ruhe und Konzentration, die er für seine Aufgaben benötigte. Und auch dieses Mal schenkten ihm die heiligen Steine Trost und Hoffnung.

Zufrieden betrachteten die Nachbarn am nächsten Morgen den blutigen Fleck auf dem Hochzeitsbett. Der Priester aber zischte: „Hure!", als Maire am folgenden Sonntag zur Messe in die kleine Kirche ging. Kieran hätte dem Kerl am liebsten den verächtlichen Ausdruck aus seinem Gesicht geprügelt.

Maire kehrte wie versteinert in ihr neues Zuhause zurück und weigerte sich fortan zur Messe zu gehen. Ihrem Ehemann war das recht, obwohl er wusste, dass es bereits Gerüchte gab, er sei nicht in der Lage, seine diabolische Frau zu beherrschen.

Kierans Ziehmutter beobachtete diese Entwicklung mit großer Besorgnis. Auch sie hatte ihn eindringlich vor dieser Verbindung gewarnt. Nicht nur, dass sie zu denjenigen gehörte, die insgeheim noch der alten Religion folgten, nein, sie ahnte wohl auch bereits, dass das Mädchen zu ihrem heißblütigen, sinnlichen Zögling gar nicht passte. Aber sie mochte Maire. Und weil sie um ihre Sicherheit besorgt war, schenkte sie ihrer Schwiegertochter einen scharfen Dolch aus der Schmiede ihres Mannes, den die junge Frau fortan stets bei sich trug und auch im Haushalt verwendete.

Monatelang versuchte Kieran geduldig, ihr Vertrauen und vielleicht sogar ein wenig Zuneigung zu erlangen. Wann immer er des Nachts die Hand nach ihr ausstreckte, sei es auch nur, um über ihr seidiges Haar zu streichen, schrak das Mädchen entsetzt vor ihm zurück. Seine Brüder lachten, als er sich ihnen anvertraute, und rieten ihm mit derben Worten, er solle das Weib doch mit Gewalt nehmen. Sie würde schon irgendwann Gefallen an ihren ehelichen Pflichten finden.

Kieran konnte sich nie verzeihen, dass er diesem Rat in seiner Unerfahrenheit auch schließlich gefolgt war. Nie würde er den Anblick weit aufgerissener Augen und bebender Lippen, die bleich zu ihrem Gott beteten, vergessen. Maire ertrug seine Zärtlichkeiten steif und regungslos, bis er sein Unterfangen enttäuscht aufgab. Das war doch keine Befriedigung – das war eine Tortur! Er schwor sich, sie nie wieder anzurühren.

Die Monate gingen ins Land. Maire schuf ein gemütliches, sauberes Heim und versorgte ihn, wie es einer guten Frau anstand. Kierans anfängliche Verliebtheit war zwar schon lange geschwunden, aber er behandelte Maire stets mit Respekt.

Allmählich fasste seine Frau immerhin so weit Vertrauen, dass sie nicht mehr jedes Mal zusammenzuckte, wenn er eine plötzliche Bewegung machte, und im folgenden Winter ließ sie es sogar zu, dass er sie im Bett an sich zog, um sie in besonders kalten Nächten zu wärmen.

Eines Tages, sie bereitete gerade einen Hasen zu, den Kieran mitgebracht hatte, schnitt sie sich an ihrem Dolch. Die Wunde begann sofort heftig zu bluten. Kieran hatte festgestellt, dass seine Wunden, sobald er sie mit seinem Speichel benetzte, schneller heilten. Behutsam nahm er also ihren verletzten Finger in seinen Mund. Maire ließ es geschehen.

Der Geschmack ihres Blutes erregte Kieran. Instinktiv begann er, an ihrem Finger zu saugen, bis Maire schließlich die Hand fortzog und hinter ihrem Rücken versteckte. Sie wich jedoch nicht vor ihm zurück. In ihrem Blick erkannte er Spuren einer Leidenschaft, die er zu seiner großen Verwirrung auch selbst spürte. Behutsam schloss er sie in seine Arme, und als sie sich an seinen harten Körper schmiegte, wagte er, zum ersten Mal seit langer Zeit, Maire zu küssen. Sie erwiderte seine Zärtlichkeiten schüchtern – und an jenem Tag machte er sie unwiderruflich zu der Seinen.

Vorsichtig schöpfte Kieran neue Hoffnung.

Maire gewöhnte sich an, ihm von dem Hügel oberhalb ihres kleinen Hofes entgegenzugehen, wenn er von seinen geschäftlichen Reisen zurückkehrte. Er wunderte sich zwar, woher sie Tag und Zeit seiner Rückkehr so genau kannte, freute sich jedoch über dieses Zeichen wachsender Vertrautheit.

Und dann begannen ihre Albträume.

Kieran zwang sich – wie so oft –, die Gespenster seiner Vergangenheit zu verdrängen. Er wollte sich nicht an Maires schreckliches Ende erinnern.

Sein müder Blick fiel auf die beiden Retter in seinem Schlafzimmer, die völlig selbstvergessen Zärtlichkeiten austauschten. Bei aller Dankbarkeit – das musste nicht sein!

Kieran räusperte sich: „Dies ist *mein* Schlafzimmer!"

Angel und Donates fuhren auseinander, und Nik, der beeindruckt die CD-Sammlung des Vengadors studiert hatte, täuschte rasch einen Hustenreiz vor, um seine Belustigung zu verbergen. Sofort traf ihn Kierans kalter Blick.

„Was tut *er* hier?"

„Nicholas gehört zur Familie. Ohne ihn hätten wir dir nicht helfen können!" Donates' Stimme klang nicht weniger scharf als die seines Lehrers.

„Ich denke, es ist besser, wenn ihr jetzt geht!" Die drei folgten seiner Aufforderung sofort.

Angelina lächelte, als ein warmes *Ich danke euch!* durch ihren Kopf wehte, bevor sie wieder aus der Zwischenwelt in ihr eigenes Haus zurückkehrten.

„Dieser Bastard!", knurrte Donates und schlug mit der Faust wütend auf einen Kaminsims, der sofort in tausend Teile zersplitterte.

„Sylvain wird es nicht schätzen, wenn du seine Einrichtung zerschlägst", grinste Angelina und legte ihre Hand beruhigend auf seine Schulter. „Du weißt doch, was passiert, wenn sich mehrere Alpha-Vampire zu lange in einem Raum aufhalten. In seinem geschwächten Zustand traut Kieran seiner Selbstdisziplin vermutlich nicht ausreichend, um euch länger in seiner Nähe zu dulden."

„Du tust ja gerade so, als seien wir wilde Tiere!", knurrte Nik.

„In diesem Augenblick wirkt ihr jedenfalls nicht besonders zivilisiert." Der warnende Unterton in ihrer Stimme war nicht zu überhören. Ebenso wenig das deutliche Grollen aus Donates' Brust. Seine Reißzähne wurden deutlich länger, und die Augen nahmen das eisige Blau geschliffener Diamanten an, wie sie es immer taten, wenn er zum Angriff bereit war.

Angelina wusste, dass dies die Folgen seines hohen Energieverlustes während der Heilung waren. Seine dunkle Seite, sonst mit eiserner Disziplin unterdrückt, versuchte die Oberhand zu gewinnen. Nik reagierte instinktiv. Er war noch zu unerfahren, um zu erkennen, was hier geschah.

Mit sanfter Stimme und ein wenig Magie versuchte sie die Wogen zu glätten: „Auch wenn ihr euch vielleicht nicht an die Kehle geht, so würdet ihr euch doch in jedem Fall gegenseitig wertvolle Energie entziehen. Komm schon, Kieran steht unter einem ungeheuren Druck. Er hat es nicht so gemeint."

„Das hat er ganz sicher!“, murmelte Nik. Als er ihrem Blick begegnete, lenkte er allerdings ein: „Warum hat er euch gerufen und nicht einen seiner Vengador-Freunde?“

Angelina schaute ihn dankbar an und zog den immer noch ärgerlichen Donates zu sich aufs Sofa. „Geborene Vampire sind nicht gerade sehr beliebt.“

„Arrogantes Pack!“, knurrte Donates.

„Nicht arroganter als du, mein Herz!“

Donates wollte schon aufbrausen, doch Angelina hielt ihn mit einer zärtlichen Geste zurück. Sein Blick wurde weich, und er strich ihr liebevoll über die Wange, bevor er erklärte: „Kieran hat sich im Laufe der Jahre viele Feinde gemacht, und er tut gut daran, niemandem zu vertrauen. Selbst einem anderen Vengador nicht.“

„Aber er vertraut dir.“

Donates hob eine Augenbraue: „Das glaubst du? Ich würde es lieber so formulieren: Er weiß, dass ich keinen Grund habe, seine Macht in Frage zu stellen. Wir respektieren uns.“

„Kann er wirklich Kinder zeugen?“

„Nik!“

„Ich meine, warum kann Kieran das, wir aber nicht?“

Angelina und Donates sahen sich an. Für einen Moment herrschte unbehagliches Schweigen, dann sagte Angelina: „Das weiß niemand so genau. Aber geborene Vampire wie Kieran können tatsächlich Kinder haben.“

„Wie unfair!“

„Eigentlich nicht, mir scheint es eher ein Fluch zu sein. Diese Vampirkinder sind anfangs kaum von anderen Kindern zu unterscheiden. Ihre Wandlung beginnt normalerweise kurz vor dem dreißigsten Lebensjahr. Genau wie bei uns ändert sich währenddessen ihre genetische Struktur. Danach altern wir nicht mehr und sind nahezu unsterblich. Geschähe dies zu früh, so wäre das bedauernswerte Geschöpf ja für immer in einem Kinderkörper gefangen. Wirklich traurig finde ich es, dass ihre leiblichen Eltern sie nicht selbst aufziehen dürfen, sondern sie in Pflege geben müssen."

„Wegen des fehlenden Tageslichts", mutmaßte Nik, und Donates stimmte ihm zu: „Wahrscheinlich. Und wenn es dann so weit ist, sterben viele dieser geborenen Vampire nach der Transformation. Vermutlich, weil sie keine Ahnung haben, was mit ihnen geschieht. Niemand darf ihnen helfen."

„Warum das denn?"

„Ich weiß es nicht", gab Angelina zu und blickte Donates fragend an. Dieser schüttelte den Kopf: „Vielleicht ist es wirklich ein Fluch."

„Und deshalb gibt es so wenige geborene Vampire", stellte Nik fest.

„Nicht nur. Sie können sich lediglich mit ihresgleichen verbinden. Eine unangenehme Situation."

„Besonders für die verbliebenen Frauen, kann ich mir vorstellen", warf Angelina alarmiert ein und dachte an das oft unerträgliche Machoverhalten, das für geborene Vampire typisch zu sein schien.

„Seit Jahrhunderten hat niemand mehr eine geborene Vampirin gesehen. Eine Katastrophe, da sie nur untereinander Kinder zeugen können. Oder aber mit ihren nächsten Verwandten, den Feen, beziehungsweise deren sterblichen Nachkommen."

„Verdammt! Und die sind gar nicht gut auf sie zu sprechen."

„Geborene Vampire schätzen es ebenfalls gar nicht, wenn sie an ihre enge Verwandtschaft mit dem Feenvolk erinnert werden." Angelina blickte Nik scharf an. „Also hüte deine Zunge!"

„Meinetwegen", versprach er leichthin.

„Es gibt noch ein weiteres Problem. Das Kinderzeugen mit jemandem aus dem Feenvolk gelingt nur dann, wenn die- oder derjenige vorher zum Vampir wird – und zwar freiwillig." Angelina schaute mitleidig drein.

„Irgendwie habe ich sie immer ein wenig beneidet, aber das klingt gar nicht gut!"

„Alles hat seinen Preis. Ihre außergewöhnlichen magischen Fähigkeiten helfen den geborenen Vampiren wenig, wenn es um den Fortbestand ihrer Art geht."

„Dann würde ich an ihrer Stelle eben so lange hübsche Feenkinder transformieren, bis die Richtige dabei ist."

Donates beugte sich vor: „So, würdest du? Denk doch mal über die Folgen nach!"

„Es gäbe bald ziemlich viele Vampire." Erkenntnis zeigte sich in Niks Gesicht.

„Anfangs haben die meisten tatsächlich so gedacht wie du. Doch das führte schnell dazu, dass die Sterblichen auf uns aufmerksam wurden. Andere magische Wesen begannen unsere Übermacht zu fürchten und drohten mit Krieg. Die umsichtigeren Vertreter der magischen Welt beriefen schließlich ein Konzil ein. Es wurden strenge Regeln für ein friedliches Zusammenleben aufgestellt, und man gründete den Rat. Mächtige geborene Vampire ernannte man zu Vengadoren, die seither dafür sorgen, dass die Anordnungen des Rates auch befolgt werden. Was sie bei den anderen Vampiren verständlicherweise nicht sehr beliebt macht. Da finden nämlich viele, dass wir alle besser dran wären, wenn die magische Welt die Herrschaft übernehmen würde."

„Zweifellos mit ihnen selbst an der Spitze", grollte Angelina. „Sie können ihre menschliche Vergangenheit wahrlich nicht leugnen!" Das ehemalige Feenkind schnaubte abfällig. „Machtgieriges Pack! ... Anwesende natürlich ausgeschlossen!", fügte sie hastig hinzu, als sie sich etwas spät daran erinnerte, dass auch Nik und Donates einst gewöhnliche Sterbliche gewesen waren.

„Also sind die geborenen Vampire so etwas wie eine aussterbende Gattung?", überlegte Nik. „Man sollte sie unter Artenschutz stellen!"

Donates lachte: „Lass das bloß nicht Kieran hören!"

Während die Freunde Spekulationen über seine Zeugungskraft anstellten, griff der geschwächte Vampir in den kleinen Kühlschrank, der sich gleich neben seinem Bett befand. Er nahm eine Blutkonserve heraus, ging in das angeschlossene großzügige Bad und erwärmte das Blut unter einem Strahl heißen Wassers. Kieran hielt sich nicht damit auf, den nahrhaften Saft in ein Glas zu gießen, sondern schlug gierig seine Zähne in die feste Verpackung. Anschließend warf er den leeren Beutel in den Abfalleimer und stellte sich unter die Dusche. Während heißes Wasser über seinen athletischen Körper strömte, inspizierte er seine verletzte Schulter. Die Wunde hatte sich bereits geschlossen, und das verschlungene Tattoo, das durch den Wurfstern unschön zerschnitten worden war, erschien wieder so klar und unversehrt wie seit über tausend Jahren. Er hatte es von dem Mann erhalten, der ihn nach seiner endgültigen Wandlung zum Vampir gefunden und mit seinem neuen Dasein vertraut gemacht hatte. Das Muster erstreckte sich über die gesamte Schulter und große Teile seines muskulösen Oberarms. Es erinnerte an einen komplizierten keltischen Knoten, in dessen Zentrum sich ein liegender Halbmond befand, der sich, betrachtete man es aus dem Augenwinkel, in ständiger Bewegung zu befinden schien.

Mit leichtem Bedauern drehte er schließlich den heißen Strahl ab, der die Verspannung in seinen Muskeln etwas gelöst hatte, fasste die schulterlangen schwarzen Haare mit einem Lederband zusammen und streifte eine abgetragene Lederhose und ein schwarzes Leinenhemd über. Dann lief er mit ausladenden Schritten die Treppe ins Erdgeschoss hinauf.

Oben angekommen, begrüßte ihn seine Haushälterin. „Wie schön, dass Sie wieder hier sind. Werden Sie länger bleiben?"

„Hallo, Sandra. Ich hoffe, es geht Ihnen gut?" Sie nickte zurückhaltend.

Kieran war das Wohlbefinden seiner Angestellten sehr wichtig. Seit Generationen war diese Familie für ihn tätig gewesen und so zu einer Ersatzfamilie geworden. Zumindest waren sie die Einzigen, die sich aufrichtig freuten, wenn sie ihn sahen, dachte er zynisch.

Besorgt beobachtete er seit einiger Zeit die tiefer werdenden Linien in ihrem freundlichen Gesicht. Ein paar Tropfen seines mächtigen Blutes in ihren Adern schützte sie zwar vor allen gefährlichen Krankheiten, die das zerbrechliche Dasein der Sterblichen bedrohten, und garantierte ein langes Leben; unsterblich machte es jedoch nicht, und schon bald würde er wieder einen vertrauten Menschen zu Grabe tragen müssen.

Er befreite sich von seinen trüben Gedanken und beantwortete ihre Frage: „Ja, ich habe vor, diesmal etwas länger zu bleiben."

Hier auf Kierans Anwesen lebte Sandra mit ihrem Mann, der den Garten betreute und gelegentlich auch als Chauffeur zur Verfügung stand, und der sechzehnjährigen Tochter zusammen. Das Ehepaar wusste von seinen besonderen Lebensumständen und war absolut loyal. Die Tochter war noch zu jung, um vor die Entscheidung gestellt zu werden, ob sie in Zukunft für ihn arbeiten wollte oder nicht. Zu ihrer eigenen Sicherheit hatte Kieran eine kleine, aber wirksame Manipulation an ihrem Gedächtnis vorgenommen. Seither nahm das Mädchen überhaupt nicht wahr, dass sie unter ungewöhnlichen Bedingungen lebte. Ihre Freundinnen durfte sie natürlich nicht mit nach Hause bringen – zum Ausgleich übernahm Kieran jedoch großzügig die Kosten für Ausflüge in Freizeitparks und andere Vergnügungen. Außerdem lebten die Großeltern ganz in der Nähe.

„Ihre Tochter sollte hier in der nächsten Zeit auf keinen Fall wohnen.“

„Ich verstehe. Mein Mann wird sie sofort in die Stadt zu meiner Mutter bringen.“

Kieran war überzeugt, dass das Attentat auf ihn kein Zufall gewesen war. Also wollte er jedes Risiko vermeiden. Er nickte Sandra zu und verschwand in seiner Bibliothek. Dort schaltete er den Laptop ein, um nachzuschauen, ob Nachrichten für ihn eingegangen waren. Er plante, so diskret wie möglich Erkundigungen einzuholen, deshalb wollte er erst einmal erfahren, ob sich andere Agenten des Rats in offizieller Mission in der Stadt befanden. Wenige Minuten nachdem er seine verschlüsselte Nachricht an das Hauptquartier gesandt hatte, erhielt er bereits eine Antwort: Sein älterer Bruder Asher, Donates und Senthil, der nur selten für den Rat arbeitete, waren für die Region registriert. Er entschied sich, seine eigene Anwesenheit nicht öffentlich zu machen, dann sandte er eine Nachricht an Asher, in der er ihn bat, sich später am Abend in der Bar einzufinden. Sein Bruder wusste, welche Bar gemeint war.

2

Donates würde Sylvain über die Ereignisse der vergangenen Nacht informieren. Sylvain, der Patriarch der Winterfeld-Familie, war jünger als Kieran, dennoch hatte er einen Sitz im Rat und besaß dort ungeheuren Einfluss. Bezüglich seiner Abstammung kursierten wilde Gerüchte, einige behaupteten sogar, dass er von einer Tochter der großen Göttin selbst abstammte. Das machte ihn zu einem der mächtigsten noch in dieser Welt wandelnden Vampire, und Kieran beging nicht den Fehler, diesen erst jüngst gegründeten Clan zu unterschätzen, obwohl alle Winterfelds ein eher zurückhaltendes Leben führten. Er erinnerte sich, dass es vor einigen Jahren eine kurze Aufregung gegeben hatte, weil Sylvain nicht nur einen ziemlich zwielichtigen Gesellen – natürlich war von Donates die Rede – als seinen Sohn akzeptiert hatte, sondern auch kurz hintereinander zwei neue Familienmitglieder hinzugekommen waren. Er respektierte Sylvain und fand dessen Familie sehr sympathisch. Ganz im Gegensatz zu vielen anderen Vampiren, die dem Winterfeld-Clan meist aus dem Weg gingen.

Donates mochte er besonders. Der ungestüme blonde Vampir mit einem Hang zum Leichtsinn war ihm während ihres gemeinsamen Trainings ans Herz gewachsen.

Training war überhaupt ein gutes Stichwort, dachte Kieran. Um die Zeit bis zum Treffen mit Asher sinnvoll zu nutzen, entschloss er sich, eine sterbliche Freundin zu besuchen.

Diese Frau war etwas ganz Besonderes, und seit er sie kennengelernt hatte, sah er regelmäßig bei ihr vorbei, um sich zu vergewissern, dass es ihr gut ging. Es wirkte sich geradezu wohltuend aus, Sterblichen zu begegnen, die weder Furcht vor ihm empfanden noch danach gierten, von seiner Macht zu profitieren.

Vor einigen Jahren – Kieran hatte damals gerade die letzten Arbeiten an seiner hiesigen Residenz abgeschlossen – streifte er einmal durch verwaiste Straßen und wurde Zeuge eines Überfalls. Drei kräftige Kerle pöbelten eine zierliche dunkelhaarige Frau an und drängten sie gegen eine Mauer. Offensichtlich war sie asiatischer Herkunft, ein Umstand, der ihren Angreifern nicht zu gefallen schien.

Was nun aber folgte, erstaunte selbst den erfahrenen Kämpfer Kieran. Einer der Männer hob die Faust, um sein Opfer zu schlagen. Die Frau duckte sich blitzschnell und nutzte den Schwung des Angreifers aus; sie versetzte ihm einen gezielten Stoß und er segelte kopfüber auf die Mauer zu, an deren Fuß er regungslos liegen blieb. Den zweiten ereilte ein ähnliches Schicksal. Er stürzte sich mit einem Schrei auf sie und segelte dann einfach an ihr vorbei.

Derartig elegante Bewegungen, wie sie diese Kämpferin vollführte, hatte Kieran noch nie zuvor bei Sterblichen beobachtet. Sie atmete ganz ruhig und wandte sich gelassen um, in der Absicht, auch den dritten Angreifer unschädlich zu machen. Doch der lachte triumphierend: „Das ist für dich, du Schlampe!“, während er mit einer Pistole auf sie zielte.

Wie ein furchtbarer Schatten war Kieran im Nu über ihm, entwand dem überraschten Mann die Waffe und umklammerte ihn in tödlicher Absicht.

Seine Reißzähne schmerzten und gierten schon nach dem süßen Lohn, als er eine kleine Hand auf seinem Arm spürte. Der Vengador ließ sein Opfer bedauernd zu Boden sinken und blickte in zwei schwarze, verständnisvolle Augen.

„Danke!“

Kieran war verblüfft, ihre Gedanken nicht sofort lesen zu können. Das machte ihn neugierig.

„Nicht der Rede wert." Er bot ihr an, sie sicher bis nach Hause zu begleiten.

Sie lachte und entgegnete mit einem hinreißenden Akzent: „Sehr gern." Dann reichte sie ihm ihre Hand und sagte ernsthaft: „Es ist mir eine Ehre, deine Bekanntschaft zu machen! Ich bin Tao Yin."

Als er keine Anstalten machte, sich ebenfalls vorzustellen, führte sie ihren unbekannten Retter zu einem Fabrikgebäude ganz in der Nähe. Sie steckte einen Schlüssel in ein kaum sichtbares Schloss in der Wand – und die Türen zu einem Lastenaufzug öffneten sich. Oben angekommen, bat Tao ihn in ein großzügiges Loft und forderte ihn mit einer beiläufigen Handbewegung auf, er möge es sich auf ihrem riesigen weißen Sofa bequem machen.

„Ich schätze, es gibt nichts, was ich dir zu trinken anbieten kann?" Sie schien keine Antwort zu erwarten und trat zum Kühlschrank hinüber, um sich selbst einen Drink aus Gin, Lemon und Tonic zu mixen. Fasziniert beobachtete Kieran die weichen, harmonischen Bewegungen der Frau. Es schien fast, als schwebe sie, und er hätte schwören können, dass ihre Füße den Boden kaum berührten. Dennoch konnte er weder Magie noch eine Verbindung zur Anderwelt spüren.

Schließlich setzte sie sich ihm gegenüber auf einen gepolsterten Würfel. Endlich nahm Kieran zumindest eine Beschleunigung des Pulses seiner Gastgeberin wahr und sagte: „Kieran. Ich bin Kieran – und sehr neugierig!"

Taos Gesicht erhellte ein Lächeln: „Danke!"

Sie nahm einen Schluck von ihrem Getränk und fuhr sich mit ihrer Zunge über die Lippen. „Kieran, ich weiß, was ...", sie stockte und errötete leicht, während sie sich korrigierte, „wer du bist." Er schwieg, und sie fuhr, nun doch nervös, fort: „Dort, wo ich herkomme, China, haben wir immer versucht, das Geheimnis der Unsterblichkeit zu ergründen. Mein Vater hatte einen Freund ..." Sie verstummte, und man konnte den Schmerz auf ihrem klaren Gesicht erkennen. „Dieser Freund war wie du. Er hat uns vertraut, und unsere Familie kümmerte sich bereits seit Jahrhunderten um sein Wohlergehen. Eines Tages kehrte er jedoch nicht mehr zurück. Ich wusste sofort, dass etwas Furchtbares geschehen war!"

Kieran wartete geduldig.

„Es waren immer Frauen, die unsere Familientradition fortsetzten, und wir alle hatten ein Talent für die Kunst des Kampfes."

Ein leises Lächeln huschte durch die Gedanken des Vampirs. Zu deutlich waren die Parallelen zur Familie seiner Haushälterin, die allerdings eher ein beachtliches Geschick im Umgang mit Waffen besaß, das man dieser freundlichen, mütterlichen Person auf den ersten Blick niemals zugetraut hätte.

„Der Meister hat uns unterwiesen. Ich vermisse ihn so sehr!"

„Wie lautet sein Name?"

„Xiao Chen."

Bedauern zeigte sich auf Kierans Gesicht. Tao ließ ihren Kopf hängen und flüsterte: „Ich wusste es!" Und zwischen ihren dunklen Wimpern glitzerten Tränen.

„Tao! Er lebt nicht mehr unter uns. Aber ich kann dir meinen Schutz anbieten, solange du dich in dieser Stadt aufhältst."

Sie hatte keine Worte, nickte aber vehement. Schließlich wisperte sie: „Ich werde mich revanchieren."

Und das tat sie durchaus. Xiao Chens Leben war sagenumwoben. Er war ein geborener Vampir, so hieß es, und mit Sicherheit gut doppelt so alt wie Kieran. Niemand kannte die Hintergründe seines Verschwindens, aber Chens Kampftechnik lebte in Tao Yin – und dieses Wissen gab sie vorbehaltlos an Kieran weiter.

Die Chinesin lebte noch immer hier. Erst kürzlich war sie mit ihrer Kampfkunstschule in eine stillgelegte Textilfabrik gezogen. Das gesamte Areal war renoviert und begrünt worden – und wo früher die Näherinnen über ihre Maschinen gebeugt gesessen hatten, hockten heute Designer bis spät in die Nacht vor ihren flimmernden Computerbildschirmen. Bäume, Grasflächen und eine Sonnenterrasse milderten die monumentale Strenge der wilhelminischen Architektur, und die Backsteine der Gebäude leuchteten im weichen Licht alter Laternen wie frisch gewaschen.

Behutsam lockerte Kieran seinen mentalen Schutz, und zwar gerade weit genug, um die Kreaturen der Nacht spüren zu können, ohne selbst entdeckt zu werden. Er war sehr geschickt darin, vielleicht sogar der Beste. Zufrieden dachte er daran, wie häufig ihm dieses Talent bereits das Leben gerettet hatte. Ein Moment der Unachtsamkeit – und womöglich wären andere Vampire auf Tao und ihre bemerkenswerten Talente aufmerksam geworden. Er hatte ihr sein Wort gegeben, dass dies nie geschehen würde.

Alles schien sicher, und niemand war ihm gefolgt. Kieran war gerade dabei, die schützenden Schatten zu verlassen, als er auf eine Szene aufmerksam wurde, die sich hinter den hohen Fenstern der Fabrik abspielte. Eine Schrecksekunde lang glaubte er, Tao zu Hilfe eilen zu müssen, doch dann wurde ihm klar, dass sich hier zwei Kombattanten einen Wettstreit auf gleichem Niveau lieferten.

Fasziniert hielt er sich zwar weiter verborgen, kam aber doch ein wenig näher heran, um die wirbelnden Gestalten in einem der hell erleuchteten Schulungsräume besser beobachten zu können.

Die sehnige Asiatin bot jede ihrer Fertigkeiten auf, um ihre im Vergleich eher weich wirkende Gegnerin zu bezwingen. Wie eine Feder schnellte sie hierhin und dorthin, setzte Angriffen sowohl Kraft als auch Nachgiebigkeit entgegen.

Doch immer schien ihre Kontrahentin die Bewegungen der erfahrenen Kämpferin zu erahnen und entwickelte überaus kreative Gegenmaßnahmen. Beide Frauen verweigerten irgendwann der Schwerkraft ihren Gehorsam und taten Dinge, die Sterblichen eigentlich nicht möglich waren.

Die Unbekannte spiegelte jede Bewegung ihrer Gegnerin, und so kam es Kiran vor, als wären sie in einem gemeinsamen Tanz verwoben, dessen geheimnisvolle Regel ihnen keine andere Wahl ließ, als ihm zu folgen.

Wenn Tao den Arm hob, dann tat das, einer geheimen Choreografie folgend, auch ihre Kontrahentin. Ein Augenaufschlag hier, der andere dort. Eine Hand schoss nach vorn, die andere war schon da.

Zum ersten Mal in seinem Leben beobachtete Kieran einen Kampf in vollendeter Harmonie. Und er genoss diese Darbietung, als säße er bei einem virtuosen „Pas de deux" in der besten Loge.

Irgendwann kam Frieden über die Trainierenden – sie standen sich schweigend gegenüber.

Tao atmete heftig – so hatte Kieran sie noch nie erlebt. Die unbekannte Gegnerin schien dagegen kaum außer Atem zu sein. Sie lachte fröhlich und verneigte sich. Dabei löste sich ihr Kopfschutz, und Kieran entfuhr ein überraschter Laut, als sich eine Kaskade dunkelroter Locken fast bis zur – bemerkenswert schmalen – Taille der jungen Frau ergoss.

Sofort hob sie ihren Kopf und blickte misstrauisch in seine Richtung.

Kieran spürte, wie sich die feinen Härchen auf seiner Haut aufstellten. Ein eindeutiges Signal, das ihn schon mehr als einmal in letzter Sekunde gerettet hatte. Doch dieses Mal trachtete ihm niemand nach dem Leben. Kierans Verstand war es, der in Gefahr zu sein schien, so sehr berührte ihn dieses Geschöpf.

Er war wie betrunken von diesem Anblick. Ihre Augen, die wie Smaragde in einem blassen Gesicht strahlten, standen weit auseinander, genau so wie er es liebte, und waren von erstaunlich dunklen Wimpern umrahmt. Der Bogen ihrer Brauen wirkte so kühn wie ihr sommersprossiges Näschen frech.

Wie weich sich diese Lippen anfühlen würden, wenn er sie küssen würde. Und noch köstlicher war der Gedanke an die zarte Haut ihres Halses, dort wo ein kleiner Puls gleichmäßig schlug! Ihre üppigen Kurven wollte er am liebsten komplett verhüllen, mussten sie doch jeden Mann zu sündigen Gedanken verleiten.

Das Verlangen, sie zu besitzen, ihr zu dienen und sie vor den Gefahren dieser Welt zu schützen, war derart überwältigend, dass Kieran nur mit Mühe seine Fassung bewahrte. Er war drauf und dran hervorzustürzen, sie zu packen und in die Sicherheit seines Zuhauses zu tragen. Kieran schalt sich einen Narren. Derartige Gedanken sollten tabu für ihn sein.

Zweifellos hatte sie seine Gegenwart gespürt, und als Tao ebenfalls einen ungeduldigen Blick in seine Richtung warf, zog Kieran sich zurück.

Das Mädchen war kein Vampir. Dennoch musste sie über gewisse Kräfte verfügen, hatte sie doch ganz offensichtlich wahrgenommen, dass sie beobachtet wurde. Eine gewöhnliche Sterbliche hätte niemals auf diese Weise gegen Tao, die sowohl ein wenig von dem Blut ihres ehemaligen Herrn als auch dasjenige von Kieran in den Adern hatte, antreten können.

Trotz besseren Wissens beschloss er herauszufinden, wer sie war. Für einen Vengador konnte es überlebenswichtig sein, magische Kreaturen seiner Umgebung genauestens zu beobachten. Er hatte auch deshalb so lange in einem solchen Job überlebt, weil er sich seit Anbeginn an diese Regel hielt. Ganz gelang es ihm allerdings nicht, sich selbst zu täuschen. Diese Frau hatte es geschafft, in wenigen Sekunden weitaus mehr längst verloren geglaubte

Gefühle in ihm zu entfesseln als irgendeine raffinierte Schönheit während der vergangenen Jahrhunderte. Kieran witterte eine neue Herausforderung. Seine Jagdlust erwachte.

Bei dem Versuch, in ihre Gedanken einzudringen, erwartete ihn eine unangenehme Überraschung. Kaum hatte er sich vorsichtig eingeschlichen, fand er sich mit einem Mal am Fuße einer unüberwindlich hohen Burgmauer wieder. Es war, als ließe sie ein Fallgitter unmittelbar vor seiner Nase herunterrasseln. Und obwohl er einige wirksame Tricks kannte, mentale Barrieren zu überwinden, gelang es ihm doch nicht, mehr als einen Hauch von Ungeduld wahrzunehmen, der ihm durch die Gitterstäbe entgegenwehte. Sie schien sich nicht einmal zu fürchten!

Er beobachtete aus der Ferne, wie das anbetungswürdige Geschöpf das Gebäude verließ und über den Parkplatz lief. Vor einem kleinen kugelförmigen Auto blieb sie stehen, blinzelte verwirrt und rieb sich die Nase. „Hatschi!", nieste das Mädchen plötzlich so heftig, dass ihr gesamter Körper erschüttert wurde. Zu Kierans Überraschung kicherte sie dann leise, stieg in den Wagen und brauste davon.

„Was für ein Kobold!", dachte er amüsiert und materialisierte sich in den Schulungsräumen. „Wer war das denn?"

„Dir auch einen guten Abend, Kieran!"

Tao drehte sich nicht einmal nach ihm um, sondern fuhr fort, die Übungsmatten sorgfältig übereinanderzustapeln. Anstatt wie erwartet das Holz des neuen Parketts, Schweiß und andere, noch viel unangenehmere Gerüche, die Sterbliche normalerweise absonderten, wahrzunehmen, glaubte sich Kieran in einen Frühlingshain versetzt. Mit halb geschlossenen Lidern nahm er den Duft der rothaarigen Nymphe genussvoll in sich auf, sicher, dass er ihn nie vergessen würde.

Tao hatte ihre Aufräumarbeit inzwischen erledigt. Kieran musste an sich halten, um sie nicht an der Schulter zu packen und die Antwort aus ihr herauszuschütteln. Er zwang sich zur Ruhe – und endlich blickte sie ihn an.

„Nun?", fragte er und hob eine Augenbraue. Kein Muskel in seinem Gesicht verriet, wie wichtig ihm ihre Antwort war. Die Vorstellung, dieses geheimnisvolle Wesen niemals wieder zu sehen, ließ sein kaltes Herz schneller schlagen – und er erhöhte den Druck auf Taos Gedanken. Sie bekam zum ersten Mal eine Ahnung von seiner wahren Macht und ging zitternd in die Knie. „Kieran, bitte!"

Er riss sich zusammen. „Tao, wer war dieses Mädchen?"

„Ich habe ihr Stillschweigen versprochen, und du weißt doch, dass ich mein Wort halte."

Kieran hätte die Antwort aus ihr herauspressen, ihre Erinnerung schänden können. Doch war es nicht gerade ihre Loyalität, die er so schätzte?

„Ich werde es herausfinden."

Mit diesen Worten verschmolz er mit der Dunkelheit.

Seit Tagen hatte Nuriya ihre Konzentrations- und Entspannungsübungen gemacht und war jeden Abend zum gemeinsamen Meditieren mit ihrer Trainerin und Freundin gegangen, bis sie schließlich heute Abend ihren Seelenfrieden wiedergewonnen zu haben schien und so gut wie nie zuvor gekämpft hatte. Während sie Tao dankbar umarmte, hatte sie seine Augen plötzlich über ihren Körper wandern gespürt. Wie ein Blitz war Nuriya herumgeschnellt, doch der Beobachter hatte sich in undurchdringliche Schatten gehüllt. Sie fühlte seinen brennenden Blick noch, als sie in ihr Auto stieg und nach Hause raste.

Dort erwartete sie eine unternehmungslustige Selena.

„Komm, lass uns ausgehen! Erik hat angerufen, er ist wieder

in der Stadt und will uns treffen. Nuriya, bitte sag nicht Nein! Du musst ihn unbedingt kennenlernen."

„Einverstanden." Nuriya war selbst etwas überrascht, so spontan zugesagt zu haben. Inzwischen war sie aber neugierig auf den Mann geworden, von dem ihre Schwester unentwegt mit verklärtem Blick schwärmte. Und warum auch nicht? Er war ihre erste große Liebe, soweit Nuriya das beurteilen konnte.

„Wirklich? Dann muss ich ihm gleich Bescheid geben!", freute sich ihre Schwester und hüpfte davon.

„Warte! Ich sollte unbedingt vorher noch duschen, und etwas Make-up könnte mir auch nicht schaden", fügte sie nach einem kritischen Blick in den Spiegel hinzu. „Kannst du mir was leihen? Ich fühl mich heute irgendwie … dämonisch."

Selena sah ihre Schwester erstaunt an.

„Mit Tao hatte ich heute … einfach den perfekten Kampf. Es war wundervoll!"

Selena konnte Nuriyas Begeisterung für asiatischen Kampfsport nicht verstehen, aber wenn es dazu führte, dass ihre große Schwester endlich ein wenig Lebensfreude zeigte, dann war ihr alles recht. Sie lachte vergnügt und versprach, sich um ihre Sommersprossen und wilden Haare zu kümmern, wenn sie nur mitkäme.

Träumerisch legte Nuriya ihren Kopf in den Nacken und drehte sich mit weit ausgebreiteten Armen im Kreis.

„Der Kampf mit Tao hat mir wirklich gutgetan", wisperte sie und fühlte sich zum ersten Mal seit Jahren unbeschwert und glücklich. In diesem Augenblick nahm sie eine Bewegung aus dem Augenwinkel wahr und fuhr blitzschnell herum. Das Herz klopfte ihr bis zum Hals.

Selena stand in der Tür und räusperte sich. „Wir müssen wirklich etwas an deinem Styling ändern!", befand sie und begann mit Kamm, Puderquaste und Lippenstift zu hantieren, nachdem sie ihre Schwester auf einen Stuhl gedrückt hatte. „Schließ die Augen!"

Nuriya war ganz froh zu sitzen, denn auf einmal wurde ihr schwindelig, und die Knie drohten ihren Dienst zu verweigern. Hatte sie sich tatsächlich gerade gewünscht, der unheimliche Beobachter wäre in ihr Schlafzimmer gekommen? Ganz so, als wär er ein dunkler Ritter, der die Angebetete entführen und auf seine einsame Burg irgendwo in den schottischen Highlands verschleppen wollte? Das war ja absurd! Sie versuchte, das hysterische Kichern, das schon in ihr aufsteigen wollte, noch zu unterdrücken. „Ich hab wohl zu viele Liebesromane gelesen."

„Was murmelst du da? Halt endlich still, sonst wird das nie was mit diesem Lidstrich", tadelte ihre Schwester, und Nuriya gehorchte.

In Taos Übungsraum hatte sie einen Augenblick lang gedacht, diesem heimlichen Beobachter bereits vor langer Zeit begegnet zu sein und ihn gut zu kennen.

Die behutsame Art, mit der er versuchte, ihre Gedanken zu lesen, schien ihr so vertraut, dass sie fast alle Vorsicht vergessen und sich ihm geöffnet hätte. Doch ihre endlosen Übungen zum Selbstschutz waren nicht vergeblich gewesen. Sie war gut ausgebildet.

Nachdem es ihr gelungen war, im letzten Moment noch ihre mentalen Schutzschilde zu aktivieren, konnte sie seine Enttäuschung und gleich darauf ein anerkennendes Lächeln spüren, das wie ein zarter Windhauch ihre erhitzte Haut zu umschmeicheln schien.

Er war es nicht gewohnt, abgewiesen zu werden, hatte der Fremde sie wissen lassen, während Nuriya in ihrem kleinen Wagen vor ihm geflohen war.

Wir sehen uns wieder!, hallten seine Worte in ihrem Kopf – und was im ersten Moment wie eine Drohung geklungen hatte, schien ihr nun ein wundervolles Versprechen zu sein.

„Ist alles in Ordnung, Nuriya? Du bist auf einmal ganz blass geworden!"

Sie schüttelte sich, als wollte sie einen unangenehmen Gedanken loswerden, und öffnete vorsichtig ihre Augen. Aus dem Spiegel blickte ihr eine Märchenfee entgegen. Die Haare glänzten, und auf den dichten Tressen glitzerten unzählige winzige Lichter. Ihre Sommersprossen waren verschwunden. Stattdessen bewunderte sie mit ihren eigenen tiefgrünen Augen den kühnen Bogen ihrer Brauen und das einladende Schimmern der vollen Lippen.

„Ist das Feenzauber?", fragte sie misstrauisch.

Selena widersprach fröhlich: „Der einzige Zauber besteht darin, dass du dich endlich einmal so siehst, wie du wirklich bist. Und mit dieser Magie", abwehrend hob sie ihre Hände, „habe *ich* nichts zu tun! Irgendetwas scheint mit dir geschehen zu sein. Bist du etwa verliebt?"

Jetzt musste auch Nuriya lachen. „Ganz gewiss nicht!"

Asher war es gewohnt, von seinem jüngeren Bruder ohne weitere Erklärungen einbestellt zu werden, und fügte sich auch dieses Mal gutmütig. Er erreichte den vorgeschlagenen Treffpunkt pünktlich und suchte sich einen strategisch günstigen Tisch, von dem aus er die gesamte Bar gut überblicken konnte.

Der Vampir kam am Abend des Öfteren hierher, wenn er in der Stadt war. Die Inneneinrichtung des „Refugium" erinnerte ihn an das Paris des ausgehenden 19. Jahrhunderts. Eine Zeit, an die er besonders gern zurückdachte.

Wie damals schon gab es hier diese typischen, mit dunklem Leder gepolsterten Bänke, vor denen quadratische Holztische ordentlich aufgereiht standen. Abends wurden sie mit steifen Leinentüchern sauber gedeckt und je nach Anzahl der Gäste von den flinken Kellnern und Serviermädchen zusammengeschoben.

Dadurch schuf man die Intimsphäre für ein verliebtes Paar, das sich bei Kerzenschein tief in die Augen sehen wollte, oder ausreichend Platz für eine Gruppe lärmender Freunde.

Die Holzvertäfelung war mit der Zeit vom Rauch nahezu schwarz gefärbt, und die hohen Spiegel an den Wänden mochten vielleicht etwas blind geworden sein. Doch sie waren noch immer klar genug, um die mächtigen Kristalllüster, die von der Decke hingen, tausendfach widerzuspiegeln. Nicht wenige, die zum ersten Mal hierherkamen, stellten verwirrt fest, dass die Bar sehr viel kleiner war, als sie auf den ersten Blick erschien.

Asher vertrieb sich gern die Zeit damit, die Gäste zu beobachten. „Refugium", das war ein bewusst gewählter Name, denn hier hatten alle Wesen der magischen Welt Zutritt, solange sie sich an die Regeln hielten – und die waren in wenigen Worten zusammengefasst: keine auffällige Magie und keine Übergriffe auf Sterbliche.

Der Besitzer hielt seine Bar rund um die Uhr geöffnet, und so begegnete man hier auch in den frühen Morgenstunden Nachtschwärmern, denen es nichts auszumachen schien, wenn sie ab und zu ihre Füße heben mussten, damit die Reinigungsfrau die Spuren anderer Gäste beseitigen konnte.

Mittags, so wusste er, kamen Geschäftsleute zum Essen und vornehme Damen mit zahllosen Einkaufstüten, in denen sie ihre Beute aus den benachbarten exklusiven Boutiquen heimtrugen. Marktleute von gegenüber standen am langen Tresen. Sie genehmigten sich ein Gläschen Wein zur Stärkung und griffen dabei häufig zu dem stets frischen Brot, das hier kostenlos in kleinen silbernen Körben bereitstand.

Am Nachmittag wurde es ruhiger, und eine Kaffeehaus-Atmosphäre breitete sich aus. Ältere Herren rauchten, hinter großen Tageszeitungen verborgen, würzige Zigarren; Männer und Frauen hockten mit gebeugtem Kopf über handgeschriebenen Texten, und vereinzelt sah man den einen oder anderen auch mit Laptop und Handy hantieren.

Wenn die Büros und Geschäfte der Umgebung allmählich schlossen, fand sich wieder ein neues Publikum ein. Die Küche sei exzellent, so war zu hören, und viele Gäste gönnten sich vor dem Heimweg noch einen Drink. Das taten auch diejenigen, die vor einem Diskothekenbesuch hier einkehrten. Und so war die Theke nun, wie an jedem Abend, dicht umlagert, die Musik wurde lauter gedreht, und die Luft vibrierte vor gespannter Erwartung und fröhlichen Flirts.

Als die Frauen die Bar betraten, stand für Asher einen Augenblick lang die Welt still. Die zwei hätten unterschiedlicher kaum aussehen können. Die kleinere blickte sich zwar zögernd um, aber ihr sinnlicher Gang verriet keinerlei Unsicherheit. Dennoch schien sie sich ihrer erotischen Ausstrahlung überhaupt nicht bewusst zu sein. Vergeblich hatte sie versucht, ihr leuchtend rotes Haar mit einer Hochsteckfrisur zu bändigen. Schon lösten sich einige Strähnen, die den sanft geschwungenen Nacken einladend betonten. Asher ertappte sich dabei, wie er die Lippen leckte, als er sich vorstellte, wie es wäre, wenn seine Zähne ihre nahezu transparente Haut durchbohrten.

Eine attraktive Sterbliche. Und doch war es ihre Begleiterin, die seine Aufmerksamkeit noch mehr fesselte. Sie war groß gewachsen und hätte durchaus ein Model sein können, so exquisit waren ihre zart modellierten Gesichtszüge. Nachtschwarzes Haar umspielte bei jeder Bewegung mit einem weichen Schwung die schmalen Hüften. Jede Faser dieses Körpers schien nach Liebe zu rufen. Das musste ohne jeden Zweifel die attraktive Tochter einer Fee im besten Alter sein.

Asher schluckte, während ihm die Hoffnung fast das Herz abschnürte. In diesem Moment streifte ihn ihr Blick aus sinnlich geschminkten Augen. Er spürte eine Sehnsucht in sich, die der fast eintausendvierhundert Jahre alte Vampir nie zuvor gefühlt hatte.

Feenkind.

Er gab sich große Mühe, nicht zu auffällig in ihre Richtung zu sehen.

Die beiden Frauen blieben kurz stehen und schauten sich suchend um. Und während das Leben um ihn herum aus einer vorübergehenden Starre zu erwachen schien, fiel Ashers Blick auf seine zu Klauen gebogenen Finger, die er tief ins Holz seines Tisches gepresst hatte. Behutsam streckte er die Hände aus, legte sie flach vor sich auf den Tisch und atmete mehrmals tief durch.

Er versuchte, den Schaden mit so wenig Magie wie möglich zu beheben, um keine unerwünschte Aufmerksamkeit auf sich zu ziehen. Dabei fragte er sich, ob dies die Auserwählte sein könnte. Die derzeit meistgesuchte Fee, vorherbestimmt für die Verbindung zwischen dem Feenreich des Lichts und der Welt der Vampire. Macht und Reichtum winkten dem Vampir, der sie zu einer Tochter der Nacht transformierte.

Sobald die Auserwählte gefunden war, stand sie unter dem Schutz der Vengadoren, bis auch ihr Seelenpartner ermittelt war. Ohne Schutz hätte die Auserwählte keine große Chance gegen die zahllosen liebestollen und machthungrigen Vampire, die vom Zeitpunkt ihrer Entdeckung an ausschwärmten wie Fledermäuse bei Sonnenuntergang. Jeder einzelne war von der Hoffnung getrieben, sie auf die eine oder andere Weise für sich zu gewinnen.

Wenn die Venus nach hundertzwanzig Jahren zum ersten Mal wieder auf ihrem Weg durch den Himmel die Sonne überquerte, musste die Verbindung zwischen dem Reich der Dunkelheit und dem Reich des Lichts erneuert werden. Acht Jahre später gäbe es zwar einen zweiten Transit – aber die Götter schien das nicht zu interessieren.

Kein Sterblicher konnte sich an das letzte kosmische Ereignis dieser Art erinnern, Asher jedoch sehr wohl. Und wie jedes Mal standen auch jetzt die Vorzeichen auf Sturm. Er überlegte, ob Kieran ihn deshalb hierher bestellt hatte. So kurz vor dem Termin drehten einige der männlichen Vampire geradezu durch. Zum ersten Mal schien auch er gefährdet zu sein, den Verstand zu verlieren. Es war wohl Venus selbst, die ihn für den besonderen Charme dieses Feenkindes anfällig machte, denn Geld und Macht besaß er wahrlich genug.

Die Frauen ließen sich an der Bar nieder und bestellten munter schwatzend ihre Getränke. Kurz darauf betrat eine Gruppe von Lykanthropen das Lokal. Werwölfe traf man selten allein an. Asher, der wie alle Alpha-Vampire ein ausgesprochener Einzelgänger war, fand die lärmende Bande gut gelaunter junger Leute äußerst unangenehm. Zu allem Überfluss lächelte das Feenkind beim Anblick der Neuankömmlinge so glücklich, dass er gerade noch ein Knurren unterdrücken konnte. Aus schmalen Augen beobachtete er missbilligend, wie sie sich in die Arme eines hochgewachsenen Blonden stürzte, der aussah, als sei mit ihm nicht zu spaßen.

Asher hätte ihm am liebsten den Hals umgedreht, aber er konnte hier unmöglich eine Auseinandersetzung provozieren. Stattdessen konzentrierte er sich auf sein Getränk, das beinahe ausgetrunken war. Dabei entging ihm der forschende Blick der rothaarigen Frau.

Auf ihrem Weg zu dem beliebten Szene-Treffpunkt, in dem sie sich mit Erik verabredet hatten, verspürte Nuriya heute schon zum zweiten Mal dieses merkwürdige Kribbeln unterhalb ihrer Nasenwurzel und konnte nur mit Mühe ein Niesen unterdrücken. Selena schaute sie besorgt an: „Du hättest doch deine Jacke anziehen sollen!“

„Damit ich sie den ganzen Abend herumschleppen muss? Ich finde es heute ziemlich warm. Nein, ich glaube eher, mein Heuschnupfen meldet sich zurück."

„Dagegen habe ich ein wunderbares Mittel. Erinnere mich nachher, es dir zu geben."

„Hoffentlich wirkt es anders als letztes Mal, als ich noch drei Tage nach deiner Behandlung grüne Ohren hatte und mich nirgendwo sehen lassen konnte."

„Sie waren gar nicht grün!", protestierte Selena.

„Oh doch, das waren sie – und spitz obendrein!"

„Ein Anfängerfehler. Inzwischen habe ich mit Estelle geübt und bin viel besser geworden! Wirklich, ich werde dich nicht verhexen", schmollte Selena, und Nuriya musste lachen: „In Ordnung. Ich probiere dein Mittelchen! Aber jetzt Schluss mit Magie. Wir sind da."

Gemeinsam betraten sie das „Refugium" und hielten nach Erik Ausschau. Als ihre Schwester ihn nirgendwo entdecken konnte, schlug Nuriya vor, an der Theke zu warten.

Sie fühlte sich ein wenig unwohl, während sie versuchte, sich trotz ihrer flachen Absätze einigermaßen elegant vorwärtszubewegen. Dabei hoffte sie, dass die interessierten Blicke ihrer Schwester galten und nicht ihr selbst. „Ich hätte vielleicht doch die Jacke mitnehmen sollen …", murmelte sie und zog ihr geliehenes, bauchfreies T-Shirt ein kleines Stück weiter herunter. Es war zu eng und eigentlich auch zu kurz für ihren Geschmack, aber zu Hause hatte sie sich von Selena überzeugen lassen, dass dies die geeignete Ergänzung zu ihrer weiten Hose mit den aufgesetzten Taschen sei und ihre schmale Taille aufs Beste zur Geltung bringe. Ihren nicht eben kleinen Busen offenbar auch, stellte sich nun heraus, da bereits der dritte Mann einen längeren Blick riskierte. Nicht dass sie besonderen Wert auf diese Art von Aufmerksamkeit gelegt hätte.

Selena winkte dem Barkeeper, der sich bemühte, ihre Bestellung so schnell wie möglich auszuführen.

Nuriya wusste, dass Selena viel schüchterner war als Estelle, ihre Zwillingsschwester. Wie schaffte sie es nur, trotzdem so perfekt zu wirken? Ihr selbst war bereits warm geworden; sie spürte, wie sich die ersten Strähnen schon wieder vorwitzig über ihre Schultern kringelten. Das Kribbeln machte sie ganz nervös.

„Entspann dich, Schwesterlein!" Selenas kühle Hand auf ihrem Arm übte sofort eine beruhigende Wirkung aus. Sie war glücklich, dass Nuriya mitgekommen war, und freute sich schon darauf, sie endlich ihrem Freund Erik vorstellen zu können.

„Keine Magie!", warnte Nuriya lächelnd. Aber dann lehnte sie sich folgsam zurück und nahm einen Schluck von dem Martini, den Selena für sie beide bestellt hatte. Dabei blieb ihr Blick an einem dunkelhaarigen, attraktiven Mann hängen, dessen Interesse sie gleich beim Betreten der Bar gespürt hatte.

Sofort schaute er zur Seite, fast so, als fühle er sich ertappt. Sein kurz geschnittenes Haar betonte das ebenmäßige Profil und die sinnlichen Lippen, die der Mann allerdings fest zusammenpresste. Beinahe wirkte es, als ärgere er sich über etwas. Sein lässiger dunkelblauer Pullover konnte die breiten Schultern nicht verbergen, und Nuriya hätte wetten können, dass der restliche, leider hinter dem Bistrotisch verborgene Körper ebenso ansehnlich war.

Die jungen Frauen am Nachbartisch schienen der gleichen Meinung zu sein, denn sie starrten ihn an, als wäre er ein besonderes Dessert. Nuriya hoffte für ihn, dass er diese Form der Bewunderung auch genoss. Sie selbst hätte an seiner Stelle vermutlich so schnell wie möglich die Flucht ergriffen.

Eine der Frauen, die mit ihrem schmalen Kleid ihre weiblichen Rundungen besonders gut zur Geltung brachte, stand auf und zog dabei beiläufig ihren Rock zurecht. Nun war ein gutes Stück mehr von ihren langen Beinen zu sehen. Sie warf den Freundinnen ein siegesgewisses Lächeln zu, so, als wollte sie sagen: „Seht her, so macht man das!“, und schlenderte mit einladendem Hüftschwung in Richtung ihrer männlichen Beute.

Fasziniert beobachtete Nuriya, wie sie in Reichweite des Mannes plötzlich zu straucheln schien. Hätte er nicht blitzschnell ihren Arm ergriffen, um einen Sturz zu verhindern, sie wäre garantiert auf seinem Schoß gelandet.

„Kleines Biest!“ Nuriya musste lachen, denn der Mann schaute die empörte Blondine während seiner Rettungsaktion nicht einmal an. Im Gegenteil, ein Blick auf sein Profil genügte, und das Mädchen floh zu ihren Freundinnen zurück. Keine von ihnen wagte es anschließend, auch nur einmal noch hinüberzusehen. Nuriya bedauerte es in diesem Augenblick sehr, dass sie aus Eitelkeit auf ihre Brille verzichtet hatte und ihr deshalb die feineren Nuancen seiner Mimik entgingen.

„Besonders freundlich scheint er nicht zu sein“, dachte sie und blickte sich neugierig um. Wem wohl nun sein eindeutig ärgerlicher Blick gelten mochte?

Erstaunt bemerkte sie, dass ihre Schwester aufgesprungen war und einem hochgewachsenen Blonden entgegenlief. „Niemand hat mir gesagt, dass hier ein Modeltreff ist!“, flüsterte sie leicht panisch. Aber dann wurde ihr klar, dass dieser da der „wunderbare Erik“ sein musste, von dem Selena pausenlos schwärmte.

Die beiden kamen eng umschlungen zu ihr herübergeschlendert, und mit einem verschwörerischen Lächeln, das ein hinreißendes Grübchen in seine Wange zauberte, beugte sich Erik zu ihr herab und flüsterte: „Ich kann nichts dafür, ehrlich! Sie ist einfach sehr leidenschaftlich.“

„Tatsächlich?“ Nuriya hätte dieses Attribut niemals auf ihre Schwester angewandt. Doch offenbar war in den vergangenen Monaten mehr geschehen, als sie ahnte.

Nuriya las schon seit Langem nicht mehr die Gedanken der Menschen, die sie umgaben. Die meisten waren ohnehin langweilig. Wer wollte schon wissen, ob die Frau an der Bushaltestelle ihren Mann betrog – mit dessen Bruder! Oder wie sehr dem Briefträger die Brüste der Nachbarin gefielen. Aber hier ging es um Selenas Glück, versuchte sich Nuriya zu beruhigen und ignorierte einfach die kleine Stimme, die ihr zuflüsterte, dass sie in erster Linie aus Neugier handelte.

Behutsam wagte sie einen Blick in Eriks Gedanken und fand darin überwältigende Zärtlichkeit, Bewunderung und eine ehrliche Liebe für Selena. Erleichtert wollte sie sich gerade zurückziehen, als sie noch etwas anderes sah. Erschrocken sog sie die Luft ein.

„Was …?" Doch Erik schaute sie fest an: *Sie hat keine Ahnung!*, warnte seine Stimme in ihrem Kopf.

Sie weiß nicht, dass du ein Werwolf bist? Wie hast du das vor ihr verheimlichen können? Etwas verunsichert, weil sie bisher noch nie jemandem seiner Art begegnet war, fragte Nuriya noch einmal nach: *Das ist es doch, was du bist?*

Fast hoffte sie, sich zu irren. Doch Erik widersprach nicht, und sein lautloses Seufzen schien tief aus seiner Seele aufzusteigen.

Sie fand ihn trotz seines Geheimnisses sympathisch. Und seine offensichtliche Qual betrübte sie. Dennoch, sie hatte die Pflicht, ihre Schwester zu schützen, deshalb bohrte Nuriya weiter: *Was weißt du über uns?*

Ihr seid Feenkinder – und ziemlich begabte noch dazu. Aus Gründen, die mir unbegreiflich sind, hat Selena keine Ahnung, über welche Fähigkeiten sie tatsächlich verfügt, und wird von Estelle unentwegt abgeschirmt. Jetzt klang er beinahe etwas ärgerlich: *Und du! Du fühlst dich wie eine ganz gewöhnliche Sterbliche an! Man sollte meinen, dass ihr stolz auf eure Herkunft seid. Stattdessen verleugnet ihr euer Erbe. Estelle tut das nicht.*

Und was hat Estelle mit alldem hier zu tun? Nuriya beobachtete sorgsam ihre Schwester. Doch diese schien von dem hitzigen Gedankenaustausch nichts zu bemerken und kuschelte sich mit einem verträumten Lächeln auf ihren Lippen an Eriks Schulter. Ihr kam ein entsetzlicher Gedanke: *Was hast du mit Estelle zu tun?*

Ganz sicher nicht das, was du denkst! Ich liebe Selena! Erik fuhr sich nervös durch sein blondes Haar: *Estelle war es, die mir das Versprechen abgenommen hat, Selena meine wahre Natur zu verheimlichen. Das ist, nebenbei gesagt, verdammt schwierig. Vor allem jetzt*, fügte er mit einem Blick aus den hohen Fenstern hinzu, als könne er den zunehmenden Mond irgendwo am Nachthimmel deutlich sehen.

Nuriya konnte nur ahnen, wie schwierig es für Erik sein musste, Selena einen bedeutenden Teil seines Wesens zu verschweigen. Und sie fand es grausam von Estelle, ihm dieses Versprechen abgenommen zu haben.

Besonders zu Zeiten des Vollmonds lief er doch ständig Gefahr, entdeckt zu werden. Wenn dann noch Leidenschaft mit ins Spiel kam, dann konnte ein Werwolf, auch ohne sich zu verwandeln, ein recht fordernder Liebhaber sein. Würde sich die unerfahrene Selena in einem solchen Moment ängstigen, so mochte es durchaus passieren, dass Erik die Beherrschung verlor und das Raubtier in ihm die Oberhand gewann. Nicht auszudenken, welche Folgen ein solcher Kontrollverlust hätte.

Was dachte sich Estelle nur dabei? Glaubte sie tatsächlich, Unkenntnis würde Selena vor möglichen Gefahren schützen?

Erik, es tut mir leid! Diese Situation muss ganz furchtbar für dich sein. Du solltest es ihr so schnell wie möglich sagen.

Seine Erleichterung, dass sie ihn von seinem Versprechen gegenüber Estelle gewissermaßen entband, schien nahezu greifbar. Er versprach, ihre Schwester behutsam auf dieses schwierige Gespräch vorzubereiten.

Während sie dem verliebten Paar ein wenig Zweisamkeit gönnte und gedankenverloren versuchte, die Olive in ihrem leeren Glas aufzuspießen, quälte Nuriya schon wieder dieses eigenartige Kribbeln. Sie beschloss, unbedingt Selenas neues Mittel auszuprobieren. Als ob sie nicht mit den Sommersprossen schon genug gestraft war! Nun würde ihre Nase vom ständigen Kräuseln bestimmt ganz knittrig werden, dachte sie belustigt.

Doch dann wurde sie ernst.

Eriks Vorhaltungen, sie verleugne ihre Herkunft, hatten Nuriya nachdenklich gemacht. War es denn ihre Schuld, dass Estelle auf diese unbeholfene Art versucht hatte, die vertrauensselige Schwester vor Gefahren zu schützen, fragte sie sich besorgt, als ein heftiger Niesreiz sie aus ihren Überlegungen riss und kurz darauf beunruhigende Ereignisse ihre vollständige Aufmerksamkeit verlangten.

Asher überlegte nach dem offensichtlichen Annäherungsversuch der Blondine vom Nachbartisch kurz, ob er die vorwitzige Sterbliche um ein paar Schlucke ihres appetitlich duftenden Blutes erleichtern sollte. Er wusste, dass der Gang zu den Toiletten, der nicht nur den Sterblichen als Fluchtweg dienen sollte, in einen kleinen Garten hinter dem Haus führte. Dort gab es ausreichend dunkle Ecken für einen ungestörten Imbiss. Schon hatte sie sich halb erhoben, um seiner lautlosen Einladung zu folgen, da fiel ihm gerade noch rechtzeitig ein, dass der Wirt derartige Aktivitäten in seiner Bar rigoros mit Hausverbot bestrafte. Sein Opfer ließ sich verwirrt auf den Stuhl zurücksinken. Asher gab ihren Gedanken einen sanften Stoß, und bereitwillig ließ sie sich kurz darauf von ihren besorgten Freundinnen nach Hause begleiten.

Unzufrieden, dass sein Appetit erwacht und Kieran immer noch nicht aufgetaucht war, blickte er zur Bar hinüber, nur um

Zeuge einer liebevollen Umarmung zwischen der Fee und dem Werwolf zu werden.

„Das ist ja nicht zum Aushalten, eine Fee in Gesellschaft von Werwölfen!“, knurrte er schließlich verärgert und erhob sich, um die Bar zu verlassen.

„Setz dich, Ash!“ Kieran drückte ihn gnadenlos in seine Bank zurück.

Schon lange bevor er die Bar betreten hatte, wusste er bereits, dass sie hier war. Seine Eingeweide schienen sich zusammenziehen zu wollen, und der Wunsch, mit ihr an den entlegensten Ort der Welt zu fliehen, wo kein anderer Mann seinen lüsternen Blick auf ihren verführerischen Körper werfen konnte, war nur mühsam zu bändigen.

Auch war ihm das Interesse des bezaubernden Geschöpfes an seinem Bruder nicht entgangen. Am liebsten hätte Kieran, dem Freund und Feind nachsagten, er sei durch nichts zu provozieren, dieses Mal seinen männlichen Urinstinkten freie Hand gelassen. Er musste an sich halten, um Asher nicht auf der Stelle zum Kampf zu fordern. Eine kleine archaische Stimme in seinem Herzen verlangte, er möge jeden Mann, der es wagte, sie anzusehen, auf der Stelle zu Stein erstarren lassen.

Der Barbesitzer, ein Sterblicher mit beträchtlichen magischen Fähigkeiten, hätte Kieran dies sicher nicht gedankt und ihn hinausgeworfen. Nicht dass ein Hausverbot dann noch von Bedeutung wäre – eine derartige Aktion würde ihn in jedem Fall seinen Kopf kosten. Keine Magie in der Öffentlichkeit, das war die oberste Regel. Seine Stimmung hob sich etwas, als er sich den Skandal vorstellte, wenn ausgerechnet er dabei ertappt werden würde, wie er gegen dieses Gesetz verstieß. Wen der Rat wohl zu seiner Exekution aussenden mochte? Sein Blick fiel auf den älteren Bruder. Wahrscheinlich würden sie Asher schicken. Dieser Gedanke holte ihn schnell wieder in die Gegenwart zurück. Kieran konzentrierte sich auf den Grund seiner Anwesenheit.

Mit gedämpfter Stimme erzählte er von dem Überfall der gestrigen Nacht. Die Einzelheiten seiner Rettung ließ er jedoch aus.

„Hörst du mir überhaupt zu?“ Gereizt knurrte er sein Gegenüber an. Der sonst so aufmerksame Asher hatte während seiner gesamten Erzählung immer wieder zur Bar geschielt.

Und warum auch nicht. Der Anblick dieser kleinen rothaarigen Hexe musste ja in jedem Mann niedere Instinkte wecken.

Dass sie jetzt versuchte, ihr T-Shirt weiter herunterzuziehen, machte die Sache auch nicht besser, denn diese Bewegung lenkte seinen Blick nur auf die zarte weiße Haut ihres Bauches, der im selben Moment leicht vibrierte, als sie über irgendeinen Kommentar ihrer Begleiterin lachte. Kieran stellte sich vor, wie es wäre, wenn sie so unter seinen Zärtlichkeiten erbebte. Die feinen Härchen würden sich aufstellen und ihre Berührung seine Sinne noch sensibler machen und auf das vorbereiten, was er später mit ihrem Körper anstellen würde. Mit seiner Zunge wollte der Vampir ihre salzige Haut kosten, die weichen Schenkel liebkosen und ihren verführerischen Duft trinken, bis sich ihr Körper ihm entgegenbog und sie ihn anflehte, sie völlig in Besitz zu nehmen, sich immer wieder aufs Neue tief in ihr zu versenken, bis sie nie wieder an einen anderen Mann dächte.

„Kieran?“

Er sah seinen Bruder einen Moment lang ratlos an, als dieser sich zurücklehnte, die Arme vor der Brust verschränkte und ihm einen wissenden Blick zuwarf. „Ich habe nachgedacht!“, beeilte Kieran sich zu sagen.

„Aha. Vielleicht könntest du nun freundlicherweise deine Aufmerksamkeit wieder mir schenken. Ich dachte, du hättest mich hierher bestellt, um ein paar Informationen zu erhalten.“

„Red schon!“, knurrte Kieran und bemühte sich, das Mädchen weiter aus dem Augenwinkel zu beobachten. Auch Asher hatte früher einmal als Vengador für den Rat gearbeitet und verfügte als Berater immer noch über sehr gute Kontakte.

„Du bist nicht der Einzige, der überfallen wurde! Verschiedene Agenten berichten von ähnlichen Vorkommnissen. Ein Vengador gilt bereits als vermisst. Wenn du mich fragst, hat das mit dem Venuspakt zu tun.“

Kieran war nicht ganz überzeugt. „Aber warum werden wir überfallen?“

„Vielleicht ein Ablenkungsmanöver. Hat man die Auserwählte eigentlich schon gefunden?“ Dabei blickte nun Asher sehnsüchtig zur Bar hinüber. Seine Fee stand jetzt mit dem blonden Werwolf etwas entfernt von ihrer Begleiterin. Diese war gerade dabei, mit konzentriertem Gesichtsausdruck eine Olive in ihrem Getränk aufzuspießen, so, als wolle sie um jeden Preis vermeiden, in die Richtung der beiden Brüder zu sehen. Die anderen Lykanthropen waren nirgendwo zu entdecken.

Kieran folgte seinem Blick und erstarrte. Ein leicht angetrunkener Mann näherte sich „seinem Mädchen“, das augenscheinlich keine Ahnung hatte, welche Fantasien es bei den Männern in der Bar auslöste.

Lüstern hefteten sich die Augen des Sterblichen, vom Alkohol getrübt, an ihre gefälligen Rundungen. Er öffnete eben seinen Mund, vermutlich, um ihr Obszönitäten ins Ohr zu lallen. Da stand der Lykanthrop bereits schützend vor ihr. Der Barbesitzer kam ebenfalls rasch näher, und schon tauchten auch Kieran und Asher gleichzeitig rechts und links neben dem Trunkenbold auf. Niemand hatte gesehen, wann sie von ihrem Tisch aufgestanden waren. Alle Gespräche verstummten, und die Musik schien auf einmal sehr laut.

„Kann ich helfen?“ Kierans Stimme klang gelangweilt und ein

wenig spöttisch. Doch nur seine jahrhundertealte Disziplin hielt ihn davon ab, dem schmierigen Kerl auf der Stelle das Genick zu brechen. Er rang kurz mit dem Dämon reiner Blutgier, doch sein Verstand gewann schließlich die Oberhand, und der Vengador befahl dem überraschten Sterblichen mit einem tiefen Blick in seine Augen: *Verschwinde und richte nie wieder ungefragt ein Wort an diese beiden Frauen!*

Hastig befolgte der andere diesen eindeutigen Befehl, als hätte sein gefährlicher Gegner die Warnung laut ausgesprochen.

Kierans Anspannung ließ ein wenig nach, und die umstehenden Leute widmeten sich wieder ihren Gesprächen, als wäre nichts geschehen. Der Wirt nickte den beiden Vampiren kurz zu, bevor er sich weiter um das Wohl seiner Gäste kümmerte.

Nuriya starrte ihren Retter einen Moment lang wortlos an.

„Vielen Dank!", würgte sie schließlich heraus und fühlte zu ihrem Entsetzen, wie eine unangenehme Wärme in ihr aufstieg. Zweifellos glühte ihr Gesicht wie eine überhitzte Herdplatte.

„Keine Ursache!" Und weil er nichts weiter zu sagen wusste, verbeugte er sich knapp und schritt steifbeinig davon.

Sie duftet nach Maikraut!, dachte er verträumt. „Götterspeise" nannten die Sterblichen eine mit dieser Pflanze gewürzte Leckerei. Das Frühlingskraut bedeckte mancherorts die Waldböden wie ein weiß getupfter Teppich, und Kieran fühlte sich in die Eichenhaine seiner Heimat versetzt. Er atmete tief ein, glaubte ihre süße Frische zu schmecken, und das Wasser lief ihm im Munde zusammen, ohne dass er die sonst allgegenwärtige Blutlust verspürte. Nuriyas Duft schien ihm zu folgen.

„Wer bist du?", flüsterte sie. Ihre Stimme jagte wohlige Schauer über seine Haut. Doch der Vampir widerstand der Versuchung, auf dem Absatz umzukehren, sie zu küssen und hier in aller Öffentlichkeit seinen Besitzanspruch deutlich zu machen.

Er erinnerte sich an ihre kämpferischen Talente und dachte schmunzelnd, dass sie ihm ein solches Verhalten sicherlich nicht widerstandslos gestatten würde.

Bitte, sag mir deinen Namen!, bat Nuriya. Doch sie erhielt keine Antwort.

Als sie die Hoffnung bereits beinahe aufgegeben hatte, er könnte sie verstanden haben, schwebte ein Name durch ihren Kopf: *Kieran.*

Er hätte sich ohrfeigen können. „So viel zum Thema ‚niemals unliebsame Aufmerksamkeit erregen'!", knurrte er verdrossen.

Was war nur in ihn gefahren, ihr die Erinnerung an sein Eingreifen zu lassen und ihr obendrein noch seinen Namen zu verraten? Welche unsichtbare Verbindung bestand zwischen ihnen, dass sie alle Barrieren überwunden hatte und, offenbar völlig mühelos, in seine Gedanken eingedrungen war?

Die beiden Frauen blickten sich an und kicherten.

„Das Testosteron fliegt heute tief", lachte sein bezaubernder rothaariger Kobold mit kehliger Stimme, die allen anwesenden Männern die Haare zu Berge stehen ließ. Dann nahm sie ihre Schwester bei der Hand. „Lass uns gehen!"

„Erik!", schnurrte nun die andere. „Hörst du? Wir gehen!"

Der Lykanthrop schien endlich aus seiner Starre zu erwachen, warf Kieran und Asher einen warnenden Blick zu und eilte an die Seite seiner Freundin.

Schützend schob er die beiden Frauen vor sich auf die Straße. Kieran bewunderte seinen Mut. Zweifellos kannte zumindest er die wahre Natur der dunklen Schutzengel.

Und dann schaute sie ihn noch einmal an. Die Zeit schien stillzustehen. Interesse blitzte in ihren grünen Augen, als ihre Blicke sich für Sekunden trafen. Dann umspielte ein vielversprechendes Lächeln ihre Lippen, bevor sie endgültig in der Nacht verschwand: *Ich bin Nuriya!*

„Liebe Güte! Sie flirtet mit dir!", brach es wenig später aus Asher heraus.

„Sie weiß nicht, was sie tut!", grollte Kieran.

„Du denkst doch nicht etwa daran, dich mit einer Sterblichen einzulassen? Der Rat ließe das nicht zu. Abgesehen davon würde die Kleine ein Verhältnis mit dir vermutlich kaum länger als ein paar Wochen überleben!"

„Asher! Das Mädchen ist etwas ganz Besonderes. Ich würde sie nie anrühren!" Kieran atmete mit geschlossenen Augen tief ein, als hoffte er, noch einen Hauch von ihrem betörenden Duft zu erhaschen. „Sie riecht nach Maikraut!", fügte er schwärmerisch hinzu und bemerkte glücklicherweise nicht, dass sein Bruder mit den Augen rollte.

„Das kann nicht sein! Nur Feen …"

„Du hast recht! Natürlich, das muss es sein! Warum habe ich es bloß nicht sofort bemerkt? Sie ist ein Feenkind!" Kieran schaute seinen Bruder fassungslos an, und hätte er noch ein lebendiges Herz gehabt, es wäre in diesem Augenblick gebrochen. Er hatte seine Chance, um eine Fee zu werben, bereits vor Jahrhunderten vertan. Bevor er überhaupt wusste, dass es nur diesen einen Versuch für ihn geben würde. „Ihre dunkelhaarige Begleiterin, die mit dem Werwolf poussiert hat", Asher lachte bitter, „sie ist ein Feenkind. Aber die Rothaarige? Niemals! Ich kann sie ja nicht einmal spüren."

„Du kommst auch besser nicht auf die Idee, sie spüren zu wollen!", knurrte Kieran. Mit dieser Drohung verschmolz der Vampir mit der Dunkelheit und ließ seinen Bruder ratlos zurück.

Auf dem Heimweg war Nuriya sehr still. Die Magie schien mit aller Macht in ihr Leben zurückgekehrt zu sein. Erst ihre beunruhigende Begegnung mit dem Fremden, dann das dunkle Geheimnis von Erik und nun der Zwischenfall in der Bar.

Ihr war nicht entgangen, mit welcher übermenschlichen Geschwindigkeit ihre Retter den Raum durchquert hatten, um sie vor dem zu Tode erschrockenen Sterblichen zu schützen. Die beiden Männer hatten eine bemerkenswerte Ähnlichkeit, die sich nicht nur auf ihr Aussehen beschränkte. Es war, als wären sie von der gleichen Art. Nur – was waren sie? Feen sicher nicht. Das hätte Nuriya gespürt. Kieran umgab die Aura eines arroganten Machos, der es gewohnt war, Befehle zu erteilen. Der andere Mann wirkte durch sein bescheidenes Auftreten eher harmlos. Seine Kleidung, die ihn wie einen Bibliothekar oder freundlichen – wenngleich sehr jungen – Professor wirken ließ, war offenbar bewusst gewählt, um die brodelnde Energie, die Nuriya während seines kurzen Auftritts kurz zu spüren geglaubt hatte, zu verbergen. Wenn man genauer hinsah, dann war auch nicht zu übersehen, dass ihn sein Schöpfer wohlwollend mit allen Attributen eines Adonis ausgestattet hatte.

Kierans Gesicht, obwohl erstaunlich attraktiv, ließ diese Vollkommenheit vermissen. Doch es war nicht sein gutes Aussehen, das die Leute veranlasst hatte, sich nach ihm umzusehen, als er die Bar betrat. Nicht sein zweifellos durchtrainierter Körper machte ihn so anziehend für Nuriya. Nein, er besaß ein seltenes, ungeschliffenes Charisma, das jede seiner Gesten und Blicke zu einem geflüsterten Versprechen werden ließ. Wie ein tödliches Raubtier strahlte er Gefahr und männliche Überheblichkeit aus. Eigenschaften, die sie üblicherweise nicht gerade als anziehend betrachtete. Doch schon die Erinnerung an die zärtliche Berührung seiner Gedanken ließ ihr Herz schneller schlagen. Sehnsuchtsvoll dachte sie an den kurzen Moment, als sein Blick vielversprechend auf ihr geruht hatte.

Würde sie ihn wiedersehen? Fast wünschte Nuriya sich nun, sie hätte die Magie nicht aus ihrem Leben verbannt und könnte einen Blick in die Zukunft werfen.

Damals war ihr alles so logisch erschienen. Als nicht einmal die außergewöhnlichen Fähigkeiten der Mutter die Eltern vor einem grausamen Tod bewahren konnten, hatte sie begonnen, die Magie zu hassen.

Nur widerwillig gehorchte sie, wenn Ninsun, ihr offenbar ewig schlechtes Gewissen, sie aufforderte, wieder einen neuen Zauber zu erlernen. Die lustlose Schülerin absolvierte ihre Lektionen derart ungeduldig, dass ihr gar nicht auffiel, wie leicht ihr alles von der Hand ging.

Leider gelang es ihr jedoch ebenfalls, das Erlernte tief in ein Verlies ihres Bewusstseins zu sperren, bis jedweder magische Funke hinter dicken Türen mit riesigen Schlössern verborgen war und sie tatsächlich sogar ihre Feenaura verloren hatte. Selbst das Gedankenlesen versuchte sie so weit wie möglich einzustellen und konnte sich nicht erinnern, wann sie das letzte Mal so lange mit jemandem mental kommuniziert hatte wie gerade eben mit Erik.

Sein Vorwurf fiel ihr wieder ein. War es ein Fehler gewesen, ihr Erbe nicht anzunehmen? Hatte sie ihre Schwestern im Stich gelassen und damit unbeabsichtigt in Gefahr gebracht? Nuriya wünschte sich, Ninsun möge ihre Fragen beantworten. Aber ihre sonst so schwatzhafte Ratgeberin flüsterte nur: *Die Antwort liegt in dir selbst, Nuriya!*

3

Nachdem Erik die Schwestern nach Hause gebracht hatte, wählte er den längeren Heimweg, der durch den einsamen Stadtpark führte. Ein Risiko, denn so kurz vor einer Vollmondnacht reichte schon ein aufgescheuchtes Kaninchen, um seinen Jagdinstinkt zu wecken und möglicherweise unerwünschte Aufmerksamkeit auf sich zu lenken. Aber Erik wollte nachdenken, und das gelang ihm am besten unter freiem Himmel.

Heute hatten sich seine schlimmsten Befürchtungen bewahrheitet. Zum ersten Mal traf er Selenas andere Schwester, und auch ohne den Zwischenfall im Café war ihm schnell klar gewesen, dass sie für ihn … Ärger bedeutete.

Den Betrunkenen hätte jeder Werwolf mit nur einem Hauch von Magie im Leib problemlos vertreiben können. Und er war sich sicher, dass dies auch die beiden Vampire wussten. Dennoch hatten sie eingegriffen und damit mehr Aufmerksamkeit auf sich gezogen, als ihnen lieb sein konnte. Erik wusste einiges über die magische Welt, aber noch nie war er mächtigeren Vampiren begegnet. Beide trugen die Dunkelheit nicht als schützenden Mantel, wie er es bei anderen Kreaturen der Nacht bisher gesehen hatte. Stattdessen waren sie die Finsternis selbst, so als entspränge tief in ihnen ein Quell tödlicher Schatten.

Erik wusste nicht, wen er mehr fürchten sollte: den Kurzhaarigen, der Selena mehr als einmal durchdringend angestarrt hatte, oder dessen finsteren Begleiter, der sich Nuriya gegenüber verhielt, als gehöre sie ihm. Oh ja, dieses Mädchen bedeutete großen Ärger und eine Gefahr für sie alle.

Doch da er nicht die Fähigkeit besaß, in die Zukunft zu schauen, musste er abwarten, was das Schicksal für sie bereithielt – und konnte nur hoffen, sie so gut wie möglich zu schützen. Seiner süßen Lena zuliebe.

Während er sich ins frisch geschnittene Gras legte und die Sterne betrachtete, dachte der verliebte Werwolf an jenen Tag im September zurück, an dem er Selena zum ersten Mal begegnet war.

Die Zwillinge hatten gerade eine Abschiedsparty für Estelle organisieren wollen, die in der folgenden Woche nach Paris abreisen sollte, um dort zu studieren. Christian, ein sterblicher Bekannter, hatte ihn überredet mitzukommen. Er schwärmte in den höchsten Tönen von den beiden Gastgeberinnen.

Eigentlich war Erik gar nicht in Feierlaune. Er hatte sich mit seinem herrschsüchtigen Vater gestritten, der wieder einmal von ihm forderte, endlich seinen Platz in der Gemeinde einzunehmen.

Doch Erik war fort von ihnen und in diese Stadt gezogen, um hier ein Leben – fernab der Politik und Intrigen seiner Familie – unter ganz gewöhnlichen Sterblichen zu führen. Obwohl er immer schon als Einzelgänger galt, vermisste der junge Werwolf manchmal die Nähe und den engen, auch körperlichen Umgang, den seine Familie pflegte. Wenn sie auf einem der unzähligen Feste zusammentrafen, bei Familienfeierlichkeiten oder an den Wochenenden, verging kein Moment, an dem man sich nicht einen Arm um die Schulter legte, im Gespräch kurz berührte oder zumindest sehr nahe beieinandersaß. Es schien, als wollte sich ein jeder pausenlos versichern, dass er noch dazugehörte und akzeptiert war.

„Wenn ich hier wirklich leben will, dann sollte ich am besten gleich damit anfangen, Freunde zu finden!", überlegte er sich und versprach schließlich, den Freund zur Party zu begleiten.

Schon während sie vor dem Haus der Zwillinge aus dem Wagen stiegen, spürte er die Magie. Am liebsten wäre Erik gleich wieder umgekehrt, aber wie hätte er diesen plötzlichen Rückzug dann seinem Freund erklären sollen?

Und so betrat er, neugierig auf das, was ihn erwarten würde, einen verwunschenen Garten. Das Haus, beinahe eine kleine Villa, hatte sicher schon einmal bessere Tage gesehen. Es war nicht ungepflegt, aber ein wenig Farbe und vielleicht ein neues Dach hätten ihm gutgetan. Auch der Garten wirkte mit seinen dichten Sträuchern, die das Anwesen vor den neugierigen Blicken der Passanten verbargen, ein wenig vernachlässigt.

Dennoch strahlte alles eine herzliche Wärme und Freundlichkeit aus. Hier drohte ihm keine Gefahr, befand Erik, und folgte dem Freund über einen uneben gepflasterten Pfad.

Als sie um die Hausecke bogen, blieb er stehen, um das Bild konzentriert in sich aufzunehmen. Zwischen alten Obstbäumen hingen bunte Lampions, darunter waren weiß gedeckte Tische aufgestellt, an denen plaudernd Partygäste saßen. Andere standen fröhlich lachend in kleinen Gruppen zusammen oder bedienten sich am üppigen Büfett.

Es war ein herrlicher Spätsommertag. Eriks feine Nase sog begeistert den reichen Duft von Kräutern, überreifen Früchten und der warmen, schweren Herbsterde ein. Wäre er nicht in menschlicher Gestalt da gewesen, er hätte den Kopf in den Nacken gelegt und seiner Natur folgend allen sein Wohlbefinden verkündet, um sich dann vor Vergnügen im frisch geschnittenen Gras zu wälzen. So aber schaute er sich nur weiter um.

Auf einer großzügigen Terrasse tanzte ein halbes Dutzend Gäste zu sanfter Musik, und Erik glaubte für einen Augenblick, er habe noch nie etwas Friedlicheres als dieses Gartenfest erlebt. Und dann sah er sie.

Die Schwestern wären unmöglich voneinander zu unterscheiden gewesen, hätten sie sich nicht unterschiedlich gekleidet. Eine trug ihr langes rotes Kleid wie eine Königin. Der weiche Stoff umspielte in der sanften Brise des Abends ihren schlanken Körper und bot einen dramatischen Kontrast zu ihrem dunklen, fast taillenlangen Haar. Sie drehte leicht den Kopf und blickte in seine Richtung, als spürte sie seine Anwesenheit.

„Das ist Estelle!", flüsterte ihm der Freund zu und schnalzte bewundernd mit der Zunge. „Die andere zieht immer schwarze Sachen an. Ihr Name ist Selena."

Sie trug die Haare aufgesteckt, und diese Frisur betonte wunderbar ihren zarten weißen Hals. Erik hatte nur noch Augen für sie. Als Selena auf ein Zeichen ihrer Schwester hin ebenfalls zu ihnen herübersah, konnte er kaum noch atmen.

Die beiden Frauen schritten die Stufen der Terrasse hinab, um die Neuankömmlinge zu begrüßen, und Erik konnte den Blick von diesem faszinierenden Feenkind nicht abwenden. Nun wusste er, woher die Magie stammte, die dieses Haus und seine Bewohnerinnen umgab. Ohne zu überlegen, sandte er seine Gedanken aus, um ihr sein Herz zu Füßen zu legen. Doch plötzlich war es, als schlüge man ihm eine Tür vor der Nase zu, und Erik taumelte – von der Wucht des Angriffs auf seine Sinne getroffen – zurück.

Selena lächelte weiter, als sei nichts geschehen, und reichte ihm ihre Hand, an der unzählige silberne Armreifen klimperten.

„Hallo, Christian!", begrüßte sie den Freund und blickte dann fragend zu ihm.

„Erik", brachte er heraus und fühlte sich wie ein Idiot, als Christian wissend grinste. Er wagte es nicht, sie zu berühren.

Selena ignorierte seine Verwirrung und bot an, ihm einige Freunde vorzustellen und das Haus zu zeigen. Ihre Augen ruhten dabei interessiert auf Eriks Lippen, so als überlegte sie, wie es wäre, ihn zu küssen.

Estelles Blick dagegen sprühte Feuer, und feindselig rauschten ihre Worte in seinem Kopf: *Wage es nicht, ihr ein Leid anzutun!*

Trotz dieser deutlichen Warnung wich er nicht mehr von Selenas Seite, und der Fee schien das zu gefallen.

Erik konnte sich normalerweise darauf verlassen, dass sich Frauen zu ihm hingezogen fühlten. Er war groß, durchtrainiert – und sein Gesicht, über das er sich früher immer geärgert hatte, wenn die Tanten ihn ans Kinn fassten und entzückt feststellten: „Der Kleine sieht aus wie ein Engel!“, war inzwischen kantiger und männlicher geworden. Schon in der Schule hatten die Mädchen von seinen Husky-Augen geschwärmt, die unter einer dichten Mähne blonder Haare hervorblinzelten. Heute aber fühlte er sich linkisch und unsicher.

Als es Zeit wurde, sich zu verabschieden, fasste er sich dennoch ein Herz und fragte: „Darf ich dich wiedersehen?“

„Ich dachte schon, du würdest nie fragen!“

Ihre Augen funkelten, und Erik hätte sie am liebsten in seine Arme geschlossen und nie wieder losgelassen. Sie verabredeten sich für das nächste Wochenende, und Erik beobachtete, wie Selena beschwingt in ihr hell erleuchtetes Haus zurückkehrte.

Er wollte gerade in sein Auto steigen, da tauchte Estelle wie ein Geist aus der Dunkelheit auf. Er hatte ihr Näherkommen nicht bemerkt, bis sie direkt vor ihm stand.

„Ich weiß genau, was du bist!“, fauchte sie ihn an. Erik blickte sich unbehaglich um, aber niemand schien in der Nähe zu sein.

„Was willst du von meiner Schwester?“

„Nichts!“

„Du hast dich mit ihr verabredet!“ Es klang wie eine Anschuldigung.

„Darf sie nicht selbst entscheiden, wen sie trifft?“, fragte er aggressiv. Doch dann besann er sich und fuhr mit der Hand durch sein Haar. „Hör zu, ich will ihr nichts tun. Im Gegenteil: Sollte jemand versuchen, Selena auch nur ein Haar zu krümmen, dann könnte ich für nichts garantieren!"

Estelles Züge entspannten sich ein wenig. Sie schien seine Ehrlichkeit zu spüren. Er selbst war überrascht, wie ernst es ihm damit war.

„Wie du weißt, fliege ich morgen nach Paris und kann sie nicht mehr beschützen. Unsere Tante ist viel zu vertrauensselig." Müde lehnte sie sich gegen seinen Wagen. „Können wir … reden?"

Er sah sich unsicher um. „Nicht hier." Erik drückte ihr seine Karte in die Hand und sagte: „Ruf mich an!"

Sie nickte und ging wortlos davon.

Kurz vor Mitternacht spürte Erik ihre Anwesenheit. Sie hatte sich nicht die Mühe gemacht, anzurufen und ein Treffen zu vereinbaren, sondern war stattdessen gleich selbst gekommen. Er musste lächeln. Sie riskierte viel, ihn hier, gewissermaßen in der Höhle des Löwen, aufzusuchen. Nun gut, „Löwe" war nicht ganz korrekt, dachte Erik belustigt. Aber andererseits konnte sie so am meisten über ihn erfahren.

Er öffnete die Tür, noch bevor sie läutete.

„Komm herein!"

„Vielleicht ist es Schicksal, dass ihr euch heute begegnet seid", eröffnete Estelle das Gespräch, nachdem sie sich neugierig in seinem karg möblierten Apartment umgeblickt hatte.

Und dann erzählte sie ihm von der ältesten Schwester, die seit dem Tod der Eltern ihre Magie verleugnete und nur noch selten den Kontakt zu ihnen suchte.

Als der Damm erst einmal gebrochen war, sprudelten die Worte aus ihr heraus, als hätten sie nur auf die Gelegenheit gewartet, sich aus dem engen Gefängnis ihrer Seele zu befreien.

Die Zwillinge lebten im Hause ihrer Eltern, und Tante Jill versuchte, ihre magischen Fähigkeiten zu fördern und zu begleiten, so gut sie es eben konnte. Doch Jill war eine Verwandte ihres

Vaters und kein Feenkind. Sie hatte großes Kräuterwissen und konnte manchmal auch in die Zukunft sehen, doch über die magische Welt wusste sie wenig.

Estelle, als die ältere der Zwillinge, fühlte sich für ihre kleine Schwester verantwortlich. Selena war schon immer viel sensibler gewesen; ihr machten die Schwingungen und Gedanken anderer, die auch sie wahrnahm, aber kaum filtern konnte, große Angst. Deshalb hatte Estelle begonnen, sie systematisch abzuschirmen und ihren eigenen mentalen Schutzschild auf sie auszuweiten.

„Doch ich frage mich seit geraumer Zeit, ob das nicht ein Fehler war. Ursprünglich wollte ich auch nicht fort, obwohl es schon lange mein Traum war, nach Paris zu gehen. Aber Selena hat mich immer wieder heftig dazu gedrängt. Schließlich habe ich eingesehen, dass sie einfach mehr Raum für sich selbst braucht. Mental kann ich sie auch weiter schützen", fügte sie trotzig hinzu.

Erik hatte Estelle bislang nicht unterbrochen. Er war erschüttert, dass diese hochtalentierten Feenkinder völlig auf sich gestellt waren, und griff spontan nach ihrer Hand: „Ich werde nicht zulassen, dass Selena etwas geschieht!" Er öffnete sich ihren Gedanken und erlaubte ihr einen tiefen Blick in seine Seele.

Estelle nickte schließlich und sagte: „Ich vertraue dir! Aber du darfst Selena nicht sagen, was du bist. Sie würde es nicht verstehen."

Erik war mit dieser Bedingung zwar nicht glücklich, doch sie beharrte darauf, und schließlich stimmte er zu.

Es war weit nach Mitternacht, und Erik schlug vor, Estelle nach Hause zu begleiten. Als er sich von ihr verabschiedete, stellte sie sich auf die Zehenspitzen, gab ihm einen flüchtigen Kuss auf die Wange und flüsterte: „Hab keine Angst – deine Familie wird deinen Weg eines Tages respektieren!"

Das Feenkind hatte Dinge in seiner Seele gelesen, die er lieber vor sich und der Welt verborgen gehalten hätte.

Seit jener Nacht wachte er über Selena. Sie waren sich schnell nähergekommen. Selena war alles, was er sich von einer Gefährtin erhoffen konnte, und er liebte sie jeden Tag mehr. Mit Estelle hatte er ein paarmal telefoniert und sie allmählich überzeugt, ihre mentale Kontrolle über die Schwester zu lockern. Gleichzeitig versuchte er behutsam und mit einigem Erfolg, Selenas Instinkte zu stärken. So war sie aufgeblüht und selbstbewusster geworden und schien ihm, falls das möglich war, noch anziehender als je zuvor.

Sein Versprechen belastete ihn jeden Tag mehr, und er sehnte sich danach, ihr das Geheimnis seiner dunklen Seite anzuvertrauen.

Die Vollmondnächte verbrachte er weit entfernt in den Wäldern seiner Familie, wo er einsam Wild jagte und melancholisch den Mond anstarrte.

Inzwischen spürte er ihre Verunsicherung sehr deutlich, und Selenas verletzter Blick brach ihm fast das Herz, wenn er sich wieder einmal aus Gründen, die für sie unbegreiflich blieben, vor ihr zurückzog. Er wagte es nicht, der Geliebten wirklich nahezukommen. Jedes Mal, wenn sie sich küssten und sein Verlangen unter ihren zärtlichen Berührungen wuchs, unterbrach er abrupt das Liebesspiel und floh mit fadenscheinigen Erklärungen. Zu groß war die Furcht, dass die Leidenschaft seine mentalen Barrieren hinwegfegen und Selena die Bestie sehen könnte, die in ihm schlummerte.

Erik hatte schon vorher mit einigen Frauen geschlafen und niemals Bedenken gehabt, sie könnten seine wahre Natur erraten. Doch Selena zu verlieren, das Entsetzen in ihren Augen zu sehen, wenn der Wolf in ihm seinen blutrünstigen Kopf hob, diese Vorstellung war ihm unerträglich. Nuriya hatte ihm geraten, so schnell wie möglich mit ihrer Schwester zu sprechen. Und er hoffte, dass sich bald eine Gelegenheit dazu bot.

Anstatt eines seiner bevorzugten Jagdgebiete in den ärmlichen Wohngebieten einer Metropole aufzusuchen und dort seinen Durst zu stillen, beschloss Kieran, in seine alte Heimat Argyll zu reisen. Nach den heutigen Ereignissen brauchte er einfach vertrauten Boden unter den Füßen, um sich klar zu werden, was da eigentlich mit ihm geschah.

Er liebte dieses wunderbare Land an der schottischen Westküste und fühlte sich ihm in vielen Dingen verwandt. Die Bewohner kämpften für Unabhängigkeit und eine moderne Zukunft und mochten sich doch von ihren Traditionen nicht lösen. Traditionen, die trotz ihrer christlichen Prägung nie ganz die alten heidnischen Wurzeln leugneten. Hier gab es immer noch Spuren des einstigen Glaubens seiner Jugend. Obwohl schon damals in tiefer Demut vor einem christlichen Gott erzogen, wussten die Bewohner seines Dorfes doch alle um die Existenz von Feen und Elfen und respektierten diese Wesen als einen Teil der sie umgebenden Natur.

Seine Ziehmutter hatte sich mit dem neuen Gott allerdings nie anfreunden können; nur widerwillig ging sie sonntags in die kleine Kirche, die genau auf jenem Hügel erbaut worden war, auf dem noch ihre Großmutter in aller Heimlichkeit mit einer kleinen Schar von Anhängern der alten Religion die heiligen Jahresfeste als Priesterin gefeiert hatte.

Dennoch warnte ihn die Mutter immer wieder vor den Verlockungen und Gefahren der Anderwelt. Auf dass er sich nie mit deren verführerischen, wankelmütigen Wesen einlasse, denn die Sterblichen konnte nur Unglück und Leid in einer solchen Verbindung erwarten.

Und wie recht sie gehabt hatte. Nein, korrigierte er sich. Maire war niemals wankelmütig gewesen, sie war zart, hingebungsvoll gewesen und hatte ihm jeden Wunsch von den Augen abgelesen, ohne ihm jemals zu widersprechen. Doch bevor er ihr gemeinsames Schicksal noch wirklich begriff, war alles vorbei gewesen. Sie hatte in ihm das Monster erkannt, zu dem er tatsächlich erst nach ihrem Tod geworden war, und den Freitod einem gemeinsamen Leben mit ihm vorgezogen.

Etwas, das er längst aus seinem Gedächtnis verbannt geglaubt hatte, quälte seine Seele. Es war die Erinnerung an eine friedliche Zeit, als er noch nicht einmal ahnte, was das Schicksal für ihn bereithielt, als das vertraute Weib ihm regelmäßig über die Wiesen des heiligen Hügels entgegengelaufen war, seine Rückkehr ungeduldig erwartend.

Kieran spürte noch immer die Wärme seines Reittieres unter sich, als es damals, dem Stall nicht mehr fern, noch einmal alle Reserven mobilisiert hatte, um sie beide so rasch wie möglich nach Hause zu bringen. Er erinnerte sich an die Silhouette der Wartenden und an seine Sehnsucht nach einem sicheren Heim.

Und Kieran fragte nicht, woher sie Tag und Stunde seiner Rückkehr kannte. Natürlich entgingen ihm die Albträume nicht. Und auch nicht ihre Furcht, von Dämonen besessen zu sein, so wie ihre Mutter es angeblich gewesen war. Maire weigerte sich, mit ihm darüber zu sprechen.

Eines Tages begann er sich jedoch zu verändern, und Maire gab sich selbst die Schuld daran.

Alles hatte vielleicht begonnen, als er zum ersten Mal ihr Blut kostete, um den kleinen Schnitt an ihrem Finger zu reinigen. Danach verletzte sie sich, die doch sonst so geschickt war, immer häufiger, wenn Kieran sich in ihrer Nähe befand.

Die Wunden wurden tiefer, und ihre gemeinsame Leidenschaft war anschließend jedes Mal überwältigend. Und Kieran, der sich so lange nach den Zärtlichkeiten einer Frau gesehnt hatte, beschäftigten weder ihre Handlungen noch die ungewöhnliche Reaktion darauf.

Wenig später war es das Sonnenlicht, das ihn mehr und mehr blendete. Und dann schwand auch sein Appetit – eine eigenartige Unruhe trieb ihn des Nachts immer häufiger zu den alten Steinkreisen, zu denen er sich schon als Kind heimlich geschlichen hatte, obwohl doch jeder wusste, dass von dort nichts Gutes kommen konnte, denn unter den Hügeln in der Nähe hausten die Feen und Kobolde.

Als er sich jetzt Maires Gesicht vorzustellen versuchte, schaute er stattdessen in die grünen Augen einer sehr diesseitigen rothaarigen Nymphe: „Nuriya!", stöhnte er und floh in die Wälder, wo er das Biest in sich weckte und endlich den weichen Waldboden unter seinen mächtigen Pranken spürte.

Gnadenlos hetzte die schwarze Raubkatze einen verstörten Hirsch bis zur Erschöpfung und schlug dann blutgierig seine langen, tödlichen Reißzähne in den Hals des wehrlosen Tieres.

Tierblut nährte Kieran zwar nicht annähernd so gut wie das eines Menschen, aber ein Vampir seines Alters brauchte längst nicht mehr täglich zu trinken. Nicht die Lust zu morden oder zu quälen suchte er hier zu befriedigen. Es war eher die Sehnsucht danach, im Strudel der Leidenschaft mit sich und seinem inneren Dämon eins zu werden und einmal, einmal nur die enorme Kontrolle und Selbstdisziplin vergessen zu dürfen, die sein gesamtes Dasein beherrschte.

Vampire sind Jäger, und das Töten ist ihre Natur. Der Rat aber hatte klaren Regeln aufgestellt, um keine unerwünschte Aufmerksamkeit auf ihre Art zu lenken.

Der Traum vom ewigen Leben beschäftigte die Menschen schon immer. Doch diese Begeisterung – das hatte die Geschichte ihn gelehrt – konnte schnell umschlagen und fanatische Vampirjäger auf den Plan rufen. In einer globalisierten Welt käme dies einer Katastrophe gleich. Weniger für die magischen Wesen als vielmehr für die einfachen Sterblichen, die am meisten leiden würden, wenn die Mächtigen dieser Welt einen Krieg um die Vorherrschaft führten. Aus diesem Grund war es auch so wichtig, das Gleichgewicht der Kräfte – nicht nur innerhalb der magischen Gemeinde – um jeden Preis zu erhalten.

Kieran war nicht irgendein Vengador, sondern einer der mächtigsten Vollstrecker des Rates. Würde bekannt werden, dass er gegen die Regeln verstoßen hatte, wären die Gebote des Rates nicht mehr glaubwürdig, und er würde dessen Kritikern – und davon gab es nicht wenige – in die Hände spielen.

In den letzten Tagen hatte er das beunruhigende Gefühl, ihm entgleite die Kontrolle über seine eigenen Handlungen allmählich. Wie, so fragte er sich, sollte er diese neue Prüfung bestehen?

Nuriya – der Vampir ließ den Namen wie einen edlen Tropfen über seine Zunge gleiten. Nuriya bedeutete „zum Licht gehörig". Feen trugen ihre Namen niemals zufällig. Sie war für ihn und seinesgleichen tabu. Kein Vampir hatte das Recht, diese bezaubernde Tochter des Lichts mit den Schatten seiner Existenz zu besudeln.

Nachdem Kieran wieder Menschengestalt angenommen hatte, kehrte er in sein Haus zurück. Dort lag er lange regungslos auf dem Boden seines lichtlosen Schlafzimmers und beobachtete beinahe distanziert, wie ein nie zuvor gefühlter Schmerz die wenigen verbliebenen Reste seiner Seele zu fressen schien, bis er nichts mehr fühlte als eine große Leere. Fast war er dafür dankbar. Nun fiel es ihm leichter zu glauben, sein nicht zu leugnendes Interesse an Nuriya wäre nur eine vorübergehende Tollheit, unter der auch andere Vampire in Zeiten des Venuspaktes gelegentlich zu leiden schienen.

Erschöpft schloss er seine Augen und fiel bei Sonnenaufgang in einen unruhigen Schlaf. Zum ersten Mal seit Jahrzehnten träumte er wieder.

Nuriya war dem dunklen Ritter mehr als einmal schon in ihren Träumen begegnet. Er wirkte wie ein magisches Wesen aus einer längst vergangenen Zeit, das sich jedes Mal aus einem Strudel von Schatten und eisigem Wind in ihrer friedlichen Feenwelt materialisierte.

Mit prüfendem Blick musterte er dann immer den Waldrand, als wüsste er genau, wer sich dort im Unterholz verbarg. Und genauso kalt wie das Wasser der Moorwiesen in ihre Kleider, so drang die Einsamkeit, die Nuriya in seinem Gesicht zu lesen glaubte, tief in ihre Seele ein. Wie oft war sie versucht gewesen, ihm zu folgen, wenn er auf dem Absatz kehrtmachte und in der Dunkelheit verschwand. Manchmal hörte sie wenig später in der Ferne den Ruf eines einsamen Tieres, und sie hätte schwören können, dass auch dies ihr unheimlicher Jäger war. Noch Tage nach diesen nächtlichen Begegnungen fühlte sie sich niedergeschlagen und mutlos.

Doch heute war alles anders. Dieses Mal wagte sie sich aus ihrem grünen Versteck hervor und wurde ebenfalls zur Jägerin. Sie schüttelte ihr dichtes Fell und hob den Kopf, um witternd die kühle Nachtluft zu prüfen. Ihr Herz klopfte vor Freude wie rasend, als sie ihm schließlich folgte und dabei den weichen Waldboden unter ihren Pfoten spürte.

Und dann war es plötzlich da, dieses köstliche Aroma der Beute! Sie konnte bereits den salzig metallischen Geschmack warmen Blutes auf ihrer Zunge spüren und bereitete sich auf den Angriff vor. Jetzt rauschte es in ihren Ohren, sie setzte zum Sprung an und … fiel.

Voller Panik erwachte sie aus ihrem mörderischen Traum. Das Kopfkissen war blutgetränkt, warm lief die Flüssigkeit aus ihren Mundwinkeln. Entsetzt tastete sie nach der Nachttischlampe, knipste das Licht an und griff nach dem Kissen – nur Farbe aus dem frisch getönten Haar. Und der Rest? „Wie peinlich …“, murmelte sie, angelte nach einem zerknüllten Taschentuch und wischte den Mund ab. Wahrscheinlich hatte sie auch noch geschnarcht! Nur gut, dass sie ihr breites Bett mit niemandem teilte.

Nuriya lag noch lange wach und dachte an den dunklen, geheimnisvollen Fremden, der seit heute einen Namen hatte: Kieran.

Am nächsten Tag weihte Selena sie in ihre Pläne fürs Wochenende ein.

„Heute ist Beltane. Ich bin jetzt seit mehr als einem halben Jahr mit Erik zusammen, und wir haben noch nie …“ Die Röte schoss ihr ins Gesicht. Sie konnte Nuriya nicht ansehen, während sie stockend fortfuhr: „Na ja, du weißt schon!“

„Was?“ Nuriya griff sich mit einer theatralischen Geste ans Herz. „Meiner Treu! Sie ist eine Jungfrau!“

„Du nimmst mich nicht ernst!“, kicherte Selena und warf ein Kissen nach ihrer Schwester.

„Natürlich nicht. Nachdem ich dein finsteres Geheimnis jetzt kenne.“

Die Schwestern balgten sich, bis Selena plötzlich die Arme um ihre Schwester schlang und schluchzte: „Du hast mir so gefehlt!“

Ernüchtert setzte sich Nuriya auf und blickte Selena tief in die Augen: „Was weißt du über Erik?“

„Er ist der beste, liebste ‚Sexiest Man Alive‘!“

„Das meine ich nicht. Du musst doch gespürt haben, dass er anders ist!“

„Das weiß ich doch!“

„Er trägt die Magie in sich!“

Selena überlegte kurz und meinte: „Ja, aber er ist nicht böse.“

Nuriya dachte an das Gelübde, sich künftig besser um ihre

jüngeren Schwestern zu kümmern, so wie es von Anfang an ihre Pflicht gewesen wäre. Offenbar hatte Selena von Eriks wahrer Natur überhaupt keine Ahnung.

Sie war überrascht, dass Erik diese Situation nicht ausgenutzt hatte. Wie viel konnte ein Mann ertragen?

Offensichtlich liebte er ihre Schwester. Am gestrigen Abend hatte er sich sehr ritterlich verhalten und so getan, als wären auch die beiden Fremden, die ihr zu Hilfe geeilt waren, ganz normale Sterbliche. Nuriya konnte nicht sagen, was sie waren. „Normal" war jedoch mit Sicherheit das letzte Attribut, das ihr im Zusammenhang mit diesen Männern eingefallen wäre. Sehnsüchtig erinnerte sie sich an den Blick, den ihr Kieran zugeworfen hatte. Doch das musste warten!

„Was hast du vor?", fragte sie stattdessen ihre Schwester.

„Ich will ihn verführen!"

„Zu Beltane", lachte Nuriya. „Na, dann pass aber gut auf, dass nicht mehr dabei herauskommt als eine heiße Nacht."

„Oh!" Selena wurde knallrot und kramte in einer Schublade, bis sie die Schachtel mit Kondomen in Händen hielt. „Für die Verhütung habe ich schon gesorgt!"

Dann erklärte sie ihren Plan: „Erik arbeitet freitags im ‚Hellfire', dem angesagtesten Gothic-Club der gesamten Region. Bisher wollte er nie, dass ich ihn dort besuche. Er sagt, während der Arbeit hätte er sowieso keine Zeit für mich, und seine Freizeit wolle er nicht auch noch in dem Laden verbringen. Ich glaube, es liegt daran, dass der Club einen ziemlich üblen Ruf hat. Freunde haben mir erzählt, es gäbe einen echten S/M-Bereich mit Verliesen und so. Außerdem haben sie noch eine VIP-Lounge, in der eher zwielichtige Gestalten verkehren sollen. Aber das ist mir jetzt egal! Ich werde einfach heute Abend dort hingehen und ihn verführen!"

Ein ungutes Gefühl beschlich Nuriya, während sie vergeblich versuchte, ihrer Schwester den Plan auszureden. Schließlich blieb ihr nichts anderes übrig, als zu versprechen, sie zu begleiten. Dabei hoffte sie, das Mädchen im Auge behalten zu können.

Nuriya schlüpfte skeptisch in das Kleid, das Selena ihr für diesen Abend geliehen hatte. Es war eng und betonte ihre Brüste für ihren Geschmack ein wenig zu sehr. Außerdem würde sie sehr hohe Schuhe anziehen müssen, um nicht aus Versehen auf den Saum zu treten.

„Ich habe eben einfach nicht die Figur meiner Schwestern", seufzte sie und betrachtete misstrauisch ihr Spiegelbild.

Schmale Ärmel öffneten sich trompetenförmig zu fast bodenlangen Zipfeln. Die hoch angesetzte Taille war mit einer kunstvollen Stickerei in verschiedenen Grautönen versehen, und eine kleine Schleppe vervollständigte die Illusion, die Gestalt dort im Spiegel stamme mindestens aus einem anderen Jahrhundert, wenn nicht gar aus einer anderen Dimension. Nun, zumindest war sie heute Abend passend gekleidet, befand Nuriya und hoffte, dass ihre ungute Vorahnung sie dieses eine Mal täuschen würde.

Als sie am Türsteher vorbei in den Club schlüpften, wusste Nuriya jedoch sofort, dass es ein Fehler gewesen war, hierherzukommen. Der Laden roch geradezu nach gefährlicher Magie. Ihr standen die Haare zu Berge, und sie war sehr froh, mit dieser Welt sonst nichts zu tun zu haben.

Bis jetzt!, flüsterte es in ihrem Kopf. Und sie spürte, wie sich eine undurchdringliche Hülle um ihre Seele und ihre Gedanken legte. Und auch Selenas Aura unterschied sich nicht mehr von der anderer Besucher. Die beiden Schwestern waren für die magische Welt gewissermaßen unsichtbar geworden.

Danke, Ninsun! Nuriya war froh, dass ihre manchmal so lästige

Begleiterin auch diesmal wieder ihre schützende Hand über sie hielt, und machte sich gemeinsam mit Selena auf die Suche nach ihrem Liebsten.

Die Schwestern gingen staunend einen langen Gang hinab, der aussah, als wäre er aus grobem Stein gehauen. Die indirekte Beleuchtung wurde von künstlichen Fackeln ergänzt, die dazu beitrugen, dass die Besucher sich in eine längst vergangene Welt versetzt fühlten. Dezent waren hier und dort große Spiegelscherben in das Mauerwerk eingelassen worden, und Nuriya glaubte ein paarmal die Präsenz heimlicher Beobachter zu spüren, wagte es jedoch nicht, ihre magischen Sinne zu entfalten.

Der Club selbst bestand aus einem riesigen Gewölbe mit verschiedenen Bars, einem Café, in dem die Musik auf eine angenehme Lautstärke gedämpft war, und einem weiteren Bereich für die Liebhaber spezieller Musikrichtungen. Nuriya war überrascht, wie viele Gothics und andere, meist schwarz gekleidete Gäste schon um diese Uhrzeit – es war erst kurz vor Mitternacht – auf den Galerien flanierten, tanzten oder in Gruppen vor den langen Theken standen.

Um die Orientierung zu erleichtern, hatte man sogar Wegweiser angebracht. Demnach gab es weitere Räume, in denen der Gast seine Zeit mit harmlosen Spielen wie Billard oder ‚Wicked Games‘ verbringen konnte. Mit Letzterem war offenbar der S/M-Bereich gemeint, den Selena erwähnt hatte. Außerdem entdeckte sie eine Tür, die von einem grimmig dreinschauenden Türsteher bewacht wurde.

Der Mann ließ seinen prüfenden Blick kurz über die Schwestern gleiten und wandte sich dann desinteressiert ab. Offenbar schienen sie ihm nicht würdig, die heiligen Hallen der VIPs zu betreten.

Mit einem schnippischen Laut drehte sich Selena auf dem Absatz um: „Mieser Kerl. Die anderen Männer scheinen einen besseren Geschmack zu haben."

Und tatsächlich erregten sie durchaus einige Aufmerksamkeit. Selena sah in ihrem bodenlangen, hochgeschlossenen Gewand und dem schweren Silberschmuck wie eine verführerische Wicca-Priesterin im Audrey-Hepburn-Look aus, dachte Nuriya. Aber auch sie selbst streiften hier und da wohlwollende Blicke. Das Dekolleté des geliehenen Kleides war für ihren Geschmack viel zu tief ausgeschnitten; nervös zupfte sie an dem dünnen Gazestoff, der ihre Brüste nur unzureichend bedeckte. Dabei berührte sie das Amulett, das die Mutter ihr kurz vor dem Tod umgelegt hatte. Zärtlichkeit erfüllte ihr Herz. Plötzlich aber zog sie ihre Finger erschrocken zurück. „Es wird warm!"

„Was?"

„Mutters Amulett. Es fühlt sich auf einmal ganz seltsam an!"

Selena beugte sich neugierig vor. „Sieh doch, mir kommt es vor, als glühe es. Oje, die Leute schauen schon!"

Nuriya blickte sich unauffällig um – tatsächlich schauten einige Gäste neugierig zu ihnen herüber. Obwohl es wahrscheinlicher war, dass Selenas aufgeregtes Benehmen ihre Aufmerksamkeit erregt hatte und nicht das sanfte Glimmen des Amuletts, wollte Nuriya doch kein Risiko eingehen. Sie nahm die Kette ab und ließ sie so dezent wie möglich in ihre Handtasche gleiten.

Was tust du? Ninsun klang entsetzt.

Wonach sieht es denn aus? Ich nehme das Ding ab! Sollen die Leute mich etwa für einen wandelnden Partygag halten?

Aber es ist dein Schutz!

Nicht, wenn jedes magische Wesen im Umkreis von hundert Metern auf das Amulett aufmerksam wird!

Ninsun schwieg einen Moment. *Ich glaube, es ist besser, ihr verlasst diesen Ort. Das gefällt mir alles gar nicht!*

Nuriya seufzte: „Das meine ich ja.“

„Was sagst du?“ Selena klang irritiert.

„Ich bin durstig, komm lass uns was trinken“, lenkte Nuriya ab. Selena nickte zustimmend.

Erik hatten sie bisher nicht gefunden, und der Club füllte sich weiter mit exotischen Gestalten. Nicht wenige verschwanden in Richtung der „Katakomben“, und ein paarmal öffnete sich auch wie von Geisterhand die massive Tür zur VIP-Lounge. Sie beschlossen, sich einen strategisch günstigen Platz an der Hauptbar zu sichern. Von hier aus hatten sie einen guten Überblick über das Kommen und Gehen im Club. Erneut beschlich Nuriya das Gefühl, beobachtet zu werden.

4

„Wer sind diese Frauen?“, fragte sich Órla, kurz bevor an die Tür ihres Büros geklopft wurde. Die Clubchefin ließ beiläufig die Jalousien herunterschnappen und verwehrte dem eintretenden Besucher so den Blick durch die verspiegelten Scheiben.

Das „Hellfire“ wurde von zahlreichen Mitarbeitern und modernster Technik überwacht, doch Órla schätzte nach wie vor die Möglichkeit, selbst hin und wieder mit einem raschen Blick aus ihrem Büro heraus überprüfen zu können, ob alles in Ordnung war.

Während sie sich langsam umdrehte, begrüßte sie den Gast leise mit ihrer ungewöhnlich tiefen Stimme: „Senthil, wie nett, dass du das Hellfire mal wieder besuchst.“

Órla setzte sich in ihren mächtigen Schreibtischstuhl und forderte den Mann mit einer einladenden Geste auf, ebenfalls Platz zu nehmen. Geschmeidig wie eine Kobra und nicht weniger gefährlich glitt Senthil in den Sessel, der vor ihm stand, und schlug die Beine übereinander. Interessiert betrachtete er die wertvollen Gemälde und Skulpturen, die Órlas Büro schmückten. Seine Gastgeberin war bekannt dafür, dass sie die schönen Künste förderte und viele bedeutende Werke besaß.

Ihm gegenüber lehnte die Clubchefin sich scheinbar entspannt zurück. „Sie sind nicht käuflich!“

Senthil schaute sie aus halb geschlossenen Lidern an. Hatte sie seine Gedanken gelesen? Es war allerdings nicht seine Absicht gewesen, die Bilder zu *kaufen*. Doch selbst er musste einsehen, dass es Wahnsinn wäre zu glauben, er käme mit dem Diebstahl auch nur einer Miniatur aus dieser Sammlung ungeschoren davon.

Órla versuchte erst gar nicht, die Überlegungen des anderen zu erforschen. Dessen Schutzmechanismen waren mindestens so gut wie die ihren, und der habgierige Blick auf das wilde Gemälde ihres neuesten Lieblingskünstlers war auch so schon eindeutig genug.

Belustigt notierte sie die federleichte Berührung der eigenen Barrieren. Senthil schien sich nicht verändert zu haben, immer versuchte er das Unmögliche. Die dunklen Augen, das leicht gewellte schwarze Haar und seine Physiognomie ließen eine Herkunft aus dem Vorderen Orient vermuten. Man erzählte sich, Senthil stamme aus dem Norden Persiens oder aus Armenien. Genau wusste das aber niemand, und auch sein Alter schien unbekannt. Jeder arglose Betrachter hätte ihn für einen modernen, gut gekleideten Sterblichen von etwa fünfundzwanzig Jahren gehalten.

Órla galt zwar als eine der mächtigsten und einflussreichsten Vampirinnen im alten Europa, aber sie zog es dennoch vor, mindestens ihren Schreibtisch zwischen sich und Senthil zu haben. Er machte sie innerlich erschaudern – und seine Anwesenheit in ihrem Bezirk, jetzt, so kurz vor dem Venustransit, ließ nichts Gutes erahnen.

Senthil war kein Vengador, arbeitete aber gelegentlich für den Rat. Auch Órla hatte seine Dienste bereits in Anspruch genommen. Durch die Ausbildung war er noch gefährlicher geworden als je zuvor; außerhalb ihres Clubs würde ihm Órla niemals freiwillig den Rücken zuwenden. Dieser Vampir war machtgierig und schreckte vermutlich nicht einmal davor zurück, selbst jemanden wie Órla anzugreifen, wenn er sich sicher sein könnte, unentdeckt davonzukommen. Senthil agierte selten öffentlich, er ließ meist andere die Schmutzarbeit erledigen. Sich an das ungeschriebene Gesetz halten zu müssen, ihr durch einen Besuch seinen Respekt zu erweisen, während er sich in ihrem Hoheitsgebiet aufhielt, war ihm mit Sicherheit zuwider.

Ungeachtet dieser Überlegungen lächelte sie freundlich und bot dem Gast mit großzügiger Handbewegung eine Erfrischung an. Schweigend beobachtete sie, wie er sich aus der gekühlt bereitstehenden Champagnerflasche bediente. Sie selbst trank nichts.

„Ich hatte das angenehme Ambiente deines Clubs schon richtig vermisst", schmeichelte der Vampir mit sanfter Stimme, nahm einen Schluck und fuhr dann fort: „Ich habe gerade geschäftlich in der Stadt zu tun. Ich hoffe, du hast nichts dagegen?"

Das war eine rhetorische Frage – und beide wussten es. „Ich verlasse mich darauf, dass es diesmal keine Missverständnisse geben wird."

Eine deutliche Warnung. Bei seinem letzen Besuch hatte Senthil einen ihrer Mitarbeiter beinahe getötet und dann vorgegeben, er habe ihn mit dem Vampir verwechselt, den zu stellen ihn der Rat beauftragt hatte. Órla erhob sich. Die Audienz war beendet.

„Selbstverständlich nicht", versicherte Senthil und stand ebenfalls auf.

Die Vampirin lächelte versöhnlich. „Es ist Beltane, warum amüsierst du dich nicht ein wenig? Ich bin sicher, die Neugestaltung unserer Katakomben findet deine Zustimmung."

Kaum war ihr ungebetener Gast ihrem Rat gefolgt, da stand auch schon ein herbeigerufener Mitarbeiter bereit.

„Steven! Senthil ist in der Stadt. Ich erwarte, dass deine Leute ihn keine Sekunde unbeobachtet lassen. Aber halt du dich von ihm fern!"

„Hab verstanden, Boss!"

Órla wünschte sich manchmal eine gepflegtere Ausdrucksweise von ihrem Sicherheitschef. Aber er war noch nicht allzu lange bei ihr und erfüllte seine Aufgaben gewissenhaft und zuverlässig. Es gab jetzt auch Wichtigeres als Umgangsformen. „Er ist auf dem Weg in die Katakomben. Achte darauf, dass es ihm an nichts fehlt. Und Steven … sag mir sofort Bescheid, wenn es Schwierigkeiten gibt!"

Im Gesicht des kräftig gebauten Vampirs schien ein Muskel zu zucken. Er nickte und verschwand so lautlos, wie er gekommen war.

Senthil liebte es, den S/M-Spielchen der Sterblichen zuzuschauen. Allerdings hatte er noch mehr Freude daran, weiblichen Gästen aufzulauern und von ihnen zu trinken oder sich gar eine von ihnen mit nach Hause zu nehmen. Dies aber war im „Hellfire" verboten, genauso wie das Praktizieren jeglicher Art von Magie, die unliebsame Aufmerksamkeit erregen konnte.

Der Club bot die ideale Kulisse für Vampire, sich auf neutralem Boden zu treffen. Zu diesem Zweck hatte Órla die VIP-Lounge eingerichtet. Kein normaler Sterblicher hatte sie jemals betreten, und die besonders ausgebildeten Türsteher achteten darauf, dass dies auch so blieb. Viele Lykanthropen, besonders die jüngeren, fühlten sich hier wohl und nutzten die Lounge, wenn sie einmal Ruhe vor ihren autoritär strukturierten, besitzergreifenden Familien haben wollten. Sie selbst mochte diese Kreaturen nicht besonders, dennoch beschäftigte sie sogar einige von ihnen – und das war, soweit sie wusste, für einen Vampir-Club einzigartig. Normalerweise verstanden sich die eher einzelgängerischen Vampire mit den Werwesen, die meist im Rudel auftraten, nicht besonders gut. Aber im „Hellfire" hielten sich alle an die Regeln, und Órla war stolz darauf, dass es nur selten Zwischenfälle gab.

Nachdem Steven gegangen war, schaute Órla noch einmal durch die Jalousien hinaus in den Club. Die beiden Mädchen waren verschwunden. Besorgt fuhr sie mit den Fingern durch ihr langes weißblondes Haar und beschloss, heute persönlich einen Kontrollgang durch den Club zu machen.

Inzwischen hatten die Schwestern bereits das dritte Angebot, einen Drink spendiert zu bekommen, dankend abgelehnt und leicht genervt ihren Beobachtungsplatz an der Bar wieder aufgegeben. Selena wollte unbedingt noch einen Blick in die „Katakomben" werfen. „Wenn ich schon einmal hier bin, lasse ich mir das doch nicht entgehen", bettelte sie und versprach, anschließend mit Nuriya nach Hause zu fahren.

Neugierig sahen sie sich um. Nachdem sie eine breite, steinerne Wendeltreppe hinabgestiegen waren, kam ihnen eine attraktive Frau entgegen und fragte höflich: „Kann ich euch helfen?"

„Wir wollten nur mal schauen", stotterte Selena verlegen und wollte schon wieder umkehren, da lächelte die Frau freundlich und sagte: „Ich verstehe – hier entlang bitte!"

Sie öffnete eine Tür und führte die beiden in eine spärlich beleuchtete Bar, in der vereinzelt bequem wirkende Sitzmöglichkeiten standen, die aber momentan verwaist zu sein schienen. Verwirrt starrte Nuriya auf die großen Fensterscheiben, die den Blick in weitere Räume erlaubten.

„Keine Sorge, niemand kann euch von dort aus sehen – die Spiegelscheiben sind nur in eine Richtung transparent."

„Sie wissen auch nicht, dass man sie beobachten kann?", fragte Selena entsetzt.

Jetzt schmunzelte die Frau und beruhigte sie: „Natürlich wissen sie das – deshalb kommen sie ja hierher. Wenn ihr ein wenig mehr, ähm, Intimität wünscht, stehen euch auch Separees zur Verfügung."

Sie wies auf das Mädchen hinter der Bar und fügte hinzu:

„Elisa wird euch den Weg weisen, falls ihr später den Wunsch haben solltet, an den Spielen teilzunehmen." Dann verabschiedete sie sich: „Ich wünsche euch einen angenehmen Aufenthalt!"

Verblüfft blieben die Schwestern zurück und schauten sich um. Die Fenster boten Einblick in drei verschiedene Räume; zwei davon schienen leer zu sein und waren kaum beleuchtet. Im dritten – er war wie ein altertümliches Burgverlies eingerichtet – bot sich ihnen eine bizarre Szene, die direkt aus einem Hollywoodfilm hätte stammen können. Eine im Rokokostil mit eng geschnürtem Korsett und üppigem Reifrock gekleidete Frau wurde von einer Art Folterknecht hereingeführt. Er fesselte ihre bloßen Arme weit ausgestreckt an ein Holzkreuz, das mitten im Raum stand. Der Mann trug eine Maske und ein Ledergeschirr, das seinen plumpen, braun gebrannten Körper grotesk einschnürte und seine offensichtliche Erregung nicht verbarg.

Nachdem er sich vom festen Sitz der Fesseln überzeugt hatte, griff er nach einer bereitliegenden Lederpeitsche und begann, die Frau mit erfahrenen Bewegungen sanft zu berühren. Die dünnen Bänder glitten über Arme, Schultern und das tiefe Dekolleté der Gefesselten. Stöhnend ließ sie ihren Kopf in den Nacken fallen. Nuriya musste sich widerwillig eingestehen, dass sie die Vorstellung, selbst dort zu stehen, erregte. Mit Herzklopfen beobachtete sie, wie der Mann nach einer Weile begann, leichte Schläge mit der Peitsche auszuteilen, die jedoch trotz seines grimmigen Gesichtsausdrucks keine Schmerzen zu verursachen schienen, sondern die Frau eher weiter entzückten.

Sie war so vertieft in die Szene, dass sie den zweiten Mann erst bemerkte, als Selena ein Kichern entschlüpfte und sie flüsterte: „Mein Gott, der sieht ja aus wie Lestat aus ‚Interview mit einem Vampir'!"

Tatsächlich war der Neuankömmling im Stil des 18. Jahrhunderts gekleidet; mit Rüschenhemd, Seidenhosen und Gehstock näherte er sich in dandyhafter Eleganz der Szene. Die Gefesselte schien seine Gegenwart zu spüren. Sie hob aufmerksam ihren Kopf, als lausche sie seinen nahenden Schritten.

Der Kavalier winkte den Folterknecht mit einer arroganten Geste beiseite, umrundete die erstarrte Frau und betrachtete sie etwa so, wie man auf dem Markt ein zum Verkauf stehendes Pferd oder einen saftigen Schinken begutachten würde, aber sicher keinen Menschen.

Offenbar zufrieden mit dem, was er vor sich hatte, streckte er die Hand nach ihr aus. Sofort schmiegte sie sich hingebungsvoll an seine liebkosenden Finger auf ihrem Hals, so gut es ihr gefesselt eben möglich war. Und dann geschah etwas, womit die Schwestern überhaupt nicht gerechnet hatten. Nachdem der Mann ihr Korsett gelöst und die Röcke hinuntergestreift hatte, sodass die Frau nur noch mit ihren seidenen Strümpfen bekleidet war, gab er dem Knecht ein Zeichen. Dieser hatte sich bisher im Hintergrund gehalten, aber jede Bewegung seines Herrn genau beobachtet; nun eilte er mit einem Tablett herbei, von dem der Kavalier ein schmales, silbern glänzendes chirurgisches Instrument nahm. Mit diesem offenbar ungeheuer scharfen Messer machte er blitzschnell einen etwa zwei Zentimeter langen Schnitt in den linken Oberarm seines Opfers. Sie sog kurz, eher vor Überraschung als vor echtem Schmerz, die Luft ein und stöhnte dann leise, als er zu Selenas völligem Entsetzen begann, das hervorquellende Blut abzulecken. Und dann schnitt er wieder und leckte und schnitt, bis ihr Bauch, ihre Brüste und ihre Schenkel von unzähligen Wunden überdeckt und kaum eine Stelle des schönen Körpers von seiner gierigen Zunge unberührt geblieben war.

Nuriya starrte wie gebannt auf das Blut, das aus der ersten Wunde quoll, und leckte sich unbewusst die Lippen, als wolle sie selbst die wenigen roten Tropfen köstlichen Nektars für sich beanspruchen. Danach folgte sie jeder seiner Bewegungen mit wachsender Erregung. Halt suchend griff sie nach der nächstbesten Stuhlkante, und tief in ihr erwachte ein treibender Rhythmus, der mehr auslöste als nur die kleinen Schweißperlen, die sich auf ihrer Stirn bildeten.

„Das ist widerlich!"

Nuriya zuckte zusammen, als wäre sie geschlagen worden: „Was?"

Selena blickte sie mit kaum verhohlener Empörung an: „Dir gefällt das!" Sie stürmte zur Tür. Benommen starrte Nuriya einen Augenblick lang ihrer Schwester hinterher, dann folgte sie ihr.

Im Dunkel hinter ihr ertönte ein kehliges Lachen: „Fangt mir das Luder!"

Draußen vor dem Club blickte sich Nuriya suchend um und sah Selena hoch erhobenen Hauptes um eine Hausecke biegen. So rasch sie konnte, folgte sie ihr; dabei verfluchte sie die hohen Absätze ihrer neuen Schuhe.

Als sie endlich in die Gasse einbog, in der ihre Schwester kurz zuvor verschwunden war, überwältigte sie das eindeutige Gefühl, in eine fürchterliche Falle getappt zu sein. Jede Zelle in Nuriya schien „Gefahr!" zu schreien, während sie sich behutsam den spärlich erleuchteten Weg entlangtastete.

Auf einmal waren sie da. Vor ihr standen zwei Kerle. Der eine hielt Selena fest umklammert. Der andere war offensichtlich ihr Anführer. Er lächelte selbstzufrieden.

Hinter dir sind noch mehr!, warnte Ninsun.

„Ich weiß!", fauchte sie und zählte in Gedanken bis drei, dann schlüpfte sie blitzschnell aus ihren Pumps, bevor sie mit einem Schrei den grinsenden Kerl vor sich attackierte. In diesem Moment war sie für den unerhört hohen Schlitz in ihrem Kleid dankbar.

Ihr gut platzierter Fußtritt ließ seinen Kopf mit einem knackenden Geräusch zur Seite schnappen. Im gleichen Augenblick spürte sie eine Bewegung hinter sich, wirbelte herum und empfing einen Angreifer in geduckter Haltung. Wie kraftvoll seine Attacke auch immer gewesen sein mochte, es gelang ihr, diese Bewegung auszunutzen und gegen ihn zu verwenden. Der Mann flog in hohem Bogen gegen eine Hauswand.

„Du Schlampe!", fauchte der Geiselnehmer und warf ihre Schwester achtlos beiseite. Er stürzte sich auf sie – und erlitt das gleiche Schicksal wie ihr vorheriger Angreifer. Nuriya vergaß alles um sich herum und eilte zu Selena. Sie fiel auf die Knie und nahm ihre bewusstlose Schwester in die Arme. Hilfe suchend schaute Nuriya auf.

„Was …?", begann sie und erstarrte, als der Anführer wütend aufsprang, ein Messer hervorzog und sich wie in Zeitlupe auf sie zu bewegte. Sie spürte nicht, wie das tödliche Metall in ihren Körper eindrang, doch ihr Verstand registrierte das Geschehen durchaus. Sie blickte entsetzt an sich hinab, sah die Klinge bis zum Heft in ihrem Körper stecken und beobachtete gebannt, wie sich der Blutfleck auf ihrem Kleid rasch ausbreitete.

„Er hat mich erstochen!", dachte sie noch erstaunt und dann: „Ich sollte jetzt irgendetwas tun!" Die eigene Hand kam in ihr Blickfeld, und sie sah zu, wie sich ihre Finger um den Griff der Waffe schlossen.

Ninsun, was passiert mit mir?

Was denkst du?

Tu doch etwas!

Ich kann nichts tun, Liebes. Du musst Kieran rufen, nur er kann dir helfen!

Kieran? Warum er?

Jetzt bleibt keine Zeit zu diskutieren. Ruf ihn!

Nuriyas Atem ging rasselnd. Erschöpft schloss sie ihre Augen und dachte an den geheimnisvollen Unbekannten: *Kieran, hilf mir!*

Würde er antworten? Ihr Herz machte seltsame Sprünge – und dann kam der Schmerz.

Eisig und präzise, als bohrten sich mit jedem Atemzug neue Klingen in die Lunge. Ihre Pein wuchs, wurde allgegenwärtig und begann, sich einen Wettlauf mit der Kälte zu liefern, ganz so, als ginge es darum, wer sie als Erster besäße.

„Ich sterbe", stellte Nuriya erstaunt fest und wunderte sich, dass weder ihr Leben an ihr vorbeizog noch ein Licht in der Ferne Erlösung verhieß. „Ob man meinen Mörder zur Rechenschaft ziehen wird?", dachte sie, und: „Wie schade, dass dies meine letzten Gedanken sein sollen." Dann war plötzlich Stille. Kein Schmerz, keine Kälte mehr. Frieden.

Der Hilfeschrei traf Kieran mit der Kraft einer mächtigen Explosion. Auf die Welle der Gefühle, die ihn kurz darauf überrollten, war er nicht vorbereitet. Er spürte, wie kalter Stahl das Fleisch durchschnitt und sich tief im Herzen vergrub.

Kieran! – Das war Nuriya, die ihn um Hilfe rief!

„Halte durch!", flüsterte der Vampir, während er durch die Zwischenwelt raste.

Der zweite Angreifer kam allmählich wieder zu Bewusstsein. Erschrocken registrierte er die sterbende Nuriya. Das war nicht sein Auftrag gewesen!

Dann hörte er ein Stöhnen und sah, wie die andere junge Frau wieder zu sich kam.

Die eine ist so gut wie die andere!

Er rappelte sich auf, um wenigstens diese dem Auftrag gemäß zu liefern. Gerade hatte er die Hand nach der Sterblichen ausgestreckt, da materialisierte sich Erik in Gestalt eines riesigen Polarwolfs vor ihm und fletschte wütend die Zähne. Das Tier beließ es jedoch nicht bei dieser Drohgebärde, sondern attackierte den verblüfften Mann und seine hinzueilenden Kameraden mit tödlicher Wut. Immer wieder biss es zu und bewegte sich dabei mit einer geradezu unheimlichen Geschwindigkeit. Die Augen des Wolfes schienen in der Dunkelheit rot zu glühen.

Die Kämpfer waren so in ihre Auseinandersetzung verstrickt, dass sie die Ankunft zweier weit gefährlicherer Gegner gar nicht bemerkten.

Angelina und Donates waren auf dem Weg zum Club gewesen, als sie – beide gleichzeitig – den Überfall ein paar Straßen weiter spürten. Angel sprach sofort einen Zauber, um die Szene vor den Augen Unbeteiligter zu verbergen, und Donates wollte gerade einen fluchenden Angreifer von dem um sein Leben kämpfenden Wolf fortreißen, da spürte er Kieran an seiner Seite.

Gemeinsam bereiteten sie den Attentätern im Handumdrehen einen schmerzlosen Tod.

Sekunden später hielt Kieran Nuriyas leblosen Körper in seinen Armen.

„Nuriya, bitte, du darfst nicht sterben! Nicht so!"

Der Vampir schloss gequält die Augen. Genau so hatte schon einmal ein Feenkind in seinen Armen gelegen. Auch Maire hielt damals mit blutigen Fingern den Griff eines Messers umklammert, während sie starb.

Kieran war hilflos gewesen, hatte nichts mehr für sie tun können, da er noch nichts von seiner wahren Herkunft und Bestimmung gewusst hatte. Und selbst wenn er seine Zukunft gekannt hätte, seine vampirischen Fähigkeiten hätten ihm in jener verzweifelten Nacht nicht zur Verfügung gestanden.

Doch dieses Mal hatte er eine Chance. Und er schwor, sie zu nutzen. Da öffnete Nuriya ihre Augen und blickte ihn an, als wüsste sie ganz genau, dass er gekommen war, ihr das Leben zu nehmen.

„Nein!“, flüsterte sie und versuchte verzweifelt seinem Blick auszuweichen.

„Ich habe keine Wahl, Kätzchen, du wirst sterben, wenn ich es nicht tue!“

Seine Antwort ergab keinen Sinn. Er war es doch, der den Tod brachte. Aber die vertraute Stimme in ihrem Kopf flüsterte: *Wehre dich nicht!*

Sie hatte diese besserwisserische Stimme ihres Gewissens schon so oft verflucht, auch wenn sie zugeben musste, dass sie bisher immer ein loyaler Ratgeber gewesen war.

Warum sollte ich ihm vertrauen?

Das musst du gar nicht. Vertrau einfach mir!, flüsterte Ninsun.

Aber Nuriya hatte Angst. Er würde etwas Fürchterliches tun, das nicht rückgängig zu machen wäre. Und sie spürte, dass er es nicht gerne tat.

Keiner der Attentäter hatte überlebt. Lächelnd legte Angelina die Hand auf Donates' Schulter. „Darf ich, Darling?“, fragte sie, und er nickte grinsend. Erstaunt beobachtete Kieran, wie die zierliche Vampirin mit einem lässigen Fingerschnipsen die Körper der geschlagenen Angreifer in Flammen aufgehen ließ und deren Asche wenig später in alle Winde blies.

„Oh Donates – ich liebe das!“, gestand Angelina ihre Schwäche für Feuerbestattungen ein. Donates vergaß – wie immer fasziniert von ihrem bezaubernden Grübchen, das sich beim Lächeln automatisch in der bleichen Wange zeigte – alles um sich herum und küsste die Geliebte, als befänden sie sich nicht auf einem blutigen Schlachtfeld.

Ein leises Winseln ließ die beiden wieder zur Besinnung kommen. Deutlich nahmen sie nun auch den Werwolfgeruch wahr, der zu ihnen herüberwehte. Selbst schwer verletzt, leckte er die bleiche Hand eines ohnmächtigen Mädchens: Selena.

Angelina flüsterte „Feenkind!“ und beugte sich zu der Verletzten hinab. Donates suchte Kierans Blick, um seine Zustimmung zu erhalten, und mühte sich dann, den widerspenstigen Wolf in seine Arme zu nehmen.

„Wir treffen uns bei mir – jeder nimmt einen anderen Weg!“ Die Stimme des Vengadors verriet nichts von der Sorge um das sterbende Feenkind in seinen Armen.

Gleichzeitig trafen die drei Vampire mit ihrer hilflosen Last in Kierans Haus ein. Die Haushälterin eilte herbei und hielt sich rasch die Hand vor den Mund, um einen Schreckensschrei zu unterdrücken, als sie die beiden blutüberströmten Mädchen sah. Ihr war klar, wie schwer es den Vampiren fallen musste, Ruhe zu bewahren.

Weniger mächtige Vampire wären womöglich, angeregt von dem süßlich metallischen Geruch, der in der Luft lag, in einen Blutrausch geraten. Der blonde Mann und seine Freundin, die schon vor ein paar Tagen hier im Hause zu Gast gewesen waren, wirkten dagegen ruhig und konzentriert.

Mit Sorge jedoch betrachtete sie die tiefen Linien, die sich in dem erschöpften Gesicht ihres Herrn abzeichneten. Wann hatte er das letzte Mal getrunken? Sie riss sich zusammen. Kieran würde niemals die Beherrschung verlieren, darauf konnte sie sich verlassen.

Also bemühte sie sich, das verräterische Zittern ihrer Hände zu verbergen, und sagte mit ruhiger Stimme zu Angelina: „Das Mädchen bringen Sie am besten in eines der Gästezimmer, und den Hund …“, sie zögerte einen Augenblick, „den können Sie gleich nebenan hinlegen.“

Kieran überließ die weitere Organisation seiner tüchtigen Haushälterin und stürmte die Stufen zu seinem Schlafzimmer hinunter. Unschlüssig stand er einen Augenblick davor, entschied sich dann aber doch, Nuriya dort hinein zu bringen und nicht in eines der Gästezimmer.

Behutsam legte er die immer noch Ohnmächtige auf dem Bett ab und beugte sich über sie. *Maikraut – die Speise der Götter.*

So hatte er sich den Moment, in dem er von ihrem Blut kosten würde, nicht vorgestellt. Ihr Herz schlug nur noch ganz schwach und unregelmäßig – doch wenn er jetzt nicht handelte, würde sie sterben!

Verzweifelt schloss Kieran kurz die Augen und flehte alle ihm bekannten Götter um Hilfe an: „Lasst mich jetzt das Richtige tun!"

Entschlossen beugte er sich über Nuriyas reglose Gestalt und riss brutal den Rock ihres ohnehin zerfetzten Kleides noch weiter auf. Als er die cremeweißen Schenkel des Feenkindes berührte, waren sie so weich wie in seinen Träumen, und eine gierige Flamme loderte in seinem felsenharten Körper auf. Die Reißzähne bahnten sich ihren Weg, und mit einem Fauchen drückte er ihre Beine weit auseinander, um einen besseren Zugang zu ihrer direkt vom Herzen kommenden Beckenarterie zu erhalten. Nuriyas Puls war nun kaum noch zu erfühlen, und Kieran kümmerte sich nicht um den Schaden, den er anrichtete, als sich seine Zähne durch ihre Haut bohrten, um sie ihres noch verbliebenen Blutes zu berauben.

Der Schmerz entlockte ihr ein leises Stöhnen, dann lag das Feenkind still da.

Nachdem Kieran den letzten Tropfen getrunken und dabei mit wachsendem Entsetzen Nuriyas immer schwächer schlagendem Herzen gelauscht hatte, ließ er sie behutsam auf das Bett zurücksinken. Kein Leben war mehr in ihrem Körper, als der Vengador langsam seine Hand zum Mund hob und mit einem der noch immer deutlich sichtbaren Eckzähne sich selbst in den ausgestreckten Zeigefinger biss. Die Wunde schloss sich sofort.

Nur ein einziger Tropfen Blut war hervorgequollen, und diesen ließ Kieran nun auf ihren totenbleichen Mund fallen.

Nichts geschah. Eine quälend lange Zeit hing der Leben spendende Nektar zwischen ihren Lippen. Schon glaubte Kieran alles verloren, da endlich bewegte sich ihr Mund, einmal und kaum wahrnehmbar. Dann verschwand der tiefrote Saft zwischen den Lippen der Leblosen. Kieran ließ einen weiteren Tropfen folgen; auch dieser nahm den gleichen Weg. Nach dem dritten – kaum sichtbar – begann sich ihre Hautfarbe langsam zu verändern. Bald reichte die winzige Wunde an Kierans Finger nicht mehr aus – er öffnete immer tiefere. Das Blut tropfte nun schneller in Nuriyas Mund. Und endlich glaubte er ihre Stimme zu hören: *Mehr!*

Er musste nicht zweimal gebeten werden. Kieran biss sich selbst in das zarte Fleisch seiner Unterlippe und presste anschließend seinen Mund fest auf ihren durstigen Mund. Sie saugte schwach. Als auch dies nicht mehr genügte, öffnete Kieran mit einer einzigen Bewegung sein Handgelenk. Nuriya wurde mit jedem Schluck kräftiger, bald hielt sie seinen Arm fest umklammert, und als er sich, vom Blutverlust geschwächt, von ihr lösen wollte, gelang ihm dies beinahe nicht mehr. Endlich schien der Hunger der neugeborenen Vampirin gestillt, und sie fiel in einen friedlichen, tiefen Schlaf. Erschöpft ließ sich Kieran neben sie aufs Bett sinken.

Kleiner Bruder, brauchst du Hilfe?

Asher?

Wer sonst! Ein Lächeln begleitete die Frage.

Das stimmt – Wer sonst! Ja, ein wenig Unterstützung wäre nett.

Bin sofort bei dir.

Und kaum schien der Gedanke formuliert, da schimmerte die Luft kurz in Kierans Schlafzimmer, und Asher materialisierte sich neben dem Bett.

„Du brauchst Hilfe", stellte er mit einem Blick auf die schlafende Nuriya inmitten blutgetränkter Laken fest. Ohne zu zögern, bot er dem geschwächten Bruder sein nahrhaftes Lebenselixier.

Nachdem der sich gestärkt hatte, berichtete er mit wenigen Worten, was geschehen war.

„Ich musste sie retten!" Kieran wusste nicht, warum ihm die Zustimmung seines Bruders so viel bedeutete. Sicher war, dass er sich ohnehin vor den Repräsentanten der Feen verantworten musste, wenn sie herausfanden, dass er ungefragt eines ihrer sterblichen Kinder für immer in seine Dunkelheit hinübergezogen hatte.

„Kieran, sie werden es verstehen. Sie wäre auf jeden Fall gestorben", bemühte sich sein Bruder um beruhigende Worte und schaute Nuriya an. Engelsgleich, das ungeheuer jung wirkende Gesicht von einer Masse roten Haares umflossen, lag sie da. Bei diesem Anblick begriff Asher, warum sein Bruder offensichtlich mehr als nur das professionelle Interesse eines Vengadors zeigte.

Die junge Frau hatte bei ihrer ersten Begegnung im „Refugium" kaum Eindruck auf ihn gemacht. Doch nun fand er, dass sie durchaus eine Sünde wert war.

„... sofern man ein Faible für kleine, kurvige Kobolde hat", dachte er und wunderte sich über die Vorlieben seines Bruders. Das andere Feenkind war weit mehr nach seinem Geschmack, und bei dem Gedanken an ihre langen Beine und das wunderbare Haar schoss eine Welle der Sehnsucht durch seinen Körper.

Entsprechend entsetzt reagierte Asher, als er erfuhr, dass auch sie in das Attentat verwickelt war und sich nun, ebenfalls verletzt, im Hause seines Bruders befand.

Er, Asher, hätte die Pflicht gehabt, für ihre Sicherheit zu sorgen. Stattdessen war sie schutzlos dem brutalen Angriff von ein paar dahergelaufenen Sterblichen ausgeliefert gewesen, die dankbar sein konnten, dass Ashers tödliche Rache sie nicht mehr erreichte.

„Diese Überfälle müssen so schnell wie möglich aufgeklärt werden!“, riss Kieran ihn aus seinen Selbstvorwürfen.

„Aber nicht von dir. Du bist wegen der Transformation viel zu schwach und wirst das für die nächsten Tage auch bleiben. Außerdem steht dieses Feenkind jetzt unter deinem Schutz, und du solltest sie nicht mehr aus den Augen lassen, bis wir herausgefunden haben, wer ihren Tod wünscht.“

„Glaubst du, die Überfälle auf die beiden Mädchen und uns Vengadoren hängen zusammen?“

„So kurz vor dem Venuspakt ist alles möglich“, überlegte Asher und dachte dabei auch an das merkwürdige Verhalten seines Bruders, seit sie den Feen begegnet waren. „Ich würde das trotz der unterschiedlichen Vorgehensweise nicht ganz ausschließen. Ein sterbliches Feenkind ist leicht zu töten, wenn es, so wie sie, keine Verbindung zur eigenen Magie hat. Offenbar weiß der Auftraggeber mehr über sie als du.“

Kieran nickte. „Ich weiß fast nichts. Sicher ist nur, dass sie überhaupt keine magische Aura besitzt, aber über einen außergewöhnlich starken mentalen Schutz verfügt.“

„Das ist für mich ein recht deutliches Zeichen dafür, dass dein kleiner Rotschopf hier entweder keinen Funken Magie in sich trägt oder aber seine Herkunft verleugnet. Da sie jedoch offenbar mit dir auf mentaler Ebene kommunizieren kann, tippe ich auf Letzteres. Ich werde mich weiter umhören“, versprach Asher seinem Bruder und zog sich wieder in die Schatten zurück, bis er nicht mehr zu sehen war.

Unterdessen hatte in der oberen Etage Kierans Haushälterin gemeinsam mit Angelina die immer noch bewusstlose Selena entkleidet und in das weiche Bett eines der Gästezimmer gelegt.

Eine kurze Untersuchung ergab, dass ihre Wunden nicht tief waren und ihr, abgesehen von einem bereits gestillten Nasenbluten und Prellungen, nichts fehlte. Sie wuschen ihr mit einem weichen Schwamm das Blut aus dem Gesicht und verbanden ihren verletzten Arm.

Angelina spürte in dem bleichen Feenkind eine große Aufregung. Offensichtlich hatten sie die Ereignisse des Abends völlig erschüttert. Sie sandte dem Mädchen ein paar beruhigende Gedanken, bevor sie zusammen mit der Haushälterin das Schlafzimmer verließ und behutsam die Verbindungstür hinter sich schloss. Den heimlichen Beobachter bemerkte sie nicht.

Asher konnte der Versuchung nicht widerstehen. Sanft berührte er das rabenschwarze Haar des Feenkindes. Der Vampir griff in die seidige Pracht und vergrub sein Gesicht darin, um ihren verführerischen Duft genussvoll in sich aufzunehmen. Sie roch, wie alle Feen, nach Kräutern und frisch geschnittenem Gras, doch ihre Mischung besaß zudem eine persönliche Note erdigen Waldbodens und auch einen Duft von Jungfräulichkeit – und war dadurch einzigartig und sehr verführerisch. Ihre Strähnen glitten schließlich lang und glatt durch seine Hand zurück aufs Bett – da spürte er ihren Blick.

Das Mädchen starrte ihn mit weit aufgerissenen Augen an.

„Pst, kleine Fee! Du musst keine Angst haben!“, versuchte er sie zu beruhigen und konnte doch nicht leugnen, dass ihre Furcht ihn erregte. Ihre vollendet schönen Brüste hoben und senkten sich unter dem dünnen Laken, ihr Atem ging stoßweise, und er wäre ein Heiliger gewesen, wenn er beim Anblick ihrer leicht geöffneten Lippen der Versuchung widerstanden hätte, sie zu küssen.

Sanft streifte er ihren Mund, der nachgiebig und weich seine Liebkosungen willkommen zu heißen schien. Asher begann, sie mit seiner Zunge zu necken, und stieß dabei auf keinerlei Gegenwehr. Ermutigt vertiefte er seinen Kuss und spürte … nichts!

Enttäuscht richtete er sich auf. Diese Fee war süß und verführerisch, aber seine Seelenpartnerin war sie nicht. Noch schlimmer. Er hatte in ihren Gedanken nur das Bild des blonden Mannes aus der Bar gesehen, von dem sie nicht einmal wusste, dass er ein Werwolf war! Ihre Furcht war echt, und er hatte kein Recht, sie zu küssen, verletzt und hilflos wie sie war.

Asher kam sich wie ein Schuft vor und floh regelrecht aus dem Raum. Allerdings nicht ohne vorher einen Schlafzauber zu sprechen, der sie diesen Vorfall vergessen ließe. Dieses Feenkind und der Werwolf waren füreinander bestimmt – ihm blieb nur die Hoffnung, eines Tages ebenfalls der Frau aus seinen Träumen zu begegnen. Und es gab sie, da war er sich ganz sicher. Während des Kusses war es ihm kurz vorgekommen, als gäbe es jemanden hinter der Fee, ein Wesen, das durch sie hindurch zu ihm sprach und für seine Verwirrung verantwortlich war.

Doch jetzt war nicht der richtige Zeitpunkt für romantische Schwärmereien, rief er sich zur Ordnung und überlegte, wie er das Geheimnis der Attentatsserie ergründen konnte.

Ein paar Zimmer weiter hob Donates einen Augenblick lang seinen Kopf und lauschte prüfend in die Nacht. Aber er konnte keine Störungen feststellen – er hatte sich offenbar geirrt. Ein wenig hilflos blickte der Vampir auf den verletzten Polarwolf und entschied: „Wir brauchen Verbandsmaterial."

Die Haushälterin nickte und schickte sich bereits an, das Verlangte zu holen.

Angelina schaute ihren Geliebten an: „Mon amour, wärst du wohl so nett und begleitest sie?"

Donates hob fragend eine Augenbraue. Es war ihm anzumerken, dass er nicht gerade entzückt war, sein Weib mit dem Lykanthropen allein zu lassen.

„Weib? Verschwinde lieber, bevor ich meinem archaischen Gatten zeige, wozu so ein ‚Weib' fähig ist!" Ihr Lächeln nahm jedem möglichen Vorwurf die Spitze, und so trollte sich Donates verlegen grinsend.

Sowie sie allein war, setzte sie sich zu dem verletzten Tier und kraulte es beruhigend hinter den Ohren. Angelina war überrascht, wie weich und dicht das herrliche silbergraue Fell war. Sie hatte nie zuvor einen Werwolf berührt, aber merkwürdigerweise immer geglaubt, das Fell müsse hart und struppig sein. Dann schloss sie die Augen und versuchte, mit dem Wolf mentalen Kontakt aufzunehmen:

Du musst loslassen!

Das Tier spitzte die Ohren.

Komm zurück. Ich kann dir nur helfen, wenn du zu uns zurückkommst!

Ein leises Grollen war zu hören.

Du musst keine Angst haben. Hier wird dir niemand etwas tun.

Das Knurren wurde lauter, und einen Moment lang hatte Angelina Angst, Donates, von dem sie wusste, dass er hinter der Tür wartete, würde hereingestürzt kommen. Sie wagte es nicht, die mentale Verbindung mit dem Wolf zu unterbrechen, um ihren Liebsten vor einer überstürzten Reaktion zu warnen.

Und dann spürte sie diese typischen kleinen Veränderungen in der Atmosphäre, die mit einer Wandlung einhergingen. Die Elemente rund um den pelzigen Körper neben ihr tanzten und wirbelten umeinander; kurz darauf begannen sie, das Tier einzuhüllen, bis Angelina die Energie seiner eisblauen Aura geradezu greifen konnte. Zuerst war die beginnende Verwandlung selbst für ihr scharfes Auge kaum sichtbar, dann aber lag plötzlich ein junger Mann nackt in den Kissen, dessen Körper so vollkommen erschien wie der einer antiken Götterstatue.

Vor Überraschung sog Angel scharf den Atem ein. Im selben Augenblick öffnete sich die Tür, und Donates stand wie ein Racheengel im Rahmen, das mitgebrachte Verbandsmaterial fest umklammert.

„Ich bin ein treues ‚Weib'!" Die feenhafte Vampirin schaute verschmitzt zu ihrem eifersüchtigen Seelenpartner auf. „Komm, sei so gut und hilf mir, seine Wunden zu versorgen."

Beruhigend legte sie ihre kühle Hand auf Eriks Stirn: „Wer bist du?"

Ein grünes und ein blaues Auge blickten sie an – und der Verletzte flüsterte: „Was ist mit Selena?"

„Die Rothaarige?"

„Das ist ihre Schwester!" Panik spannte seinen Körper, und Angelina beeilte sich, ihn zu beruhigen, bevor er etwas Unüberlegtes tat.

„Ihr ist nichts geschehen!"

„Den Göttern sei Dank!" Der Lykanthrop sank erleichtert in die Kissen zurück. „Ich heiße Erik", raunte er nach einer kurzen Pause kaum hörbar.

Normalerweise heilen Werwölfe, wie alle Werwesen, in ihrer tierischen Form schneller als in Menschengestalt. Besonders so nahe vor dem nächsten Vollmond. Das galt aber leider nicht für Verletzungen, die ihnen mit silberhaltigen Waffen zugefügt wurden. Diese Wunden heilten sehr langsam, wenn sie nicht behandelt wurden. Und manchmal geschah es, dass nach der Genesung die Rückwandlung in ihr menschliches Äußeres gar nicht mehr gelang.

Vor diesem Schicksal wollte Angel ihn und auch das dunkelhaarige Feenkind bewahren. Für sie war die innige Verbindung zwischen den beiden schon am Ort des Überfalls offensichtlich gewesen. Der Werwolf hätte sein Leben gegeben, um das Mädchen zu schützen.

Angel begann mit ihrem magischen Gesang, und bald darauf hatte ihre Energie seinen Körper von dem Gift, das die ungewöhnlichen Waffen in ihm hinterlassen hatten, befreit. Gemeinsam mit Donates, der nicht von ihrer Seite wich, verband sie Eriks tiefe Schnittwunden und versetzte ihn anschließend in einen heilsamen Schlaf.

5

Der junge Vampir war in Panik geflohen, als er das Messer in der Brust des Mädchens stecken sah. Sie hatte gekämpft wie eine Löwin und kannte auch wirklich ein paar erstaunliche Tricks. Paul war beeindruckt und ahnte gleichzeitig, warum sein Anführer die Beherrschung verloren hatte. Der war noch nie gut auf selbstbewusste Frauen zu sprechen gewesen. Er liebte sie eher unterwürfig und in Todesangst – das Schwein! Nun würde er nie wieder jemanden quälen. Auch Paul nicht, der häufig genug zähneknirschend seinen Spott hatte ertragen müssen, obwohl er dem dummen Kerl zuletzt ohne größere Anstrengung das Genick hätte brechen können.

Große Veränderungen im Tagesablauf hatte die Transformation nicht mit sich gebracht. Schon vorher war er in den Nächten meist mit Freunden unterwegs und an regelmäßiger Arbeit nicht interessiert gewesen. Dass er sich jetzt kaum noch betrinken konnte, war natürlich bedauerlich, aber dafür waren die eitrigen Pickel aus seinem Gesicht verschwunden, und das schüttere Haar wirkte voller und glänzte richtig gesund. Eine Schönheit war er zwar immer noch nicht, aber seine vampirische Ausstrahlung sorgte dafür, dass sich die Mädchen jetzt auch einmal nach ihm umdrehten.

Eigentlich hatte sich Paul von der Clique lossagen wollen. Von seiner Verwandlung hatten sie nicht einmal etwas bemerkt, und ihre Spielchen langweilten ihn seither fürchterlich. Aber der Vampir, der ihn transformiert und ihm die wichtigsten Überlebenstechniken beigebracht hatte, bestand darauf, dass er weiter mit seinen ehemaligen Freunden loszog. Dessen Chef wünschte das, und Paul sollte besser tun, was man von ihm verlangte, es sei denn, er wäre an einem zweiten, weitaus unangenehmeren – und sehr endgültigen – Tod interessiert.

Das war er aber nicht, und so fügte er sich in sein Schicksal. Viel musste er nicht tun, nur ab und zu Leute bespitzeln oder die Kumpels überreden, jemanden zusammenzuschlagen. Diese Aufgabe fiel ihm nicht schwer, und er genoss die Macht, die damit verbunden war. Die Gang-Mitglieder suchten ohnehin immer nach einem Grund, sich zu prügeln. Mit seinen neuen Kräften hatte er sie schnell dazu gebracht, seine Anregungen für ihre eigene Idee zu halten. Er selbst hielt sich, wie sein Auftraggeber es forderte, eher zurück und beobachtete nur.

Für diese Dienste bekam er gutes Geld. Damit konnte er sich endlich eine eigene Wohnung leisten und von zu Hause ausziehen. Das war natürlich auch notwendig, denn selbst seinen Eltern wäre der todesähnliche Schlaf, in den er neuerdings allmorgendlich fiel, sicher irgendwann aufgefallen. Oder eines der Geschwister hätte die Gardinen aus Spaß aufgezogen. Der Gedanke an ihre Überraschung, wenn er dann zu einem Häufchen Asche verbrannt wäre, entlockte Paul ein schiefes Grinsen.

Doch jetzt knurrte sein Magen, und er beschloss, erst einmal nach einem kleinen Imbiss Ausschau zu halten. Es war ein Tabu, in der Nähe des „Hellfire"-Clubs zu jagen, und nach dem Überfall erschien es ihm angemessen, so wenig Aufmerksamkeit wie möglich auf sich zu lenken. Die Retter der Mädchen und des durchgeknallten Werwolfs, dachte er abfällig, waren mächtige Vampire gewesen – so viel stand fest! Paul hatte keine Lust, ihnen jemals wieder über den Weg zu laufen. Er wunderte sich allerdings, dass er sich kaum noch an die drei erinnern konnte. Oder waren es zwei gewesen?

Verwirrt schüttelte er den Kopf. Genau genommen konnte er sich nur an einen riesigen Polarwolf erinnern. Oder war es ein Hund gewesen?

Das Denken fiel ihm sowieso nie leicht, und so gab er es schließlich auf, sich erinnern zu wollen. Hungrig eilte der Vampir in einen benachbarten Stadtteil, wo sich auch bald ein geeignetes Opfer fand – ein Hundebesitzer, der mit seinem stattlichen Pudel zu später Stunde spazieren ging. Er lockte den Mann tiefer ins Unterholz, und während das Tier ängstlich winselte und an der Leine zerrte, trank Paul von dem köstlichen Blut.

Er spürte, wie die Spannung allmählich von ihm abfiel, und mit einem Seufzer ließ er den verwirrten Mann schließlich frei. Der würde sich ein paar Tage lang schwach fühlen und in Zukunft vermutlich nächtliche Spaziergänge meiden. Aber sonst war ihm nichts geschehen. Paul war kein Mörder und hielt sich an die Regeln in dieser Stadt.

Es war noch früh, erst kurz nach Mitternacht, und er beschloss, ins „Hellfire" zu gehen. Er wollte sich ein wenig umhören, ob der Entführungsversuch der Mädchen von irgendjemandem bemerkt worden war.

Plötzlich spürte Paul einen eisigen Hauch in seinem Kopf und stöhnte vor Schmerzen laut auf. Ohne die geringste Chance zur Verteidigung musste er hilflos miterleben, wie seine Erinnerung an die Ereignisse dieses Abends brutal geplündert wurden!

Dann war der Angriff so abrupt vorüber, wie er begonnen hatte, und Paul fand sich auf allen vieren zitternd am Boden wieder.

Die Nachricht des Eindringlings war deutlich: „Du gehörst mir und wirst dich zu meiner Verfügung halten!"

Er fühlte sich missbraucht und geschändet und fragte sich allmählich, wohinein er da geraten war. Ernsthafte Zweifel waren ihm schon vorher gekommen, als er den überstürzten Auftrag erhielt, diese Mädchen zu entführen. Nur durch Zufall war er mit der Clique in der Nähe gewesen. Im Club hatten die anderen nämlich alle Hausverbot.

Die Mädchen waren etwas Besonderes, das merkte er bald, und ihm wurde auch klar, dass er gut daran tat, schleunigst zu verschwinden. Paul schüttelte den Kopf, um das Summen darin loszuwerden. Er wusste nicht, wer hinter alldem stand. Aber das erste Mal, seit er zum Vampir geworden war, hatte er Angst. Todesangst.

Sein Peiniger schien wütend zu sein. Die Mädchen waren also von einem Werwolf beschützt worden und gemeinsam mit ihm entkommen. Kein Wunder, dass diese nutzlosen Sterblichen verschwunden waren, die er gelegentlich mit kleineren Überfällen oder Räubereien beauftragte. Um sie würde er sich später kümmern. Wieso der Werwolf ausgerechnet in Gestalt eines Pudels erschienen war, konnte er sich beim besten Willen nicht erklären. Doch das Bild, das er aus der Erinnerung des nutzlosen Vampirs geraubt hatte, war eindeutig gewesen. Was für ein Glück, dass er kürzlich die Bande mit den besonderen Waffen ausgestattet hatte. Für seinen Geschmack trieben sich viel zu viele Werwesen in dieser Stadt herum. Immerhin, das Silber würde dem Vieh wenig Freude bereiten, dachte er grinsend. Königspudel? Verstehe einer diese Lykanthropen! Und wie sollte er das dem Boss erklären?

In diesem Augenblick schloss Donates leise die Tür des Gästezimmers und folgte Angelina in den Wohnbereich.

„Und nun?“

Behutsam schenkte er zwei Gläser dieses besonderen Drinks ein, den die Haushälterin ihnen gemixt und anschließend in einem Weinkühler bereitgestellt hatte. Er mochte kaltes Blut nicht besonders und war deshalb umso erfreuter festzustellen, dass die würzigen Zutaten den kupfernen Geschmack zwar überlagerten, die stärkende Wirkung des Getränkes aber in keiner Weise beeinträchtigten.

„Gut!“ Angelina leckte sich die Lippen, nachdem sie ebenfalls gekostet hatte. „Kieran weiß zu leben“, ergänzte sie und warf dabei einen bedeutsamen Blick in Richtung der Designermöbel, mit denen der Vengador sein Zuhause ausgestattet hatte. „Vielleicht sollten wir auch einmal darüber nachdenken, einen festen Haushalt einzurichten?“

„Och, dafür bleibt noch viel Zeit!“ Donates strich sich verlegen das lange Haar aus dem Gesicht. Dieses Thema versuchte er stets zu vermeiden. „Was mir mehr am Herzen liegt, ist das Feenkind dort unten bei Kieran.“

„Es geht ihr gut!“

Die dunkle Stimme hinter ihr ließ Angelina erschrocken zusammenfahren. Donates war sofort bei ihr und stellte sich schützend vor seine Gefährtin. Fragend hob er seine Augenbraue und heftete einen drohenden Blick auf den Neuankömmling. Der hob beschwichtigend die Hände und trat einen Schritt zurück. Innerlich musste Asher grinsen. Kieran hatte ihn vor der Eifersucht dieses jungen Vengadors gewarnt. Er duldete keine Alpha-Vampire in der Nähe seiner Geliebten und war trotz seines jungen Daseins bereits mächtig genug, um auch für Asher ein ernst zu nehmender Gegner zu sein.

„Entschuldigt bitte. Kieran hat mir schon so viel über euch erzählt, dass es mir vorkam, als würden wir uns bereits kennen. Ich bin Asher. Kierans Bruder.“

In diesem Augenblick kam die Haushälterin mit weiteren Drinks auf einem Tablett herein. Sie schien die gefährliche Stimmung nicht zu bemerken und Ashers Anwesenheit völlig normal zu finden. Vielmehr begrüßte sie ihn sogar freundlich und bestätigte damit unbewusst seine Behauptung, sich mit Kierans

Wissen hier aufzuhalten. Donates konnte keinen Betrug wittern. Er legte eine Hand auf Angelinas Schulter – und die beiden Vampire entspannten sich.

Asher nickte, nahm einen Schluck aus seinem Glas und fuhr fort: „Kieran möchte vorerst bei dem Mädchen bleiben und abwarten, wie sich die Transformation entwickelt. Wir haben Bedenken, weil sie diesen Schritt wahrlich nicht freiwillig getan hat.“ Er blickte besorgt. „Dass sie ein Feenkind ist, liegt auf der Hand, doch da gibt es noch mehr. Ich werde an die Stelle des Überfalls zurückkehren und versuchen, etwas herauszufinden. Sind sie, das andere Mädchen und der ...“, er zögerte kurz, das Wort schien ihm nicht zu behagen, „... und der Werwolf, sind sie schon zu sich gekommen?“

„Er ist zwischendurch kurz aufgewacht. Wir haben beide in einen heilsamen Schlaf versetzt. Heute Nacht wird man nichts mehr von ihnen erfahren.“

„Ich verstehe!“ Asher hatte sich schon zur Tür gewandt, da blieb er noch einmal stehen: „Kieran bittet euch, heute hierzubleiben. Im Souterrain gibt es tagessichere Gästezimmer. Sandra kann sie euch zeigen.“

Die beiden sahen sich an, und es war deutlich, dass sie seine Frage besprachen.

Traust du Kieran ausreichend, um hier in seinem Haus zu bleiben? Und was ist mit deiner Energie?

Wir haben hier genügend Blutreserven, um den Verlust durch die Nähe zu zwei anderen Alpha-Vampiren erträglich zu machen. Tatsächlich bin ich neugierig, was das alles bedeutet, und ich glaube, ganz besonders du als Feenkind kannst wirklich helfen. Wenn du dich mit dem Arrangement wohlfühlst, ma petite, dann hab ich nichts dagegen.

Angelina lächelte Asher freundlich zu: „Einverstanden. Donates wird ein paar Sachen besorgen, dann können wir hier übernachten und nach den beiden sehen."

„Perfekt!" Ashers Grinsen war ebenfalls perfekt, dachte Angelina und hoffte, dass Donates ihre Gedanken nicht erriet.

Dann war Kierans Bruder fort, und Angelina sagte laut: „Er hat keine Ahnung, wer wir sind, nicht wahr? Warum sonst hätte er uns die lichtsicheren Räume anbieten sollen?"

„Ich habe schon gehört, dass Asher normalerweise sehr zurückgezogen lebt. Vermutlich hat er in den vergangenen Jahrzehnten wenig Vampirgerüchte gehört und ahnt deshalb nicht, dass Sylvain inzwischen eine Familie gegründet hat."

„Es ist irgendwie typisch für Kieran, dass er selbst seinem Bruder nicht alles erzählt."

„Auch er weiß nicht sicher, wie weit unsere Lichttoleranz geht." Donates klang zufrieden. „Ich habe mir die Fenster hier oben einmal angesehen, sie sind mit Jalousien ausgestattet und lassen sich recht zuverlässig verdunkeln. Wahrscheinlich denkt er, wir fühlen uns tagsüber unter der Erde einfach wohler."

Angelina lachte: „Im Gegenteil! Das braucht er aber nicht unbedingt zu wissen. Mir wäre es dennoch lieber, in der oberen Etage zu bleiben. So sind wir in der Nähe, wenn unser romantisches Liebespaar wider Erwarten frühzeitig zu sich kommen sollte oder … wenn Komplikationen eintreten."

Donates war einverstanden und verschwand, um zu Hause nach dem Rechten zu sehen und Nik über die neuesten Ereignisse zu informieren. Auch er sollte gewarnt sein, dass einige sehr merkwürdige Dinge vor sich gingen.

Wenig später kehrte er mit zwei Taschen zurück. Sie enthielten neben frischer Kleidung für Erik auch ein paar Blutkonserven für sich selbst, obwohl er von der Haushälterin wusste, dass Kieran ihnen großzügigerweise seine Vorräte angeboten hatte.

Im Gästeapartment hatte Angelina einen kleinen Kühlschrank entdeckt, und Donates war gerne autark.

Sorgfältig verschlossen sie die Fenster und machten es sich anschließend in ihrem komfortablen Bett bequem.

Angelina kuschelte sich an ihren Geliebten, bis sie einen geeigneten Platz an seiner Schulter gefunden hatte, und gurrte: „Weißt du eigentlich, was passiert, wenn du französisch mit mir sprichst?"

Der Hauch ihrer Stimme auf Donates' Hals sorgte dafür, dass seine Haut zu kribbeln und ganz tief in seinem Körper eine heiße Flamme zu lodern begann. *Mais oui, mon ange!* „Aber ja, mein Engel! Komm!", lachte er heiser und beugte sich über sie, um mehr als nur ihre verführerischen Lippen zu kosten. *Viens! Baise-moi!*

Was kaum jemand wusste, war, dass Sylvain und seine Geschöpfe selten tagsüber schliefen. Gewöhnliche Vampire waren dagegen gezwungen, zum Ende einer jeden Nacht ein sicheres Versteck aufzusuchen, da sie bei Sonnenaufgang in einen tiefen Schlaf fielen, aus dem sie höchstens bei Gefahr erwachen konnten. Was den meisten in dieser Situation wenig nutzen mochte, denn dann waren sie schwach und konnten sich gegen einen überlegenen Gegner nicht schützen.

Angel und Donates aber konnten sich sogar für längere Zeit im Tageslicht aufhalten, wenn sie das direkte Sonnenlicht mieden. Dies vermochten selbst geborene Vampire nicht, und Sylvains Winterfeld-Familie hatte beschlossen, ihr kleines Geheimnis so lange wie möglich für sich zu behalten. Diese Vorsichtsmaßnahme könnte einem von ihnen irgendwann noch einmal das Leben retten.

Kieran zog seinen Sessel dicht neben Nuriyas Bett und ließ sich hineinsinken. Kerzen flammten in einem mächtigen Leuchter auf, und ihre tanzenden Schatten betonten die von der Erschöpfung gezeichneten Linien in seinem Gesicht. Deutlich war die steile Falte zwischen seine Augenbrauen zu sehen.

Nuriya, kannst du mich hören?

Keine Antwort. Kieran tastete sich in Gedanken behutsam an sie heran. Von der Schutzmauer in ihrem Kopf waren nur noch Ruinen übrig, dahinter herrschte Chaos. Allmählich erkannte er jedoch das Muster, dem all ihre Gefühle folgten, und entdeckte darunter sogar ein ziemlich gutes Bild des Attentäters. Immerhin, dieses Problem hatte sich dank Angels pyromanischer Neigung gewissermaßen in Luft aufgelöst.

Auf eine seltsame Art fühlte er sich in Nuriyas Erinnerungen geborgen. Viele Wege und Biegungen in der Landschaft ihrer Gedanken und Gefühle kamen ihm so bekannt vor, als wäre er schon einmal hier gewesen.

Asher hatte ganz recht mit seiner Vermutung, sie verleugne ihre Magie und ihre Herkunft. Kieran konnte nahezu keine Spur von beidem entdecken und vermutete sie tief vergraben in ihrer Seele.

Als er weiter vordringen wollte, merkte er plötzlich, wie sie versuchte, seinen Weg zu blockieren. Was war es nur, das sie sogar in diesem Zustand noch vor ihm zu verbergen suchte? Gerne hätte er ihren schwachen Versuch, sich zu schützen, ignoriert. Doch er entschied sich, ihren Wunsch zu respektieren, und zog sich zurück. Im letzten Augenblick erhaschte er noch ein Bild von sich selbst in einem Strudel unterschiedlichster Emotionen. Dann war er draußen.

Dass die Frau, die hilflos und blass vor ihm lag, ihre Natur sogar vor sich selbst verleugnete, irritierte ihn, und er nahm sich vor, den Grund dafür herauszufinden.

Ihre Seele fühlte sich unter all der selbst auferlegten Disziplin wild und freiheitsliebend an. Und nun war sie für immer an ihn gebunden, ohne Chancen auf eine gemeinsame Zukunft mit ihrem wahren Seelengefährten, der irgendwo da draußen wahrscheinlich bereits nach ihr suchte. Die Träume und Wünsche, die er in ihrer Seele gelesen hatte, würde er ihr nicht erfüllen können. Sie sehnte sich nach einer tiefen, romantischen Liebe, doch in ihm war nichts davon zu finden. Sein Herz war schon vor langer Zeit erkaltet. Selbst wenn der Vengador es gekonnt hätte, er durfte sie dennoch niemals lieben. Unglücklich erkannte er, dass sie ihn hassen würde, sobald sie die Konsequenzen seines Eingreifens in der vergangenen Nacht vollständig erfasste.

Asher beobachtete die dunkle Gasse in der Nähe des „Hellfire“ von einem Dach der angrenzenden Fabrikgebäude aus. Er wollte ganz sichergehen, dass er bei der folgenden Untersuchung des Tatorts ungestört blieb. Hierbei kam ihm seine Vergangenheit als Vengador zugute. Aus einem Schatten heraus glitt sein scharfer Blick über das regennasse Pflaster. Eine Gruppe junger Leute kam aus dem Club. Lachend steuerten sie auf die Abkürzung in Richtung Stadt zu. Doch als der Erste um die Ecke bog, blieb er so plötzlich stehen, dass die anderen ihn überrascht anrempelten. Unsicher verstummten sie und blickten in die dunkle Straße hinein. Irgendetwas Unheimliches schien dort in den Schatten zu lauern – und sie waren vernünftig genug, um ihrer Intuition zu folgen und einen anderen Heimweg einzuschlagen, auch wenn dieser weiter war. Asher lächelte zufrieden. Obwohl er schon lange die wissenschaftliche Arbeit in seiner riesigen Bibliothek dem Dienst als Vengador vorzog, hatte er doch nichts vergessen. Nach einem gewagten Sprung landete der Vampir sicher zwischen den Häusern und begann, systematisch nach Spuren zu suchen.

Erstaunt stellte er fest, dass Angelinas Zauber sehr wohl die Anwesenheit der Retter an diesem Ort verschleiert, die langsam schwindende Aura eines vierten, vermutlich sehr jungen Vampirs aber nicht gänzlich verwischt hatte. Er musste das Geschehen beobachtet haben und war dann vermutlich bei der Ankunft der anderen Vampire geflohen. Eine weise Entscheidung! Selbst ein Vengador durfte einen anderen Vampir nur mit ausdrücklicher Zustimmung des Rates töten, doch in diesem Fall wollte Asher keineswegs die Hand dafür ins Feuer legen, dass sein Bruder sich an die Regeln gehalten hätte.

Und dann entdeckte Asher die Stelle, an der Nuriya in ihrem eigenen Blut gelegen hatte. Der Geruch machte ihn nahezu schwindlig, und er verspürte das irre Verlangen, niederzuknien und jeden Tropfen vom Boden aufzulecken. *Feenkind!*

Er konnte sich nicht erklären, wie sie es geschafft hatte, diese Ausstrahlung auch bei ihrer ersten Begegnung im Café derart zu reduzieren, dass die meisten anderen Vampire sie vermutlich nicht einmal bemerkt hatten. Auch das Blut auf der Straße bestätigte seine Vermutung, dass die Kleine etwas ganz Besonderes sein musste. Kierans rettendes Eingreifen war die richtige Entscheidung gewesen. Auch wenn sein Bruder dies bezweifeln mochte: Asher glaubte nicht, dass die Feen Anklage gegen ihn erheben würden.

Kaum hatte Asher begonnen, einen komplizierten Zauber anzuwenden, um die Magie des Feenblutes zu neutralisieren, damit nicht ein anderer später darauf stoßen konnte, da begann die Luft ein paar Meter entfernt von ihm zu vibrieren. Er beendete die Formel und begab sich dann zur Quelle der eigentümlichen Energie. Überrascht sah er dort nur eine kleine Handtasche liegen. Sie musste einem der überfallenen Mädchen gehören. Behutsam hob er sie auf und sah hinein. Beim Anblick des Inhalts hielt Asher unwillkürlich den Atem an. Aus dem Dunkel leuchtete ihm drohend ein magischer Talisman aus der Feenwelt entgegen. Asher erkannte das Amulett sofort. Die Geldbörse daneben klärte auch, welcher Schwester die Tasche gehörte. Rasch klappte er den Metallverschluss wieder zu und öffnete ein Portal, um durch die Zwischenwelt zurückzueilen.

Kieran spurtete die Treppen hinauf. Er konnte die Erregung seines Bruders deutlich spüren. Oben erwarteten ihn auch Angelina und Donates.

„Himmel, du hast die Auserwählte transformiert!"

Kieran ließ sich wortlos in die tiefen Kissen eines der Sofas sinken. Die anderen Vampire nahmen lautlos ebenfalls Platz.

Asher erzählte von der Aura des Vampirs, der den Kampf von einem Dach aus beobachtet hatte. Dann berichtete er von der ungewöhnlichen Anziehungskraft des Feenblutes und fuhr fort: „Anschließend entdeckte ich ihre Handtasche – es war beinahe so, als wollte sie von mir gefunden werden." Er hielt das wertvolle Schmuckstück in die Höhe. „Und darin befand sich dies hier!"

Angelina gab einen Laut der Überraschung von sich. „Das ist das Venusamulett!"

Kieran blickte verständnislos von einem zum anderen, und Angelina erklärte: „Es heißt, dass es einen mächtigen Schutzzauber besitzt und stets denjenigen Feenkindern überreicht wird, die für die Verbindung mit dem dunklen Reich auserwählt wurden. Nachdem der Venuspakt vollzogen ist, kehrt das Amulett dann für die nächsten hundert Jahre ins Feenreich zurück und taucht später irgendwann unverhofft wieder auf. Immer wenn sich die Trägerin in Gefahr befindet, beginnt es zu leuchten. Ich denke, deshalb hat sie es auch nicht getragen. Im ‚Hellfire' hätte sie damit zweifellos die falschen Leute auf sich aufmerksam gemacht."

„Woher hast du eigentlich gewusst, dass sie überfallen wurde?", mischte sich Donates an Kieran gewandt ein.

„Irgendwie hat Nuriya es geschafft, eine mentale Verbindung zu mir herzustellen und um Hilfe zu rufen."

„Du kennst ihren Namen?", fragte Asher erstaunt.

„Sie hat ihn mir im ‚Refugium' genannt."

Der Bruder war von dieser Eröffnung überrascht. Er konnte sich nicht daran erinnern, mehr als nur ein gestammeltes „Danke" von dem Mädchen gehört zu haben, nachdem sie ihr in der Bar den Betrunkenen vom Hals geschafft hatten. Alles deutete darauf hin, dass Kieran eine ganz besondere Verbindung zu diesem Mädchen hatte.

„Ist sie deine …?" Donates zögerte.

„Seelenpartnerin? – Ehrlich gesagt, ich weiß es nicht."

Enttäuscht lehnte sich Asher zurück. „Wenn sie es wäre, so wüsstest du es!" Dabei dachte er an seine jüngste Erfahrung mit Nuriyas Schwester.

Die beiden anderen Vampire schauten sich an, enthielten sich jedoch jeglichen Kommentars. Donates hatte viele Jahrzehnte gebraucht, um zu erkennen, dass die Frau, die er so sehr verehrte, nicht für ihn bestimmt war. Wenige Wochen später dann war er seiner wahren Liebe begegnet: Angel.

Angelina lächelte, als sie seine federleichte Berührung ihrer Seele spürte, ohne die sie sich ihr Dasein längst nicht mehr vorstellen mochte. Dabei streckte die Vampirin ihre Hand nach dem wertvollen Schmuckstück aus: „Wie auch immer! Sie sollte das Amulett jedenfalls so schnell wie möglich zurückbekommen!"

Kieran reichte es ihr und erhob sich. Ernst blickte er seine Gäste an: „Nuriya darf zum jetzigen Zeitpunkt nicht erfahren, welche Rolle ich bei ihrer Transformation gespielt habe. Wenn es überhaupt eine Chance geben soll, sie bis zur Verbindung zu schützen, dann muss sie mir wenigstens bis dahin auch vertrauen."

„Und danach? Sie ist durch den Austausch eures Blutes zu deinem Geschöpf geworden", gab Asher zu bedenken. Er war ebenfalls aufgestanden und ging unruhig auf und ab.

„Sobald sie ihren Seelenpartner gefunden hat, wird sie mich vergessen."

„Bist du wirklich sicher, dass ihr nicht füreinander bestimmt seid?"

„Ich habe doch gerade gesagt, ich weiß es nicht!" Kieran klang ungeduldig. Er war überzeugt, nach Maires Freitod niemals wieder ein Feenkind für sich gewinnen zu können, und wollte dieses Thema auf keinen Fall vor seinen Gästen diskutieren. Sie wussten ohnehin schon viel mehr über sein Privatleben, als ihm recht sein konnte. Es war auf lange Sicht immer gefährlich, mehr als unbedingt nötig von sich preiszugeben. Nicht nur für einen Vengador. In den vergangenen tausend Jahren hatte er mehr als einmal bereut, sich jemandem anvertraut zu haben. Nicht wenige versuchten irgendwann, ihr Wissen gegen ihn einzusetzen – und bezahlten diesen Fehler dann mit ihrem Leben.

Einige von ihnen hatte Kieran für Freunde gehalten. So leichtgläubig wie in seinen ersten Jahren war der Vampir jedoch schon lange nicht mehr. Selbst den eigenen Geschwistern vertraute er nicht vorbehaltlos.

Und Freunde? Freunde brauchte er nicht! Dennoch war es zumindest Donates gelungen, sich in sein Leben einzuschleichen. Kieran bewunderte die Leichtigkeit, mit der sein Schützling das Dasein trug und dabei seine Aufgaben als Vengador doch gewissenhaft erfüllte. Er hoffte, den Tag niemals erleben zu müssen, an dem Donates oder seine Gefährtin versuchten, sein Vertrauen zu missbrauchen.

Kieran! Asher sah seinen Bruder durchdringend an. *Du hast keine Schuld an Maires Tod! Wir haben das doch schon tausendmal besprochen! Sie hat sich umgebracht, weil ihre Visionen sie fast wahnsinnig machten.*

Kieran dachte bitter: *Visionen, die ihr zweifellos auch meine*

Zukunft in Dunkelheit zeigten. Sie hat sich ihren Dolch ins Herz gerammt, weil sie sich an den beunruhigenden Veränderungen schuldig fühlte, die mit mir geschahen. Und alles, woran ich denken konnte, als ich sie sterbend fand, war der Duft ihres Blutes. Verstehst du? Es hat mich geil gemacht, und statt ihr zu helfen, wollte ich sie vögeln!

Du hast kurz vor deiner Wandlung gestanden. Viele junge Vampire haben anfangs Schwierigkeiten, zwischen sexueller Erregung und Blutlust zu unterscheiden.

Und was ist mit dem Fluch? Kieran erinnerte sich auch heute noch ungern an die Nacht nach Maires Beerdigung. Ihre Mutter war aus dem Feenreich erschienen und hatte ihn beschuldigt, ihre Tochter getötet zu haben. Niemals, so hatte sie dem völlig verstörten jungen Mann mit schriller Stimme gedroht, solle es ihm vergönnt sein, das Herz einer Seelengefährtin zu gewinnen.

Asher sah seinen Bruder mitleidig an. Er war überzeugt, dass sich dieser Fluch als wirkungslos erweisen würde, sobald Kieran endlich aufhörte, sich die Schuld am Tod seiner Frau zu geben. *Man kann der Feenkönigin einiges an unangenehmen Eigenschaften nachsagen. Ungerechtigkeit gehört nicht dazu. Ihr hattet doch beide keine Ahnung!*

Kieran wünschte sich nichts mehr, als dass Asher recht haben möge. In einer kleinen Ecke seines Herzens hatte die Hoffnung auf Liebe, ebenso wie bei jedem anderen geborenen Vampir, viele Jahrhunderte überlebt. Sie war nach der ersten Begegnung mit Nuriya weitergewachsen. Und Asher nährte diese kleine Flamme Hoffnung auch noch.

Kieran verschränkte die Arme vor der Brust. Breitbeinig stand er mitten im Raum und schaute seinen Bruder aus schmalen Augen feindselig an. Niemand hätte bei diesem Anblick Lust verspürt, den Vengador zu provozieren.

„Selbst wenn das Schicksal eine gemeinsame Zukunft geplant

haben sollte, muss sie sich freiwillig entscheiden, eine unauflösliche Verbindung mit mir einzugehen. Und das wird sie niemals tun, wenn sie weiß, dass ich ihr das Leben genommen habe!"

„Du hast ihr doch nicht das Messer zwischen die Rippen gerammt! Du hast sie vor dem sicheren Tod bewahrt!"

„Ach ja? Und wer sagt, dass sie mit dieser Alternative überhaupt einverstanden ist?"

„Als Auserwählte hat sie gar keine Wahl. Sie muss sich mit einem Vampir verbinden und dabei selbst zu einer von uns werden, um den Pakt zu erneuern. Die Feen haben das Mädchen nicht ohne Grund für diese Aufgabe vorbestimmt."

Kieran trat ganz nah an Asher heran. Die Luft zwischen den beiden Brüdern schien zu vibrieren, während sie sich finster anstarrten.

Kieran brach als Erster das Schweigen und grollte: „Genug! Ich warne euch – kein Wort zu dem Feenkind!"

Der Raum schien für die wütenden Alpha-Vampire plötzlich zu klein geworden zu sein. Angelina fand, dass es an der Zeit war, die Situation zu entschärfen, bevor die drei etwas taten, das sie später bereuen würden.

Leichtfüßig ging sie auf die beiden mächtigen Brüder zu und legte beruhigend ihre Hand auf Kierans Arm. „Du kannst auf uns zählen", versprach sie ihm mit warmer Stimme. Als sie merkte, dass sie seine Aufmerksamkeit besaß, fuhr sie fort: „Und Kieran, ich möchte jetzt gern einmal nach Nuriya sehen."

Erst sah es aus, als wollte er ihr widersprechen. Doch schließlich besann er sich offenbar auf seine Manieren und trat beiseite, um ihr Zugang zu der unteren Etage zu gewähren, wo Nuriya friedlich schlummerte.

Asher nutzte die Gelegenheit und verabschiedete sich mit dem Versprechen, etwas über die Drahtzieher des Überfalls herauszufinden. Donates murmelte, er müsse nach Erik sehen. Es war offensichtlich, dass Kieran in dieser Stimmung keinen männlichen Vampir in Nuriyas Nähe duldete.

Angelina glitt in Kierans Schlafzimmer und beugte sich über das Feenkind. Nach kurzem Zögern legte sie der Bewusstlosen beide Hände auf die Schläfen. Sofort spürte sie die Furcht und Verwirrung des Mädchens.

„Was denkst du, wie lange wird es dauern, bis sie erwacht?", fragte Kieran, beunruhigt von Angelinas Gesichtsausdruck.

Diese schüttelte ihren Kopf und warnte: *Nicht hier! Sie kann uns möglicherweise hören!* Dann fuhr sie laut fort: „Das Mädchen ist stark. Sie wird es schaffen! Wenn du möchtest, werde ich in ein paar Stunden wiederkommen, um nach ihr zu sehen."

Unhörbar für die Kranke fügte sie hinzu: *Ich hatte geglaubt, die Fähigkeit, ihre Magie vor uns zu verbergen, hätte sie dem Amulett zu verdanken. Aber ich habe mich geirrt. Selbst wenn ich sie berühre, kann ich ihre Feenherkunft nur sehr schwach spüren.*

Kieran nickte zustimmend und geleitete Angelina zur Tür, nachdem diese der Ohnmächtigen das Venusamulett behutsam um den Hals gelegt hatte.

Wieder allein mit Nuriya, wechselte er die leere Blutkonserve, die an einem Metallgestell hing, gegen eine frische aus. Er hatte sich für diese Methode der Versorgung entschieden, denn würde er versuchen, allein ihren Verlust auszugleichen, so musste er eine extreme Schwächung seiner eigenen Energie in Kauf nehmen. Dies aber wollte Kieran nicht riskieren. Gerade jetzt brauchte er hundert Prozent jeder einzelnen ihm zur Verfügung stehenden Fähigkeiten, um für ihre Sicherheit zu garantieren.

Einen Toast auf die vampirische Blutbank der Winterfelds, dachte er zynisch und ließ sich mit seinem gut gefüllten Glas schließlich in den Sessel neben Nuriyas Bett sinken. Mit geschlossenen Augen genoss Kieran die Kraft des herannahenden Morgens.

Der neue Tag weckte Erik aus seinem magischen Schlaf. Unruhig warf er sich auf seinem Lager hin und her, bis die Tür geöffnet wurde und Angelina hereinschaute.

„Guten Morgen, Erik!"

„Wo ist Selena?"

„Sie schläft nebenan."

Erik sprang auf, eilte zu der Tür, auf die Angelina gewiesen hatte, und riss sie auf. Auch ohne die Fähigkeit, sie lesen zu können, hätte die Vampirin ihm deutlich angesehen, wie seine Gedanken rasten. Er wusste nicht, wo und wie er hierhergekommen war. Doch im Augenblick ging es ihm auch ausschließlich um das Feenkind.

Als er sie sah, dämmerte die Erinnerung in seinem Gesicht, und voller Angst beugte er sich über die Geliebte. Erst als er sich vergewissert hatte, dass Selenas Wunde gut verbunden war und sie friedlich schlummerte, drehte er sich um und lächelte charmant: „Guten Morgen, mein unbekannter Engel!"

Angelina kicherte. „Lass das bloß meinen Mann nicht hören! Donates ist sehr eifersüchtig!"

„Findest du?" Donates war ihr gefolgt und legte seinen Arm nun besitzergreifend um ihre Schultern.

„Ja, mon cher, das finde ich", lächelte sie und beobachtete dabei, wie Erik die Gelegenheit nutzte, seine Blöße zu bedecken.

Donates warf ihm ein Bündel sauberer Kleidung zu und grollte: „Nebenan ist ein Bad. Zieh dich an, wir müssen reden!"

Angelina grinste: „Süß, dieser Werwolf, nicht wahr?" Donates sah aus, als wollte er ihr den Hals umdrehen. Und sie beeilte sich, ihn zu beruhigen: „Lieber, entspann dich! Du weißt ganz genau, dass ich mich nur für dich interessiere. Es gibt keinen Grund, den armen Erik anzufeinden!"

„Diese Kerle sind doch alle hinter dir her", knurrte Donates, musste dabei jedoch schon lachen und zog die Geliebte in seine Arme.

Mit wenig mehr am Leib als einem frechen Grinsen, das feuchte Haar frottierend, kam Erik schließlich aus der Dusche und unterbrach die hitzige Begegnung der beiden Vampire. Höflich und vor allem Donates zuliebe drehte sich Angelina um, während der junge Werwolf seine geborgte Kleidung überstreifte.

„Was ist geschehen?", fragte er über die Schulter.

Sie berichteten ihm von den Ereignissen der vergangenen Nacht. Was Nuriyas Rettung betraf, so nahmen sie Erik das Versprechen ab, Stillschweigen zu bewahren.

„Also ist sie die Auserwählte, und das erste Siegel ist gebrochen. Drei, sagt ihr, gibt es. Was nun?", fragte Erik und sog den Duft von Selenas Feenblut begierig ein, der immer noch in der Luft hing. Die Vollmondnacht war lediglich wenige Tage entfernt.

„Sie wird sich wieder erholen."

„Das meine ich nicht. Was passiert, wenn sie keine Seelenpartner sind?"

„Sie könnten es miteinander nicht aushalten. Ohne einander aber auch nicht. Irgendwann würden sie versuchen, sich gegenseitig umzubringen."

Angelina lachte bitter auf: „Oder ihre Familie schickt jemanden, der das vorher schon erledigt. Nicht auszudenken, welche Auswirkungen dies auf den sensiblen Frieden zwischen den Feen und der Vampirwelt hätte!"

„Drei Siegel … und wer das letzte bricht, dem gehört sie? Das ist ja krank!"

„So könnte es tatsächlich erscheinen“, nickte Donates. „Gedacht sind diese drei Siegel als Schutz vor einer gewaltsamen Transformation. Einige Vampire erhoffen sich von der Verbindung Macht und Einfluss im Rat und versuchen, die Auserwählte für sich zu gewinnen. Gelegentlich sogar mit Gewalt. Normalerweise werden die Auserwählten im Geheimen sorgfältig auf ihre Aufgabe vorbereitet und können sich unwillkommener Avancen vonseiten machtgieriger Vampire durchaus erwehren. Ich fürchte aber, dies gilt nicht für Nuriya. Sie scheint kaum einen Funken Magie in sich zu haben.“

„Ich glaube, da irrst du dich!“, lächelte Angelina vielsagend.

Donates schaute seine Gefährtin einen Augenblick lang nachdenklich an, bevor er vorschlug: „Ich meine, wir sollten Erik alles sagen. – Was weißt du über Vampire?“

Alarmiert sah ihn der Werwolf an. „Offenbar nicht genug, will mir scheinen.“

Donates nickte. „Die meisten Vampire sind Einzelgänger und an einer längeren Partnerschaft nicht interessiert.“

Erik grinste: „Das ist mir auch schon aufgefallen!“

„Ein Master- oder Alpha-Vampir kann mit Zustimmung des Rates in einem angemessenen zeitlichen Abstand Sterbliche transformieren, um eine Familie, einen Clan zu gründen.“

„Das gilt auch für weibliche Vampire“, warf Angelina ein.

„Natürlich! Wichtig ist nur, dass sie mächtig genug sind, ihre Familie zusammenhalten und schützen zu können. Geborene Vampire dagegen sehnen sich offensichtlich nach Gesellschaft und sind voller Hoffnung, eines Tages ihren Seelenpartner zu finden. Ihre einzige Chance übrigens, Nachwuchs zu produzieren.“

„Vorausgesetzt, die Gefährtin trägt das Feen-Gen in sich. Tut sie das nicht, so bleibt die Verbindung kinderlos“, warf Angelina ein.

Erik riss seine Augen vor Erstaunen weit auf: „Du meinst Nachwuchs, Babys, mit Windelnwechseln und …?“

Donates fiel ihm ins Wort: „Genau so. Und wenn Nuriya und Kieran nicht zufällig vom Schicksal füreinander bestimmt sind, dann wird für ihn nichts mehr aus der Familiengründung.“

„Könnte er nicht mit einer anderen …?“

Bedauernd schüttelte Donates den Kopf. „Jeder geborene Vampir darf in seinem Dasein nur einmal jemanden transformieren. Dies sind die Regeln.“

„Das ist aber bitter! Und warum, glaubt ihr, hat Kieran sein Lebensglück für Nuriya aufs Spiel gesetzt?“

„Weil sie ihn um Hilfe gerufen hat“, sagte Angelina, „und, wenn ich mich nicht sehr irre, weil sie seine Seelenpartnerin ist.“

„Dann ist doch alles perfekt!“

„Das wird es sein“, flüsterte Angel, „das wird es hoffentlich bald sein!“

Wie aus einem tiefen Schlaf erwachte sie ganz allmählich. Bis sich ihre sensiblen Augen an das diffuse Licht gewöhnt hatten, verging eine gewisse Zeit. Als Nuriya ihren Kopf hob, um sich umzublicken, war sie überrascht, wie schwer ihr das fiel. Sie holte einmal tief Luft, so, als wollte sie sich gegen das wappnen, was da draußen auf sie wartete. Sie stützte sich auf ihren Ellenbogen, damit sie eine bessere Übersicht bekam.

„Au!“ Irgendetwas hielt sie fest. Es fühlte sich wie eine Infusionsnadel an. Sie schaute zur Seite und ihre Befürchtung wurde bestätigt. Ihr Blick folgte dem Verlauf des dünnen Schlauches, der von der Nadel, die mit Klebeband in ihrer Armbeuge befestigt war, zu einer fast leeren Blutkonserve führte. Nichts hatte sie in ihrem bisherigen Leben fürchterlicher gefunden als Nadeln – und jetzt steckte so ein Ding in ihrem Arm! Ein Unfall. Sie hatte einen Unfall gehabt und lag nun im Krankenhaus.

Und das Blut? Nuriya schloss erneut die Augen – und da kamen die Bilder zurück. Das Messer, der Schmerz und dann das Blut, so viel Blut, das warm und ungehindert hervorsprudelte. Von ihrem angstvollen, ums Überleben kämpfenden Herzen immer schneller herausgepumpt aus dem sterbenden Körper, bis mit der Dunkelheit schließlich auch der Frieden gekommen war.

Und doch lag sie jetzt lebendig hier in diesem Bett. Sie konnte das glatte Material der Bettwäsche auf ihrer Haut spüren, und in der Luft lag ein angenehmer Duft frischer Sauberkeit. Sie lebte!

Aber ganz tief in einer kleinen Kammer ihrer Seele flüsterte ihr eine Stimme zu, dass sie es nicht geschafft, dass sie nun doch ihren letzten Atemzug getan hatte. Und dass das Leben nie wieder so sein würde wie zuvor.

Widerstrebend öffnete Nuriya ihre Augen und richtete sich diesmal behutsam auf. Das Zimmer hatte sich nicht verändert. Erleichtert blickte sie sich um. Irgendetwas war seltsam, doch so sehr sie auch überlegte, sie kam nicht darauf. Die spärliche Beleuchtung war es nicht. Gab es in Krankenhäusern nicht immer eine Notbeleuchtung? Doch dieser Raum wirkte so gar nicht wie ein Krankenzimmer. Wo war sie also? Erschöpft ließ sie sich wieder in die Kissen sinken. „Zu anstrengend, diese Gedanken", befand sie und glitt wenig später in die sichere Ruhe schläfriger Dunkelheit zurück.

Sie spürte, wie sich jemand über sie beugte.

„Sie atmet!" Die Stimme klang erleichtert.

„Natürlich tut sie das!"

„Warum erwacht sie nicht?"

„Wie kann sie denn mitten am Tag erwachen?" Die Stimme lachte kehlig. „Kieran, hör auf, so nervös auf und ab zu laufen. Sie ist ein Feenkind, wie hättest du sie sterben lassen können?"

Stille.

„Was habe ich dir angetan! Lebe! Lebe für mich!"

Gleichmäßig tropfte eine dunkle Flüssigkeit durch den transparenten Schlauch. Blut. Das zumindest erschien logisch. Wenn jemand mit einem Messer angegriffen wurde, dann war es wahrscheinlich, dass er dabei viel Blut verlor. Der Beutel schien neu zu sein. Er war fast voll. Wo auch immer sie war, man sorgte für sie. Nuriya schloss erleichtert die Augen.

„Müsste sie nicht allmählich aufwachen?"

„Es ist doch nichts schiefgelaufen?" Zwei Schatten beugten sich über Nuriyas Lager.

„Das würde Kieran töten. So habe ich ihn noch nie erlebt!"

„Verständlich, wenn man sein Schicksal bedenkt."

„Sei still! Nicht hier! Sie könnte uns hören."

„Hallo?" Nuriya beschloss, der Ungewissheit nun ein Ende zu machen.

„Willkommen, Feenkind!" Vorsichtig öffnete sie die Augen. So rasch hätte sie nicht mit einer Antwort gerechnet.

„Was ist geschehen?"

„Kleines, jemand hat versucht, dich zu töten." Im kühlen Gesicht der Frau an ihrem Bett las sie nur Freundlichkeit.

„Ich habe das nicht geträumt?"

„Nein. Und auch wenn du in den nächsten Tagen das eine oder andere Mal an deinem Verstand zweifeln möchtest: Es ist wahr! Eine neue Zeit ist für dich angebrochen. Aber darüber sprechen wir später." Die Fremde tätschelte ihre Hand.

„Deiner Schwester geht es gut – und nun schlaf!", beantwortete sie Nuriyas ungestellte Frage.

Die Fremde erneuerte den Beutel Blut mit professioneller

Sicherheit und verschwand anschließend so überraschend, wie sie erschienen war.

Nuriya folgte ihrem Rat. Kaum waren ihre Augen geschlossen, begann der Traum …

Zuerst folgte sie auf sanften Pfoten der Beute durch die Wälder. Doch rasch gesellte sich ein weiterer Herzschlag zu dem ihren – der Jäger an ihrer Seite war ein alter Gefährte. Diesmal hatte er von Anfang an ein Gesicht: Kieran.

Er griff nach ihrer Hand, und Seite an Seite stoben sie durch das Unterholz. Weniger, um Wild zu stellen, wie Nuriya erstaunt bemerkte, als um des gemeinsamen Erlebens willen. Verwirrt blieb sie stehen. Der Mann tat es ihr gleich und lächelte sie aufmunternd an.

Während sich die Welt schwindelerregend um die beiden drehte, fanden sie Halt aneinander. Behutsam begann Kieran, mit seinen Händen die Konturen ihres Gesichts zu erforschen. Mit dem Daumen fuhr er zärtlich über ihren Mund, der sich sogleich erwartungsvoll öffnete. Kieran zog sie, bestärkt durch diese Reaktion, dichter an sich heran und überlegte noch, ob er es wagen könnte, sie zu küssen, als er in ihren Augen bereits die Antwort las.

Erfreut gab er seinem Verlangen nach und kostete ihre weichen Lippen. Wenig später hatten sich ihre Zungen gefunden und begannen ein freches Spiel. Längst erinnerten ihn die spitzen Eckzähne schmerzhaft an seine wahre Natur, und mit einem Stöhnen zwang er sich zur Disziplin.

Sie aber schien dies als Provokation zu empfinden und öffnete Kierans Hemd – Knopf für Knopf. Als ihre Fingernägel blutige Spuren auf seiner Brust hinterließen, war es um seine Selbstbeherrschung geschehen. Mit fiebrigen Bewegungen bemühte er sich, ihr Kleid aufzuknöpfen, bis sie völlig nackt vor ihm stand.

Bewundernd betrachtete er ihren herrlichen Körper und streckte verlangend seine Hand aus, um die vollen Brüste zu umfassen.

Nuriya warf den Kopf in den Nacken und genoss seine zärtlichen Liebkosungen, bis ihre Knie schließlich nachgaben und beide gemeinsam auf den weichen Waldboden sanken. Sie rieb sich wollüstig an Kieran, richtete sich dann aber plötzlich auf, lächelte verschmitzt – und bevor er ahnen konnte, was sie plante, setzte sie sich auf ihn.

Als Kieran die warme Feuchtigkeit zwischen ihren Beinen auf seiner Haut spürte, verlor er nahezu die Beherrschung und hätte sie am liebsten sofort bei den runden Hüften gepackt, um sie hier und jetzt seine pulsierende Härte spüren zu lassen und dabei tief in ihren Körper einzudringen. Um sie zu besitzen.

Stattdessen genoss er die qualvolle Sehnsucht und ihren zärtlichen Mund, der zielstrebig einen Weg über seine Brust und den Bauch hinab suchte. Mit einem Stöhnen schloss er die Augen, und sein Wunsch wurde sofort wahr – das kleine Biest wusste genau, was er brauchte. Natürlich, sie war ja auch längst in seine Gedanken eingedrungen, so wie er die ihren bereits ahnte, bevor sie nur ansatzweise formuliert waren. Ihrem Rhythmus völlig ergeben, spürte er längst schon nichts mehr als das eigene Verlangen, bis sein Körper begann, sich zum großen Finale zusammenzuziehen. „Mein, mein, mein!“, schluchzte seine Seele, und die Lenden schmerzten, als er die Verführerin ergriff, seiner dominanten Natur trotzte und Nuriya sanft neben sich bettete.

Dann begann er, ihren Körper zu erkunden. Seine Hände umfassten zärtlich beide Brüste, die Zunge spielte mit einer Brustwarze, die sich ihm fest entgegenreckte, um gebissen zu werden. Das Blut summte sein süßes Lied unter der delikaten Haut. Dieser Verlockung konnte Kieran schließlich nicht länger widerstehen. So begann er, zärtlich mit den inzwischen zu voller Größe ausgefahrenen, messerscharfen Eckzähnen über ihre zarte Haut zu kratzen. Die winzigen Tropfen Blut, die dabei hervortraten, leckte Kieran mit seiner rauen Zunge auf. Ihr Seufzen zwischen Schmerz und Lust lockte ihn bald immer weiter hinab, zu den weichen Innenseiten der weißen Schenkel. Fast verlor er sich in dem köstlichen Aroma ihres Blutes, doch dann lockte ihn der Duft ihrer Leidenschaft noch mehr. Er schob ihre Knie weiter auseinander, und seine Finger bahnten sich einen Weg, bis er schließlich ganz in die Süße ihrer Weiblichkeit eintauchte. Der Nektar der Geliebten war ebenso herrlich wie ihr Blut, und er trank lustvoll von ihr, bis sie mit heiserer Stimme flehte: „Kieran, komm zu mir!"

Mit einem animalischen Grollen gab er ihrem Flehen nach, um dann für eine kleine Ewigkeit regungslos in der weichen, samtigen Wärme ihres Körpers zu verharren. Danach zog er sich spielerisch zurück. Ihre Hüften folgten seiner Bewegung und versuchten den Rückzug zu verhindern, bis ihre Körper schließlich ein gemeinsames Lied sangen.

Als Nuriya ihre Beine leidenschaftlich um ihn schlang und ihr Leib irgendwann mit einem Schrei von ihm Besitz ergriff, hielt auch er sich nicht länger zurück und grub seine Zähne in ihren Hals. Im gleichen Rhythmus, wie ihr Pulsschlag ihn in ungeahnte Sphären der Ekstase peitschte, pumpte sein Körper das Elixier der Leidenschaft in sie zurück, bis beide endlich befriedigt innehielten. Schwer atmend verharrte Kieran noch einen Augenblick lang in der warmen Sicherheit ihrer Umarmung und ließ sich dann erschöpft neben Nuriya auf den Boden sinken.

„Bist du wirklich da oder bloß mein feuchter Traum?"

„Was?" Kieran blickte ratlos in das Gesicht des rothaarigen Feenkindes.

„Ich will wissen, ob ich das gerade wirklich erlebt habe oder ob es nur ein besonders schöner Traum war“, fragte sie noch einmal. Und eine Spur von Ungeduld schwang in ihrer Stimme mit.

„Als ob ich das wüsste!“ Kieran setzte sich auf und schaute sich verwundert in dem einsamen Gästezimmer um, in das er nach Nuriyas Rettung umgezogen war.

„Uh!“ Ungeduldig versuchte Nuriya, sich aus dem zerwühlten Laken zu befreien, und betastete misstrauisch ihren makellosen Nacken. „Das war doch Wahnsinn!“, erklärte sie dem Kopfkissen. „Typisch! Ich muss diesen einzigartigen Sex natürlich in einem Traum erleben!

Was vielleicht gar nicht so schlecht ist, wenn man bedenkt, dass ich gerade von einem völlig Fremden verführt worden bin!“, murmelte sie.

Die Frage ist nur, wer hier wen verführt hat, kicherte Ninsun in ihrem Kopf. *Ich bin empört!*

Oh, sei still! Habe ich dir nicht gesagt, dass du mich in solch privaten Situationen nicht belauschen sollst?

Der Deal galt nur für deinen höchst langweiligen Studienkollegen. Über Sex mit einem rattenscharfen Vampir haben wir nicht gesprochen.

Stefan ist ein sehr netter …!, protestierte Nuriya. Doch dann stutzte sie: *Was meinst du mit ‚Vampir‘?*

Nächtliche Besuche, scharfe Reißzähne in schwanenweißen Hälsen, Blut saugen. Erinnert dich das vielleicht an etwas?

Es gibt keine Vampire, Ninsun!

Du meinst, es gibt keine zum Sterben attraktiven Kerle, die das Blut in deinen Adern kochen lassen, bis du vor ihnen auf die Knie fällst und um Erlösung bettelst?

Das weiß ich nicht, aber …

Keiner von denen würde ausgerechnet dir im Traum erscheinen!

Genau!, grollte Nuriya, schlug Ninsun gedanklich eine Tür vor der Nase zu und bemühte sich, das fröhliche Kichern dahinter zu ignorieren.

Es duftete nach Sandelholz, Zitronengras und … Mann! Alarmiert schaute Nuriya sich um. Sie befand sich in einem sehr männlich eingerichteten Schlafzimmer. Die Designermöbel aus dunklem Holz, ein riesiges Bett und – als einzige Dekoration – der Hightech-Fernseher und die Musikanlage legten diese Vermutung zumindest nahe. In ihrem Arm steckte noch immer eine Kanüle.

Wo bin ich? Ninsun…?

Ihr Quälgeist würde Rat wissen. Doch es gab nur Schweigen. Dann nach einer Ewigkeit kam die Antwort: *Ich habe dir gleich gesagt, dass es keine gute Idee ist, das Amulett abzulegen! Jetzt ist es passiert!*

Passiert? Wovon sprichst du?

Das darf ich dir nicht sagen, du musst es alleine herausfinden.

Bin ich tot?

Ninsun flüsterte: *Ich darf dir nichts verraten – nur so viel: Vertraue deiner Intuition, dann wird alles gut!* Und damit schien sich ihre Vertraute endgültig verabschiedet zu haben, denn Nuriya spürte sie nicht mehr.

„Auf meine Intuition soll ich hören! Na gut. Meine Intuition sagt mir, dass ich hier schleunigst verschwinden sollte. Wo auch immer dieses ‚Hier' ist!", grollte Nuriya.

Mit zusammengebissenen Zähnen zog sie beherzt die Nadel aus ihrem Arm und beobachtete, wie ein einziger Tropfen zum Handgelenk hinablief. Unbewusst feuchtete sie ihre Lippen an, widerstand aber der Versuchung, das Blut aufzulecken. Verrückt!

Allerdings gab es dann doch ein Problem: Außer dem Amulett,

das erstaunlicherweise wieder zwischen ihren Brüsten ruhte, trug sie nichts! Und Nuriya konnte sich auch nicht daran erinnern, ihre Kleider ausgezogen zu haben. Der Gedanke, wer für diesen Zustand verantwortlich sein könnte, führte zu Kieran. Hatten die Stimmen nicht behauptet, dass er es gewesen sei, der sie gerettet hatte? Oh nein! Diesen Gedanken wollte sie im Moment gar nicht weiterverfolgen.

Stattdessen konzentrierte sie sich darauf aufzustehen. Nach einem ersten Versuch wurde ihr schwindlig. Beim zweiten Mal schaffte sie es zumindest, kurz zu stehen, bevor eine beunruhigende Kälte von ihr Besitz ergriff und sich gleich darauf alles um sie herum drehte.

„Aller guten Dinge sind drei!", flüsterte sie, verließ entschlossen das Bett und tappte zielstrebig zu der Schiebetür, hinter der sie einen Schrank vermutete.

Und richtig, nach einem beherzten Schritt nach vorn befand sie sich in einem riesigen begehbaren Schrank, der keine Wünsche offenließ. Dies aber leider nur, wenn man zufällig auf edlen Zwirn und maßgeschneiderte Hemden stand.

Hier war der eigentümlich vertraut wirkende Duft noch intensiver. Gedankenverloren hatte Nuriya ein Hemd übergestreift und begonnen, die Anzüge zu zählen, bis sie sich zur Ordnung rief und weiter vordrang, auf der Suche nach etwas Passenderem. Schließlich wurde sie auch fündig. Ein wenig versteckt fand sie eine Ecke mit Frauengarderobe. Zahllose Kleider hingen darin und in den Fächern lagen, sorgfältig übereinandergestapelt, Shirts, Pullover und Unterwäsche.

Verwundert zog sie ein seltsames Gebilde aus Seide und Chiffon hervor: „Himmel, wer soll so etwas tragen?"

Links davon erkannte sie eine Tür, und kurz darauf stand Nuriya bereits unter der Dusche. Flauschige Handtücher lagen bereit – und sogar eine Zahnbürste.

Als sie einen Blick in den Spiegel wagte, erwartete Nuriya, erschöpft und müde auszusehen. Schließlich war sie krank gewesen, und noch immer fühlten sich ihre Knie wie Gummi an, ganz so, als habe sie mehrere Tage das Bett nicht verlassen.

Doch statt des erwarteten Gespenstes blickte ihr eine Schönheit entgegen. Die roten Locken glänzten wie nie zuvor, lange Wimpern, dicht und dunkel, ließen ihre Augen in einem eigentümlichen Grün erstrahlen, und sogar die Sommersprossen auf ihrer Nase waren kaum noch zu sehen.

Auch ihr Körper schien verändert. Die Brüste, der Hintern – beides war fester, und die ersten Fältchen, die sie erst kürzlich entdeckt hatte, schienen verschwunden zu sein.

Sie musste unbedingt herausfinden, welcher Zauber hier am Werk war. Eilig streifte sie eine erstaunlich gut passende schwarze Jeans und ein dunkelgraues T-Shirt über. Wem auch immer diese Sachen gehörten, diese Frau musste eine nahezu identische Figur haben.

Dann schlüpfte Nuriya aus dem Zimmer. Der Flur, in den sie hinaustrat, bestätigte ihr immerhin, dass sie sich weder in einem Krankenhaus noch in einer Wohnung befand. Dies war mindestens eine Villa. Die zahllosen Türen wollten zwar geöffnet werden, aber aus früheren Träumen wusste Nuriya, dass sich selten etwas Gutes dahinter verbarg. Also widerstand sie der Versuchung und stieg stattdessen katzengleich durch die Dunkelheit die Treppenstufen hinauf. Kurz danach lugte sie vorsichtig um einen Mauervorsprung und blickte in einen riesigen Wohnraum. Hinter der verglasten Fensterfront lockte die Nacht.

Auf dem riesigen Sofa davor saß eine Frau und betrachtete mit besorgtem Gesichtsausdruck ein Kissen auf ihrem Schoß, das sie zu einem unförmigen Klumpen gedreht hatte. Das tat ihre Schwester immer, wenn sie von etwas sehr bedrückt war.

„Lena?“

Die Angesprochene schaute auf und schrie dann: „Riya! Der Göttin sei Dank, du bist wach!“

Die Schwestern fielen sich erleichtert in die Arme. Nuriya konnte hören, wie das Blut in Selenas Adern pulsierte. Gierig sog sie den Duft der warmen Haut ein. Sie musste schlucken, so heftig lief ihr auf einmal das Wasser im Mund zusammen: Blut!

Entsetzt stieß sie ihre Schwester von sich, die mit einem kleinen Schrei auf das Sofa stürzte und sie dann verwirrt anstarrte.

Nuriya roch die Angst. Und dann senkte sich die Gier wie ein blutroter Schleier über sie: Lauernd näherte sich die zum Leben erwachte Bestie dem wehrlosen Opfer, getrieben von einem Verlangen, die Haut der Sterblichen zu durchbohren, um jeden einzelnen Tropfen warmen, köstlichen Blutes trinken zu können. Schon war sie auf dem Sprung und spürte die tödlichen Fangzähne zu einer imposanten Länge aus dem Kiefer hervorgleiten, da rauschte plötzlich ein mächtiger Wirbelsturm durch ihren Kopf.

Stopp!

Fauchend blickte sie sich nach dem Grund der Störung um. Kieran war mit einem Satz bei ihr. Nuriya versuchte mit allen Tricks, seinem stahlharten Griff zu entschlüpfen, aber gegen den kampferprobten Vampir hatte sie keine Chance. Über ihren Kopf hinweg sah er die vor Angst erstarrte Selena an und befahl ihr schroff: „Raus! Verschwinde!“

Nach kurzem Zögern lief das Mädchen aus dem Raum und floh zu Angelina und Donates.

Eisige Kälte wehte den roten Schleier davon. Nuriyas Gegenwehr wurde schwächer, Kieran drehte sie behutsam zu sich herum.

„Kieran!“, flüsterte sie und kuschelte sich erleichtert an ihren Beschützer. Er roch genau so wie in ihrem Traum: Es war der Duft von Sandelholz und dazu kam noch etwas ganz Eigenes,

Wildes und Unbekanntes, das sie zärtlich einhüllte. Und dann wurde ihr klar, in wessen Schlafzimmer sie erwacht war. Das Bett, die Anzüge, alles roch nach ihm. Ihr Herz tat ein paar merkwürdige Sprünge, und erst allmählich kehrte es zu seinem normalen Rhythmus zurück.

Nicht zu seinem *ganz* normalen jedoch, denn die Nähe zu dem Fremden, der ihr doch so vertraut schien, als kenne sie ihn bereits ihr Leben lang, machte sie ohne jeden Zweifel nervös.

6

„Was ist geschehen?"

Kieran wich ihrem fragenden Blick aus. Was hätte er ihr auch sagen sollen? Dass sie als ein blutgieriges Monster erwacht war und der Hunger nach dem Leben anderer ihr Dasein von nun an beherrschen würde? Hätte er eingestehen sollen, wer dafür verantwortlich war?

„Alles ist in Ordnung!", flüsterte er schließlich in ihr Haar.

Nuriya riss sich los. Er hielt sie nicht zurück.

„In Ordnung?" Ihre Stimme klang selbst in ihren eigenen Ohren schrill. „Ich habe gerade versucht, meine Schwester zu beißen und das Blut wie ein verdammter Vampir aus ihr herauszusaugen!" Ein hysterisches Lachen bahnte sich seinen Weg hervor. Vampir?

In diesem Augenblick kehrte Selena, gefolgt von Angelina, zurück und ging direkt auf Nuriya zu. Ehe sie begriff, was die Schwester plante, fühlte sie sich schon zärtlich von ihr umarmt und ließ sich bereitwillig zum Sofa führen.

Der Anblick des Feenkindes, das dort wie ein verletztes Tier neben Selena kauerte, weckte eigenartige Gefühle in Kieran. Könnte er doch ihren Schmerz lindern! Anzusehen war ihm seine Anteilnahme allerdings nicht.

Nuriya sah den Vampir mit undurchdringlicher Miene in der Tür lehnen. Seine Körperhaltung sprach von kalter Arroganz.

Du lässt uns jetzt besser allein! Angelina sah ihn nicht einmal an. Sie klang, als duldete sie keinen Widerspruch. Verärgert presste er die Kiefer aufeinander. Was dachte sich Donates' Geliebte dabei, einen solchen Ton anzuschlagen? Niemand gab ihm Befehle – und ganz sicher keine Frau.

Daran wirst du dich in Zukunft gewöhnen müssen, Macho! Ein leises Lachen wehte durch seinen Kopf, er drehte sich auf dem Absatz um und ging wortlos hinaus. Hier war er offenbar nicht erwünscht.

Es entging Angelina nicht, dass Nuriya unter den langen Wimpern sehnsüchtig hinter ihm herblickte. Lächelnd setzte sie sich neben die Schwestern.

„Was wisst ihr über eure Herkunft?"

„Was meinst du damit?", fragte Nuriya scharf, die großen Augen wachsam auf die Vampirin geheftet.

„Ihr wisst, dass ihr Feenkinder seid?"

„Ja."

Sie verrieten kein Wort zu viel, dachte Angelina und entschied sich, offen zu sprechen: „Nun, das bin oder besser war ich auch. Allerdings hatte ich damals keine Ahnung von meiner Herkunft. Die Leute nannten mich Hexe, aber ich mochte mein Talent, in die Zukunft sehen zu können. Manchmal habe ich es sogar ein wenig missbraucht, fürchte ich.

Nur mein eigenes Schicksal habe ich nie im Voraus erfahren wollen, und deshalb war es ein riesiger Schock für mich, als ich feststellen musste, dass der Mann, in den ich mich Hals über Kopf verliebt hatte und der mein Seelenpartner war, dass dieser Mann ein Vampir ist."

„Es gibt keine Vampire!" Nuriya zitterte, beruhigend griff Angelina nach ihrer Hand. Sofort wurde das Mädchen gefasster.

„Überleg doch. Niemand glaubt heute noch an Feen. Und doch kam eure Mutter aus dem Reich des Lichts. Sie hat sich entschieden, hier unter den Sterblichen zu leben und zwei wunderschöne, begabte Töchter bekommen."

„Drei!“

Nun blickte Angelina verwirrt. „Drei?“

„Ich habe noch eine Zwillingsschwester“, erklärte Selena. „Estelle ist vor ein paar Monaten nach Paris gezogen.“

Diese Nachricht verkomplizierte alles. Das Mädchen musste ebenfalls beschützt werden, solange sie noch nichts über die Hintergründe des Überfalls wussten. Angelina nahm sich vor, das Problem so schnell wie möglich mit Donates zu besprechen. Vielleicht konnten sie Asher überreden, ein Auge auf das Mädchen zu haben.

Und dann, um Nuriya ein wenig die Furcht zu nehmen, erzählte sie den staunenden Mädchen von der gemeinsamen Geschichte der Feen und Vampire: „Es gibt alte Erzählungen, in denen wird berichtet, geborene Vampire und Feen gehörten einst zum selben Volk, einem Volk außerordentlich geschickter Krieger. Sie kämpften jahrhundertelang loyal für ihre Götter. Doch irgendwann war ihnen das nicht mehr genug. Sie begannen, untereinander zu streiten, andere Völker zu überfallen und sich schließlich selbst von ihren Untertanen anbeten zu lassen. Das erzürnte den mächtigen Gott El, und er schickte seine beiden Söhne aus, das undankbare Volk zu vernichten.

Shahar, der Gott der Morgendämmerung, hatte sich jedoch in eine der wilden Kriegerinnen verliebt und bot ihr und der gesamten Sippe Asyl. Sein Zwillingsbruder Shalim, der Gott der Abenddämmerung, wurde von den Sterblichen als hereinbrechende Nacht gefürchtet. Er wollte beweisen, dass er ebenso mildtätig sein konnte, und hielt seine schützende Hand ebenfalls über eine der Kriegerfamilien, die ihn schon lange als ihren Hausgott verehrt hatte. Die Geretteten zeigten sich dankbar und boten den Brüdern ihre schönsten Töchter an. Mit ihnen zeugten die beiden Götter viele Kinder, von denen einige die Unsterblichkeit ihrer Väter erbten. Über den Ungehorsam seiner Söhne sehr verärgert, wollte El eingreifen, doch seine Gattin, die Göttin der Liebe und des Kampfes, widersetzte sich ihm, bis er schließlich einlenkte und den beiden Clans das Versprechen abnahm, fortan den Frieden zu wahren.

Das ging auch ziemlich lange gut, bis irgendwann erneut Streit über die Frage ausbrach, welcher ihrer Götter denn der mächtigere sei. Eines Tages zogen die dunklen Kämpfer für ihren Gott der Abenddämmerung in den Krieg und ließen nur wenige Wächter zum Schutz ihrer Besitzungen zurück.

Diese Gelegenheit nutzten die Nachkommen Shahars, die ‚Kinder des Lichts', wie sie sich auch nannten. Sie überfielen ihre Nachbarn und brannten deren Siedlungen nieder. Nur wenige konnten sich retten. Als ihre Krieger zurückkehrten, stiegen sie nicht einmal von den erschöpften Pferden, sondern fielen nun ihrerseits in die benachbarten Dörfer ein, um blutige Rache zu nehmen. Da sich das Volk des Lichts vor den kampferprobten Gegnern fürchtete, wurden ihre jungen Frauen in unterirdischen Höhlen versteckt gehalten. Und tatsächlich überlebte kaum jemand außer diesen den grausamen Vergeltungsschlag. Die Zwillinge waren über ihre undankbare Brut erbost und wollten sie schließlich nun doch vernichten, wie es ihr Vater einst befohlen hatte.

Erneut griff die Göttin der Liebe, die ihr wahrscheinlich unter dem Namen Venus kennt, ein. Die Kriegerin in ihr mochte nicht mehr auf die Dienste der stattlichen dunklen Kämpfer verzichten. Heimlich hatte sie die Nachkommen ihres Sohnes Shalim von Anfang an gefördert. Als Liebesgöttin hatte sie aber auch eine Schwäche für die bezaubernden Töchter ihres Sohnes Shahar, die Lichtelfen. Sie entließ ihre unerfahrenen Zwillinge aus der Verantwortung für deren missratene Nachkommenschaft und entschied Folgendes:

Die Dunkelelfen durften sich zukünftig nur noch vom Blut

ihrer Opfer nähren. Sie sollten in Dunkelheit leben und – ihrer finsteren Neigungen zum Trotz – gegen Dämonen kämpfen, die ihre Magie missbrauchten.

Da sich die Lichtelfen in Wäldern und Erdhöhlen versteckt gehalten hatten, sollten sie auch dort ihr Reich bekommen und ihr Geschick im Umgang mit Pflanzen und Tieren zum Nutzen der Menschen einsetzen."

Die Schwestern waren sprachlos. Endlich räusperte sich Selena: „Was für eine Geschichte! Glaubst du, sie stimmt?"

Angelina dachte an die Herkunft ihrer vampirischen Familie, die nicht weniger märchenhaft klang, und nickte. „Ich habe diese Geschichte zum ersten Mal gehört, als ich noch ein kleines Mädchen war. Damals hielt ich sie nur für eine wunderbare Gutenachtgeschichte. Inzwischen glaube ich, wie übrigens auch die meisten Feen, dass hierin der Ursprung der Feindseligkeiten zwischen ihnen und den geborenen Vampiren liegt."

„Ist Donates auch ein geborener Vampir – oder fragt man so etwas nicht?"

„Mich kannst du alles fragen!", lachte Angelina. Dann wurde sie ernst, und ein Anflug von Stolz war in ihrer Stimme zu hören, als sie erklärte: „Das Blut in unseren Adern ist um einiges älter. Wir sind Nachfahren von Lilith, die Sterblichen kennen uns unter der Bezeichnung ‚Nachthexen'. Aber davon erzähle ich euch ein andermal."

Gedankenverloren sah Nuriya währenddessen ihre Schwester an. Das außergewöhnliche Talent zur Heilung kranker Tiere sowie der „grüne Daumen" machten Selena gewissermaßen zum Prototyp einer Lichtelfe. Sie hatte keinen Zweifel am Wahrheitsgehalt von Angelinas Erzählungen. „Dann sind Feen und geborene Vampire gar nicht so unterschiedlich? – Aber wieso bin ich zu …", Nuriya zögerte kurz, bevor sie weitersprach, „… zu einem Vampir geworden?"

Angelina berichtete den entsetzten Schwestern vom Überfall in der Nähe des „Hellfire" und wie sie hinzugekommen waren, um die Mädchen in Sicherheit zu bringen.

„Ich kann mich an gar nichts mehr erinnern!", stöhnte Nuriya.

„Du hattest viel Blut verloren. Ohne unser Eingreifen wärst du dort auf der Straße gestorben."

Das war natürlich nur die halbe Wahrheit.

Den besonderen Anteil Kierans an der Rettung und welch großes Risiko er damit eingegangen war, verschwieg Angelina ebenso wie die Geheimnisse des Venuspakts. Angelina fand, Nuriya würde noch früh genug erfahren, welche Verantwortung auf ihren zarten Schultern lag. Doch sie sollte so unbelastet wie möglich lernen, ihre neuen, aber auch die alten Kräfte zu kontrollieren.

Die Vampirin beugte sich vor, als sie sagte: „Du musst keine Angst haben – es ist nicht notwendig zu töten, um sich zu ernähren. Das mag früher einmal so üblich gewesen sein, aber heute sind wir zivilisierter. Ein paar Schlucke reichen im Normalfall völlig aus, und die Spender brauchen dabei nicht zu leiden. Die Sterblichen stehen unter unserem Schutz – und das Töten ist vom Rat strengstens untersagt – es wird schwer bestraft! Im Übrigen tut es auch eine Blutkonserve, obwohl ...", jetzt grinste Angelina, „... das Trinken von einem willigen Opfer seinen ganz besonderen Reiz hat. Doch das wirst du selbst bald herausfinden!"

Sie erhob sich und streckte die Hand nach Nuriya aus. „Genug für heute! Du solltest dich ausruhen."

Nuriya fühlte sich auf einmal erschöpft, ihre Augenlider wurden schwer. Misstrauisch blickte sie Angelina an. Diese lachte: „Ich bin Heilerin. Was du gerade spürst, ist wahrhaftig meine Schuld. Aber sei unbesorgt, es soll sich nicht zu deinem Schaden auswirken. Morgen wird es dir schon viel besser gehen!"

Nuriyas Worte klangen bereits undeutlich, als sie sich in der

Tür noch einmal nach ihrer Schwester umdrehte: „Du hast das alles gewusst, nicht wahr?"

Selena schaute verlegen zu Boden und nickte: „Erik hat mir das meiste schon erzählt."

Das Letzte, was Nuriya in dieser Nacht wahrnahm, war die sanfte Stimme der Heilerin in ihrem Kopf: *Deine Schwester hat ihr eigenes Schicksal zu meistern. Vertraue deinen Gefühlen!*

Am nächsten Abend erwachte sie tatsächlich erholt und sehr unternehmungslustig. Nuriya spürte ihre Schwester in den oberen Räumen. Selena wirkte nervös und ärgerlich. Draußen vor dem Haus schien eine Auseinandersetzung stattzufinden. *Geh weg!*, piepste jemand aufgeregt.

Warum? Das ist mein Platz! Geh du doch!

Aber ich war zuerst hier …!

Der Rest des Streits ging in schrillem Gezwitscher und wildem Flügelschlagen unter. Nuriya wurde plötzlich klar, dass sie Zeugin eines Konflikts zwischen zwei Amseln geworden war.

Tierstimmen? Oh Himmel! Was kommt denn noch?

Verwirrt floh sie unter die Dusche und streifte anschließend ein leichtes Sommerkleid über, das sie im Schrank gefunden hatte. Vor dem Spiegel schlang sie die langen Haare zu einem festen Knoten zusammen. Wieder kam es ihr so vor, als hätte ein heimlicher Maskenbildner bereits sein Werk getan. Sogar die Wimpern schienen in den letzten Stunden länger geworden zu sein. Wie ein dichter Vorhang legten sie sich über die cremeweiße Haut, als Nuriya ihre Lider senkte. Das wirbelnde Grün ihrer Augen verursachte einen leichten Schwindel, wenn sie zu lange in den Spiegel blickte. Diese Verwandlung hatte ihren Preis, und Nuriya fürchtete sich vor der Abrechnung.

Ninsun?

Was kann ich für dich tun, Liebes?

Ich möchte, dass du mir hilfst, meine Präsenz zu verschleiern – so wie du es im „Hellfire“ getan hast.

Du willst sie beeindrucken! Ein Kichern perlte in Nuriyas Kopf.

Beeindrucken? Nein, aber ich muss doch wissen, was mit mir geschieht. Nuriya glaubte beinahe hören zu können, wie Ninsun das Für und Wider abwog. Dann entschied ihr Schutzgeist:

Einverstanden! Aber bald wirst du diesen einfachen Trick auch allein beherrschen.

Im selben Augenblick spürte sie, wie ihre gesamte Erscheinung gewissermaßen neutralisiert wurde. Ein wenig fühlte es sich an, als würde sie in einem Lift zu schnell in die Tiefe rasen, dann schwand der Druck in ihren Ohren, und Nuriya machte sich auf den Weg.

Behutsam öffnete sie ihre Zimmertür. Den Weg zur Treppe fand sie trotz der Dunkelheit problemlos. Ihre Augen waren offenbar nach der Transformation ebenfalls viel schärfer geworden.

Gerade wollte sie ihren Fuß lautlos auf die erste Stufe setzen, als ihre Nase zu kribbeln begann und sie plötzlich das Gefühl hatte, nicht mehr allein zu sein. Nuriya erstarrte in der Bewegung und lauschte. Nichts. Auch als sie sich umschaute, war niemand zu sehen.

„Guten Abend!“

Ihr Herz machte vor Schreck einen kleine Hopser. Kieran!

„Was lungerst du hier in der Dunkelheit herum?“, fragte sie und bemühte sich dabei um einen ärgerlichen Ton in ihrer Stimme.

„Ich habe auf dich gewartet!“ Und mit einem verschwörerischen Lächeln, das ihre Knie weich werden ließ, griff der Vampir nach Nuriyas Hand. „Komm! Lass uns aufbrechen, ehe die anderen bemerken, dass du schon wach bist.“

Zögernd reichte sie ihm die Rechte.

„Es ist Zeit für deine erste Jagd.“

„Ist das wirklich wahr?" Angstvoll blickte sie ihn an. Für einen Moment glaubte sie, Bedauern und Schmerz in seinem Gesicht zu erkennen, doch dann waren die dunklen, markanten Züge wieder so kühl und verschlossen wie zuvor.

„Du kennst die Antwort."

Nuriya nickte beklommen.

„Angelina hat dir bereits gesagt, dass wir nicht töten müssen, um uns zu ernähren. Wenn du es willst, empfindet dein Spender sogar Zufriedenheit oder Glück. Wichtig ist es, dass die Sterblichen weder Schaden nehmen noch sich erinnern, was mit ihnen geschehen ist." Er blickte Nuriya prüfend an. „Aber was rede ich! Du bist hungrig, also lass uns gehen."

Eine eigentümliche Leichtigkeit ergriff Besitz von ihr, und sie schloss die Augen, weil sich alles um sie zu drehen schien. Kieran hielt sie fest in seinen Armen. Als sie nach einer Weile vorsichtig blinzelte, rasten unter ihren Füßen Landschaften dahin, und der Wind zerrte an ihrem Haar, aber Kierans vertrauter Duft und die Wärme seines muskulösen Körpers gaben ihr das Gefühl von Sicherheit.

Gemeinsam reisten sie durch Zeit und Raum und fanden sich schließlich in den hohen Häuserschluchten einer Großstadt wieder.

Bevor er sie aus seinen Armen entließ, flüsterte Kieran: „Spürst du den Herzschlag dort drüben?"

„Wie soll ich bei diesem Lärm etwas so Leises wie einen Herzschlag hören können?"

„Entspanne dich und lass alles Störende beiseite. Du musst deinen Körper erden, ganz so, wie du es vor einem Kampf tun würdest. – Ja, genau!", lobte Kieran, als er spürte, wie Nuriyas Schultern herabsanken und ihre Energie sich zu einem wirbelnden Ball aus Licht und Magie bündelte. „Und jetzt versuche es noch einmal."

Sie lauschte in die Nacht hinein, bis sie tatsächlich ein rhythmisches Rauschen vernahm. Nach einem Augenblick intensiver Konzentration wurde es so deutlich, als hielte sie ihr Ohr unmittelbar an die Brust des Sterblichen gepresst.

Ganz in der Nähe pumpte ein kräftiges Herz gleichmäßig große Mengen Blutes durch einen massigen Körper.

„Da ist es!“ Nuriyas Antwort war kaum mehr als ein Hauch.

„Vergiss nicht, ein paar Schlucke reichen völlig aus.“ Er fasste sie bei den Schultern und gab ihr einen sanften Stoß. „Ich bin bei dir, wenn du mich brauchst!“

Nuriya brauchte aber keine Unterstützung! Sie hörte mehr als nur einen einzigen Herzschlag. Einer aber lockte ganz in der Nähe, und hoch erhobenen Hauptes folgte die Vampirin seiner Einladung.

Die Jagd begann in dem Augenblick, als sie in eine dunkle, schmutzige Gasse einbog. Etwas entfernt stand ein riesiger Mann. Der Hüne richtete sich auf und blickte zu dem dunklen Bündel zu seinen Füßen hinab. Die rechte Hand umklammerte ein blutiges Messer, und Nuriya beobachtete fasziniert, wie ein Tropfen die Scheide hinunterlief, schneller wurde, an der Messerspitze kurz zu verharren schien und dann auf den staubigen Asphalt fiel. Das Geräusch des Aufpralls klang wie ein Startschuss in ihren Ohren. Nuriya bewegte sich völlig lautlos; vorsichtig und darauf bedacht, ihre bloßen Füße nicht auf dem von Abfällen und Schmutz überzogenen Gehweg zu verletzen, glitt sie näher. Das helle Sommerkleid und ihre leuchtend roten Haare wirkten merkwürdig unpassend an diesem finsteren Ort.

„Hey, Gorilla!“

Der Mann fuhr blitzschnell herum und schlug sofort zu. Nuriya hatte schon als Sterbliche im Kampf außergewöhnlich rasch auf Angriffe reagiert.

Nun schien es ihr, als bewegte er sich bloß in Zeitlupe. Sie sah die geballte Faust kommen und hatte alle Zeit der Welt auszuweichen. Sie lenkte seinen Schlag durch ein leichtes Anheben ihrer Hand zurück, und er flog im hohen Bogen gegen die nächste Hauswand.

Doch so einfach war der Mann nicht zu bezwingen. Wütend sprang er wieder auf die Füße und startete einen zweiten Angriff, den Nuriya jedoch ebenfalls geschickt konterte. Lauernd umkreisten sich die ungleichen Gegner.

Willst du spielen oder von ihm trinken? Kieran klang amüsiert.

Grimmig drehte sie sich nach ihrem Lehrmeister um, während sie eine weitere Attacke abwehrte.

Du solltest dem armen Kerl eine Chance geben, dir näher zu kommen! Bei diesem Gedanken allerdings spürte Kieran das merkwürdige Verlangen, dem Sterblichen sofort eigenhändig das Genick zu brechen.

Oh! Na gut! Jetzt klang Nuriya amüsiert. Unerwartet blieb sie stehen und lockte: „Komm zu mir!"

Kieran lief ein warmer Schauer die Wirbelsäule hinab, und unwillkürlich machte er einen Schritt nach vorn. Verdammt! Auf was hatte er sich da eingelassen?

Der Angreifer hielt verblüfft inne und schien seine Gegnerin zum ersten Mal wirklich wahrzunehmen. Sein Blick glitt über ihre Haare, registrierte die schmale Taille und verharrte einen unangenehm langen Augenblick auf ihrem Schoß, bevor er mit wenigen Schritten bei Nuriya war, sie packte und gegen die Hauswand presste. Eine Hand quetschte roh ihre Brust zusammen, mit der anderen schob er den Saum ihres Kleides nach oben. Sein fauliger Atem streifte sie kurz, und Nuriya schwor sich, den Kerl dafür zahlen zu lassen.

Sie zwang sich zur Ruhe und atmete behutsam aus.

Dabei entstand ein kehliges Fauchen, das Kieran die Haare zu Berge stehen ließ. Er wünschte, sein eigener Körper wäre es, der das Feenkind so gnadenlos gegen die raue Hauswand gepresst hielt. Und er hatte auch noch ein paar eindeutige Fantasien zum Fortgang der Ereignisse.

Nuriya aber griff ins Haar ihres Angreifers, als würde sie seinen Kuss sehnsüchtig erwarten.

Er lachte.

Mit einem Ruck drehte sie seinen Kopf zur Seite. Das knackende Geräusch seiner Halswirbel klang … ungesund.

Ihre Fangzähne fanden rasch das köstliche Elixier – und gierig trank sie von ihrem ersten Opfer. Sein Herz pumpte unaufhörlich Blut in ihren weit geöffneten Mund, und nun ließ sich die junge Vampirin vom Strudel schwindelnder Ekstase davontragen.

Genug!

Ninsun und sie selbst schienen ihre Warnung gleichzeitig auszusprechen. Widerwillig gab Nuriya ihr Opfer frei und verschloss die Bisswunde mit einem Zungenschlag.

„Ninsun, was weißt du schon von Lust?“, murmelte sie verdrossen und wandte sich dann zu Kieran um, der ihr den bewusstlosen Mörder abnahm und ihn behutsam neben sein Opfer auf das Pflaster gleiten ließ. In der Ferne heulten Sirenen.

„Die Justiz der Sterblichen wird für seine Bestrafung sorgen.“ Kieran reichte Nuriya die Hand: „Komm, kleine Fee! Wir müssen gehen, bevor die Polizei eintrifft.“

In einen wirbelnden Nebel gehüllt, verlor sie erneut das Gefühl für alle Realität und fand sich kurz darauf in Kierans Haus wieder, wo sie von zwei Vampiren, einem Werwolf und ihrer kleinen Schwester erstaunt angeblickt wurde. Ihr geheimnisvoller Begleiter war verschwunden.

„Wie hast du das gemacht?“, fragte Selena nach einer ganzen Weile mit großen Augen. „Du bist aus dem Nichts hier aufgetaucht!“

„Ich habe keine Ahnung!“

Donates räusperte sich. „Sie ist offenbar durch die Zwischenwelt gereist.“

Ratlos blickte Selena zu Erik, der mit den Schultern zuckte, und Angelina erklärte: „Das ist gewissermaßen ein Korridor zwischen den Dimensionen, wir können darin reisen und auf diese Weise sehr schnell große Entfernungen überwinden. Aber das wirkt sich äußerst kräftezehrend aus und ist auch nicht ganz ungefährlich.“ Sie wandte sich an Nuriya: „Konntest du das schon vorher?“

Was mit „vorher“ gemeint war, verstand Nuriya jetzt sehr genau. Aber sie wollte sich nicht an die dramatischen Ereignisse der vergangenen Tage erinnern und erwiderte: „Kieran hat mich gebracht. Worüber habt ihr gerade gesprochen?“

„Ich möchte nach Hause und morgen den Laden wie gewohnt öffnen“, erklärte Selena, und Nuriya schaute sie dankbar an. „Erik sagt, das sei zu gefährlich. Die Attentäter könnten es noch einmal versuchen. Mitkommen will er aber auch nicht!“, schmollte sie.

Hatte Erik ihrer Schwester immer noch nichts über seine Herkunft erzählt? *Du musst es ihr sagen!* Nuriya schaute Erik auffordernd an. Der Werwolf zuckte zusammen. Ihre Stimme war wie eine sanfte Berührung seiner Gedanken. Noch nie hatte jemand in seinem Kopf so verführerisch geklungen.

Und wenn sie es nicht versteht?

Sie liebt dich! Gib ihr eine Chance!

Erik kratzte sich hinter seinem rechten Ohr. Plötzlich ließ er den Arm sinken und schaute stirnrunzelnd auf seine Hände. Die Fingernägel waren länger geworden, fast krallenartig. So kurz vor einer Vollmondnacht, ließ sich der Werwolf in ihm nicht immer völlig in Schach halten, besonders wenn er nervös war. Er atmete ein paarmal tief durch, bis sein Herzschlag sich beruhigt hatte. „Komm, Lena, wir besprechen das in Ruhe!“ Liebevoll legte er den Arm um seine Freundin und begleitete sie hinaus.

Donates erhob sich und begann, unruhig auf und ab zu gehen. „Wo zum Teufel steckt Kieran?“ Angelina hüstelte, und Donates fuhr eilig fort: „Nuriya, die überraschenden Veränderungen deiner Lebensumstände erfordern es, dass du jemanden hast, der dir hilft, dich in dieser neuen Welt zurechtzufinden. Wir fühlen uns für dich verantwortlich und möchten dir helfen, deine Transformation als Chance zu begreifen. Aber da ist einiges, was wir nicht verstehen. Der Überfall zum Beispiel, aber auch die erstaunliche Tatsache, dass wir dich nicht spüren können.“ Verzweifelt blickte Donates Nuriya an, als erwartete er von ihr ohnehin keine Antworten.

Sie lächelte. „Was es mit dem Überfall auf sich hat, kann ich euch auch nicht sagen. Ich mache mir deshalb ebenso große Sorgen wie ihr. Besonders um meine Schwester Estelle, die von alldem überhaupt noch nichts weiß.

Dass ihr mich nicht spüren könnt, liegt nicht an euch – ich erhalte ein wenig Unterstützung.“

„Aber wie …?“, hob Donates erstaunt an.

„Das würde mich selbst auch interessieren!“ Die Luft schimmerte, und Kieran stand wie ein dunkler Krieger im Raum. Seine Stimme jagte kleine aufregende Schauer durch Nuriyas Körper.

Zu dumm, dass sie schon wieder niesen musste. Ärgerlich nahm sie ein angebotenes Taschentuch aus Kierans Hand. Dann hob sie widerspenstig das Kinn. „Das … bleibt mein Geheimnis!“

Ein Lächeln schien Kierans Mundwinkel zu umspielen. Doch sie hatte sich wohl geirrt, denn völlig emotionslos sagte er: „Wie du willst! Um deine Schwester musst du dir keine Sorgen machen. Asher wird ein Auge auf sie haben.“

In diesem Augenblick kehrten Selena und Erik zurück.

„Ich bringe Lena jetzt nach Hause und werde bei ihr bleiben.

Morgen Abend habe ich allerdings dringende Familienangelegenheiten zu erledigen und könnte Unterstützung gebrauchen."

„Wir kümmern uns darum!" Kieran nickte.

„Wartet! Ich komme mit euch!" Nuriya wollte sich den beiden anschließen.

Kieran verstellte ihr den Weg. „Du bleibst hier!", befahl er.

„Wie bitte? Das glaube ich nicht!" Nuriya versuchte vergeblich, an ihm vorbeizugelangen. Schließlich starrte sie empört hinauf in sein arrogantes Gesicht. Diesmal hatte sie sich nicht geirrt. Er grinste! Am liebsten hätte sie wütend mit dem Fuß aufgestampft oder ihm einen schmerzhaften Tritt gegen sein Schienbein versetzt.

Angelina fand, dass es Zeit wurde einzugreifen. Mit ruhiger Stimme sagte sie: „Nuriya, bitte, wir sind überzeugt, dass der Angriff dir galt. Nirgendwo bist du sicherer als in Kierans Haus. Niemand kommt ohne Einladung hier herein."

„Ganz zu schweigen davon, dass es auch niemand wagen würde", knurrte Donates.

Nuriya hatte ihren Gastgeber also richtig eingeschätzt. Sogar seinesgleichen hielten ihn für gefährlich! Vorsichtig trat sie einige Schritte zurück.

„Du bist nicht sehr hilfreich, Donates!" Kierans Stimme klang schneidend. Dann tat er etwas völlig Unerwartetes. Er schnappte sich Nuriya, warf sie sich über die Schulter und begann mit großen Schritten die Treppe hinabzustürmen.

„Neandertaler", schimpfte sie erschrocken und gewann gerade noch rechtzeitig ihre Fassung zurück, um nicht wütend auf seinen Rücken zu trommeln. Wie entwürdigend!

Ihre Freunde starrten mit offenem Mund hinter den beiden her.

„Es besteht Hoffnung", grinste Angelina schließlich und schob die erstaunte Selena zur Tür. „Mach dir keine Sorgen. Hunde, die bellen, beißen nicht!"

Dann fing sie hysterisch an zu kichern, zwinkerte Erik zu und rief über die Schulter: „Wir sehen uns!"

Donates rollte mit den Augen. „Du bist albern, mein Engel!" Lachend schmiegte sie sich an ihren Geliebten. „Lass uns gehen. Wir werden vorerst nicht gebraucht."

Kieran spürte, wie die Vampire sein Haus verließen, und eine vertraute Sehnsucht streifte sein Herz. Die beiden strahlten ein so tiefes Einvernehmen aus, wie es nur Seelenpartnern möglich war.

„Lass mich runter, du … Höhlenmensch!" Nuriyas erboste Stimme riss ihn aus seinen Gedanken. Sie war es allmählich leid, wie ein Sack Kartoffeln über Kierans Schulter zu hängen, während dieser offenbar vergessen hatte, dass es sie überhaupt gab.

Mit einem tiefen Seufzer stellte Kieran sie schließlich behutsam zurück auf ihre Füße. So nahe vor ihm vergaß Nuriya alle Beschimpfungen, die gerade noch auf ihrer Zunge gelegen hatten.

Atemlos schaute sie zu ihrem Entführer auf. Ihre Lippe zitterte dabei leicht vor Empörung – und das war mehr, als Kieran verkraften konnte. Ohne nachzudenken, zog er sie an sich und tat, was er schon die ganze Zeit tun wollte. Er küsste sie.

Überrascht erstarrte Nuriya. Aber ganz allmählich schmolz etwas in ihr. Sie ließ sich weich gegen ihn sinken und öffnete ihre Lippen, um seinen Kuss zu erwidern. Ihr Blut schien kleine aufgeregte Wellen zu schlagen, und die Welt um sie herum versank ins Bedeutungslose.

Umso größer war der Schock, als sie sich plötzlich fortgestoßen fühlte und Kieran vor ihr zurückwich. Im Gegensatz zu ihr schien er nichts bei dem fantastischen Kuss empfunden zu haben. Mit kalter Stimme informierte er sie, dass sie sich völlig frei bewegen könne; das Haus sollte sie jedoch nicht verlassen.

„Ich sehe dich morgen Abend!"

Mit diesen Worten war er verschwunden.

Ninsun!

Ja, Herrin!, erklang es knapp.

Entschuldige! Ich wollte dich nicht beleidigen. Nuriya wusste, wie sehr Ninsun es verabscheute, Befehle zu erhalten. Und jetzt brauchte sie diese Verbündete doch ganz besonders.

Schon gut, ich verstehe, dass du wütend bist. Ninsun klang versöhnlich.

Ist der Kerl verrückt geworden? Erst küsst er mich, als gäbe es nichts Wichtigeres auf der Welt für ihn zu tun, und dann plötzlich diese Feindseligkeit. Was bildet er sich ein, mich hier gefangen zu halten?

Verstehe einer die Männer! Ninsun lachte leise. *In deiner jetzigen Situation hast du gegen andere Vampire keine Chance, und niemand weiß, warum ihr überfallen wurdet. Immerhin war auch ein Vampir in die Sache verwickelt.*

Ein Vampir? Davon weiß ich nichts. Tränen machten das Sehen plötzlich schwierig, und Nuriya ließ sich aufs Bett fallen. *Ninsun, warum haben sie mir das bloß angetan? Ich will kein Vampir sein!*, schluchzte sie. *Dieser Mann – es war schrecklich!*

Ich hatte eigentlich den Eindruck, dass es dir Spaß gemacht hat, den Kerl zu bestrafen.

Das ist ja das Schlimme – es hat *mir Spaß gemacht!* Beim Gedanken an das köstliche warme Blut in ihrem Mund musste sie jedoch würgen. *Ich bin zu einem Monster geworden.*

Monster weinen nicht.

Nuriya setzte sich auf und putzte lautstark ihre Nase. Die unsichtbare Freundin verstand es immer, sie zu beruhigen. *Er ist sehr mächtig, habe ich recht? Was soll ich nur von Kieran halten? Mal verhält er sich wie ein guter Freund und Lehrer, dann ist er wieder so kalt wie ein Eisblock … und nun dieser Kuss!*

Diese gut aussehenden Vampire sind alle undurchsichtige Gestalten. Und Kieran ist eines der leckersten Exemplare, die ich in den letzten Jahrhunderten gesehen habe.

Du findest also auch, dass er attraktiv ist?, schniefte Nuriya. *Was will er dann von mir?*

Vertraue deinem Gefühl! Dann wird alles gut werden.

Danke. Diesen Rat bekomme ich andauernd! Aber was ist, wenn ich gar nicht weiß, was ich fühlen soll? Mutlos ließ sie sich zurück in die Kissen fallen und starrte an die Decke.

Als du um Hilfe gerufen hast, ist er gekommen, oder? Ninsuns perlendes Lachen begleitete Nuriya in ihren tiefen Tagschlaf.

Kieran stand regungslos in der Tür und beobachtete die Schlafende. Gleichmäßig zitterte eine Strähne ihrer üppigen roten Mähne im Luftstrom ihres Atems und tanzte über dem zarten Gesicht. Manchmal schien ein einzelnes Haar zu stören. Dabei zog sie die Nase kraus, als wollte sie gleich niesen. Wie jung und verletzbar Nuriya aussah – ganz und gar nicht wie ein Geschöpf aus seiner Welt. Was hatte er ihr nur angetan?

Trotz der trübsinnigen Stimmung, in der er sich befand, gestattete sich der Vampir bei dem Gedanken an ihre blitzenden Augen während des gestrigen Streits ein Lächeln. Sie war eine Kämpferin.

Und dann verdunkelten sich seine Züge erneut. Nie würde er vergessen, wie sie auf der Straße gelegen hatte – sterbend.

Er musste herausfinden, wer hinter dem Überfall steckte!

Kieran gönnte sich einen letzten Blick, dann durchschritt er die Grenze zur Zwischenwelt.

Erst am frühen Abend kehrte der Vengador nach Hause zurück. Die vampirische Welt war nervös. Fieberhaft suchte man nach der Auserwählten, und viele der jüngeren, männlichen Vampire behaupteten, sie bereits spüren zu können. Zweifellos wurden sie von dem Versprechen der großen Macht angezogen, die mit einer Verbindung zu dieser besonderen Feentochter einhergehen würde.

Kieran nahm die Bedrohung sehr ernst, obwohl er wusste, dass sich jeder Vampir mit auch nur einer Spur von Selbsterhaltungstrieb hüten würde, ein Feenkind gegen dessen Willen zu transformieren.

Stattdessen hofften die meisten sehnsüchtig, das Schicksal werde die Auserwählte zu ihrer Seelengefährtin bestimmen. Niemand hatte Lust, die Rache ihrer Familie zu spüren oder von Kieran für den Frevel verfolgt zu werden. Ungeachtet der Risiken schienen seine vampirischen Geschlechtsgenossen jedoch jedes Mal pünktlich zum Venustransit den Verstand zu verlieren.

Welch eine Ironie des Schicksals, dass ausgerechnet er der Vengador war, der Vergehen dieser Art seit Jahrhunderten im Auftrag des Rates ahndete! Wen würden sie wohl aussenden, um ihn zu richten? Eines stand fest: Die Feen würden seinen Kopf fordern – für Nuriyas gewaltsame Transformation.

Doch bis es so weit war, würde er seinen Job weiter erledigen, und außerdem gab es Gerüchte, denen er nachgehen sollte. Hinter vorgehaltener Hand flüsterte man, dass die dunkle Allianz gegen die Erneuerung des Venuspakts erstarkt war und es konkrete Pläne gab, den sensiblen Frieden zu stören.

Der Vengador war nicht überrascht, als einer seiner Informanten in diesem Zusammenhang Senthils Namen nannte. Erstaunt war er jedoch, dass auch eine Vertreterin der Feeninteressen verdächtigt wurde, doppeltes Spiel zu treiben: Órla, die hiesige Repräsentantin des Rats und Inhaberin des „Hellfire"-Clubs.

Nuriya war wahrlich in die Höhle des Löwen geraten, denn auch Senthil befand sich in der Stadt. Angeblich, um hier Geschäfte zu tätigen.

Die Feenwelt dagegen schien den Atem anzuhalten und die Ereignisse gespannt aus sicherem Abstand zu beobachten. Auch das bereitete Kieran Sorge, also fragte er sich, was sie im Schilde führten. Sie mochten sich zwar „Vertreter des Lichts" nennen, aber das hieß keineswegs, dass ihre Seelen rein und frei von Bosheit waren. Im Gegenteil, viele Feen galten als ausgesprochen arglistig und hatten große Freude am Missgeschick anderer.

Erfreut zog Nuriya am folgenden Abend ein langes, raffiniert geschnittenes Leinenkleid in schmeichelnden Grüntönen aus dem Schrank. Wer auch immer diese Garderobe hier zurückgelassen hatte, sie schuldete der Unbekannten Dank für ihren guten Geschmack.

Eine schüchterne Stimme, die in ihrer Seele laut wurde, wünschte sich, Kieran möge sie auch heute zu einem gemeinsamen Ausflug entführen. Deshalb hatte sie ein Kleid gewählt, von dem sie hoffte, dass seine Farbe das Grün ihrer Augen noch intensiver leuchten ließ.

Nachlässig steckte sie ihr Haar auf. Egal wie sehr sie ihre Frisur auch zu bändigen versuchte, die seidigen Locken befreiten sich im Nu wieder und gaben ihr das Aussehen einer Windsbraut. Und neuerdings gefiel ihr das sogar. Sie fühlte sich genau so, als sei sie in einen Sturm geraten, von einer mächtigen Böe hin- und hergeschleudert und schließlich zerzaust und atemlos zurückgelassen worden, bevor der nächste Windstoß sie wieder in eine völlig andere Richtung schleuderte.

Es wurde Zeit, dass sie die Kontrolle über ihre Weiterreise zurückgewann.

Oben im Wohnbereich war niemand zu sehen. Gedankenverloren grub Nuriya ihre Zehen in den dicken, flauschigen Teppich, hob ihr Kleid ein wenig an und tänzelte zu den weit geöffneten, hohen Fenstern.

Wie erhofft war der Abend ungewöhnlich mild für Anfang Mai. Nuriya lächelte erfreut. Sie genoss das Gefühl der sanften Brise, die warm über ihre Haut strich. Nie zuvor waren ihre Sinne so geschärft gewesen wie in diesem Augenblick. Die Geräusche der Stadt drangen zu ihr herauf. Eine Katze miaute, ein Kind weinte sich leise in den Schlaf, und irgendwo raschelte wertvolle Seide, als eine Frau ihr Kleid für die Oper überstreifte.

„Eine herrliche Nacht!"

Sie machte vor Schreck einen Satz und wurde von starken Armen festgehalten.

„Teufel!"

„Aber nein – zu viel der Ehre." Kieran klang amüsiert. „Ich sehe, du hast dich bereits passend gekleidet. Wir machen einen Ausflug aufs Land!"

Es gab so viel Unbekanntes in ihrem neuen Dasein. Würde der bedrohliche Vampir bereit sein, wenigstens einige dieser Geheimnisse für sie zu lüften? Nuriya nahm ihren Mut zusammen. „Ich komme mit. Aber nur, wenn du meine Fragen beantwortest!"

Erschrocken über ihre Frechheit hielt sie den Blick auf seine Schuhspitzen geheftet und wartete atemlos auf seine Antwort.

„Mylady!"

Neugierig sah ihn Nuriya an. Kieran verbeugte sich mit undurchsichtiger Miene und reichte ihr seinen Arm. Nur ein Muskel an seinem Mundwinkel schien zu zucken.

Sie lachte über den altmodischen Charme dieser Geste. „Also gut. Lass uns gehen!"

Würde er sie wieder küssen? Als sie an seine Zärtlichkeiten

dachte, wurde ihr schwindlig. Unwillkürlich griff sie nach seiner großen, warmen Hand, spürte sofort den inzwischen vertrauten nebligen Wirbel und schloss vorsichtshalber die Augen.

Als sie wieder festen Boden unter den Füßen fühlte, erkannte sie überrascht eine märchenhafte Landschaft, die, in silbernes Mondlicht getaucht, völlig irreal wirkte. Andächtig machte sie ein paar Schritte, verharrte kurz in der Bewegung und warf dann glücklich lachend die Arme in die Luft. Auf bloßen Sohlen tanzte die Feentochter über die nächtliche Wiese.

Kieran mochte seinen Blick von ihren weichen Rundungen gar nicht mehr lösen, von den langen schlanken Beinen und ihren leuchtend roten Locken, die sich aus dem Knoten befreit hatten und wie ein Heiligenschein aus Feuer ihren Kopf umzüngelten.

Schließlich blieb Nuriya atemlos stehen, ihre Augen blitzten vor Freude. „Das ist das Schönste, was ich je erlebt habe! Wer auch immer du in Wirklichkeit sein magst, heute bist du mein guter Geist, und ich danke dir!“

Vielleicht geschah es in diesem Augenblick, dass der Vampir für immer sein Herz verlor.

„Meine Heimat.“ Kierans Stimme klang ein wenig belegt, er räusperte sich. „Schön, dass sie dir gefällt!“ Er bedauerte, keinen Grund zu haben, sie erneut in seine Arme zu ziehen. „Komm, setz dich.“

Sein eigentümlicher Stimmungsumschwung verwirrte Nuriya, doch sie folgte der Aufforderung und kletterte neben ihn auf einen glatten Stein, der noch die Wärme des Tages hielt.

Und dann erzählte ihr Kieran von der Welt der Vampire, ihren ganz eigenen Regeln und ihren Gefahren. Er sprach auch von dem sensiblen Frieden zwischen den Feen und seinem Volk. Den Venuspakt und ihre Rolle dabei ließ er jedoch, genauso wie Angelina vor ihm, unerwähnt.

„Möglicherweise hat dein Amulett die Aufmerksamkeit einiger Feengegner erregt." Kieran wagte nicht, den Anhänger zu berühren, aus Furcht, er würde ihn als Feind betrachten und leuchten.

Nuriya tastete nach dem kühlen Metall auf ihrer Haut. „Meine Mutter hat es mir gegeben, bevor sie …", ihre Finger verkrampften sich, als sie fortfuhr, „wieder einmal zu einer Reise aufbrach. Sie wollte mir die Bedeutung nach ihrer Rückkehr erklären. Doch dazu kam es nicht mehr."

Kieran konnte in ihren Gedanken deutlich den großen Schmerz des kleinen Mädchens erkennen, als es seine Eltern verloren hatte. Sanft fasste er ihre Hände und sagte: „Versprich mir, dass du es nie wieder ablegst!"

„Aber es wird manchmal ganz warm und glüht sogar im Dunkeln!"

Kieran wiederholte Angelinas Vermutung: „Und deshalb hast du es im Club abgenommen?"

„Was sollte ich denn sonst tun? Die Leute wurden ja schon aufmerksam."

„Wenn jemand das beobachtet hat, kann dies sehr gut der Grund für den Überfall gewesen sein! Der Club gehört Órla, der hiesigen Vertreterin des Rats, und dient Vampiren und Werwesen als Treffpunkt."

Jetzt wurde Nuriya klar, warum sie sich dort so merkwürdig gefühlt hatte. Die Anwesenheit magischer Kreaturen hatte sie schon immer verunsichert. Sie fragte sich, warum Ninsun sie nicht gewarnt hatte, doch dann fiel ihr ein, dass ihr Schutzgeist ja ganz entschieden gegen den Besuch des Clubs gewesen war. „Arbeitet Erik deshalb dort?"

„Wahrscheinlich. Es ist ungewöhnlich, dass er so weit entfernt von seiner Familie lebt. Lykanthropen brauchen eigentlich ständigen Kontakt zu ihresgleichen." Kieran nahm sich vor, den Werwolf noch einmal genau unter die Lupe zu nehmen. Auch wenn er nicht glaubte, dass Erik etwas mit dem Attentat zu tun hatte, so konnte er doch sehr wohl etwas Wichtiges beobachtet haben.

Er beschloss, dem Club bald einen Besuch abzustatten, um mehr herauszufinden. Der Gedanke, Nuriya dabei als Köder missbrauchen zu müssen, gefiel ihm nicht. Dennoch sagte er: „Die Regeln fordern, dass sich jeder Vampir-Neuling dem örtlichen Vertreter des Rates vorstellt. Es wäre ein Fehler, Órla zu verärgern."

„Ist das nicht riskant?" Nuriya fand Kieran zwar ohnehin schon äußerst sexy, aber als jetzt zum ersten Mal ein warmes Lächeln seine Augen zum Strahlen brachte, verschlug es ihr fast den Atem.

„Nicht, wenn ich dich begleite."

Okay, aber auch Sexgötter waren offenbar nicht perfekt; dieser hier wirkte unerträglich arrogant, schoss es ihr durch den Kopf.

Er lachte nun ganz offen, als hätte er ihre Gedanken gelesen, stand auf und sagte: „Ich will dir noch etwas zeigen."

Die Zeit stand auf einmal still. Selbst die Vögel schienen gespannt ihren Atem anzuhalten. Fasziniert beobachtete sie, wie sich die Atmosphäre um Kieran veränderte und sein Körper sich in Abermilliarden wirbelnder Teilchen auflöste, um gleich darauf die Gestalt einer großen Raubkatze anzunehmen. Furchtsam starrte Nuriya auf die riesigen Reißzähne des Tiers, bis es plötzlich mit seiner roten Zunge zärtlich über ihr Gesicht leckte. „Das kitzelt!", wollte sie sich lachend beschweren, aber heraus kam nur ein drolliges Schnurren.

Komm!, lockte Kieran und verschwand mit wenigen Sätzen im Wald.

Sie hatte keine Ahnung, wie dieser Zauber funktionierte, aber während Nuriya leichtfüßig hinter ihm herlief, war ihr das auch völlig gleichgültig. Ihre kräftigen Pfoten fanden im weichen Boden Halt, als sie den schmalen Pfad entlangjagte. Endlich hatte sie ihn fast eingeholt.

Dort oben stand das prächtige Tier und wartete am Rande einer Lichtung auf seine geschmeidige Gefährtin.

Wie schön sie war. Ihr Fell in der Farbe geschmolzenen Goldes – zart gemustert und seidig glatt umspannte es den perfekten Körper der lebenshungrigen Wildkatze. So schien Nuriya endlich eins mit sich selbst zu werden. Ein ganzes Jahrtausend hatte er auf dieses herrliche Geschöpf gewartet. Der Panther stupste sie mit seiner Schnauze an und rannte weiter. Sie hielt sich immer an seiner Seite, bis sie einen Fluss erreichten, gierig das frische Wasser tranken und weiter die Hügel hinauf bis zu den alten Steinen liefen.

Atemlos fand sich Nuriya schließlich in menschlicher Gestalt an einen riesigen Baum gelehnt wieder. Kieran stand so nahe vor ihr, dass sie die Hitze seines Körpers deutlich spürte. Tief in seinen Augen erkannte Nuriya die gefährliche Raubkatze, die unter der Oberfläche lauerte, und hielt gespannt ihren Atem an.

Langsam beugte er sich zu ihr herab, ohne auch nur für eine Sekunde den Blickkontakt abzubrechen. Mit einem Stöhnen, das wenig Menschliches an sich hatte, gab er der Versuchung schließlich nach.

Sein Kuss erschien Nuriya wie eine Erlösung. Besitzergreifend legte sie ihre Hände in Kierans Nacken und zog ihn noch dichter an sich heran. Allmählich wurden die Küsse zärtlicher, doch sein Körper ließ keinen Zweifel daran, wie sehr er sich nach ihr sehnte.

„Bitte!“, flüsterte sie rau und legte ihren Kopf zur Seite. Es bedurfte keiner weiteren Einladung. Ihr ganz eigener Duft betörte ihn und nichts mehr konnte den Vampir davon abhalten, seine liebliche „Götterspeise“ zu kosten. Kierans gefährliche Reißzähne senkten sich in ihren Nacken, und Nuriya schlang ihre Beine um seine Taille, um ihm noch näher zu sein. Der Baum, an den sie sich lehnte, schien ihre Gefühle zu reflektieren. Ein prickelnder Strom heiterer Energie durchflutete sie, bis kleine Sternchen in ihren Augenwinkeln tanzten – so gab sie an Kieran weiter, was die Natur ihr schenkte. Ein göttlicher Kreislauf sinnlichen Erlebens.

Als er viel zu schnell von ihr abließ, entschlüpfte Nuriya ein Laut der Enttäuschung, der so sehr an das Maunzen einer empörten Katze erinnerte, dass Kieran lachen musste.

Fauchend beugte sie sich nun selbst über seinen ungeschützten Hals, und ihre Zähne fanden schnell, wonach es sie so heftig gelüstete. Als sein warmes Blut ihre Kehle hinabrann, fühlte Nuriya keinen Widerwillen mehr gegen diese Essenz des Lebens, und genussvoll, fast bedächtig, kostete sie jenen Moment aus, in dem der furchterregende Vampir in ihren Händen zu einem willenlosen Opfer seiner Lust wurde.

Entzückt ließ sie sich ein zweites Mal von den Spiralen der Blutlust davontragen und fand sich schließlich, heftig atmend und völlig ermattet auf Kieran liegend, im hohen Gras wieder. Dieser strich zärtlich über ihr feuchtes Haar und flüsterte kaum hörbar: „Das zweite Siegel! Kätzchen, was habe ich nur getan!"

Die restliche Nacht verbrachte sie allein in Kierans riesigem Haus. Er hatte sie heimgebracht und sich bald darauf eilig verabschiedet, als bedeutete ihm das Geschehene gar nichts. War er überhaupt zu Gefühlen fähig?

Ein paar Wochen zuvor hätte sie nicht geglaubt, dass es möglich war, sich noch einsamer zu fühlen. Und doch war genau dies nach ihrer Transformation der Fall. Könnte sie doch wenigstens Angelina um Rat fragen! War sie nicht selbst ein Feenkind? Sicher wäre sie in der Lage, Nuriya wertvolle Ratschläge zu geben, um sich auf dieses verwirrende neue Dasein einzustellen. Aber die Heilerin hatte sie ebenfalls verlassen.

Selena. Nuriya sah auf die Uhr: Es war schon weit nach Mitternacht. Ihre Schwester schlummerte längst sicher in Eriks Armen. Doch dann fiel ihr Blick auf den Vollmond, der hoch am Himmel stand. Nein, mit Erik war heute gewiss nicht zu rechnen! Schon streckte sie die Hand nach dem Telefon aus, da erinnerte sie sich an Angelinas Worte: „Deine Schwester hat ihr eigenes Schicksal zu meistern. Vertraue deinen Gefühlen."

Sie würde also auch dieses Mal allein mit ihren Problemen fertig werden müssen.

Kieran war in vielen Punkten seiner Erzählung ein wenig vage geblieben. Es gab einiges, was ihr der Vampir verheimlichte, da war sie sich ganz sicher. Warum sonst wich er ihrer Frage nach seiner Position in der vampirischen Welt stets geschickt aus?

Unglücklich warf sie sich aufs Sofa und zappte zwischen den Satellitenkanälen herum. Der riesige Bildschirm war fantastisch, das Nachtprogramm allerdings weniger. Schließlich fand sie einen Musiksender und drehte die Anlage weit auf, bis der Boden unter ihren Füßen zu vibrieren schien. Zu irgendetwas musste ihr Gefängnis ja gut sein, dachte sie.

7

Amar Sin wandelte bereits seit dem Beginn der Zeit als geborener Vampir auf dieser Erde. Er sei, so sagte man, Namtar, der Sohn des sumerischen Mondgottes Sin und ein Dämon, der von der Göttin der Unterwelt ausgesandt worden war, um der Menschheit den Tod zu bringen. Andere behaupteten dagegen, er sei Adapa, das heißt: der erste Mutige, der versucht hatte, den Göttern die Unsterblichkeit für die menschliche Rasse abzuluchsen.

Diese Spekulationen um Sins Herkunft waren den meisten Frauen, die das Glück hatten, ihm zu gefallen, völlig gleichgültig. Sie sprachen später nur von seiner Haut, glatt und kühl wie Marmor, von seinem Gesicht, so ebenmäßig, dass sogar die Götter bei seinem Anblick weinen mussten, und von einem Körper, dessen geschmeidige Bewegungen die Sünde selbst verführen konnten. Und vielleicht war dies auch der Grund für diesen Namen: Sin – Sünde.

Der mächtige Vampir ließ sich jedoch selten sehen, deshalb hielt der Großteil der magischen Gemeinde seine Existenz ohnehin bloß für eine Legende.

Kieran wusste es allerdings besser, denn Sin hatte sich seiner angenommen, als er damals, hilflos den Gewalten seiner Verwandlung ausgeliefert, durch die Nacht geirrt war. Er war es auch gewesen, der ihn mit seinen neuen Kräften und Bedürfnissen vertraut gemacht hatte.

Sin erkannte das große Potenzial seines Schützlings und öffnete dem jungen Vampir den Blick für die besondere Magie der

Nacht, aber auch für ihre Gefahren. Er trainierte ihn in uralten, längst vergessenen Kampftechniken und magischen Fertigkeiten. Sein besonderes Verdienst lag jedoch darin, Kieran so lange zu begleiten, bis dieser bereit war, sein Schicksal anzunehmen.

Nach einiger Zeit schien es immer schwieriger für die beiden Krieger der Dunkelheit, längere Zeit miteinander zu verbringen. Die Kampfübungen wurden aggressiver, und eines Tages verletzte Kieran seinen Lehrer so schwer, dass dieser im Affekt beinahe die Macht der Unterwelt zu seiner Verteidigung beschworen hätte. Sin zog sich danach zurück, zufrieden, seinen Schützling für dessen Aufgaben vorbereitet zu haben.

Kieran war wütend und verletzt gewesen, als ihn der Vampir, den er inzwischen als Freund betrachtete, ohne ein Wort des Abschieds verlassen hatte.

Doch wenig später traf er auf andere Vampire und stellte fest, dass er ihre Gesellschaft ebenfalls selten länger als ein paar Stunden ertrug. Und er begann zu erkennen, warum sich Sin zurückgezogen hatte.

Dennoch blieb das bittere Gefühl, erneut verlassen worden zu sein. Seine Eltern hatten ihn fortgegeben, sein Weib hatte den Freitod einer Ehe mit ihm vorgezogen – und nun verließ ihn auch noch das einzige Wesen, das er jemals als Freund bezeichnet hatte.

Schon nach kurzer Zeit wurde er regelrecht zum Raufbold. Und mehr als einmal hätte Kieran in jungen Jahren einen Nebenbuhler beinahe grundlos getötet. Ähnlich wie ein Alpha-Wolf würde er die Nähe anderer Kreaturen der Nacht niemals für längere Zeit kampflos dulden. Und es schien auch, als könnte ihn niemand bezwingen. Deshalb zogen es die meisten Vampire, geboren oder erschaffen, auch vor, ihm aus dem Weg zu gehen. Eine unendlich einsame Zukunft erstreckte sich vor ihm.

Órla war es dann, die ihm vorschlug, aus der Situation seinen Vorteil zu ziehen und als Vengador für den Rat zu arbeiten. Dankbar ergriff Kieran diese Gelegenheit und wurde bald zu einem der Besten seines Metiers. In den folgenden Jahrhunderten war er seinem weisen Lehrer nur selten begegnet. Meist dann, wenn ihm dieser besondere Aufträge des Rates übermittelte. Ihr einst von Vertrauen geprägtes Verhältnis hatte sich merklich abgekühlt: Sin wirkte stets sehr distanziert.

Als Kieran auf dem Weg zum „Hellfire"-Club die vertraute Stimme hinter sich hörte, fuhr er sprachlos vor Überraschung herum. Ein hochgewachsener Mann löste sich aus dem Schatten, und auch jetzt war es nur seinen geschulten Augen zu verdanken, dass Kieran ihn überhaupt sah. Man hätte meinen können, dass dies an der dunklen Kleidung lag. Aber Sin verbarg sich nicht in der Dunkelheit, er selbst *war* die Dunkelheit.

„Kieran!"

Das Gefühl, das in diesem einen Wort mitschwang, zwang ihn beinahe in die Knie. Hatte Sin ihn etwa doch ein wenig gemocht und ebenfalls vermisst?

„Wo ist das Feenkind?" Der ältere Vampir klang besorgt. Kieran fühlte sich fast wieder wie der Schüler von damals, als er antwortete: „Sie wird gut beschützt."

„So? Der Einzelgänger Kieran hat also Verbündete gefunden!" Es klang, als würde Sin lächeln. „Du hast gut gewählt! Donates ist zwar jung, doch er ist genau der richtige Partner für dieses heikle Unterfangen."

Kieran fragte nicht, woher Sin all dies wusste. Niemand überlebte eine Ewigkeit, ohne genauestens über die Geschehnisse dieser Welt informiert zu sein.

„Kieran, du pokerst hoch, wenn du dem Mädchen die Wahrheit verheimlichst!"

„Der Gewinn rechtfertigt jedes Risiko", entgegnete Kieran hitzig. „Der Frieden muss gewahrt werden!"

„Im Club lauern Gefahren. Sieh dich vor!" Mit diesen Worten verschmolz der mächtige Dämon auf unvergleichliche Weise mit den Schatten in seiner Umgebung. *Ich vertraue auf dich!*

Diese Worte im Kopf, lief Kieran nachdenklich die Stufen zum „Hellfire" hinauf und gönnte den Türstehern kaum einen Blick, als er an den Wartenden vorbei hineinging. Den hasserfüllten Blick, der ihn dabei traf, bemerkte er nicht.

Der Vengador wollte jeden Verdacht, er könnte an der Transformation des Feenkindes beteiligt sein, von sich lenken. Deshalb sollte sie auch in Begleitung der Winterfeld-Vampire Donates und Angel in den Club kommen.

Früh am Abend informierte er Nuriya über die geplante Abendunterhaltung. Er hatte gehofft, ihr damit eine Freude zu machen, indem er ihr die Möglichkeit bot, das Haus für ein paar Stunden zu verlassen, und war erstaunt, dass sie sehr gleichgültig reagierte.

So wenig, wie sie in ihrem alten Leben glücklich gewesen war, schien sie sich auch mit ihrem neuen Dasein anfreunden zu können. Kieran fühlte sich hilflos, und das behagte ihm überhaupt nicht. Die Launen transformierter Feenkinder waren ihm völlig fremd. Wortlos begleitete er Nuriya in das Haus ihrer Schwester.

Und dann zeigte sich auch Selena widerspenstig. Sie bestand darauf, ihre Schwester zu begleiten. Erik glättete schließlich die Wogen, indem er zu bedenken gab, dass Magie im „Hellfire" verboten war und Órla niemals zulassen würde, dass ihren Gästen etwas zustieß. Wüsste sie von dem Überfall auf die Schwestern, so hätte sie mit Gewissheit bereits Maßnahmen zur Sicherung ihrer Stadt ergriffen.

„Órla wird nichts davon erfahren!", grollte Kieran, denn ihm war klar, dass seine Beteiligung an Nuriyas Transformation vor ihr nicht so einfach geheim zu halten war. Schließlich stimmte er zu und erlaubte Selena, ihre Schwester zu begleiten. Im Club würde er immerhin alle Beteiligten im Blick haben.

Mit der schroffen Anweisung an Nuriya, das Amulett auf keinen Fall sichtbar zu tragen, verschwand er.

„Was hat er nur gegen mich?" Nuriya starrte mit leeren Augen in die Ferne. Die anderen sahen sich betreten an.

„Er macht sich nur Sorgen." Angelina seufzte erst und klatschte dann in die Hände. „Nicholas, so kannst du im ‚Hellfire' nicht auftauchen. Das ist ein Gothic-Club!"

Nik machte eine abwehrende Geste. „Bleib ganz ruhig – ich habe die Achtzigerjahre nicht vergessen!"

Donates lachte. „Kommt, wir verschwinden ins Wohnzimmer, ich hab ein paar brauchbare DVDs mitgebracht. Die Damen brauchen etwas Freiraum."

Erik tappte grinsend hinter den neuen Freunden her. Für seinen Geschmack sahen sie heute ziemlich „gruftig" aus und er war froh, seine Lederhose und ein schwarzes Hemd angezogen zu haben.

Angelina sichtete die Kleiderschränke der Mädchen und befand: „Selena, du kommst allein zurecht. Aber Nuriya – ich sehe schon –, du brauchst ein wenig Hilfe!" Damit zog sie das Feenkind vor ihren Schrank und lachte: „Nimm das bitte nicht persönlich, aber wenn du dich so anziehst, könnte man denken, du wolltest um jeden Preis vermeiden, dass dich ein Mann ansieht." Sie schaute Nuriya an und entdeckte Tränen in ihren Augen.

„Das ist es, nicht wahr? Du kannst … dich selbst nicht leiden!"

Nuriya schüttelte den Kopf. „Es ist einfach so, dass sich niemand für mich interessiert. Egal wie ich aussehe! Sie lachen höchstens über meine roten Haare oder …“, sie zögerte und platzte dann heraus, „meinen dicken Hintern!“

Angelina zog Nuriya behutsam in ihre Arme. „Deine Schwestern sind das genaue Abbild deiner Mutter?“ Nuriya nickte. „Und du wolltest immer so werden wie deine Mutter?“ Heftiges Nicken.

„Ach, Kleines! Wir beide werden nie wie Models aussehen! Na und? Du bist die Inkarnation der Sinnlichkeit! Und wenn Donates nicht mein Seelenpartner wäre, könnte ich glatt ein wenig eifersüchtig werden.“

„Das meinst du nicht so!“

„Oh doch – sie kann zur Furie werden, wenn sie glaubt, ich sehe eine andere Frau an.“ Donates war noch einmal aufgetaucht und legte jetzt zärtlich seine Hände auf Angelinas Schultern.

„Vertraue ihr! Angel hat recht. Ich habe schon viele Frauen kennengelernt und weiß, wo Qualität zu finden ist.“

Von Angelina war ein Geräusch zwischen Knurren und Fauchen zu hören. Lachend fuhr Donates fort: „Nuriya, du bist ein ungeschliffener Diamant … und Angel hat das Talent, Juwelen zum Funkeln zu bringen.“

Angelina wedelte mit der Hand, als wollte sie sich eines lästigen Insekts entledigen, und sagte: „Danke, dass du uns an deine bewegte Vergangenheit erinnert hast! Du darfst dich jetzt entfernen.“ Lachend verschwand Donates.

„Also gut. Was soll ich anziehen?“

„Was ist deine Lieblingsfarbe?“

„Grün.“ Die Antwort kam blitzschnell.

„Grün? Vergiss es! Es sei denn, wir wollten dir das ‚Feenkind‘ gleich auf die Stirn tätowieren. Die Fee spiele heute mal ich. Rühr dich nicht von der Stelle!“ Mit diesen Worten lösten sich ihre Konturen auf, und sie war verschwunden.

Neugierig streckte Selena ihren Kopf durch die Tür. „Schon fertig?"

„Es dauert nicht mehr lange!" Angel materialisierte sich wieder, hängte zwei Kleider an die Schranktür und ließ einen Beutel mit Schuhen auf den Boden fallen.

Sie nahm eine luftige schwarze Kreation vom Bügel und sagte: „Probier das mal!"

Als Nuriya in weißem Baumwollhöschen und BH vor ihr stand, stöhnte Angelina: „Ich habe es geahnt."

Mit einem Griff in die mitgebrachte Tasche zauberte sie einen sündigen Traum aus Spitze – gleich mit passenden schwarzen Strümpfen – hervor und warf Nuriya die Dessous mit einem vielsagenden Blick auf die Badezimmertür zu.

Das Kleid saß, als wäre es extra für sie geschneidert worden; vielleicht war es das auch, dachte Nuriya, nachdem sie mit weit aufgerissenen Augen die wundersame Wandlung ihrer Figur in der neuen Hülle registriert hatte.

Das Amulett war vollständig bedeckt, dennoch fühlte sie sich ziemlich entblößt. Ein Blick in den Spiegel bestätigte ihren Verdacht. Sie trug einen Hauch von Nichts – doch es sah wunderbar aus! Behutsam schlüpfte sie in ihre hohen Schuhe und stellte überrascht fest, wie bequem sie waren.

Unten rumorten die Männer und fragten ungeduldig nach, ob sie denn nun endlich fertig seien. Dann schwebte Angelina in einem herrlich grünen Gewand herein.

Nuriya staunte: „Wenn es je eine Feenkönigin gegeben hat, dann bist du ihr Abbild."

„Vorsicht … unsere Königin versteht keinen Spaß und duldet schon gar keine Konkurrentinnen", flüsterte Angel, und Nuriya hatte irgendwie das beunruhigende Gefühl, dass dies kein Scherz war.

Kieran hatte zwei Wagen geschickt. Nik, der sein langes Haar jetzt tatsächlich wild toupiert hatte und neben einer beachtlichen Anzahl an Piercings auch ein großes Drachen-Tattoo zur Schau stellte, sollte heute Nuriyas Begleiter sein. Die anderen würden im zweiten Wagen folgen.

„Das ist völlig verrückt", sagte Nuriya, als er ihr galant die Tür öffnete. „Wir sind bestimmt die einzigen Gäste, die hier mit einer Luxuskarosse vorfahren." Die kritischen Blicke, die ihnen eine Gruppe Gothics zuwarf, schien ihre Vermutung zu bestätigen. Doch dann rollte ein dritter Wagen lautlos heran, drei langbeinige Frauen stiegen aus und stöckelten kichernd an den grimmig blickenden Türstehern vorbei. Mit offenem Mund starrte ihnen Nuriya hinterher.

„Órla sollte ihre Gästeauswahl überdenken", knurrte Donates, der es nicht gerne sah, wenn seine Geliebte mit billigen Vampirflittchen konfrontiert wurde.

„‚Billig' sind sie gewiss nicht", schnurrte Angelina, die mühelos seine Gedanken gelesen hatte, und hakte sich bei ihm unter. „Kommt, ich lade euch zu einer Runde Champagner ein", sagte sie laut und eilte den langen Gang zur Hauptbar entlang.

Nik griff beruhigend nach Nuriyas Hand. „Ich lasse dich nicht aus den Augen!", flüsterte er, und auf jeden Beobachter wirkte seine Geste besitzergreifend genug, um sich vorsichtig zurückzuziehen. „Sie werden glauben, du seist eine ganz normale Sterbliche. Lass dich nicht provozieren, falls jemand eine dumme Bemerkung macht! Vampirjunkies haben keinen guten Ruf."

Um die Feenkinder nicht allein zu lassen, verzichteten die Vampire auf einen Besuch in der VIP-Lounge, die eigentlich ihresgleichen vorbehalten war.

Im Vorfeld hatten sie besprochen, dass stets mindestens ein Vampir bei Nuriya bleiben sollte. Nachdem sie sich an der Bar eingerichtet hatten, bestellte Donates Drinks für alle. Nik erzählte Geschichten aus der Zeit vor seiner Transformation und flirtete dabei so heftig mit Nuriya, dass sie endlich lachend sagte: „Noch ein Wort, und ich knie genau hier vor dir nieder, du großer Gothic-Guru!"

Angelina kicherte. „Das wäre er wohl gern. Aber ich war damals viel cooler."

„Das glaubst auch nur du", grollte Nik. „Richtig lässig war aber eigentlich nur Donates. Immerhin war er Leadsänger einer der angesagtesten Londoner Gruppen!"

„Tatsächlich? Wie hieß die Band?"

„Raped Children."

„Von denen habe ich schon gehört!"

In diesem Augenblick war ihre Aufmerksamkeit jedoch bereits anderweitig gefesselt, sodass ihr Niks Antwort entging. Auf der Galerie entdeckte sie eine merkwürdige Gestalt, die sie direkt anzusehen schien. Alles an dieser Fremden war außergewöhnlich. Nicht nur, dass sie sehr groß war, ihr Gesicht wurde zudem von viel zu schräg stehenden Augen dominiert, wovon das linke etwas höher zu liegen schien und unheilvoll funkelte. Nuriya fand außerdem, dass das silberne Kleid ausgesprochen schlecht gewählt war. Es hob sich kaum von der eigenartigen Hautfarbe ab und betonte die Figur eher unvorteilhaft. Ihr einziger Schmuck war das – zugegebenermaßen prächtige – weißblonde Haar. Es war annähernd knielang und verhüllte gnädig den überaus hageren Körper.

Angelina folgte ihrem Blick und flüsterte: „Das ist Órla, die hiesige Vertreterin des obersten Rats der Vampire und … eine sehr gefährliche Frau!"

„Sie ist eine Fee!", stammelte Nuriya. Den erstaunten Blick ihrer Begleiter bemerkte sie nicht.

Als Donates sicher war, dass seinen Freunden hier in aller Öffentlichkeit nichts geschehen würde, machte er sich zu einem Rundgang durch den Club auf. Scheinbar gelangweilt schlenderte er zu den Katakomben, denn er wusste, dass Kieran die VIP-Lounge beobachtete. Er überprüfte mit seinen sensiblen Sinnen die verschiedenen „Zellen“, in denen er Sterbliche spürte, die ihrer Leidenschaft für S/M-Spiele frönten. Ein Vampir war nicht dabei.

Schließlich warf er auch einen Blick in die Spanner-Bar, in der damals auch Nuriya und Selena gewesen waren, bevor sie den Club fluchtartig verlassen hatten. Schon als er die Tür öffnete, wusste Donates, dass sich dort ein mächtiger Vampir aufhielt. Langsam schlenderte er zu den großen Scheiben, doch viel gab es so früh am Abend nicht zu sehen.

„Senthil“, gab er sich überrascht, „ich wusste gar nicht, dass du in der Stadt bist!“

Der Mann stellte sein Glas ab und erhob sich. „Sieh mal an, ein junger Kollege!“ Er lächelte anzüglich. „Ist dir deine Feenbraut schon zu langweilig geworden, dass du dich hier umschaust?“

Es sprach für Donates, dass er bei dieser offensichtlichen Beleidigung keine Miene verzog. „Senthil, was weißt du schon von der Liebe!“, lachte er und nickte dem verblüfften Vampir zu. „Einen schönen Abend noch!“

Als er zu seinen Freunden zurückkehrte, hatte sich der Club deutlich gefüllt. Die Musik schmerzte in den empfindlichen Ohren der Vampire. Glücklicherweise war es hier an der Bar nicht ganz so laut.

Sein Blick fiel auf Nuriya. „Was ist los?“

„Das Amulett!“ Sofort beugte sich Donates zu ihr, und für jeden Betrachter musste es so aussehen, als wollte er sie küssen. Einen feinen Ruf erwarb sie sich hier. Wenn das Ganze vorbei war, würde die gesamte magische Gemeinde sie für eine Schlampe halten. Doch Nuriya spielte mit und flüsterte: „Es wird warm!"

„Bleib ganz ruhig! Niemand kann das sehen." Und für alle hörbar fügte er hinzu: „Schräges Publikum heute Abend!" Dabei blinzelte er sie aufmunternd an.

„Ich hoffe, er meint nicht mich!" Kieran verbeugte sich vor Angelina. Sie lächelte und reichte ihm huldvoll ihre Hand zum Kuss. „Kieran! Darf ich dir meine Freunde vorstellen?"

Nuriya wusste, dass sie so tun sollte, als wären sie Fremde. Kieran gelang die Täuschung perfekt. Er wirkte so distanziert und kühl, als wären sie sich tatsächlich nie zuvor begegnet. Traurig dachte sie, dass ihre Erinnerung an seine Zärtlichkeiten wahrscheinlich ebenso trügerisch war wie sein jetziges Begrüßungslächeln.

Sie hatte keine Ahnung, welche Kraft es ihn kostete, Donates nicht anzugreifen, der seiner Meinung nach viel zu nahe bei dem Feenkind stand.

Nik ahnte Kierans Unruhe und beschloss, noch ein wenig Öl ins Feuer zu gießen. Er griff nach Nuriyas Hand. „Es wird Zeit, dass wir der Master-Vampiresse der Stadt unsere Aufwartung machen."

„Ich begleite euch!", grollte Kieran.

Insgeheim lachte Nik. Auch wenn dieser Vampir es verstand, seine Gefühle wahrlich meisterhaft zu verbergen, für Nik war es klar, dass Kieran ein eindeutiges Interesse an dem Feenkind hatte. Er kannte die Anzeichen – schließlich hatte er ausreichend Gelegenheit gehabt, Donates zu beobachten, wenn dieser mit seiner Eifersucht kämpfte.

Wenn der Vengador sich das doch nur endlich selbst eingestehen würde! Stattdessen geleitete er Nuriya wortlos zu dem Eingang, der sowohl zum VIP-Bereich als auch zu Órlas Büro gehörte. Der Türsteher trat ihnen in den Weg. „Sterbliche haben hier nichts zu suchen!"

Dabei beging er den Fehler, Kieran direkt anzusehen.

Du willst mir *den Zugang verwehren?*

„Aber …", stotterte der Mann und begann leicht zu zittern. Einige Bilder von Vampiren, die es vor ihm gewagt hatten, dem Vengador zu widersprechen, entstanden in seinem Kopf und reichten aus, ihn rasch beiseitetreten zu lassen. Auf einmal fand er die Aussicht auf einen ausgedehnten Urlaub sehr verlockend.

„Herein!" Der Sicherheitschef erschien und bedeutete den Besuchern einzutreten. Dann nahm er wortlos seine Position neben der Tür ein.

Órla hatte die Winterfeld-Vampire und ihre sterbliche Begleitung bereits eine ganze Weile durch ihre Spiegelfenster im Blick gehabt. Erstaunt hatte sie beobachtet, wie sich Kieran, den sie für einen der undurchsichtigsten Vengadoren hielt, zu der kleinen Gruppe gesellte. Eine merkwürdige Allianz!

Nun war sie neugierig, was der junge Nik und Kieran ihr bringen wollten, und betrachtete die drei aufmerksam aus ihren ungleichen Augen. Sie forderte ihre Gäste mit einer Handbewegung auf, Platz zu nehmen. Keiner von ihnen offenbarte eine spürbare vampirische Aura, und Órla dachte ärgerlich, dass dies Kierans Werk sein musste. Das Mädchen kam ihr bekannt vor, aber ihr Gesicht blieb eigentümlich undeutlich. Misstrauisch blickte sie zu Kieran hin. Natürlich wirkte der Vengador ganz entspannt, geradezu harmlos. Deshalb, aber auch wegen ihrer beiden anderen Besucher, entschloss sie sich zu vorsichtiger Höflichkeit.

„Willkommen im ‚Hellfire'! Was kann ich für euch tun?" Dabei blickte sie Kieran erwartungsvoll an und war erstaunt, als an seiner Stelle Nik charmant entgegnete: „Vielen Dank für deine

Gastfreundschaft! Wie du zweifellos weißt, wohne ich mit zwei Mitgliedern meiner Familie", er machte eine vage Handbewegung in Richtung der hinter Jalousien verborgenen Spiegelfenster, „seit ein paar Tagen in unserer hiesigen Residenz."

Órla legte die Fingerspitzen aneinander und schaute ihn erwartungsvoll an. Jeder Vampir aus einer weniger mächtigen Familie hätte mit empfindlichen Strafen rechnen müssen, wenn er es gewagt hätte, mehr als eine Woche bis zum Besuch bei ihr verstreichen zu lassen.

Lässig schlug Nik die Beine übereinander und schwieg einen Moment, bevor er schließlich auf Nuriya wies, die Órla mit weit aufgerissenen Augen anblickte. Dann fuhr er fort: „Wir haben einen Hausgast. Nuriya steht unter Sylvains besonderem Schutz."

Damit war klar, dass Órla keine Fragen über Nuriyas Herkunft und Absichten stellen durfte. Wer unter dem Schutz des Oberhauptes der Winterfeld-Familie stand, war über jeden Zweifel erhaben.

„Ihre sterbliche Familie lebt übrigens ebenfalls hier", fügte Nik beiläufig hinzu. Der Schutz war auf die Familie ausgeweitet. Nik ging jedoch nicht so weit, auch noch Erik in seine Aufzählung mit einzubeziehen. Der Werwolf konnte selbst für seine Sicherheit sorgen.

„Sehr schön!" Órla erhob sich, und die Besucher waren entlassen. „Kieran? Auf ein Wort!"

Der Vengador konnte sein Lachen nur mühsam unterdrücken, seine Miene spiegelte jedoch nichts als höfliches Interesse wider. Es wäre ein Fehler gewesen, sich Órla zur Feindin zu machen.

Nuriya hielt sich weiter an die Verabredung und schwieg. Sie gönnte der Master-Vampiresse noch einen letzten Blick auf ihr eingeschüchtertes Gesicht, deutete eine Verbeugung an und folgte Nik wortlos hinaus. Tatsächlich war ihr mehr als unheimlich zumute – das Amulett hatte sich in den wenigen Minuten derart erhitzt, dass sie sich nicht wundern würde, ginge der dünne Stoff ihres Kleides gleich in Flammen auf.

Mit erwartungsvollem Blick schaute Kieran die weißblonde Vampirin an, die immer noch überlegte, woher sie Niks schüchterne Begleiterin kannte.

Verflixt, dieser wattige Schleier in ihrem Kopf wollte nicht weichen. Sie war sicher, dass sich dahinter eine interessante Information verbarg. Schließlich riss sie sich zusammen, und nachdem Nik die Tür ihres Büros behutsam hinter sich geschlossen hatte, fragte sie Kieran: „Hast du Neuigkeiten über die Auserwählte?"

Dieser wog seine Worte sorgfältig: „Es gibt Gerüchte, die besagen, dass sich das Feenkind in dieser Gegend aufhält."

Sie beschloss, gezielter vorzugehen: „Seit wann pflegst du Kontakte zum Winterfeld-Clan?"

Jetzt lächelte Kieran: „Ich bin Donates' Pate. Er ist ein außerordentlich talentierter Vengador!"

„Nun gut." Órla klang deutlich verdrossen. „Ich hoffe, dass es keine Schwierigkeiten gibt und die Auserwählte nebst Seelenpartner bald gefunden sein wird. Uns bleibt nicht mehr viel Zeit!"

Kieran stimmte ihr zu.

Órla legte mit einer seltenen Vertraulichkeit die Hand auf seine Schulter. Er spürte eine schneidende Kälte bis tief in seine Knochen eindringen und fragte sich nicht zum ersten Mal, was Órla wirklich war.

„Kieran, ich habe den Verdacht, dass dieses Venusjahr fürchterliche Gefahren mit sich bringt. Ich hoffe sehr, dass du die Sache unbeschadet überstehst!"

Damit drehte sie sich um – und er war entlassen. Während er in den Club zurückkehrte, überlegte der Vampir, ob sich hinter Órlas Worten eine Drohung verbarg.

An der Bar traf er nur den Werwolf und seine Freundin an. Die anderen seien im Club unterwegs, teilte Erik ihm mit.

Trotz Ninsuns und wahrscheinlich auch Kierans magischer Unterstützung hatte Nuriya während der gesamten Zeit in Órlas Büro Bedenken gehabt, die Clubbesitzerin könne ihre Täuschung durchschauen.

„Wenn es nach mir ginge, würden wir alle einen weiten Bogen um diese gruselige Person machen. Aber mich fragt ja niemand nach meiner Meinung", grollte Nuriya. Genervt blies sie eine Haarsträhne aus ihrem Gesicht und griff nach einer Getränkekarte, die sie nutzte, um sich mit nervösen Bewegungen Luft zuzufächeln. „Wahrscheinlich hat sich meine Frisur inzwischen auch aufgelöst", dachte sie verdrossen. So derangiert wollte sie Kieran auf keinen Fall unter die Augen treten. Nuriya beschloss, ein paar Minuten allein zu verbringen. Dafür musste sie aber erst einmal ihre vampirische Leibgarde loswerden.

Spielerisch beugte sie sich zu Nik und flüsterte: „Ich würde gern ein paar Frauendinge mit Angelina besprechen – du hast doch nichts dagegen?"

Erstaunt, dass sie ihn überhaupt fragte, stimmte er zu.

„Angelina, ich müsste mal ..." Nuriya blickte verlegen.

Die Heilerin grinste: „Das ist in wenigen Tagen auch vorbei! Aber warte, ich komme mit dir!"

Damit hatte Nuriya gerechnet, und so hakte sie sich bei Angelina unter und winkte Nik fröhlich zu. Sie erreichten gerade die Tanzfläche, als Nuriya Angelina am Ärmel zog: „Kieran! Er ruft mich zu sich."

Angelina blickte sich um und konnte den Vengador nirgends entdecken. Da sie jedoch längst ahnte, dass zwischen den beiden eine besondere Verbindung bestand, war sie nicht sehr überrascht. Typisch, dass Kieran trotz des eindeutigen Verbotes seine

Magie auch hier benutzte, um Nuriya zu umgarnen. Also grinste sie nur und sagte: „Mach keine Dummheiten!“ Dann verschwand sie im Nebel, der die Tanzfläche vor ihnen einhüllte.

Nuriya freute sich sehr, dass das Ablenkungsmanöver gelungen war, und machte sich auf den Weg in die obere Etage. Dort gab es verschiedene Ruhezonen. Überraschend leicht war es ihr gelungen, die beiden zu täuschen.

Auf ihrer Tour durch das „Hellfire“ genoss sie die interessierten Blicke einiger Gäste und fühlte sich in ihrer neuen Haut zum ersten Mal wohl. Eben flirtete sie ein wenig mit einem attraktiven blonden Mann – eindeutig ein Sterblicher, aber wirklich nett, dachte Nuriya erfreut –, als sie unerwartet jemand ansprach: „Das war sehr geschickt!“

Sie drehte sich erschrocken um. Viel zu dicht vor ihr stand ein Fremder, dessen vampirische Natur sie nur schwach spüren konnte. Nuriya wagte nicht, seine Aura genauer zu prüfen, denn sie fürchtete, damit mehr von sich preiszugeben, als es gut für sie war. Auch ohne die warnende Hitze ihres Amuletts ahnte sie, dass dieser Vampir äußerst gefährlich war.

Die schwarzen Haare kurz geschnitten, seine Figur sportlich und der Anzug nach Maß geschneidert, hätte dieser Mann mit seinem Aussehen in jeder Chefetage blendend Karriere gemacht. Hier im Club wirkte er seltsam deplatziert.

Behutsam machte sie einen Schritt zurück. „Hallo!“ Nuriya wusste nicht, wie viel er mitgehört hatte, und wollte auf keinen Fall mehr als notwendig verraten. Vermutlich hielt er sie für einen leichtfertigen Vampirjunkie. Nik hatte ihr von diesen Sterblichen erzählt, die bereitwillig ihr Leben riskierten, weil sie hofften, selbst einmal unsterblich zu werden. Mit ein wenig Glück erhielten sie zumindest für eine gewisse Zeit ungeahnte Lust und Erfüllung. Transformiert worden war vermutlich aber noch keiner von ihnen.

„Meine Freundin ist ziemlich anhänglich!"

„Aber nun haben wir zwei ja ein wenig Ruhe." Der Fremde fasste Nuriya am Ellenbogen, führte sie die restlichen Stufen hinauf und drückte sie in die Kissen einer abgelegenen Sitzgruppe. „Setz dich!" Sie gehorchte. „Du machst das noch nicht lange." Der Mann blickte sie aufmerksam an. Dabei fuhr er mit einem Finger sanft über ihren Hals. Nuriya fiel es schwer, sich zu konzentrieren.

„Ich sehe, du weißt, was ich von dir will!", lachte er mit einem unverschämten Blick auf ihre Brüste. „Aber das kommt später!" Sie fühlte sich von einer angenehmen Wärme umhüllt. Ihr Atem ging schneller, und das erwartungsvolle Beben ihrer Bauchdecke war ein deutliches Zeichen für ihre Erregung. Sie spürte, wie seine Hand in ihrem Nacken sie näher zog und ihren Kopf zur Seite zwang. Er war grob, aber sie sehnte sich plötzlich nach nichts mehr, als endlich seine Zähne zu spüren. Das war doch nicht richtig so! *Kieran!*

„Hallo, Senthil!"

Ruckartig hob der Mann vor ihr den Kopf. Kieran stand wie ein Racheengel über ihnen.

Komm sofort zu mir!

Wie in Trance folgte Nuriya dem unmissverständlichen Befehl.

Mit einer lässigen Handbewegung schob er sie so hinter sich, dass er ihren Körper fast vollständig verdeckte.

Senthil erhob sich geschmeidig, er wirkte sprungbereit. „Ah, der Kelte! Rächer aller Damen in Not."

Kieran gab einen missbilligenden Laut von sich. „Sei still, Barbar!"

Senthil lachte: „Ich ein Barbar? Als meine Vorfahren schon ihre Kundschafter nach Europa aussandten, da habt ihr doch noch auf den Bäumen gesessen!"

„Du weißt nichts über unsere Kultur! Und …", fügte Kieran

maliziös hinzu, „du kommst wieder einmal zu spät! Die Kleine gehört uns."

Senthil sah ihn voller Hass und Verachtung an. Er wusste, wann er geschlagen war. Einem geborenen Vampir hatte er nichts entgegenzusetzen, und das fiel ihm schwer zu akzeptieren, denn dieser hier war ihm besonders zuwider.

„Wenn ich gewusst hätte, dass die Schlampe schon von dir gemolken wurde, hätte ich sie nicht mal mit Handschuhen angefasst! Wie konnte ich ahnen, dass der ‚große Kieran' die Dienste von Huren in Anspruch nimmt." Er spie seine Worte voller Abscheu aus und verschmolz mit der Dunkelheit, bevor sie verhallt waren.

Nuriya zitterte. Was war nur in sie gefahren, sich derart schamlos zu benehmen? Es dauerte einen Moment, bis sie ihrer Stimme traute. Als sie gerade ihren Mund öffnete, um sich für die Rettung zu bedanken, kam ihr Kieran zuvor. „Was hast du hier allein mit diesem Mann getrieben?"

Entrüstet funkelte sie ihn an: „Nichts! Ich kenne ihn überhaupt nicht!"

„Das sah aber ganz anders aus!"

„Ich muss mich doch nicht rechtfertigen. Lass mich in Ruhe und kümmere dich um deine eigenen Angelegenheiten!"

„Du bist aber meine Angelegenheit und solltest dich vorsehen, mit welchen dahergelaufenen Typen du Bekanntschaft schließt!" Kieran war wütend und geschockt, dass es trotz aller Vorsicht ausgerechnet Senthil beinahe gelungen war, Nuriya zu entehren. Nur mit Mühe brachte er genügend Selbstbeherrschung auf, ihn ungestraft ziehen zu lassen. Nicht auszudenken, welche Folgen es gehabt hätte, wenn der listige Vampir von ihr getrunken und dabei das Geheimnis ihrer Herkunft gelüftet hätte.

Und noch etwas quälte ihn. Wäre es nicht ausreichend gewesen, Nik zu ihrer Rettung zu senden? Schließlich trat dieser doch offiziell als ihr Begleiter auf.

Aber als er Nuriyas Hilferuf gehört hatte, war Kieran beinahe in Panik geraten und ohne nachzudenken an ihre Seite geeilt. Damit konnte sein Interesse an ihr nicht mehr geheim gehalten werden. Welcher Vampir würde es jetzt noch wagen, um die Hand der Auserwählten anzuhalten?

„Ich rede, mit wem ich will!" Der hysterische Ton in Nuriyas Stimme unterbrach seine Selbstvorwürfe. Sie funkelte ihn aufsässig an.

„Ach ja? Und warum rufst du dann um Hilfe?"

Kieran klang so kühl und unnahbar wie immer. Für ihn schien der Zwischenfall nur ärgerlich zu sein, dachte Nuriya aufgebracht, während er sie neben sich herzog, bis beide vor ihrer erschrockenen Schwester standen.

„Selena, ihr kehrt sofort nach Hause zurück!"

„Was bildet er sich ein!"

Nuriya rieb ihren schmerzenden Arm; darauf waren die Fingerabdrücke von Kierans festem Griff deutlich zu sehen, mit dem er sie durch den Club geführt hatte. Erbost ging sie in ihrem Wohnzimmer auf und ab.

„Wenn du planst, ein Muster in den Boden zu trampeln, dann zieh wenigstens den Teppich vorher weg – Mami hat ihn aus Afghanistan mitgebracht." Selena hatte Eriks beruhigende Hand beiseitegeschoben und war aufgestanden. Die Schwestern starrten sich einen Augenblick lang wortlos an.

„Es war nicht nett von dir, Nik und mich auszutricksen", sagte Angelina in die Stille hinein. Wütend ließ sich Nuriya schließlich in einen Sessel fallen und murmelte eine Entschuldigung. Ob sie damit ihr Manöver im Club oder den Bodenbelag meinte, war nicht ganz klar.

Sie konnte sich noch gut an den Augenblick erinnern, als ihre Eltern den fremdartigen Teppich ausgerollt hatten. Das farbige Gewebe schien unendliche Geheimnisse in sich zu bergen, es fühlte sich flauschig und wertvoll an, und die drei Mädchen hatten gerne darauf gesessen. Wenn sie mit ihren kleinen Fingern die verschlungenen Linien entlangfuhren, fielen ihnen die abenteuerlichsten Geschichten ein.

„Kieran ist arrogant!", grollte sie.

„Das ist er."

„Er ist selbstgefällig und kümmert sich nicht die Bohne um die Gefühle anderer. Er ist mir völlig gleichgültig!"

Angel ergriff ihre Hand. „So schlimm kann es doch gar nicht sein."

„Ich finde, sie hat recht." Nik schaute durch die Tür. „Niemand lässt sich gerne so behandeln. Auch nicht von einem Vengador!"

„Einem was?" Nuriya sah die Freunde verwirrt an.

„Was genau ist ein ‚Vengador'?", fragte sie vorsichtig. Angelina rollte mit ihren Augen, und Nik zog sich rasch zurück.

„Das ist ein Geheimpolizist, der für den Rat arbeitet."

„Ein vampirischer James Bond mit der Lizenz zum Töten?" Sie wollte einen Witz machen.

„Absolut. Es wäre wünschenswert, wenn sein Privatleben nicht in aller Öffentlichkeit diskutiert würde!", sagte Donates und warf einen ärgerlichen Blick zu der Tür, hinter der Nik verschwunden war. „Könnte sein, dass sein Leben eines Tages davon abhängt."

Dann blickte er sie ernst an.

„Mit Senthil hast du heute einen sehr unangenehmen Zeitgenossen für dich interessiert. Ich halte es für sicherer, wenn du in Kierans Haus zurückkehrst."

Entsetzt erinnerte sich Nuriya daran, wie leicht es dem Fremden gefallen war, sie zu beeinflussen. Dieser Vampir war ganz ohne Zweifel gefährlich. Aber sie hatte auch nicht vergessen, dass sie Kierans Befehl wenig später ohne zu überlegen gehorcht hatte. Niemand durfte die Macht haben, sie so zu beherrschen. „Auf keinen Fall gehe ich dorthin zurück!“ Es war deutlich, dass sie Argumenten nicht zugänglich sein würde.

Angelina mischte sich ein: „Spricht etwas dagegen, wenn wir heute bei euch im Hause bleiben?“

Selena schüttelte sofort den Kopf; ihr war es recht, wenn sie hier übernachteten.

Nuriya murmelte: „Meinetwegen.“ Sie sah auf die Uhr. „Ich gehe zu Bett!“

Die Luft um sie herum schien zu vibrieren, und das Feenkind war verschwunden.

„Wer hat ihr das beigebracht?“, fragte Erik erstaunt. „Ich dachte, das könnt ihr erst nach ein paar Jahren?“

„Sie weiß vermutlich nicht einmal, dass sie es kann.“ Angelina lachte über die verwunderten Gesichter um sie herum. „Dieses Feenkind ist die Auserwählte und sie hat ungeheure Kräfte – sie muss nur endlich ihre Natur annehmen!“

Tief in Gedanken hockte sich Nuriya auf ihr Bett.

Um Himmels willen, ich bin so angespannt, dass ich mich nicht einmal mehr erinnern kann, wie ich hier in mein Zimmer gekommen bin!

Sie wühlte in ihren CDs und stellte ärgerlich fest, dass ausgerechnet die Musik, nach der sie ihre entspannenden Tai-Chi-Übungen am liebsten machte, nicht zu finden war. Natürlich! Das letzte Mal hatte sie die klare Luft der frühen Morgenstunde genutzt, um bei leiser Musik auf der Terrasse die Figuren des chinesischen Schattenboxens zu üben. Das war erst eine Woche her – und doch schien es in einem anderen Leben gewesen zu sein.

Wenn sie sich bemühte, würden die anderen gar nicht bemerken, dass sie noch einmal nach unten schlich, um die CD aus dem Musikzimmer zu holen. Ihr war überhaupt nicht danach, heute noch jemandem zu begegnen.

Behutsam drückte sie die Klinke der alten Tür hinunter und schlüpfte durch den schmalen Spalt in den Raum. Obwohl kaum Mondlicht hereinfiel, konnte sie den lackschwarzen Flügel deutlich erkennen, umrundete ihn lautlos und stieß sofort auf das Gesuchte. Auf dem Rückweg hörte sie Niks Stimme aus dem angrenzenden Wohnzimmer: „Kieran hat sie transformiert? Dann hat er seine einzige Chance, die Liebe seines Lebens zur Gefährtin zu machen, ihretwillen geopfert!"

Erik entgegnete: „Ich weiß. Wie unfair, dass geborene Vampire nur einmal in ihrem Leben eine Transformation vornehmen dürfen. Zudem muss er sie auch noch bis zum Tag des Paktes beschützen. Das ist doppelt bitter!"

„Wenn du mich fragst …", begann Nik nachdenklich, unterbrach sich dann und lauschte. „Still, war da nicht ein Geräusch?"

Die Schritte der beiden entfernten sich. Diese Gelegenheit nutzte Nuriya, um sich wieder hinauf in ihr Zimmer zu schleichen.

Immerhin, die bruchstückhaften Bilder des Überfalls und seiner unmittelbaren Folgen, die hier und da in ihrem Gedächtnis auftauchten, hatten sie nicht getrogen. Kieran hatte sie transformiert. Sehr genau erinnerte sie sich noch an sein unglückliches Gesicht, kurz bevor er ihr von seinem Blut zu trinken gegeben hatte. Verzweifelt überlegte sie: Die Lektionen während der Jagd, die gemeinsamen Erlebnisse in den Wäldern seiner Heimat – alles nur wegen eines schlechten Gewissens, aus Pflichtgefühl?

Wenn ich mir das vorstelle! Seit Jahrhunderten ist er auf der Suche nach seiner Seelenpartnerin, dann rettet er einer völlig

Fremden das Leben und verliert damit endgültig jede Hoffnung auf Erlösung!

Was habe ich getan!, hatte Kieran geflüstert, nachdem er in der letzten Nacht nie zuvor gekannte Gefühle in ihr geweckt hatte – auf unvergleichliche Weise. Jetzt verstand sie den Sinn dieser Worte und auch seine Reserviertheit, die schroffe Art, die sie bisher immer wieder verwirrt hatte. Er bereute es, sein Glück leichtfertig für ihr Leben hingegeben zu haben. Kieran musste sie ja hassen! Traurig beschloss sie, ihm zukünftig aus dem Weg zu gehen, um seine Aufgabe nicht noch schwieriger zu machen.

8

Kieran blieb wenig Gelegenheit, sein unüberlegtes Handeln und den harten Ton, den er Nuriya gegenüber angeschlagen hatte, zu bereuen. Kaum war sie fort, da erschien Órla neben ihm: „*Sie* ist die Auserwählte, nicht wahr?"

„Denkst du das?"

„Man kann sie nicht spüren." Fragend blickte sie ihn an.

„Du bist doch eine Expertin in Feen-Angelegenheiten!", grollte er. Doch dann besann sich Kieran seiner Manieren und fügte freundlicher hinzu: „Du hast recht. Und es wäre tatsächlich von Vorteil, wenn sich ihr Seelenpartner bald fände. Sie weckt gefährliche Begierden." Damit verabschiedete er sich und floh geradezu aus dem „Hellfire"-Club.

Er hätte sich ohrfeigen können. Das Risiko, mit Nuriya hier aufzutauchen, war groß gewesen – und was hatte es ihm gebracht? Gar nichts. Órlas Rolle in diesem Spiel war unklar; außerdem hätte er wissen müssen, dass sich Senthil für das Feenkind interessieren würde, sobald er sie in Begleitung von Kierans Freunden entdeckte.

Er fühlte sich eindeutig nicht in Form – ein solcher Fehler wie heute Abend hätte ihm niemals unterlaufen dürfen. Doch immer wenn er sich in Nuriyas Nähe befand, schien sein Verstand auszusetzen.

Er war bereits seit einer ganzen Weile unterwegs durch die Stadt, als er die Vampire in seiner Nähe spürte. Er blieb stehen und lauschte in die Nacht.

„Du wirst niemanden an den Vengador verraten!"

„Wer will mich daran hindern? Du etwa?"

Kieran hörte das tiefe Lachen einer Frau und verbarg sich unweit der Streitenden in der Dunkelheit.

Fünf von Kopf bis Fuß in Schwarz gekleidete Vampire standen dort. Sie hatten ihr Gesicht mit einem turbanartigen Tuch verhüllt, das nur ihre Augen erkennen ließ, die im schwachen Licht der Straßenlaternen angriffslustig glitzerten. Kieran wusste inzwischen, dass sich einige Vampire zu einer Widerstandsgruppe zusammengefunden hatten, die sich „Sicarier", nach dem lateinischen Wort für Messer – „Sica" – nannte. Und ganz nach ihren historischen Vorbildern kämpften sie hauptsächlich mit Dolchen und anderen scharfen Klingen.

Ihnen gegenüber stand eine dunkelhäutige Kämpferin. Kieran kannte die Frau und hätte sie eher auf der Seite der Sicarier vermutet, denn Tesfaya schätzte den Frieden zwischen den Welten des Lichts und der Dunkelheit nicht und hätte es gern gesehen, dass die Vampire ihre Macht zurückerhielten. Die brillante Kriegerin wurde von ihrem Hass auf einen Elf getrieben, der sie mehrere Jahrhunderte lang als Sklavin gefangen gehalten hatte, bevor sie endlich mit der Hilfe eines unbekannten Retters entkommen war.

„Hat euer Meister seine Schoßhündchen ausgesandt, um das schwarze Schaf zu fangen?" Provozierend tänzelte sie um ihre Gegner herum.

„Verdammte Hexe!" Mit diesen Worten stürzte der Anführer auf sie zu. Die Frau schien nur darauf gewartet zu haben. Lächelnd griff sie nach seinem Arm, warf ihn mit einer Drehung über ihre linke Schulter, beugte sich über den Verblüfften, und in ihrer Hand erschien ein glänzender Dolch, den sie blitzschnell in sein Herz stieß.

Sie wirbelte herum, wich dabei zwei weiteren Angreifern so geschickt aus, dass sich die Männer gegenseitig ins Gehege kamen und stürzten.

Kieran war wie immer fasziniert von der makabren Schönheit eines tödlichen Kampfes.

Entspannt wandte sie sich dem nächsten Angreifer zu, ging leicht in die Knie, federte nach oben und rammte ihm erst ihren Fuß und dann die Waffe in die Brust.

Von hinten näherte sich der fünfte Vampir. Tesfaya machte einen Salto rückwärts, schnellte herum und – ein Wurfmesser, das sie aus dem Ärmel zog, fand mit tödlicher Präzision sein Ziel.

Die gestürzten Vampire hatten sich aufgerappelt. Mit einem gewaltigen Sprung entkam sie knapp ihrer Attacke, als hinter ihr fünf weitere Sicarier kampfbereit erschienen.

Kieran fand, dass es an der Zeit war einzugreifen, und trat den Neuankömmlingen lächelnd in den Weg. Überrascht zögerten sie einen kurzen Augenblick.

Ausreichend Zeit für den Vengador, herumzuwirbeln und drei von ihnen mit seinem Schwert zu enthaupten.

Wütend zückte der vierte Vampir einen – zweifellos vergifteten – Wurfstern und warf ihn auf Kieran. Dieser fing die Waffe in der Luft auf und schleuderte sie geschickt zurück. Zu schnell, als dass sein Gegner rechtzeitig ausweichen konnte. Stöhnend sank dieser zu Boden.

Den letzten Angreifer schleuderte Kieran mit einer lässigen Armbewegung weit von sich. Der bedauernswerte Vampir landete auf den eisernen Spitzen eines Zauns und rührte sich nicht mehr.

Zufrieden blickte sich Kieran um und ließ die Waffe auf unerklärliche Weise in seiner Hand verschwinden. Normalerweise vermied er es, seine Magie im Kampf einzusetzen, denn er schätzte ein faires Kräftemessen und gab zudem ungern zu viel von seinen Fähigkeiten preis. Aber hier hatte er im Augenwinkel beobachtet, wie die Amazone ihre Gegner ebenfalls unschädlich machte, und wollte verhindern, dass sie ihm entkam. Der Vengador hatte ein paar Fragen, und sie schien die Antworten zu kennen.

„Tesfaya!"

Die Kämpferin wirbelte sprungbereit herum, erkannte ihn und grinste.

„Hallo, Vengador, vermutlich schulde ich dir etwas?" Sie war weiterhin auf der Hut, als erwartete sie, dass auch Kieran gleich angreifen würde.

„Entspann dich! Ich will nichts von dir. Das heißt …", Kieran zwinkerte ihr zu, „irgendwie habe ich den Eindruck gewonnen, dass du gewissermaßen auf der Suche nach mir warst."

„War ich nicht!"

Jetzt grinste Kieran. „Ich habe recht gut hören können, was dieser bedauerliche Tropf", er stieß den Vampir vor sich mit seiner Schuhspitze an, „zu dir gesagt hat. Was ist es, das du mir nicht ‚verraten' solltest?"

„Du hast die ganze Zeit zugesehen und mir nicht geholfen?" Tesfaya tat empört. Dann lachte sie. „Kieran, du weißt, wie man Frauen behandelt! Also gut, ich erzähle es dir, aber nicht hier. Komm!"

Damit wollte sie in die Zwischenwelt eintreten. Kieran hielt sie am Arm zurück. „Was hast du mit ihnen vor?" Er zeigte auf die am Boden liegenden Vampire.

Tesfaya sah ihn fragend an.

Kieran zuckte mit den Schultern und setzte einen harmlosen Blick auf.

„Sie wollten mich töten, oder?"

„Diesen Eindruck konnte man gewinnen."

„Dann habe ich also das Recht, Gleiches mit Gleichem zu

vergelten …?", fragte sie vorsichtig und streckte die Hand nach ihrem Dolch aus. Zweifellos hatte sie die Absicht, die Herzen der leblosen Gegner herauszuschneiden, bevor sie sich erholen und fliehen konnten. Eine in Vampirkreisen weit verbreitete Methode, sich unliebsamer Artgenossen zu entledigen. Niemand war tatsächlich unsterblich und einmal des Herzens beraubt, konnte sich auch ein vampirischer Körper nicht mehr rasch genug regenerieren, um sich rechtzeitig vor der tödlichen Macht des kommenden Tages zu schützen.

Kieran verbeugte sich galant. „Auge um Auge …! Es ist mir ein Vergnügen!"

Er schnippte mit dem Finger: die leblosen Gestalten zu seinen Füßen gingen in Flammen auf, bis der Wind, den Kieran rief, die letzten Aschereste mit sich fortnahm.

Anschließend reichte er ihr das Wurfmesser zurück, an dem noch ein wenig Blut klebte.

„Wie hast du das gemacht?", fragte Tesfaya mit großen Augen und wischte die Waffe an ihrem Ärmel ab, bevor sie das Messer darin verschwinden ließ.

„Ein Deal. Du bewahrst meine Geheimnisse, und ich verrate auch die deinen nicht!" Er legte seine Hand auf ihre Schulter, und bevor sie antworten konnte, fand sich die Amazone in seinem Haus wieder.

Die beiden Vampire schwiegen, während Kieran eine Blutkonserve aus dem Kühlschrank nahm und auf das Mikrowellengerät deutete.

„Danke. Ich nehme es gleich so."

Tesfaya fing den Beutel geschickt, riss ihn auf und nahm einen Schluck. Ihre Stimme klang nicht ganz fest, als sie sagte: „Ich will nichts über dich wissen. Was ich gesehen habe, reicht erst einmal, Vengador!"

Eine Magie wie die seine hatte sie noch nie zuvor so beiläufig angewandt erlebt, und als sie Kieran dort scheinbar entspannt in den Kissen liegen sah, fürchtete sie sich mehr denn je vor ihm.

Sie fröstelte bei der Erinnerung an ihr Messer. Es war einfach aus dem Körper ihres Opfers verschwunden und in Kierans Hand erschienen! Würde er eine Zeugin seiner Macht unschädlich machen? Die Vampirin wollte nichts lieber, als sofort zu verschwinden.

Vergiss es!

Kieran klang amüsiert, und Tesfaya musste entsetzt feststellen, dass sie sich weder bewegen noch in die Zwischenwelt verschwinden konnte.

„Setz dich und erzähl mir, was dich bedrückt!"

„Nichts!" Sie hätte sich ja gerne gesetzt, doch es schien, als klebte sie an dem Boden unter ihren Sohlen. Dann kam ein unangenehmes Kribbeln hinzu, und sie wagte nicht, nach unten zu schauen, um herauszufinden, welche Ungeheuer an ihren Beinen hinaufkletterten.

Kieran hob fragend eine Augenbraue und streifte nur ganz leicht ihre Gedanken. Doch die Berührung brannte wie Feuer und trieb ihr die Tränen in die Augen. Tesfaya war klar, dass sie hier nicht gewinnen konnte.

„Nun?"

„Okay, ich erzähl es dir", sagte sie schließlich zähneknirschend. Sofort ließ der Schmerz nach. Doch deutlich fühlte sie die Bedrohung weiterhin über sich schweben.

„Die Sicarier wollen den Venuspakt verhindern und einen Krieg zwischen uns und den Feen auslösen."

„Das ist nicht neu!", sagte Kieran scharf. „Wer steht hinter diesen Angriffen?"

„Ich habe keine Ahnung. Sie trauen mir nicht mehr, weil ich ihre Methoden nicht gutheiße. Außerdem bin ich inzwischen zu der Überzeugung gekommen, dass eine Balance zwischen Licht und Dunkelheit notwendig ist, um die Welt im Gleichgewicht zu halten. Die Sterblichen sind destruktiv genug, um uns alle in die Hölle zu befördern, wenn wir nicht aufpassen."

Der Vengador schaute skeptisch drein – doch er schwieg.

„Mon dieu, Kieran! Ich mag ja kein Dunkelelf mit einer jahrtausendealten Tradition sein – und ich wurde geschaffen und nicht geboren. Aber denken kann ich auch, und glaube mir, ich habe in den letzten Jahrhunderten viel Zeit damit verbracht!"

Bei dem Wort „Dunkelelf" zuckte Kieran innerlich zusammen. Wie alle geborenen Vampire hörte auch er es nicht gerne, wenn jemand auf seine Verwandtschaft mit den Lichtelfen oder Feen anspielte. Zu tief war das Misstrauen, das seit Jahrtausenden zwischen den beiden Völkern herrschte.

„Du kannst nur gewinnen, wenn du mir die Wahrheit sagst." Er trat einen Schritt auf sie zu, und eisige Schauer jagten über ihren Rücken, als sie in sein ernstes Gesicht schaute. Beinahe wäre der Beutel ihren zittrigen Händen entglitten. Behutsam legte sie die leere Plastikverpackung auf den Tisch.

„Tesfaya, ich muss wissen, wer der Drahtzieher des Komplotts ist!"

Sie vergrub das Gesicht in ihren Händen und schwieg. Geduldig schaute Kieran auf ihre schmalen ebenholzfarbenen Finger und wartete. Früher oder später hatte ihm noch jeder erzählt, was er wissen wollte. Es bestand kein Grund, Gewalt anzuwenden. Das war seiner nicht würdig und schuf zudem unnötigerweise Feinde. Er hätte Tesfaya anschließend nicht weiterleben lassen dürfen. Doch Kieran tötete nur, wenn er keine andere Möglichkeit mehr sah.

Schließlich blickte sie tatsächlich auf und sagte: „Anvea."

Kieran seufzte.

Anvea war eine blutgierige Kriegsfee, die es offenbar manchmal leid war, mit ihren Kollegen irgendwo in der Zwischenwelt zu sitzen und darauf zu warten, dass sich die Sterblichen ihrer erinnerten. Wann immer sie sich langweilte, kehrte sie zurück. Das mochte auch an ihrem Charakter liegen, denn sie galt als die Mutter des Streits und der Zwietracht.

„Und was führt sie diesmal im Schilde?“, knurrte er.

„Keine Ahnung. Du weißt so gut wie ich, dass sie keinen Grund braucht, um Unheil anzurichten.“

„Was weißt du?“

„Nicht viel. Sie scheint Senthil irgendetwas versprochen zu haben, wenn es ihm gelingt, die Auserwählte bis zum Venustransit gefangen zu halten und so den Pakt zu verhindern.“

Senthil – Kieran lief ein unangenehmer Schauer über den Rücken, und seine Finger zuckten. Am liebsten hätte er Tesfaya die leise und stockend vorgetragenen Worte aus dem Leib geschüttelt.

„Soll er die Auserwählte töten?“

„Davon war nie die Rede, aber ich bin sicher, dass er auch noch eigene Pläne hat. Senthil hat vor langer Zeit Aufzeichnungen über magische Riten, Elixiere und Beschwörungsformeln gefunden und übt sich seither in den dunklen Künsten. Ich habe keine Ahnung, was er plant!“

Kieran lächelte böse. „Macht. Jemand wie Senthil will nichts weiter als Macht und Einfluss!“

„Ich schwöre, wüsste ich es, ich würde es dir sagen!“

Um Nuriya zu retten, hätte Kieran alles getan. Deshalb verstieß er gegen seinen Ehrenkodex und drang in ihre Gedanken ein, folgte den verschlungenen Pfaden ihrer Erinnerungen, bis er sicher sein konnte, dass sie die Wahrheit sprach und nichts verschwiegen hatte. Was er sonst noch entdeckte, weckte sein Mitleid mit der Heimatlosen, und auch deshalb bot er ihr an, eines seiner unterirdischen Gästezimmer zu nutzen.

In letzter Zeit hatte sich sein Haus schon fast in ein Hotel verwandelt. Vermutlich würde seine Haushälterin demnächst eine Hilfskraft verlangen, wenn das so weiterging. Immerhin, sie musste selten für seine Gäste kochen, dachte Kieran belustigt, seiner teuflischen Laune zum Trotz.

„Hier bist du sicher, solange du dich an die Regeln hältst!"

Tesfaya hasste es, Befehle zu erhalten. Das hatte schließlich auch dazu geführt, dass sie begonnen hatte, die Ideen Senthils und seiner vampirischen Untergrundkämpfer zu hinterfragen. Dennoch widersprach sie Kieran nicht, wusste sie doch sehr genau, dass draußen Senthils Häscher längst auf sie lauerten. Und auch der Vengador hatte keinen Grund, sie am Leben zu lassen, nachdem sie ihm alles erzählt hatte, was er wissen wollte.

Müde erhob sie sich. „Danke, Kieran. Du bist ganz in Ordnung … für einen geborenen Vampir!", fügte sie schwach lächelnd hinzu.

Nuriya konnte nicht schlafen. Auch während ihrer Meditationsübungen waren die belauschten Worte nicht aus ihrem Kopf verschwunden. Sie durfte Kieran nicht länger ihre unerwünschte Gegenwart zumuten und musste so bald wie möglich auf eigenen Beinen stehen.

Die Jagd auf Sterbliche hatte keinen Reiz für sie, aber widerwillig gestand sich Nuriya ein, dass es notwendig war, ihre Technik zu verbessern. Nicht immer würde sie auf die wesentlich weniger ekligen Blutkonserven zurückgreifen können. Also beschloss sie, noch in dieser Nacht das Jagen zu üben. Wie eine geschickte Vampirin wollte sie in der Lage sein, ihr Opfer zu betören, eine kleine Menge Blut zu trinken, um anschließend – wenn überhaupt – nur die positive Erinnerung an eine erotische Begegnung zu hinterlassen. Wenn sie die Menschen schon beraubte, dann gab es doch keinen Grund, dies nicht so angenehm wie möglich zu gestalten.

Lautlos schlich sie sich aus dem Haus. Der Zauber, den Ninsun über sie ausgesprochen hatte, schien weiterzuwirken, denn ihre vampirischen Beschützer bemerkten ihr Verschwinden nicht.

Sie hielt sich im Dunkel verborgen, außerhalb der Reichweite von Straßenlaternen oder Leuchtreklame, während sie die Gassen auf der Suche nach einem geeigneten Opfer entlangschlenderte.

Doch es war gar nicht so einfach, jemanden zu finden. Die Passanten waren meist zu zweit oder in kleinen Gruppen unterwegs, als ahnten sie, dass heute eine besondere Gefahr auf sie lauerte. Einmal dachte Nuriya bereits ihr Opfer gefunden zu haben, da bog im letzten Augenblick noch ein Mann in den Park ein, der seinem Hund einen nächtlichen Ausflug gönnte.

Entmutigt zog sie sich zurück und war schon kurz davor, ihr Vorhaben aufzugeben, da nahm sie ganz in der Nähe eigenartige Geräusche wahr. Neugierig schlich sie näher, und mit Hilfe ihrer außerordentlichen Nachtsicht konnte sie aus ihrem Versteck hinter ein paar Müllcontainern einen atemberaubenden Kampf beobachten.

Eine geschmeidige dunkelhäutige Vampirin trat ganz allein gegen knapp ein halbes Dutzend schwarz gekleideter Männer an. Aus jeder Pore dieser Kämpfer schien Magie wie glitzernder Staub zu strömen, die die Szene in ein unwirkliches Licht hüllte.

Plötzlich verspürte Nuriya wieder diesen lächerlichen Niesreiz. Angestrengt hielt sie sich die Nase zu, um sich nicht durch ein unbedachtes Geräusch zu verraten. Seit einiger Zeit hatte sie den Verdacht, dass Kieran diese merkwürdige Reaktion bei ihr auslöste. Aber offenbar war es eher vampirische Magie an sich, gegen die sie eine Allergie entwickelt hatte. *Na großartig! Nuriya, die Niesende. Meine Gegner werden sich totlachen, bevor ich sie durch meine finstere Magie vernichten kann,* dachte sie entnervt und wandte ihre Aufmerksamkeit wieder den Kämpfenden zu.

Es sah nicht so aus, als hätte die Amazone den geringsten Zweifel daran, diese Auseinandersetzung für sich entscheiden zu können. Nuriya bewunderte ihren Kampfstil und nahm sich vor, selbst so schnell wie möglich wieder zu trainieren.

Und dann erschienen wie aus dem Nichts neue Angreifer. Aufgeregt hielt sie den Atem an, als sich ein weiterer Mann aus dem Schatten löste. Ebenfalls schwarz gekleidet, unterschied er sich jedoch schon durch seine Haltung von allen anderen. Es war, als trüge er das Wort Arroganz auf die Stirn tätowiert. Nuriya erkannte ihn sofort: Es war Kieran.

So hatte sie ihn noch niemals erlebt.

Kieran war kein kleiner Mann. Und dennoch kämpfte er leichtfüßig und geschmeidig, als folgte er, einem Tänzer gleich, einer geheimen Choreografie. Dabei waren seine Bewegungen sparsam und kraftvoll, der Körper gespannt wie eine Feder. Kein Wunder also, dass er die Gegner in wenigen Augenblicken überwältigte. Dann wandte er sich der Amazone zu. Obwohl Nuriya angestrengt lauschte, konnte sie nicht verstehen, was besprochen wurde. Das brauchte sie auch nicht, denn es war ja offensichtlich, dass sich die beiden gut kannten. Kierans tiefe Stimme wehte herüber und sandte heiße Schauer der Sehnsucht über ihre Haut. Doch sein Lachen galt nicht ihr, sondern der wilden Fremden dort drüben, die gerade vertraulich ihre Hand auf seinen Arm legte. Lautlos floh Nuriya in die Nacht.

In einem ruhigeren Viertel der Stadt angekommen, lehnte sie sich gegen eine raue Mauer und genoss die Kälte der Ziegelsteine in ihrem Rücken. Das war es also, was Kieran tat, wenn er nicht bei ihr war. Langbeinige Schönheiten retten, die durchaus in der Lage zu sein schienen, sich selbst zu helfen.

Sie dagegen bedeutete nur eine Last für ihn. Was war sie denn schon anderes als eine kleine, pummelige Fee, der er aus Mitleid das Leben gerettet hatte und die für immer zwischen ihm und seinem Glück stehen würde? Nicht einmal allein auf die Jagd gehen konnte sie!

Und jetzt auch noch mit verheulten Augen! Nervös suchte Nuriya nach einem Taschentuch, als sie einen Herzschlag ganz in der Nähe wahrnahm. Erschrocken verharrte sie einen Augenblick und lauschte.

Deutlich waren die Schritte eines nächtlichen Heimkehrers zu hören.

Sie schlüpfte rasch durch das eiserne Tor zu ihrer Linken und sah am Ende der Straße einen jungen Mann um die Ecke biegen, der direkt auf sie zuhielt. Das war ihre Chance.

Nuriya schlenderte ihm mit aufreizendem Hüftschwung entgegen. Als er nur noch wenige Meter von ihr entfernt war, blickte sie tief in seine Augen.

Der Mann war Ende zwanzig und sah eigentlich ganz nett aus. Sie fragte sich, ob sie wirklich von ihm trinken sollte, doch dann dachte sie, dass er sicherlich sauberer war als der Mörder, den Kieran zu ihrem ersten Opfer auserkoren hatte.

Nuriya kniff ärgerlich die Augen zusammen. *Es geht auch ohne Kieran!*

Inzwischen war der Mann fast nur noch eine Armeslänge entfernt, und sie verlangte: „Komm zu mir!"

Sofort blieb er stehen und blickte sie verwirrt an. Ihr Befehl war vielleicht ein wenig harsch gewesen. Sie bemühte sich um ein verführerisches Lächeln und lockte mit heiserer Stimme: „Komm!" Der Mann gehorchte.

Die Vampirin streckte ihre Hand nach ihm aus und strich mit kühlen Fingern über sein Gesicht. Die nachwachsenden Bartstoppeln kratzten auf ihrer zarten Haut und erinnerten sie an Kierans Zärtlichkeiten.

Dieser Gedanke erregte Nuriya, und der Duft des pulsierenden Blutes ließ sie alles um sich herum vergessen. Mit einem Fauchen war sie bei dem Mann, legte ihre Hand in seinen Nacken, um ihn zu sich herunterzuziehen.

Der Strudel der Blutlust riss sie mit sich fort, und Nuriya vergrub ihre Zähne tief in seinem Hals. Nur die warme Flüssigkeit auf ihrer Zunge und der heftige Atem des Mannes in ihren Armen zählten noch. Sie zog ihn näher zu sich heran, und er antwortete mit einem Stöhnen, bevor er mit einer Hand ihre Taille umfasste und mit der anderen sanft über ihr Haar strich. Eine gute Wahl. Er roch ein wenig nach Rauch und Wein. Seine männliche Ausstrahlung war intensiv und sehr verlockend, und nun gesellte sich auch noch der Duft sexueller Begierde hinzu. Dicht an ihn gepresst konnte sie seine Erregung deutlich spüren.

Doch sie hatte genug getrunken, der Puls verlangsamte sich bereits. Enttäuscht ließ sie von ihm ab, leckte noch einmal zärtlich über die kleinen Male, die ihre Zähne auf seinem Hals hinterlassen hatten, und strich dann fast bedauernd mit der Hand über sein Gesicht. Sanft streifte sie seine Gedanken, und nachdem sie sich vergewissert hatte, dass er sich bestimmt an nichts erinnern würde, entließ Nuriya den jungen Mann in die Nacht.

Wehmütig beobachtete sie, wie sich ihr Opfer mit unsicherem Schritt auf den Weg nach Hause in seine gewohnte friedliche Welt machte, als wäre nichts geschehen. Ihre Welt, so erkannte sie in diesem Augenblick, war das nicht mehr.

Doch immerhin, ihre heutige Jagd war gelungen, und sie schien für eine Zukunft ohne ihren mächtigen Beschützer bereit.

Als sie sich schließlich zum Gehen wandte, stand ein Fremder vor ihr und versperrte den Weg. Der Schreck machte sie ganz starr, und ihre Gedanken standen still. Nuriyas Blick folgte wie hypnotisiert der langen Knopfreihe eines Ledermantels hinauf –

und da schaute sie in das aufregendste Gesicht, das sie je erblickt hatte.

Kein Zweifel, Kieran war attraktiv, und sein Anblick verursachte jedes Mal Aufruhr unter den Schmetterlingen, die neuerdings in ihrem Bauch wohnten. Aber hier stand ein Engel.

Ein dunkler Engel der Finsternis allerdings. Die himmlischen Boten, die sie kannte, sahen völlig anders aus. Die waren pausbäckig, mit blauen Augen und rosigem Teint und natürlich unbedingt mit weißen fedrigen Flügeln ausgestattet.

Dieser Engel hatte jedoch nichts von alledem. Sein Haar glänzte wie Ebenholz, und die Haut wirkte kühl wie der feinste Marmor. Doch das edel geschnittene Gesicht schien von Narben entstellt zu sein. Erst bei genauerem Hinsehen entdeckte Nuriya das komplizierte Muster einer eigentümlich lebendig wirkenden Zeichnung, die sie umso mehr faszinierte, je länger sie darauf blickte. Nichts Herzliches ging von dem Mann vor ihr aus, und dennoch empfand sie keine Furcht.

„Du hast in der kurzen Zeit viel gelernt, Nuriya."

Irritiert blickte sie ihn an. „Woher kennst du meinen Namen?"

Anstatt ihr zu antworten, legte er seine Hand auf ihre Schulter und sagte: „Es wird Zeit, dass du dein Schicksal annimmst."

„Warum reden alle davon, dass ich eine Zukunft akzeptieren soll, von der ich überhaupt nichts weiß?" Ärgerlich befreite sich Nuriya aus seinem Griff und trat einen Schritt zurück.

„Wie, zum Teufel, sieht mein Schicksal denn aus?"

Da schien ein Beben durch seinen Körper zu gehen, und erstaunt entdeckte Nuriya nur einen Augenblick später, dass er lachte. Seine tiefe Stimme überrollte sie wie eine Flutwelle.

„Wie konnte ich das übersehen? Die Frauen deiner Generation wollen nicht mehr gehorchen, sie wollen überzeugt werden. Also gut, wenn du mit mir kommst, werde ich dir erklären, was die Schicksalsgöttinnen für dich geplant haben."

Nuriya hatte keine Lust, etwas über die verrückten Ideen irgendwelcher Göttinnen zu erfahren. „Frauen wollten zu keiner Zeit blind gehorchen“, murmelte sie. Sie glaubte nicht an das Schicksal, sondern nur an die Macht des eigenen Willens. Allerdings hatte sie in den vergangenen Jahren wenig davon gezeigt, und vermutlich geschah es ihr recht, wenn jetzt andere versuchten, über ihr Leben zu bestimmen: erst Kieran, dann dieser Widerling Senthil und nun der hier!

Doch so leicht würde sie es ihnen nicht machen. Meine Transformation, das war nicht nur einfach eine Nahrungsumstellung, überlegte sie, sondern ihre gesamte Persönlichkeit war davon betroffen. Ihr wurde mit einem Mal klar, dass sie sich in den letzten Tagen bereits sehr verändert hatte.

Sie fühlte sich selbstbewusster und fand die Erinnerung an die bewundernden Blicke der Männer im Club sehr angenehm. Ihr heutiges Opfer hatte die Begegnung mit ihr ganz offensichtlich genossen und sie begehrenswert gefunden. Und wenn dabei ein wenig Magie im Spiel gewesen sein sollte, na und? Es war schließlich ihre Magie – und die umschmeichelte ihren Körper wie unzählige Flammen, stets dazu bereit, einen Brand zu entfachen.

Nuriya lächelte und reichte dem Fremden ihre Hand. Engel oder nicht, sie würde auf der Hut sein. „Für den Augenblick vertraue ich dir!“

„Ich bin kein Engel!“ Offenbar hatte er ihre Gedanken gelesen.

Nuriya verzog ihr Gesicht: „Wer bist du?“

Sin.

„Sin … wie Sünde?“ Sie fand, dass dieser Name sehr gut zu ihm passte.

„Ich kenne dich schon seit deiner Geburt in diese Welt, kleine Fee! Ninsun kann dir das bestätigen.“

Er kannte ihren Schutzgeist?

Ninsun?

Sin hat mich gebeten, ein Auge auf dich zu haben. Eine in letzter Zeit nicht immer ganz einfache Aufgabe, wenn ich mir die Bemerkung erlauben darf. Ninsun klang dabei erfreut, als gefiele ihr der neue Weg, den Nuriya beschritten hatte.

Es tut mir leid …

Das muss es aber nicht, Liebes. Ich war immer gern bei dir!

Heißt das, du verlässt mich nun?, fragte Nuriya ängstlich.

Nur, wenn du das möchtest.

Niemals!

Sin legte eine Hand auf Nuriyas Schulter. „Es tut mir leid, eure nette Plauderei unterbrechen zu müssen. Ich muss jetzt leider fort – wir werden unser Gespräch ein andermal fortsetzen."

„Das ist doch nur eine Ausrede, um mir nicht die Wahrheit sagen zu müssen", murrte Nuriya.

Sin lachte bitter. „Ich wünschte, es wäre so einfach! Ich bringe dich jetzt nach Hause. Versprich mir, dass du dich nicht wieder allein davonschleichen wirst! Du hast mächtige Feinde, und von deiner Zukunft hängt mehr ab als nur dein eigenes Wohl!"

Während dieser Worte beschrieb er mit seiner Hand einen Kreis, und Nuriya fand sich in ihrem Haus wieder.

Ich komme zurück!, hallte seine Stimme in ihrem Kopf, und sie wusste nicht, ob dies ein Versprechen oder eine Drohung sein sollte. *Bis dahin folge Kierans Anweisungen!*

Nuriya schwieg widerspenstig. Sie wollte mit dem Vengador nicht mehr zu tun haben als er mit ihr. Wie es aussah.

Versprich es!

„Ja, verdammt, ich verspreche es!", rief sie schließlich ärgerlich und blickte dabei direkt in das erschrockene Gesicht ihrer Schwester.

Gut. Wenn die Zeit naht, wirst du wissen, was zu tun ist!

„Himmel, Nuriya! Wo hast du nur gesteckt? Wir haben dich überall gesucht."

Angelina trat einen Schritt näher und sog ihren Duft ein.

„Sie hat gejagt!" Die Stimme der Vampirin klang vorwurfsvoll. „Wie sollen wir dich beschützen, wenn du ständig eigene Wege gehst?"

Nuriya rollte mit den Augen. „Meine Mutter hätte nicht gluckenhafter sein können als eine ganze Bande von Vampiren! Ich bin ganz gut allein zurechtgekommen. Aber macht euch keine Sorgen, ich werde jetzt brav und folgsam sein. Ich habe es Sin versprochen!"

Donates verharrte mitten in der Bewegung. „*Wem* hast du das versprochen?"

Neugierig schaute sie in die verblüfften Gesichter um sich herum. Nuriya konnte sehen, dass ihre Schwester keine Ahnung hatte, von wem hier die Rede war. Die Vampire dagegen wirkten geradezu überwältigt von ihrer Mitteilung.

„Was ist geschehen?" Donates stand nun sehr dicht vor ihr, und Nuriya bekam eine Ahnung von der Macht und Magie, über die dieser Vampir verfügte. Furcht kroch ihre Wirbelsäule hinab und schien ihre Beine, die eigentlich schon zur Flucht bereit waren, zu lähmen. Bisher hatten sein jungenhaftes Grinsen und die Zärtlichkeit im Umgang mit Angelina sie glauben lassen, er wäre ein umgänglicher, im Vergleich zu Kieran harmloser Typ. Nun fixierten sie stahlblaue Augen, bis sie am ganzen Körper unkontrolliert zu zittern begann und jeder Gedanke in ihrem Kopf zu eisigem Schmerz erstarrte.

„Donates, hör sofort damit auf!" Die sonst immer freundliche Stimme Angelinas klang nun schneidend – und dann hob sie ihre Hand, als wollte sie dem wütenden Vampir mit dieser Geste Einhalt gebieten.

Zu Nuriyas Erleichterung gelang ihr das nach bangen Sekunden des Hoffens auch. Befreit von seinem Blick sackte sie kraftlos zusammen und begann leise zu weinen.

Donates fuhr mit der Hand durch sein langes Haar. „Sie muss endlich begreifen, dass dies kein Spiel ist!"

Jetzt mischte sich Selena ein, die das Schauspiel vor ihren Augen bisher sprachlos verfolgt hatte. „Wie sollen wir denn verstehen, was vor sich geht, wenn uns niemand die Wahrheit erzählt?", fragte sie empört.

Liebevoll half sie der Schwester auf und führte sie zu einem Sessel. Selena hockte sich auf die Lehne und strich Nuriya beruhigend über den Rücken.

Die anderen setzten sich ebenfalls. Nur Erik blieb dicht bei Selena stehen. Seine geliebte Fee erfüllte ihn mit großem Stolz. Sie war sich nicht bewusst, wie viel Mut es brauchte, um auf diese Weise mit einem mächtigen Vampir zu reden. Sie hatte die Courage einer souveränen Tochter aus dem Reich des Lichts und lernte von Tag zu Tag mehr, ihren Instinkten zu trauen.

Donates räusperte sich und war deutlich um einen versöhnlichen Ton bemüht, als er fragte: „Du bist also Sin begegnet?"

Nuriya nickte, nestelte nach einem Taschentuch und trocknete ihre Augen. Blutrote Flecken tränkten den Stoff. Sie konnte lange den Blick nicht davon wenden. Dann riss sie sich zusammen und erzählte stockend, wie sie sich unbemerkt aus dem Haus geschlichen hatte, um sich und allen anderen zu beweisen, dass sie auch ohne Kieran sehr gut zurechtkam. Dass sie ihm beinahe begegnet war, verschwieg sie jedoch. Leise berichtete die junge Vampirin von ihrer ersten eigenen Jagd. Erst als sie geendet hatte, blickte sie auf und glaubte einen Moment lang eine Spur von Anerkennung in Donates' Augen schimmern zu sehen.

„Und weiter?", fragte er mit unbeteiligt klingender Stimme.

Er ist keinen Deut besser als Kieran!, dachte Nuriya unglücklich und drehte das Taschentuch in ihren Händen, wie es sonst nur Selena tat. Folgsam berichtete sie, wie Sin aufgetaucht war und ihr mitgeteilt hatte, sie bereits seit ihrer Geburt zu kennen. Ninsun erwähnte Nuriya gar nicht, es wäre ihr wie Verrat an einer alten Freundin vorgekommen. Als Lohn spürte sie einen warmen, schmeichelnden Hauch auf ihren Wangen und merkte, wie sich ihre Muskeln allmählich entspannten.

„Er wollte mir erklären, was mit mir geschieht, doch dann schien er es sich anders überlegt zu haben, und plötzlich stand ich hier zwischen euch“, schloss sie ihre Geschichte.

Donates wählte seine Worte sorgfältig. „Du musst wissen: Kaum jemand von uns ist Sin jemals begegnet. Einige halten seine Existenz lediglich für eine Legende, andere glauben, er sei ein Dämon. Eines ist aber sicher. Was immer du ihm versprochen hast, du tust gut daran, dieses Versprechen zu halten!“

Nuriya sah Donates mit weit aufgerissenen Augen an.

„Man kann es aber auch positiv sehen“, warf Angelina ein. „Wenn sie unter seinem persönlichen Schutz steht, wird es verdammt schwierig sein, ihr etwas anzutun.“

„Oder sie hat diesen Schutz bitter nötig!“, gab Erik zu bedenken.

„Also gut“, grollte Donates, „eigentlich sollte Kieran diese Aufgabe übernehmen, aber ich werde dir erzählen, was ich weiß. Das ist bei Weitem nicht alles, denn wir …“, er zeigte auf Angelina, „wir sind nur zufällig in diese Sache hineingeraten.“

Nachdem er ihr von der Geschichte des Friedensvertrages zwischen dem Feenreich und den Vampiren erzählt hatte, schwieg Nuriya eine ganze Weile.

„Das ist doch noch nicht alles“, sagte sie schließlich. „Ich will jetzt nicht davon sprechen, wie archaisch ich die Idee finde, dass da einfach jemand ausgewählt wird, der auf Gedeih und Verderb mit einem vermeintlichen Seelenpartner ein Ritual durchführen muss, das die beiden für immer – und ich rede hier von ‚immer', im Sinn von ‚Ewigkeit' – aneinander bindet. Ganz zu schweigen von der absurden Vorstellung, dass ich diese unglückliche ‚Auserwählte' sein soll! – Aber wer ist mein ‚Seelenpartner'?"

Verlegenes Schweigen.

„Was? Ihr wisst es doch!"

„Wir glauben, Kieran ist dein Seelenpartner."

Nuriya lachte schrill. „Kieran …? Ist euch eigentlich klar, dass er mich hasst? War da nicht gerade die Rede von ‚unwiderstehlicher Anziehungskraft' und ‚Liebe auf den ersten Blick'? Dass ich nicht lache! Ich weiß, dass es Kieran war, der mich nach dem Überfall gerettet hat. Doch er war von Anfang an nicht glücklich mit dieser Entscheidung."

Das Taschentuch in ihrer Hand hatte sie inzwischen erwürgt. Wider willen musste Nuriya bei dem Anblick lachen, aber es klang bitter, als sie sagte: „Warum hat er mich nicht einfach sterben lassen? Da draußen gibt es Tausende, die liebend gerne diesen Hokuspokus mitmachen würden, wenn der Preis so ein appetitlicher Happen wie Kieran ist. Zu mir verspürt er absolut keine Zuneigung – und ich …", sie schluchzte auf, „ich hasse ihn!"

Keiner widersprach. Wie hätten sie ihr auch erklären können, was in Kieran vorging; er schien es ja selbst nicht zu wissen.

Und mit diesem Schweigen wurde Nuriyas Befürchtung zur Gewissheit: Der Mann, mit dem sie, ging es nach ihren Freunden, den Rest der Ewigkeit verbringen würde: Er verabscheute sie.

„Leute, ich habe schlechte Neuigkeiten!" Nik materialisierte sich im Raum. „Ich habe mich mal umgehört und dabei den Vampir ausfindig gemacht, der beim Überfall auf euch Feenkinder dabei war. Er ist eigentlich ein ganz einsichtiger Typ."

Erfreut erinnerte er sich, wie leicht es gewesen war, Paul zu überzeugen, ihm alles zu erzählen, nachdem Nik Angelinas Vergessenszauber neutralisiert hatte. Es gab auch keinen Grund, den armen Tropf zu bestrafen, er war ja nicht einmal direkt am Überfall beteiligt gewesen. Schließlich hatte er zugegeben, dankbar für seine peinliche Feigheit gewesen zu sein, als er später aus der Ferne beobachtete, wie die drei Vampire seine Kameraden wie lästige Insekten im Handumdrehen töteten und anschließend zu Asche verbrannten. Er habe nicht schon wieder sterben wollen, hatte er beteuert.

„Er glaubt, dass es ein mächtiger Vampir gewesen ist, der den Entführungsauftrag erteilt hat. Dessen Gehilfe schickte nur eine relativ harmlose Straßenbande los, weil sein Boss euch für normale Sterbliche hielt, als er in der Spanner-Bar des ‚Hellfire'-Clubs auf Nuriya aufmerksam wurde. Er wundert sich vermutlich immer noch, wo die Typen geblieben sind. Aus diesem Paul dürfte er nicht viel herausbekommen haben. In dessen Kopf sah es reichlich wirr aus."

Grinsend schaute Nik die Schwestern an. „Was haben zwei so liebliche Geschöpfe eigentlich in dieser Bar zu suchen?" Er schien die angespannte Stimmung im Raum nicht zu bemerken, erwartete aber offenbar auch keine Antwort und fuhr fort: „Der Auftraggeber weiß jetzt, wer du bist. Kierans Ritterlichkeit hat sich bereits herumgesprochen. Außerdem scheint der Sicherheitschef des ‚Hellfire' gemeinsame Sache mit dem Kerl gemacht zu haben. Órla hat herausgefunden, dass er die Gespräche in ihrem Büro belauscht und weitergetragen hat. Das", fügte er zufrieden hinzu, „wird der Gute allerdings nie wieder tun. Leider war er jedoch nicht zu bewegen, seinen Boss zu verraten. Das spricht irgendwie für ihn, finde ich. Es gibt aber kaum Zweifel, dass Senthil hinter allem steckt. Er wurde an jenem Abend dort gesehen, zur gleichen Zeit wie ihr zwei.

Was den Überfall auf die Mädchen betrifft, so scheidet Órla nun wohl als Verdächtige aus. Sie kann allerdings ganz schön gemein werden. Kein hübscher Anblick, so eine blaue Zunge in einem abgehackten Kopf, kann ich euch versichern!"

Von Nuriya kam ein würgendes Geräusch. Sie hielt sich die Hand vor den Mund und floh aus dem Raum, ihre Schwester folgte ihr eilig.

„Das war eine Glanzleistung!", knurrte Donates und sah dabei aus, als wünsche er sich für Nik ein ähnliches Schicksal.

„Wieso, was ist hier eigentlich los?"

„Wir haben gerade versucht, dem Feenkind die Furcht vor ihrer Zukunft zu nehmen. Dabei hat sich herausgestellt, dass sie von Kierans Rolle während ihrer Transformation wusste und überzeugt ist, er hasse sie dafür, seine Freiheit an sie verloren zu haben", sagte Donates enttäuscht.

„Oh!" Nik erinnerte sich mit Unbehagen an das Gespräch, das er mit Erik in diesen Räumen geführt hatte. Sollte Nuriya sie belauscht haben? Er blickte zu dem Werwolf hinüber. Der hob nur eine Augenbraue und schwieg.

„Habt ihr mir etwas zu sagen?", fragte Donates scharf.

Erik kratzte sich hinter dem Ohr. Er murmelte, er wolle nach den Mädchen sehen, und verschwand.

Nik fuhr hastig fort: „Ich habe noch nicht alles erzählt. Órla lässt ausrichten, dass sie Nuriya morgen Abend im Club erwartet, um sie offiziell als Auserwählte zu präsentieren. Es ist nur noch knapp eine Woche bis zur Nacht des Venustransits; bis dahin muss die Verbindung geschlossen sein. – Wie genau läuft dieses Ritual eigentlich ab?", fragte er neugierig.

„Der Pakt mit dem Reich des Lichts ist erst nach dreimaligem Austausch von Blut zwischen der Auserwählten und ihrem Partner erneut geschlossen. Das Feenkind muss beim dritten Mal ihren Seelenpartner zuerst beißen. Das gilt als Beweis, dass sie sich freiwillig an ihn bindet."

„Das ist alles?"

Donates blickte unbehaglich drein. „Nicht ganz. Mit dem dritten Austausch …", er räusperte sich, „gehen normalerweise sexuelle Aktivitäten einher, die nicht ganz so privat stattfinden, wie die meisten sich das vermutlich wünschten."

„Ach du heilige …! Vor allen Leuten?" Nik klang bestürzt. „Wie peinlich!"

„Nein, nicht vor allen Leuten – aber du kannst sicher sein, dass sich bei dieser Zeremonie die wichtigsten Vertreter der Feen und der Vampire irgendwo im Schatten herumdrücken, damit ihnen auch nichts entgeht."

„Das habe ich nicht gewusst", sagte Angelina entsetzt und rückte nach Schutz suchend näher an Donates heran. „Haben die etwa auch bei uns zugesehen?"

Donates grinste frech. „Und ich hätte schwören können, dass dir diese Vorstellung gefällt." Geschickt wich er Angelinas Ellbogen aus und warf ihr eine Kusshand zu. Sie lachte.

Nik rollte mit den Augen. Manchmal ging ihm die Turtelei seiner Blutsgeschwister wirklich auf die Nerven. „Gibt es denn keinen Liebeszauber oder so etwas?", fragte er.

„Denk nicht mal daran. Wenn die Sache nicht freiwillig ist, bedeutet das Krieg! Schon einmal haben die Verwandten eines Feenkindes einen Vengador engagiert, um die Ehre ihrer Tochter wiederherzustellen."

„Wenn Nuriya das hört, wird nie etwas aus dieser Verbindung", unkte Nik düster. Donates ging drohend auf ihn zu: „Da gebe ich dir ausnahmsweise einmal recht, aber ich warne dich! Sollte sie es von dir erfahren, wirst du bereuen, jemals eine Zunge besessen zu haben!"

Nik schluckte. Donates' Drohung war ernst gemeint, und

dieses Mal kam ihm Angelina auch nicht zu Hilfe. Er nickte nur und fragte nach einer Pause vorsichtig: „Meint ihr nicht auch, dass Kieran dabei sein sollte, wenn wir in den Club gehen?"

„Ich werde dafür sorgen, dass er sich nicht aus der Verantwortung stiehlt!", grollte Donates, dann verschwand er gemeinsam mit Angelina in die Nacht.

„Das heißt wohl, dass ich den Wachhund spielen darf", murmelte Nik. Tatsächlich war er froh, so glimpflich davongekommen zu sein. Es hätte ihm niemals passieren dürfen, dass er von einer so jungen Vampirin unbemerkt belauscht wurde. Aber Nuriyas Kräfte einzuschätzen war nicht eben leicht. Schließlich schien sie selbst nicht viel darüber zu wissen.

9

Missbilligend beobachtete Kieran, wie die Stiefel des Besuchers deutliche Spuren im Flor seines Teppichs hinterließen. „Um Himmels willen, Sin, bleib endlich stehen! Das ist ein achthundert Jahre alter Isfahan!"

„Hat dir schon mal jemand gesagt, dass dieses Modell noch nie fliegen konnte? Warum kaufst du dir nichts Neues?"

Kieran rollte nur mit den Augen, und das Grinsen verschwand aus Sins Gesicht: „Bist du sicher, dass Senthil und Anvea gemeinsame Sache machen?"

„Ich habe keinen Grund, an Tesfayas Worten zu zweifeln."

Sin legte seinen Kopf schräg und lauschte in die Nacht hinein. „Wir bekommen Besuch!"

Kieran widersprach: „Kaum möglich, es sei denn ... – Donates! Was führt dich zu mir?"

Der blonde Vampir tauchte aus dem Nichts auf und schüttelte sich kurz wie eine Katze, die versehentlich in etwas Ekliges hineingetreten war.

„Kieran, nennst du das eine Einladung? Dein Schutzzauber fühlt sich an, als müsse man durch kochendes Blei waten, um in deinem Haus anschließend mit Eiswasser übergossen zu werden."

Grollendes Lachen erklang, und eine dunkle Stimme sagte: „Dieser Vengador ist nicht unbedingt durch seine Gastfreundschaft bekannt geworden!"

Donates fuhr herum und bemerkte erst jetzt den zweiten Mann, der nun auf ihn zuschlenderte. Die schwarzen Haare reichten dem Unbekannten gut eine Handbreit über den Kragen seines Mantels. Um den Hals trug er ein großes sichelförmiges Amulett an einem Lederband, und das gleiche Motiv entdeckte Donates auch als Ohrring. Man hätte ihn auf den ersten Blick leicht für einen typischen Gast des „Hellfire" halten können. Was ihn jedoch deutlich von diesen Sterblichen unterschied, war, neben der Magie, die ihn jetzt, da er ihr freien Lauf ließ, gefährlich umzüngelte, vor allem seine Tätowierung. Sie überzog die linke Gesichtshälfte des Fremden vom Kiefer bis zum Scheitel mit feinen Linien und schien auf unheimliche Weise wie ein Lebewesen ständig in Bewegung zu sein. Erst auf den zweiten Blick entdeckte Donates das silberne Licht in den interessiert auf ihn gerichteten Augen.

Der Fremde sah aus, als wäre er einem Hollywoodfilm entstiegen, doch ihn umwehte eine Aura, wie sie Donates noch nie zuvor gespürt hatte. Er erkannte sofort: Dies war die Magie einer uralten Macht.

„Du musst Donates sein. Ich bin schon lange niemandem mehr aus deiner Familie begegnet", stellte er fest. „Wie geht es Sylvain?"

Donates verspürte wenig Lust, das Befinden seines Familienoberhauptes zu diskutieren, und schwieg. Der Mann streckte dessen ungeachtet seine Hand zur Begrüßung aus, und Kieran räusperte sich, als er Donates' begreifliches Zögern bemerkte.

„Das ist Sin", stellte er den Fremden vor – und in seiner Stimme klang die deutliche Warnung mit, die angebotene Freundlichkeit seines dunklen Gastes nicht leichtfertig auszuschlagen.

Donates wusste, dass er dem geheimnisvollen Beschützer aller Vengadore gegenüberstand, und schüttelte nun, auf alles vorbereitet, dessen Hand. Umso erstaunter war er, nur einen festen, kühlen Händedruck zu spüren und nicht den erwarteten Überfall auf seine Gedanken und Gefühle.

In Sins Augen leuchtete Verständnis, als er sagte: „Es muss etwas Wichtiges sein, das dich hierherführt."

Donates warf einen fragenden Blick zu Kieran, und als dieser nickte, sagte er: „Es sieht so aus, als wüssten wir jetzt, wer hinter dem Überfall auf die beiden Feenkinder steckt."

„Wer denn?", fragte Kieran und starrte Donates ungeduldig an.

„Senthil. Offenbar sind sie sich im ‚Hellfire' begegnet." Donates zog es vor, die Details dieser Begegnung zu verschweigen, denn er konnte sich vorstellen, dass Kieran nicht gerade begeistert wäre, erführe er, dass seine Seelenpartnerin sich in Spanner-Bars herumtrieb. Vermutlich waren die Mädchen dort ohnehin nur zufällig oder aus reiner Neugier hineingeraten.

Bevor die beiden anderen Vampire etwas sagen konnten, fuhr er fort: „Er scheint nicht erkannt zu haben, wen er vor sich hatte."

„Das wäre auch nicht verwunderlich", bemerkte Sin, „sie können ihre Magie auf bemerkenswerte Weise maskieren."

Kieran warf ihm einen fragenden Blick zu. Was wusste Sin über die Schwestern? Doch er ließ die Sache für den Moment auf sich beruhen. Donates mutmaßte: „Senthil wollte vermutlich nur ein wenig Spaß haben, nachdem ihm die beiden eine deutliche Abfuhr erteilt hatten. Jeder weiß, dass er es hasst, von einer schönen Frau zurückgewiesen zu werden."

Kieran gab ein Knurren von sich, das nichts Menschliches an sich hatte, und der unglückliche Überbringer dieser schlechten Nachrichten ergänzte rasch: „Offenbar liegen den Überfällen der letzten Zeit zwei unterschiedliche Motive zugrunde."

Kierans Fingernägel bohrten sich fest in die Handflächen, und er schien nicht zu bemerken, dass bereits Blut auf den Boden tropfte.

Sin warf ihm einen besorgten Blick zu. „Mehrere Motive vielleicht, aber nur ein Verdächtiger: Senthil."

„Es tut mir leid, aber das ist noch nicht alles."

Dann erzählte Donates von Órlas Plänen, die Auserwählte am nächsten Abend in ihrem Club zu präsentieren. Kieran wurde aschfahl und sank in den Sessel, der neben ihm stand.

Sin räusperte sich: „Kieran, du solltest sie morgen nicht allein lassen."

„Nuriya legt keinen Wert auf meine Gegenwart. Das hat sie mir deutlich genug zu verstehen gegeben." Der Vampir lachte bitter. „Ich habe versagt. Es ist mir bisher nicht gelungen, ihr Vertrauen zu erlangen, und sie wird mich nie als Partner für die Zeremonie akzeptieren. Wir sind nicht füreinander bestimmt!"

Sin war erschrocken, wie heftig sein Schützling reagierte. Quälten ihn etwa immer noch die unsinnigen Schuldgefühle, weil er sich für den Tod seiner ersten Frau verantwortlich fühlte? Vorsichtig fragte er: „Warum geht sie dir aus dem Weg?"

„Ich denke, das liegt doch auf der Hand", entgegnete Kieran, „ich habe das Jahrhundert-Feenkind für immer an mich gebunden, ihr so die Chance geraubt, ihren wahren Seelenpartner zu finden. Dafür hasst sie mich."

Überrascht starrte ihn Donates an. Er hatte Kierans bisheriges Verhalten für eine, wenn auch fragwürdige Strategie gehalten, Nuriya vor der Aufmerksamkeit anderer Vampire zu verbergen und ihr die Gelegenheit zu geben, sich mit ihrem neuen Leben vertraut zu machen.

Der geheimnisvolle Krieger und geduldige Lehrer war ihm nach den Ereignissen der letzten Tage zum Freund geworden – aber manchmal konnte Donates dessen Gedanken einfach nicht begreifen. Schon wollte er erklären, was Nuriya wirklich für Kieran empfand, da warnte Sin: *Sag ihm nichts! Er muss es selbst fühlen. Sollten die beiden nicht aus ehrlicher innerer Überzeugung zueinanderfinden, wird der Pakt nicht halten.*

Du glaubst also auch, dass sie Seelenpartner sind?

Ich weiß es!

Sins Lachen klang noch in Donates' Kopf nach, als er längst wieder im Haus der Feenkinder angekommen war.

Senthil erhob sich und ging um seinen Schreibtisch aus antikem Mahagoniholz herum.

„Das hat lange gedauert. Habt ihr sie?"

Der Vampir vor ihm sank auf ein Knie, neigte ehrerbietig den Kopf und blickte dann zu seinem Auftraggeber auf. „General, es tut mir leid. Tesfaya ist entkommen!"

Mit einer ungeduldigen Handbewegung bedeutete ihm Senthil, sich zu erheben. „Wie konnte das passieren?"

„Sie war nicht allein – der Vengador …"

„Verluste?"

„Zehn unserer besten Soldaten, General."

„Zehn …", wiederholte sein Auftraggeber leise, als spräche er zu sich selbst, und wandte das Gesicht wie im Schmerz ab. Der Offizier wagte es, erleichtert aufzuatmen, da packte ihn Senthil plötzlich am Hals und hob ihn in die Höhe, bis seine Füße den Boden nicht mehr berührten.

„Eine Amazone und ein einziger Vengador – und ihr könnt es nicht mit ihnen aufnehmen! Weißt du, was man in meinem Land seit Jahrhunderten mit Versagern wie dir macht?"

Der Offizier stöhnte auf, als die Schreie gefolterter Kreaturen seine Gedanken überfluteten. Schließlich flehte er um Erlösung.

Angewidert schleuderte ihn Senthil fort. Der Mann landete mit einem Aufschrei an der mit Holz getäfelten Wand, rutschte hinab und blieb benommen liegen. „Du hast Glück! Das Schicksal spielt uns in die Hände, deshalb gebe ich dir noch eine letzte Chance, deinen Fehler wiedergutzumachen." Er gab eindeutige Instruktionen und entließ seinen Offizier mit der Warnung, diesmal nicht zu versagen.

Für Nuriya hatte sich Senthil anfangs nur aus erotischen Gründen interessiert. Ein guter Schluck frischen Blutes und etwas Spaß im Bett waren alles, was er in ihr gesehen hatte. Das Mädchen war hübsch genug, ihm zu gefallen – und ihr voyeuristisches Interesse an dem blutigen S/M-Spielchen in den Katakomben des „Hellfire“ war vielversprechend gewesen. Deutlich hatte Senthil ihre Erregung riechen können. Niemals wäre er auf die Idee gekommen, dass sie mehr als nur eine ganz gewöhnliche Sterbliche war.

Ein Bote hatte die Neuigkeiten gerade erst überbracht.

Den Sicherheitschef des Clubs rasch von der vampirischen Unabhängigkeitsidee zu überzeugen war relativ einfach gewesen. Seine Arbeitgeberin auszuspionieren hatte dem Security-Typen zunächst jedoch sehr widerstrebt. Aber wie jeder hatte auch er seinen Preis gehabt, dachte Senthil. Und in diesem Fall war es nicht Macht, sondern der Schutz für seine junge Geliebte gewesen, die der Mann gewollt hatte. Er hatte das Mädchen gegen Órlas ausdrücklichen Befehl transformiert und später dann die Konsequenzen gefürchtet.

Zu schade, dass sein Verrat so schnell aufgeflogen war. Órla kochte gewiss vor Wut, und vielleicht ahnte sie auch, wer hinter der Sache steckte. Offenbar hatte sein Spion tatsächlich nicht geplaudert, denn sonst wäre sie Senthil gewiss schon längst auf den Fersen. Dennoch tat er gut daran, ihr eine Weile aus dem Weg zu gehen. Senthil beschloss großzügig, der Freundin des Sicherheitschefs einen Job bei den Sicariern anzubieten. Dankbarkeit schuf die loyalsten Gefolgsleute – und willige Bettgefährtinnen.

Die Schicksalsgöttinnen meinten es gut mit ihm. Er lächelte zufrieden. Die kleine Rothaarige, deren Ehre Kieran im „Hellfire“ so ritterlich verteidigt hatte, war nicht nur ein Feenkind, sie war die Auserwählte! Das erklärte auch, warum sie den idiotischen Sterblichen entkommen war, die sie für ihn fangen sollten.

Warum der selbstgefällige Keltenkrieger das Mädchen weiter bei ihrer Schwester wohnen ließ, konnte er allerdings nicht begreifen. Vermutlich nahm Kieran an, sein Name reiche bereits aus, ihre Sicherheit zu garantieren.

„Oh ja! Das Schicksal spielt mir wahrlich in die Hände, alles fügt sich perfekt ineinander!“, flüsterte Senthil. Er war entschlossen, seine Chance zu nutzen.

Sehr zufrieden mit sich, beschloss er gerade, sich gleich mit einer appetitlichen Sterblichen, die bereits ohnmächtig in seinen Gemächern auf ihn wartete, etwas aufzumuntern, als ein höchst unwillkommener Besuch erschien.

„Mir scheint, du kommst nicht recht voran. Wir haben nur noch wenige Tage!“ Drohend schritt Anvea auf ihn zu.

Senthil konnte sich nicht erinnern, wann er die mächtige Fee das letzte Mal außerhalb ihres Palastes gesehen hatte. Für gewöhnlich schickte sie eines ihrer widerwärtigen Kinder, die ihren abstoßenden Namen wie „Lüge“, „Plage“ oder „Zwist“ alle Ehre machten.

Doch keines von ihnen war in der Lage, in Sekundenschnelle eine dermaßen beklemmende Atmosphäre zu schaffen, wie es ihre Mutter fertigbrachte. Entgegen aller gängigen Vorstellungen war sie keineswegs hässlich. Ein scharf geschnittenes, griechisches Profil mochte vielleicht aus der Mode gekommen sein, aber mit ihren üppigen Kurven und dem hüftlangen schwarzen Haar, das an ihre Mutter, eine Göttin der Nacht, erinnerte, entsprach sie durchaus Senthils Vorstellungen von einem begehrenswerten Weib. Die antiken Chronisten hatten sie als abstoßend beschrieben, erinnerte er sich. Das mochte daran liegen, dass sie andere sexuelle Vorlieben gepflegt hatten. Senthils Mund verzog sich zu einem lüsternen Grinsen. Auch er hatte hin und wieder Vergnügen an Knaben. Und er stimmte gerne zu, dass Frauen dem Manne untertan zu sein hatten. Allerdings reduzierte sich sein Verständnis der weiblichen Rolle nicht ausschließlich auf Küche und Kinderaufzucht.

Eine Spur der Erregung, die dieser Gedanke in ihm entfachte, musste Anvea in seinem Gesicht gelesen haben, denn sie gab einen zischenden Laut von sich, der selbst den ruchlosen Vampir zurückweichen ließ.

„Anvea", begann er um einen unterwürfigen Ton bemüht, „das Schicksal ist auf unserer Seite. Die Auserwählte ist gefunden und wird morgen vorgestellt. Es wird ein Kinderspiel, sie zu entführen."

„Tatsächlich?" Ihre Stimme brannte wie Salzsäure auf seiner Haut. Senthil wand sich vor Schmerzen, und die Fee lächelte zufrieden. „Vergiss unsere Abmachung nicht. Du boykottierst den Pakt, und ich gebe deiner Heimat ihren Frieden und den Seelen deiner Familie ihre Ruhe zurück."

Die Bilder von Folter und Tod in der geliebten Heimat schlichen quälend langsam durch Senthils Kopf, bis er glaubte, die Schreie der Opfer nie mehr aus seiner Erinnerung verbannen zu können. Als er endlich zu Atem gekommen war, flüsterte er heiser: „Vergiss nicht die Macht des Vengadors. Du hast sie mir versprochen."

„Das ist es, was du wirklich willst, nicht wahr? Heimat, Familie, deine Gefährten – das alles ist dir völlig gleichgültig. Du willst nur die Macht."

„Das ist nicht wahr! Und du weißt das auch. Mein Volk hat lange genug gelitten. Nun wird es Zeit, dass Frieden in seinem Land einkehrt."

„Wenn du so erpicht darauf bist, Kierans Kräfte zu rauben, warum hast du dann versucht, ihn zu vergiften?"

Senthil fragte sich, woher die unheimliche Fee davon wusste. Betont gleichgültig zuckte er mit den Schultern. „Er sollte nicht sterben. Jedenfalls nicht sofort. Ich besitze das Gegenmittel. Es hätte ihn lange genug am Leben gehalten. – Ich hätte wissen sollen, dass dieses Gift nicht brauchbar ist. Schließlich stammt das Rezept von einem Elf!“

Die Fee lachte. „Du wirst dir eben etwas Eigenes einfallen lassen müssen.“

„Keine Sorge, das werde ich auch tun. Aber wenn ich die Auserwählte entführe, dann sind alle hinter mir her. Die meisten Vampire genauso wie die Feen! Wie soll ich mich ohne seine Magie gegen sie schützen?“ Senthil blickte Anvea listig an.

„Also gut. Meinetwegen. Wenn du sie vor dem Pakt fängst, sollst du deine Belohnung erhalten. Aber vergiss nicht: Ich will sie lebend!“

„Du kannst mir vertrauen. Ich werde alles tun, um der Dunkelheit zu ihrem Recht zu verhelfen …“

„Vertrauen? Wie absurd ihr doch seid.“ Die Fee lachte schrill. „Du hältst besser dein Versprechen, sonst wird es keinen Gott geben, der dir Gnade erweist!“

Senthil fühlte sich nach dieser Begegnung längst nicht so selbstsicher, wie er es gern gewesen wäre. Und dennoch – es war möglich. Er würde den Pakt vereiteln und dank Kierans Macht mit einer Sicarier-Armee die dunkle Welt beherrschen. Dann würde Anvea noch dankbar sein, wenn er sich entschloss, ihr armseliges Leben zu verschonen.

„Vergiss es!“ Nuriya tobte. „Auf gar keinen Fall lasse ich mich wie eine Zuchtstute vorführen!“

„Es ist doch nur ein Kleid“, wagte ihre Schwester einzuwerfen.

„Falls du es vergessen haben solltest: Ich habe gerade mein Leben verloren. Nun soll ich mich auch noch mit einem wildfremden Vampir einlassen, um diesen Pakt zu erneuern und die Welt zu retten! Vielleicht kann ich gegen meine Bestimmung nichts ausrichten und muss wirklich heute dorthin, um mich als ein Opferlamm erster Klasse zu präsentieren. Aber ich will verdammt sein, wenn ich mir für meinen Gang zum Schafott auch noch ein besonders hübsches Schleifchen umbinden lasse!"

„Sie hat recht!"

Nuriya hob den Kopf und sah in den Spiegel. Kieran stand direkt hinter ihr. Keine Ahnung, wie es ihm gelungen war, noch begehrenswerter zu wirken, staunte sie. Wie üblich ganz in Schwarz gekleidet, strahlte er das ruhige Selbstvertrauen eines antiken Herrschers aus. Bei seinem Anblick erstarb jede Hoffnung in ihr. Marmor enthielt mehr Gefühl als dieser Mann. Er kannte nur eiskalte Berechnung und würde niemals einen einzigen zärtlichen Gedanken an sie verschwenden.

Bei ihrem Anblick fühlte Kieran einen merkwürdigen Stolz. Seine Nuriya. Tapfer blickte sie ihrem unerfreulichen Schicksal ins Auge und trat der heutigen Herausforderung mit verbissenem Mut entgegen.

Ihr Duft aber löste noch andere Gefühle in ihm aus und ließ den schützenden Panzer um seine Seele klirrend zu Boden fallen.

Am liebsten hätte er die kleine Kämpferin hier und jetzt in seine Arme gezogen und ihr sein Herz zu Füßen gelegt. Aber ein Blick in ihr abweisendes Gesicht bewies erneut, was das Feenkind von ihm hielt.

Um sich nicht zu verraten, wandte er sich rasch ab und traf mit scharfer Stimme Anordnungen, wie die Sicherheit der Auserwählten am besten zu gewährleisten war.

Nuriyas Augen füllten sich mit Tränen. Wenn er sie wenigstens gehasst hätte – aber nein, sie war ihm völlig gleichgültig!

„Das wird reichen müssen!" Sie griff nach einer bequemen schwarzen Hose samt passendem Oberteil. „Meinetwegen ... tut irgendwas mit meinem Haar. Schneidet es ab oder färbt es grün. Nur bitte, lasst diesen Albtraum schnell vorüber sein!"

Flankiert von ihren beiden Beschützern Kieran und Donates betrat sie bald darauf das „Hellfire". Der Club war so früh am Abend für reguläre Besucher noch geschlossen. Dem Lärm nach zu urteilen, der ihnen entgegenschallte, war er jedoch bereits äußerst gut besucht. Nuriya klopfte das Herz bis zum Hals.

Direkt hinter dem Trio folgten Erik und Selena. Den Schluss bildete Angelina, die sich scheinbar entspannt bei Nik untergehakt hatte.

Es war lange diskutiert worden, ob auch Selena, als einzige Sterbliche, mitkommen sollte, aber Kieran war überzeugt, dass es ein größerer Fehler wäre, sie ungeschützt zu Hause zu lassen.

Oberhalb der großen Tanzfläche blieb Nuriya stehen und blickte hinab. Außer den Go-go-Tänzern in ihren eisernen Käfigen tanzte niemand zu der lauten Musik. Die Gäste standen stattdessen wie auf einer Cocktailparty in kleinen Gruppen plaudernd zusammen. Nuriya meinte in ein nächtliches Meer zu blicken, in dessen dunklen Wogen sich geheimnisvolle Lichter spiegelten.

Hätte Kieran sie nicht unauffällig gestützt, sie wäre in die Knie gegangen, so überwältigend war die Atmosphäre. Jeder Einzelne trug eine andersfarbige Aura. Manche schienen in schwarzen Schatten zu verschwinden, andere wirkten, als wären sie von züngelnden Flammen umgeben, und wieder andere waren in eisblaues oder seegrünes Licht getaucht. Es kam ihr vor, als würde die Lichtanlage des Clubs Amok laufen und dabei ihren Herzschlag immer höher peitschen.

Konzentriere dich auf deinen Atem! Die ruhige Stimme ihrer Beschützerin Ninsun drang durch das Chaos, und Nuriya klammerte sich einen Augenblick lang wie eine Ertrinkende daran.

Du schaffst das, Kätzchen!

War das Kieran in ihrem Kopf? Fragend blickte sie zu ihm auf, doch er schien sie überhaupt nicht wahrzunehmen. Nuriya straffte ihre Schultern und schaute sich erneut um. Deutlich erkannte sie nun auch eine große Gruppe von Feen, deren Regenbogen-Aura sie an ihre geliebte Mutter erinnerte. Ihr Volk. Sie würde ihrem Volk keine Schande bereiten! Scharf zog sie die Luft ein – und dieses Geräusch reichte aus, um alle Gespräche verstummen zu lassen. Selbst die Musik verklang in einem letzten Akkord, und alle schauten zu ihr hinauf.

Nuriya hob ihr Kinn noch ein wenig höher, atmete behutsam aus und schritt die Stufen hinab. Jetzt war sie froh, dass sie sich in letzter Minute zu den hohen Schuhen hatte überreden lassen, denn mit jedem Schritt fühlte sie sich stolzer und begehrenswerter.

Ein leises Lächeln umspielte Kierans Lippen. Nuriya hatte allein durch ihre Erscheinung diese Horde von Ungeheuern bezaubert. Und ihre Haltung zeugte von Selbstvertrauen und Adel. Ein Blick ins Publikum bestätigte ihm, dass der Auftritt gelungen war. Donates nickte ihm zu. Die Menge teilte sich vor ihnen, hoheitsvoll schritt die kleine Gruppe der wartenden Órla entgegen.

Plötzlich fiel Nuriya ein, woran sie die Clubbesitzerin erinnerte. An einen Piranha. Órla ähnelte tatsächlich einem dieser kleinen gemeinen Raubfische. Rasch bemühte sich Nuriya, das in ihr aufsteigende hysterische Kichern zu unterdrücken. Allerdings entwich ihren zusammengepressten Lippen ein keuchender Laut, und sie erntete einen strengen Blick von Kieran. Hatte er ihre Gedanken etwa erraten?

Die ahnungslose Gastgeberin nahm sie mit dem üblichen kühlen Lächeln in Empfang und führte sie zur Bühne. Dabei zischte sie Kieran verärgert zu: „Ich kann sie nicht spüren – was ist das Mädchen? Feenkind, Zauberin oder Vampir?"

„Sie ist die Auserwählte."

Órla hätte Kieran für seinen gleichgültigen Ton am liebsten geschlagen. Längst ahnte sie, dass der Vengador mehr als nur ein professionelles Interesse an dem Mädchen hatte. Sie beschloss, dass dieses Spiel auch von zwei Spielern beherrscht werden konnte. „Fein. Wir suchen also noch ihren Seelenpartner. Die Horde dort unten wird sich freuen."

Ein heißer Blitz der Eifersucht schoss durch Kierans Körper. Dennoch senkte er seinen Kopf kurz zustimmend, bevor er Nuriya am Ellenbogen fasste und zu ihrem Platz begleitete.

Órla lächelte wissend. Insgeheim war sie dankbar, dass es ihr inzwischen gelungen war, wenigstens ein paar Dinge über Nuriya in Erfahrung zu bringen. Sie wandte sich dem gespannten Publikum zu: „Ihre Mutter lebte einst als Beraterin am Hofe des Lichts, und die Feenkönigin war sehr betrübt, als ihre enge Vertraute nicht mehr aus der Welt der Sterblichen zurückkehrte."

Ein Raunen ging durch die Menge, und interessiert rückten die Zuschauer näher.

„Ihr Vater war ein Sterblicher. Alles aber weist darauf hin, dass auch in seinen Adern Elfenblut floss. Gewiss ist, dass diese Verbindung ein außergewöhnliches Geschöpf hervorgebracht hat. Es ist mir eine besondere Ehre, euch heute die Auserwählte vorstellen zu dürfen: Nuriya!"

„Pass auf, gleich muss ich aufstehen, und dann begutachten sie meine Zähne", flüsterte Nuriya Donates zu.

Der grinste: „Ich wäre überrascht, wenn sich irgendjemand für deine Zähne interessiert, da es noch so viele andere charmante Körperteile zu bewundern gibt."

„Macho!"

Ehe Donates ihr antworten konnte, hörten sie Órla sagen: „Würdest du mir nun die Freude machen und zu mir kommen?"

„Habe ich es nicht gesagt!", zischte Nuriya und erhob sich mit einem aufgesetzten Lächeln.

Órla hielt ihre Hand erwartungsvoll ausgestreckt, aber das Feenkind ignorierte diese einladende Geste. Als sie neben ihrer

Gastgeberin stand, knurrte sie zwischen lächelnd zusammengebissenen Zähnen: „Wenn diese peinliche Show nicht bald vorüber ist, dann könnt ihr die ganze Venuszeremonie vergessen."

Diese Sterbliche hatte einen eigenen Willen, dachte Órla überrascht. Und das, obwohl offenbar kein Funken Magie in ihren üppigen Formen steckte. Diese Entdeckung brachte sie für einen Augenblick aus dem Konzept. Doch rasch fasste sie sich wieder und verkündete: „Begrüßt mit mir Lady Nuriya, die Auserwählte!" Dann klatschte sie in die Hände, das Publikum brach in begeisterten Jubel aus, und Órla raunte Nuriya zu: „Nun bist du dran!" Damit drückte sie der Überraschten maliziös lächelnd das Mikrofon in die Hand.

Nuriya fühlte sich inzwischen längst jenseits jeglicher Normalität. Gelegentlich hatte sie schon vor einer Gruppe von Studenten gesprochen, aber niemals vor einem derart exotischen Publikum. Ihre Zunge fühlte sich an, als klebe sie am Gaumen. Doch war es nicht genau dies, was Órla wollte? Sie sollte sich nach der großspurigen Ankündigung gründlich blamieren. Mylady – wirklich! Was für ein Unsinn!

Ninsun, drück mir die Daumen!

Ich bin bei dir, Kleines, raunte ihr der Schutzgeist zu, und Nuriya begann mit klarer Stimme zu sprechen: „Erst vor wenigen Stunden habe ich erfahren, welch bedeutende Rolle mir in diesem Leben zuteil werden soll, und so möchte ich mich für euer Vertrauen bedanken!" Sie senkte bescheiden ihren Blick. „Gewiss ist es überflüssig zu erwähnen, wie stolz ich auf meine Herkunft bin. Und doch möchte ich genau dies heute ausdrücklich betonen. Mag mir auch bestimmt sein, zukünftig in Dunkelheit zu leben – ich werde doch nicht vergessen, wer meine Vorfahren sind."

Die anwesenden Vertreter der Feenwelt nahmen ihre Bemerkung sehr wohlwollend zur Kenntnis, und Nuriya fuhr mutig fort:

„Meine zauberhafte Mutter starb gemeinsam mit meinem Vater als Opfer eines Selbstmordattentats. Kürzlich wurden meine Schwester und ich nicht weit von diesem Club überfallen." Sie warf einen raschen Blick auf Órla. Die Vampirin presste ärgerlich ihre Kiefer zusammen. Nuriya erlaubte sich ein feines Lächeln, ihr Blick glitt zum Publikum zurück – und sie sah gespannte Aufmerksamkeit in den Gesichtern.

„Ich habe nie an Zufälle geglaubt. Deshalb schwöre ich heute vor euch und allen Göttern: Wer immer diese Anschläge in Auftrag gegeben hat, dieser Jemand wird sich eines Tages dafür verantworten müssen!" Eine leichte Unruhe entstand, und Nuriya beeilte sich fortzufahren: „Und außerdem", sie schien zu erröten, „wäre es nett, wenn sich mein Partner für die heilige Zeremonie endlich zu erkennen gäbe."

Als sie sich danach mit einem ungeschickten Knicks verabschiedete, grinsten zwar einige Leute im Publikum über ihre augenscheinliche Naivität, aber die Mehrzahl der Zuschauer klatschte begeistert.

„Bin ich hier vielleicht bei einer drittklassigen Misswahl?", fauchte sie Kieran an, der sie, gemeinsam mit Donates, von der Bühne begleitete.

„Sei still!"

Beleidigt folgte Nuriya den Vampiren in eine Sitzecke und ließ sich in die Polster fallen.

„Das war sehr schön!", lobte Angelina.

„Das war sehr töricht!", imitierte Kieran deren Tonfall so sarkastisch, dass Donates mit den Zähnen knirschte.

„Ist dir eigentlich klar, dass du gerade eine Kriegserklärung ausgesprochen hast?"

„Na und? Bin ich nicht die Auserwählte?"

„Oh, natürlich! Und demnächst wirst du auch die Geschicke dieser Welt lenken!" Mit zusammengekniffenen Augen beugte sich Kieran vor, bis sein Gesicht nur noch eine Handbreit von dem ihren entfernt war. Am liebsten hätte er sie geküsst. Er verliebte sich sekündlich heftiger in seine streitbare Fee.

Nuriya dagegen verspürte in diesem Augenblick lediglich den dringenden Wunsch, ihm auf klassische Weise die Nase zu zertrümmern. Sie lehnte sich ebenfalls nach vorn und schaute ihm unerschrocken in die Augen. „Ich habe mich gefügt, um den Venuspakt nicht zu gefährden. Aber wenn ich dich richtig verstanden habe, dann werde ich künftig eine nicht unbedeutende Position in eurer Welt bekleiden. Glaubst du wirklich, ich würde nach dem Opfer, das ich bereits gebracht habe, darauf verzichten, meinen Einfluss zu nutzen …? Allmählich verstehe ich, warum es Widerstand gegen diesen Pakt gibt. Ihr seid eine elitäre Bande. Die Vampire halten mich für eine harm- und hirnlose Fee. Und wenn nicht bald ein dunkler Held aus ihren Reihen auf seinem Rappen dahergeprescht kommt und mich als Seelenpartnerin akzeptiert, dann werde ich in einigen Tagen weniger wert sein als die fünf Liter Blut, die durch meine Adern fließen!" Wütend sprang sie auf. „Ich mag zwar ‚nur' die Tochter einer Fee und eines Sterblichen sein. Aber glaube nicht, dass die da draußen mit mir oder irgendjemandem aus meiner Familie spielen können!"

Wütend beugte sie sich vor – zum ersten Mal in ihrem Leben schien sie wirklich bereit zu sein, ihre gebündelte Magie loszulassen.

Als sie dabei jedoch die Reflexion ihrer eigenen Leidenschaft tief in seinen Augen wiedererkannte, schien auf einmal nichts wichtiger als der Wunsch, seine Lippen auf ihrem Mund zu spüren. Schon hob sie sehnsüchtig die Hand, um Kierans Gesicht zu liebkosen, da erlosch der Sturm in seinen Augen, und der Vengador wurde erneut zu dem seelenlosen Krieger, den sie so hasste. Einen Wimpernschlag später verschmolzen seine Konturen mit der Dunkelheit, und er war verschwunden.

Wir haben hier ein kleines Problem. – Asher hätte sich in keinem ungünstigeren Moment melden können. Die Sehnsucht nach einer einzigen zärtlichen Berührung seiner Geliebten brannte wie ein Höllenfeuer unter Kierans Haut. Deutlich hatte er ihre Zuneigung gespürt und wünschte sich nichts mehr, als ihr endlich zu zeigen, wie sehr er sie verehrte und begehrte. Dennoch zögerte der Vampir nicht und durchschritt unverzüglich die Grenze zur Zwischenwelt.

Gut getarnt im Publikum beobachtete Senthil zufrieden lächelnd seinen Aufbruch.

Donates, kümmere dich um sie!, war Kierans Botschaft an den Freund, bevor er endgültig verschwand.

Was immer seinen Bruder auch bewogen haben mochte, es musste wichtig sein, denn leichtfertig würde dieser niemals um Unterstützung bitten. Und obwohl er die letzten Jahrzehnte mehr in seiner Bibliothek als in der Welt verbracht hatte, war er durchaus in der Lage, seine Probleme selbst zu lösen. Deshalb hatte Kieran auch keine Sekunde gezögert, Ashers Ruf zu folgen.

Die unterschiedlichsten Befürchtungen bewegten ihn, während er durch die Zwischenwelt raste. Hatte womöglich jemand herausgefunden, dass es eine dritte Feenschwester gab, oder war seine leichtsinnige Schwester Vivianne, die ebenfalls in Paris lebte, wieder einmal in Schwierigkeiten geraten?

Kieran verzog das Gesicht zu einem schiefen Grinsen, als er sich erinnerte, wie häufig ihn Vivianne zu den unmöglichsten Aktionen überredete. Im vergangenen Jahr hatte sie es sogar geschafft, ihn als Ersatz für ein ausgefallenes Model in letzter Minute auf den Laufsteg zu locken, damit ihre Agentur einen wichtigen Kunden nicht verärgerte. Kieran war entsetzt gewesen, als man ihn in Unterwäsche losschickte, und hatte geschworen, nie wieder so etwas Peinliches zu tun. Das nächste Mal fand er sich dann bei einer Show im Kilt wieder. Er konnte seiner quirligen Vivianne einfach nichts abschlagen.

Mit der Szene, die er schließlich vor sich sah, als er in Ashers Pariser Apartment eintraf, hatte er nicht gerechnet. Vivianne lag leblos auf dem Bett.

„Was ist passiert?"

„Ich habe sie so gefunden."

Gift. Kieran konnte das tödliche Gebräu deutlich riechen, das auch ihn vor Kurzem beinahe vernichtet hätte, wären die Heiler nicht rechtzeitig zu Hilfe gekommen. Es war bereits zu spät, die beiden zu rufen. Vivianne starb. Und deshalb tat er das einzig Mögliche: Er schlitzte mit brutaler Gewalt seinen Arm bis zum Ellenbogen auf und ließ sein Blut in Viviannes leicht geöffneten Mund strömen.

Was haben wir getan, euren Zorn zu erregen? Doch wie so oft schwiegen die Götter auch dieses Mal.

Nach endlosen Minuten des Bangens zeigte sein Einsatz einen ersten Erfolg. Vivianne schluckte schneller und griff schließlich sogar schwach nach seiner Hand, um noch mehr von den heilenden Antikörpern, die sein Blut gegen das tödliche Gift gebildet hatte, aufzunehmen. Schließlich riss er sich mit letzter Kraft los und sank erschöpft zu Boden. Sofort war Asher bei ihm und nährte den bleichen Lebensretter von eigener Hand.

Kieran musste kurz eingeschlafen sein. Er schrak auf, weil er glaubte, Nuriyas Stimme in seinem Kopf zu hören. Angespannt lauschte der Vampir in sich hinein, doch alles blieb still. Er wagte es nicht, selbst Kontakt mit ihr aufzunehmen. Zu deutlich erinnerte er sich an den abweisenden Blick, den sie ihm vor ihrem Aufbruch ins „Hellfire" zugeworfen hatte. Doch warum hatte er nach ihrem Auftritt einen wundervollen Moment lang geglaubt, Sympathie und sogar Begehren in ihrem zarten Gesicht zu lesen? Reines Wunschdenken, schalt er sich und versuchte, jeden Gedanken an sie beiseitezuschieben. Es gab jetzt Wichtigeres als seine Sehnsucht nach dem Feenkind.

Neben ihm lag die ohnmächtige Vivianne – Asher war verschwunden.

Mühsam richtete sich Kieran gerade auf, da kam der Bruder mit zwei prall gefüllten Blutkonserven herein.

„Trink! Glücklicherweise habe ich gestern eine Lieferung bekommen." Damit warf er Kieran einen Beutel zu. Den anderen schloss Asher an einer Infusionsnadel an, die bereits in Viviannes Armbeuge steckte. Dann öffnete er das Ventil.

Kierans Herz krampfte sich beim Anblick seiner totenbleichen Schwester schmerzhaft zusammen. Genau so hatte Nuriya erst vor wenigen Tagen in seinem eigenen Bett ums Überleben gekämpft. Er machte sich nicht die Mühe, seinen Drink zu erwärmen, sondern riss den Beutel auf und trank ihn mit wenigen Schlucken leer. Asher folgte ihm aus dem Schlafzimmer hinaus in die offene Apartmentküche und beobachtete, wie Kieran einen weiteren Liter aus dem Kühlschrank nahm und ihn hinunterstürzte. Kierans Bruder angelte sich mit dem Fuß einen Hocker und lehnte sich dann über die Esstheke, begierig, endlich seine Geschichte zu erzählen.

„Normalerweise treffe ich mich immer mit Vivianne, wenn ich in der Stadt bin. Um aber keine Aufmerksamkeit auf sie zu lenken, habe ich ihr diesmal gesagt, dass ich vorerst keine Zeit hätte, sie zu sehen. Glücklicherweise sind gerade jetzt Modewochen und sie hat viel zu tun. Du kennst sie ja!"

„Sie liebt ihren Beruf, und das Wort ‚Nein' existiert in ihrem Wortschatz nicht!" Und nun hing sie bleich am Tropf. Sein Magen zog sich zusammen – wer auch immer das getan hatte, so schwor sich Kieran, würde mit seinem Leben dafür bezahlen! „Weiter!", knurrte er.

„Ich war nicht sonderlich beunruhigt, als sie trotzdem Kontakt aufnahm und sagte, es gehe etwas Merkwürdiges vor sich und ich solle unbedingt nach Feierabend in der Agentur vorbeikommen. Ich bin dann wie vereinbart gegen zehn Uhr dort gewesen; alles war schon dunkel. Sofort ist mir die Aura von Vampiren aufgefallen, die sich kurz zuvor in der Nähe aufgehalten haben müssen."

„Wie viele waren es?", fragte Kieran scharf.

„Drei, vielleicht vier. Nicht besonders alt, keine geborenen Vampire."

Kieran musste wider Willen lächeln. Sein Bruder hatte zwar einen Hang zu umständlichen, blumigen Erzählungen, aber er war ein scharfer Beobachter und, wenn erforderlich, immer noch ein erstklassiger Vengador.

„Vivianne konnte ich schon fast nicht mehr spüren. Und dann lag sie da." Der Vampir schluckte, als er sich an die kleine Gestalt auf der Fußmatte ihres Büros erinnerte. „Darum habe ich dich gerufen. Zwei Anschläge auf unsere Familie innerhalb so kurzer Zeit – das kann kein Zufall sein."

Kieran fuhr sich mit der Hand durch sein Haar. „Alles ist meine Schuld! Sie wollen die Erneuerung des Venuspakts verhindern."

„Indem sie dich und Vivianne angreifen?", fragte Asher irritiert. „Niemand weiß, dass Vi eine geborene Vampirin und unsere Schwester ist!"

„Das brauchen sie auch gar nicht zu wissen. Unsere Verbindung ist kein Geheimnis – und sie versuchen mit allen Mitteln, mich daran zu hindern, das abschließende Ritual mit der Auserwählten zu vollziehen!"

„Wie bitte?" Asher sprang beinahe von seinem Hocker und starrte Kieran einen Augenblick lang wortlos an. „Dann ist Nuriya also doch deine Seelenpartnerin!", stellte er schließlich verwundert fest. „Aber wer weiß noch davon?"

„Ich habe keine Ahnung. Anfangs wollte ich selbst nicht daran glauben", gab Kieran zu, „doch die Zeichen sind zu deutlich. Ich bin der Einzige, der von Anfang an jederzeit mental mit ihr kommunizieren konnte – und es immer noch kann. Obwohl sie sich vehement gegen ihre Magie wehrt."

„Wundert dich das? Nach einer derart hastigen Transformation?"

„Was hätte ich denn tun sollen? Ich hätte sie niemals sterben lassen. Sie ist meine Seelenpartnerin, wir träumen zusammen." Kieran dachte an die erotischen Begegnungen, die er mit Nuriya in seinen Träumen gehabt hatte.

„Aha, so wie du schaust, kann ich mir denken, was das für Träume sind!" Asher gab sich den Anschein wohlanständiger Entrüstung. Dann lachte er und schlug dem jüngeren Bruder wohlwollend auf die Schulter. „Natürlich, der Vengador-Meister angelt sich die Auserwählte. Herzlichen Glückwunsch, kleiner Bruder!"

„So einfach ist das nicht. Nuriya hasst mich."

„Wie kommst du denn auf diese Idee? Ich erinnere mich, dass sie schon bei eurer ersten Begegnung mit dir geflirtet hat."

„Die Transformation …", sagte Kieran tonlos. „Sie wehrt sich gegen ihr Schicksal. Und dann hatten wir einen Streit – sie hat mit einem Sterblichen geflirtet!", fügte er entrüstet hinzu.

Asher bemühte sich angestrengt, das aufwallende Lachen in seiner Kehle zu unterdrücken, und fragte gepresst: „Und weiter?"

„Danach wollte sie mit Senthil in eine dunkle Ecke des ‚Hellfire' verschwinden.

„Senthil?" Asher wurde schlagartig ernst. „Das ist furchtbar. Bist du sicher, dass sie freiwillig mit ihm gegangen ist?"

Kieran fluchte, griff nach einer Flasche mit schottischem Whisky und nahm einen kräftigen Schluck.

„Glaubst du, der hilft dir?", fragte Asher leise.

„Ich weiß es nicht!" Damit beantwortete Kieran die erste Frage seines Bruders. „Gestern war ich ganz sicher und hab mich wie ein kompletter Idiot benommen! Dabei hatte ich gehofft, Nuriya sanft für mich einnehmen zu können."

Wieder nahm er einen kräftigen Schluck. Der Vampir hätte mehrere Fässer leeren müssen, um für länger als nur einen kurzen Moment die Wirkung des Alkohols zu spüren. Aber das scharfe Brennen des goldgelben „Wassers des Lebens" aus seiner Heimat gab ihm Trost.

„Immer wenn ich in ihrer Nähe bin, setzt offenbar mein Verstand aus. Wir haben das zweite Siegel gebrochen", gab er schließlich leise zu.

„Oh!"

„Ist das alles, was du dazu sagen kannst?" Kieran stürzte ein weiteres Glas hinunter und knurrte: „Ich habe die ganze Sache absolut vermasselt!"

„Was hast du vermasselt?" Vivianne stand schwankend in der Tür und blickte ihre Brüder fragend an."

„Vi, geh zurück ins Bett!"

Ungeachtet der Aufforderung tappte Vivianne in die Küche. Ihr Blick war noch getrübt, und so griff sie beinahe daneben, als sie ihre Hand nach einer frischen Blutkonserve ausstreckte. Ziemlich grob schlug sie ihre Zähne in die feste Plastikhülle und trank.

„Jetzt geht es mir besser!" Ungeschickt warf sie die leere Verpackung zu den anderen, die bereits in der Spüle lagen.

Kieran klang nun wieder wie der gefürchtete Vengador, als er seine Schwester scharf ansah. „Wer hat dich überfallen?"

Vivianne ließ ihren Kopf hängen. „Ich weiß es nicht. Den ganzen Tag hatte ich schon ein mulmiges Gefühl. Deshalb rief ich Asher an. Ich wollte ihn bitten, mich abzuholen, obwohl er eigentlich recht deutlich gemacht hatte, dass er mich nicht sehen wollte." Vorwurfsvoll schaute sie zu ihrem Bruder.

„Zu deinem eigenen Schutz!", warf Asher ein.

„Das hat nicht ganz geklappt, oder?"

Kieran mischte sich ein und fasste seine Schwester am Arm: „Vivianne, vor zwei Wochen wurde ich ohne ersichtlichen Grund von fünf Sicariern überfallen. Sie wollten mich mit einer vergifteten Waffe töten. Versuch bitte, dich zu erinnern! Was kam dir so seltsam vor, dass du Asher um Hilfe gerufen hast?"

„Bis zum Abend war noch alles völlig normal, dann aber spürte ich, dass die Agentur von Vampiren beobachtet wurde. Eigentlich hatte ich geplant, meine Mitarbeiter nach Hause zu schicken und mich dann um die Typen zu kümmern. Aber ...", sie lächelte Asher an, „dann habe ich mich erinnert, dass mein lieber Bruder in der Stadt ist und zudem immer wieder gepredigt hat, ich solle nicht so leichtsinnig sein."

„Als wenn du je auf mich gehört hättest!", grollte Asher.

„Immer, mein Süßer!", lachte Vivianne. „Aber ernsthaft – meine Sekretärin war gerade als Letzte aus dem Büro gegangen, da standen sie plötzlich vor mir. Drei Vampire, vollkommen gleich gekleidet und irgendwie unheimlich. Und ehe ich mich versah, tauchte ein Vierter auf und rammte mir eine Spritze in die Schulter. Danach erinnere ich mich an nichts mehr."

„Haben sie gar nichts gesagt?"

„Nein! Die Typen haben kein Wort gesprochen. Sie waren blitzschnell, und ihr wisst, dass ich die Agentur nicht mit einem Zauber schützen kann. Fotografen und Designer sind häufig sehr sensibel, und jede Form der Schutzmagie bereitet diesen Sterblichen Unbehagen. Ich müsste auf einige meiner besten Kunden verzichten."

„Du hast es wirklich nicht nötig zu arbeiten!", gab Asher zu bedenken.

Vivianne stemmte ihre Hände entrüstet in die Hüften. „Vergiss es! Der Job macht mir Spaß, und nicht jeder hat Lust, in einer Bibliothek zu verstauben!“

„Ihr zwei, hört mit der Streiterei auf!“ Kieran schaute die Geschwister ärgerlich an.

Verdächtig schnell gab Vivianne ihre Kampfhaltung wieder auf und schenkte Kieran ein zuckersüßes Lächeln. „Liebster Bruder, du hast meine Frage noch nicht beantwortet.“

„Welche Frage?“ Er bemühte sich, harmlos zu schauen.

„Ich möchte wissen“, sagte sie und kam ein wenig näher, „was du diesmal angestellt hast!“

Kieran sandte ein verzweifeltes Stoßgebet an die Götter – wie üblich ohne Erfolg –, als Vivianne einen spitzen Finger in seinen Bauch bohrte und noch einmal fragte: „*Was hast du getan?*“

Asher, der Mitleid mit seinem Bruder empfand, antwortete für ihn.

„Er hat die Auserwählte transformiert, versehentlich das zweite Siegel gebrochen und anschließend das Feenkind so sehr verärgert, dass sie ihn nun vermutlich bis an das Ende seiner Tage hassen wird.“

„Du hast was …?“

Die Geschwister starrten sich wortlos an, und diesmal war es Asher, der sich bemühte, zwischen den beiden streitlustigen Vampiren zu vermitteln. „Nuriya wäre an ihrem heftigen Blutverlust gestorben, hätte er nicht eingegriffen. Sie ist von Unbekannten überfallen worden“, versuchte er zu erklären.

Zum großen Erstaunen der beiden Brüder warf Vivianne ihren Kopf in den Nacken und lachte so sehr, dass ihr schließlich blutrote Tränen die Wangen hinabliefen.

„Aus Versehen das Siegel gebrochen!“, keuchte sie schließlich, nahm Kieran die halb leere Flasche Whisky aus der Hand und stellte sie nachdrücklich in den Schrank zurück. „Das ist doch nicht dein Ernst. – Diese Flasche kostet hundertzwanzig Euro!", sagte sie vorwurfsvoll, aber mit einem Zwinkern im Auge. „Mein lieber, argloser kleiner Bruder. Niemand rettet einem Feenkind das Leben und bricht danach mal einfach so ein Siegel! Da haben die Schicksalsgöttinnen ihre Hände im Spiel – darauf kannst du wetten! Das Mädchen ist sexy, du würdest dein Leben für sie geben, und niemand soll es wagen, sie anzurühren – habe ich recht?" Die Vampirin ignorierte Kierans konsternierten Blick. „Wer immer auch die Glückliche ist, sie ist deine Seelenpartnerin."

„Darauf ist er inzwischen auch schon gekommen", bemerkte Asher wenig hilfreich.

„Geh zu ihr! Sie wartet irgendwo da draußen sehnsüchtig auf dich!"

„Das tut sie ganz sicher nicht!", grollte Kieran und blickte auf die Uhr. „Außerdem wird sie momentan sehr beschäftigt sein, denn Órla hat eine nette kleine Party organisiert, um die Auserwählte offiziell vorzustellen", fügte er ätzend hinzu.

Dass dies so nicht ganz richtig war, sollte er wenig später herausfinden.

10

Nuriya hätte schreien mögen vor Enttäuschung, als sich das Objekt ihres Begehrens buchstäblich in Luft auflöste. Sie war sicher, in Kieran dieselbe Sehnsucht gespürt zu haben, die auch ihr Herz schneller schlagen ließ, sobald sie nur an ihn dachte.

Und dann, gerade hatte sie noch geglaubt, er wolle sie küssen, war wieder dieser seelenlose Ausdruck in seinem Gesicht erschienen. Sie fragte sich, was er vor ihr zu verbergen suchte, und schwor, es herauszufinden. Aber sie hatte hier eine Aufgabe zu erfüllen und jetzt keine Zeit, über sein merkwürdiges Verhalten nachzudenken.

Steifbeinig erhob sie sich und sagte: „Vermutlich verlangt meine Rolle, dass ich mich nun unters Volk mische. Ihr versteht sicher, dass ich für diese Peinlichkeit keine Zeugen gebrauchen kann."

Angelina, der nicht entging, wie traurig Nuriya nach Kierans plötzlichem Aufbruch wirkte, und die auch nicht so recht begreifen konnte, was sich der Vengador eigentlich dabei dachte, das arme Mädchen dermaßen vor den Kopf zu stoßen, zwinkerte ihr zu und flüsterte: „Eine gute Idee. Aber bitte vertrau niemandem!"

Unter den wachsamen Augen ihrer Freunde ging Nuriya zur Tanzfläche, wo die Gäste den Abend genossen, lachten, schwatzten und nach der nun wieder aus den Boxen dröhnenden Musik tanzten. Offenbar kamen die neuesten Hits der Szene, die auch ihre kleine Schwester so gern hörte, bei Vampiren und Dämonen bestens an. Inzwischen war der Club auch für das sterbliche Publikum geöffnet worden, und Nuriya blickte sich staunend um.

„Hätte mir vor ein paar Wochen jemand erzählt, dass die magische Welt extrem auf Gothic und düstere elektronische Musik steht, ich wäre vermutlich vor Lachen erstickt", vertraute sie Nik an, der neben ihr aufgetaucht war.

„Hier fallen sie nicht auf! – Siehst du den Typen dort hinten?" Er deutete auf einen extrem dünnen Mann, der, an eine Balustrade gelehnt, die Tanzenden beobachtete. Mit seiner verschlissenen Samtjacke und den seidenen Kniehosen sah er aus, als hätte er seinen Schneider das letzte Mal kurz vor der französischen Revolution konsultiert.

„Was glaubst du, sterblich oder unsterblich?"

In diesem Augenblick drehte sich der Mann um, und Nuriya blinzelte irritiert, als sie die spitzen Ohren entdeckte, die aus seinem wirren grauen Haar hervorlugten.

„Seit dreihundert Jahren tot?" Nuriya legte den Kopf schräg, als überlegte sie. „Oder eher seit dreihundertfünfzig Jahren!"

„Nicht ganz. – Und sie?"

„Die Dunkle dort, mit den bizarren Flügeln? Die schätze ich auf höchstens zwanzig und sehr sterblich."

Nik lachte so laut, dass sich einige Gäste nach ihnen umsahen, und gluckste schließlich: „Die Kandidatin hat null Punkte!"

Fragend schaute Nuriya Erik an, der dazugekommen war und ebenfalls breit grinste. Er beugte sich zu ihr herab und flüsterte: „Vereinzelt hat man schon von Leuten gehört, die ihre Aura verbergen können!" Dann schlug er Nik auf die Schulter und verschwand mit den Worten: „Sag du's ihr!"

„Okay, der Typ, der so aussieht, als wäre er gerade seiner Gruft entstiegen, ist ein Sterblicher."

Nuriya wagte es nicht, ihre Sinne zu öffnen, um Niks Behauptung zu überprüfen, deshalb nickte sie nur.

„Das Mädchen aber dürfte so etwa fünfhundert Jahre auf dem Buckel haben." Er prostete der Frau zu und lachte: „Hey, Lisa! Seit wann bist du aus New York zurück?"

Die so Angesprochene kam heran und warf Nik einen schmachtenden Blick zu. Nun konnte Nuriya die Dunkelheit spüren, die sie umgab, und machte instinktiv einen Schritt zurück.

„Du brauchst keine Angst vor ihr zu haben. – Nicht wahr, du wirst doch die Auserwählte nicht rösten?"

Lisa machte große Augen. „Natürlich nicht! Sie hat so schöne rote Haare!"

Nik strich dem Mädchen zärtlich über einen ihrer Flügel, der aus der Nähe aussah, als wäre er aus glänzendem Leder gefertigt. „Sie sind ein wenig gewachsen – oder täusche ich mich da?", schmeichelte er. Nuriya bekam den Eindruck, dass sich die beiden näher kannten, denn unter seiner Berührung fing der Flügel ein wenig zu zittern an, und Lisas Pupillen bekamen einen seltsam roten Schimmer, als sie dem jungen Vampir tief in die Augen blickte und mit kindlicher Stimme fragte: „Gefallen sie dir?" Ohne eine Antwort abzuwarten, freute sie sich: „Oh, sie spielen mein Lieblingslied!", und lief davon. Kurz vor der Tanzfläche drehte sich Lisa noch einmal um und winkte Nuriya fröhlich zu, bevor sie endgültig in der Menge verschwand.

„War das deine Freundin?"

„Aber nein! Sie ist ein Drachenkind und viel zu jung", erklärte Nik, als wäre dies das Natürlichste auf der Welt. „Außerdem hat sie einen sehr strengen Vater."

„... der selbstverständlich auch ein Drache ist", seufzte Nuriya.

„Es ist anfangs alles etwas überwältigend", gab Nik zu, „aber du wirst dich rasch einleben! Himmel, dort drüben sind Jeanne und Shamina. Dann ist Sylvain auch nicht mehr weit!" Vergeblich versuchte er, die Aufmerksamkeit der beiden Frauen zu erlangen. „Warte hier, ich bin gleich zurück, du musst unbedingt meine Familie kennenlernen!"

Eine Zeit lang stand sie einfach nur da und beobachtete die Tanzenden. Immer wieder schaute sie sich zwischendurch suchend nach Kieran um. Sie war von der Anstrengung, ihre vampirische Natur zu verheimlichen, ziemlich erschöpft – und ganz zufrieden, dass Nik noch nicht wieder aufgetaucht war. Wen würde er ihr als Nächstes vorstellen? Einen Dämon?

Danke, Ninsun! Ohne dich würde ich das alles hier nicht durchstehen. Sie spürte das Lächeln in ihrem Kopf und schloss kurz die Augen, um den Frieden zu genießen. Als sie sie wieder öffnete, stand ein Unbekannter vor ihr. „Du musst schnell kommen. Etwas Schreckliches ist geschehen!"

Nuriya blickte sich nach ihren Freunden um, aber in diesem Augenblick entstand ein ungeheures Gedränge, denn das Büfett wurde eröffnet. Sie konnte gerade noch sehen, wie Angelina von der Menge einfach weitergeschoben wurde.

„Was ist passiert?", fragte sie beunruhigt. Der Mann drehte sich um, als wollte er sich vergewissern, dass niemand sie hören konnte, und flüsterte dann: „Kieran ist überfallen worden – er ist schwer verletzt."

„Wo sind die anderen?", fragte Nuriya aufgeregt und sah sich suchend um.

„Donates sagt, wir sollen niemandem etwas davon erzählen. Er schickt mich, um dich zu ihnen zu bringen."

Kieran! In ihrer Angst sandte sie einen Gedanken aus. Vergeblich versuchte sie Kontakt mit ihm aufzunehmen. *Kieran! Was ist geschehen?* Sie bekam keine Antwort, und es fühlte sich an, als hielte sie der Vengador bewusst fern. Möglicherweise war er schwerer verletzt, als sie im ersten Augenblick gedacht hatte, und versuchte nun, sie vor seinem Schmerz zu schützen. Ihr blieb keine andere Wahl, sie musste sofort zu ihm!

Nuriya war ganz zerissen, einerseits von dem Wunsch, Kieran könnte tatsächlich ihre Hilfe benötigen, und andererseits von einem überwältigenden Misstrauen diesem Fremden gegenüber. Irgendetwas an ihm kam ihr bekannt vor, obwohl sie sicher war, ihn nie zuvor gesehen zu haben. Doch wenn er von der besonderen Verbindung zwischen dem Vengador und ihr wusste, dann konnte er das nur von Kieran oder einem ihrer Freunde erfahren haben. Sie musste das Risiko eingehen und ihm vertrauen.

Nuriya, das solltest du nicht tun! Ninsun klang nervös.

Der Fremde drängte: „Bitte, er stirbt!"

Ich muss es riskieren – wenn Kieran stirbt, hat auch mein Leben keinen Sinn mehr!

Nuriya ließ sich in einen Gang führen, wo ihr Begleiter geschickt ein Portal in die Zwischenwelt öffnete und sie mit sich hineinzog. Allein hatte sie es bisher noch nicht geschafft, diese gefährliche Methode des Reisens bewusst zu meistern. Die meisten Vampire brauchten Jahrzehnte, bevor ihnen dies gelang. Nicht wenigen blieb der Zugang für immer verwehrt. Schaudernd dachte sie an Kierans Warnung, sich nie zu weit in die verlockenden Landschaften der Zwischenwelt zu wagen. Zu schnell, so hatte er erklärt, könne man sich verlaufen und nie wieder den Weg zurück in diese Welt finden.

Kaum hatte sie das Diesseits hinter sich gelassen, wurde ihr schwindlig, und sie erkannte die Falle. Doch nun war es zu spät. Ohnmächtig sank das Feenkind in die Arme ihres Entführers, der sie wenig später grob auf ein einfaches Lager in seiner weit von jeder Zivilisation entfernten Festung warf.

Es war anstrengend, sich das Aussehen einer anderen Person zu geben, und entzog den wenigen Vampiren, die diesen Zauber überhaupt beherrschten, eine Menge Energie. Seine Geisel durch die Zwischenwelt zu verschleppen war für Senthil ebenfalls keine leichte Übung gewesen. Dennoch lächelte er zufrieden. Dieses unerfahrene Feenkind war ganz leicht zu täuschen gewesen. Kein Wunder, er konnte nicht die geringste Spur von Magie in ihr entdecken. Vermutlich hatte das wertlose Ding einfach nicht viel von ihrer Mutter mitbekommen.

Er fragte sich, wer Nuriyas Eltern ermordet haben mochte. Vielleicht wäre derjenige ja auch an Nuriyas Tod interessiert und würde sich erkenntlich zeigen, so überlegte er. Vorerst brauchte er das dämliche Weib allerdings noch.

Verächtlich stieß Senthil sie mit dem Fuß an und grinste zufrieden, als er an Kieran dachte, der jetzt in Paris vermutlich gerade den Tod seiner Hure Vivianne betrauerte.

Der verhasste Vengador würde noch früh genug erfahren, wie sehr er diesmal versagt hatte, und die vampirische Welt dürfte ebenfalls bald begreifen, dass er, Senthil, der wahre Herr der Dunkelheit war.

Er versetzte der Ohnmächtigen einen weiteren Tritt – und ihr leises Stöhnen entfachte sofort seine Begierde. Doch er musste sich noch gedulden. Welch süße Qual!

Anvea hatte ihm leider sehr deutlich zu verstehen gegeben, dass er das Mädchen lebend abzuliefern hatte. Ob er sich vorher mit ihr vergnügen durfte, war jedoch nicht besprochen worden. Also ging Senthil davon aus, dass derartige Kleinigkeiten die dämonische Fee nicht interessierten.

Dafür war jetzt leider keine Zeit, und so labte er sich zunächst an einem der willenlosen Opfer, die er in seiner Burg gefangen hielt. Diese Form von Blutkonserven gefiel ihm weit besser als die widerlichen Plastikbeutel. Gestärkt kehrte er in den Club zurück, und nach einer Weile bemerkte Senthil, dass die Freunde der Auserwählten bereits nach ihr suchten. Dem prüfenden Blick Donates' begegnete er mit einem harmlosen Lächeln. Die Magie verbarg seine wahre Identität vor dem Feind.

„General?“ Unsicher sah ihn der Chef der Sicarier an.

„Nicht hier!“, zischte Senthil und zog sich unauffällig in eine dunkle Ecke zurück.

„Alles lief bestens. Wir haben ihr das Gift gegeben, vermutlich ist sie inzwischen tot.“

„Vermutlich? Was heißt das?“

„Es kam ihr jemand zu Hilfe, bevor wir ganz sicher sein konnten.“

„Kieran?“

„Nein, der andere. Er hat sie in sein Apartment mitgenommen. Dorthin konnten wir ihnen nicht folgen. Du hast uns nicht gesagt, dass der Typ so teuflische Schutzzauber beherrscht.“

„Das mag daran liegen, dass *ich* damit keine Schwierigkeiten hätte!“ Senthil schnaufte abfällig, aber insgeheim freute er sich. Ihm konnte es gleich sein, ob Vivianne überlebte oder nicht. Seine kluge Strategie zeigte erste Ergebnisse. Kieran würde in jedem Fall eine Mordswut haben. Das, so hoffte Senthil, machte selbst einen kühl planenden Vengador wie diesen leichtsinnig.

Er klopfte dem Kämpfer wohlwollend auf die Schulter. „Immerhin haben deine Leute diesmal überlebt. Das ist doch schon ein Erfolg!“ Die Verachtung tropfte wie Gift aus jedem seiner Worte. „Du darfst dich jetzt entfernen.“ Damit drehte er sich um und ließ ihn ärgerlich zurück. Der Anführer der Sicarier hasste es, wie ein Vasall behandelt zu werden, und schwor, dass Senthil diese Überheblichkeit eines Tages bereuen würde.

Als Kieran von Nuriyas Verschwinden erfuhr, war jede mögliche Spur längst tausendfach von der Magie der ahnungslosen Partygäste des „Hellfire“ verdeckt.

„Was ist passiert?“ Allein seine Stimme hätte eigentlich ausreichen müssen, um Donates zu Eis erstarren zu lassen. Der blonde Vampir widerstand dem Wunsch, seinem Fluchtinstinkt zu gehorchen, und schaute stattdessen direkt in Kierans ausdrucksloses Gesicht, als er entgegnete: „Du bist fortgelockt worden und hier brach eine merkwürdige Art von Chaos aus. Nuriya war, das will ich nicht verschweigen, auch wenig kooperativ!"

„Eine Inszenierung, um uns zu täuschen?"

„Absolut. Wobei ich nicht glaube, dass Órla daran beteiligt ist."

„Vielen Dank!" Die dunkle Stimme der Clubbesitzerin ließ beide Männer herumfahren.

„Ich möchte mit dir sprechen, Kieran. Jetzt!"

Er kannte Órla lange genug, um zu wissen, dass sie es hasste, wenn ihr Territorium nicht respektiert wurde. Und hier geschahen definitiv Dinge, die eine Master-Vampiresse nicht tolerieren konnte.

„Lass uns in dein Büro gehen", schlug er vor und bemühte sich um ein freundliches Lächeln.

Als Donates folgen wollte, hielt er ihn zurück.

„Du und deine Freunde, ihr seid heute meine Gäste. Begleite die anderen in mein Haus. Ich werde später nachkommen!"

Das war ganz sicher keine Bitte – und Donates verstand. Kierans Haus war jetzt der sicherste Platz für sie alle.

„Nach dir", sagte Kieran höflich, dann folgte er Órla schweigend, bis beide in den bequemen Sesseln ihres Büros saßen und der Vampir, der ihnen zwei Drinks serviert hatte, behutsam die Tür hinter sich schloss.

Der Vengador legte die Fingerspitzen aneinander und schaute Órla ruhig an. „Was kann ich für dich tun?"

„Ich will dir ein Geheimnis anvertrauen: Wir kennen uns schon so lange, dass ich dich als Freund betrachte", sagte sie müde lächelnd.

Kieran nickte zustimmend. Auch er empfand nach all den Jahren so etwas wie Freundschaft Órla gegenüber, die, genauso wie er, von den meisten Vampiren gefürchtet und gemieden wurde.

Dann fuhr sie fort: „Ich habe keine Ahnung, was hier gespielt wird, aber ich wäre dankbar, wenn du deine Erkenntnisse mit mir teilen könntest."

Kieran spürte den Ernst ihrer Bitte. Doch wie weit konnte er ihr trauen? Er wusste um ihre Macht. Und der Einfluss, den sie beim Rat gelegentlich geltend machte, war ihm auch nicht entgangen. Niemand aber konnte wirklich sagen, wer und was sie war. Kieran spürte ungewöhnliche Kräfte bei ihr. Eine Nachtelfe wie er war sie zwar nicht, das hätte er gefühlt. Dennoch zweifelte der Vengador daran, dass sie nur eine transformierte Fee war.

Er verließ sich auf seine Intuition, als er ihrer Bitte schließlich nachkam: „Es begann damit, dass Nuriya vor ein paar Tagen in der Nähe deines Clubs überfallen wurde. Sie rief um Hilfe, und als wir sie erreichten, war sie nur noch durch eine Transformation zu retten. Ich hatte keine Ahnung, dass sie die Auserwählte ist!" Er zögerte, dann fügte er hinzu: „Und es gab auch keinerlei Hinweis darauf, dass ihr Seelenpartner bereits gefunden war."

Órla starrte ihn überrascht an. „Wer ist es, und warum konnte sie einfach verschwinden?"

Kieran ignorierte den ersten Teil ihrer Frage. „Nach der Transformation stand sie natürlich unter meinem Schutz. Ich habe versucht, ihr Vertrauen zu gewinnen, aber sie hat mich von Anfang an dafür gehasst, dass ich sie zu einer von uns gemacht habe. Die Kleine hat ihren eigenen Kopf, und jetzt sieht es so aus, als wäre sie vor ihrer Verantwortung als Auserwählte davongelaufen." Der Gedanke, Nuriya könnte tatsächlich vor ihm geflohen sein, schmerzte so sehr, dass Kieran die Maske kühler Gelassenheit nur mit Mühe beibehalten konnte.

„Ein Wort – und ich hätte die heutige Veranstaltung niemals inszeniert. Und noch dazu hat sie überhaupt keine Magie!"

„Wenn du dich da mal nicht täuschst!“, murmelte Kieran und erhob sich. Es war Órla anzusehen, dass seine knappen Auskünfte sie nicht zufriedengestellt hatten. Doch er war nicht bereit, weitere Fragen zu beantworten. „Es ist spät. Heute Nacht können wir nicht mehr viel tun. Sollte es Neuigkeiten geben, dann weißt du, wo du mich erreichst.“

Kieran wusste, dass Tesfaya in seinem lichtsicheren Gästezimmer längst in ihren traumlosen Tagesschlaf gefallen war. Deshalb machte er sich gar nicht erst die Mühe, seine gespannt auf ihn wartenden Freunde über ihre Anwesenheit zu informieren.

Als er den Wohnraum betrat, richteten sich alle Blicke auf ihn. Erik zog Selena an sich, Donates und Nik rückten näher zu Angelina hin. Die Nacht hatte alle erschöpft, und draußen ging bald die Sonne auf. Kieran, der von seinem Blutverlust noch geschwächt war, fühlte sich müde und gereizt.

„Was schaut ihr so?“, verlangte er zu wissen. „Nuriya ist unter unseren Augen geflohen. Wir sollten ihre Entscheidung respektieren!“ Damit drehte er sich um und ging die Treppe hinab in seine privaten Räume.

„Meint er das ernst?“, fragte Selena schließlich. „Nuriya würde niemals einfach so verschwinden, ohne wenigstens mir etwas zu sagen! Sie ist ohne Zweifel entführt worden!“ Sie sprang auf. „Bitte, ihr müsst etwas tun!“

Donates erhob sich ebenfalls. „Ich bin mir nicht sicher. Sie war sehr wütend auf Kieran. Vielleicht braucht sie einfach etwas Abstand. Dennoch gebe ich dir recht, wir dürfen ein Komplott nicht völlig ausschließen.“

Beruhigend legte er eine Hand auf Selenas Schulter. „Heute können wir aber wenig tun. Die Sonne schwächt uns, und sehr wahrscheinlich werden irgendwelche Entführer tagsüber vollständig handlungsunfähig sein. Da lassen sie sich leider auch kaum aufspüren." Er dachte an Senthil und hoffte, dass er die Fähigkeiten dieses Vampirs nicht unterschätzte. „Ich schlage vor, dass wir uns jetzt alle ausruhen. Heute Abend werde ich noch einmal mit Kieran sprechen", versicherte er.

Kieran warf sich auf sein Bett. In den Kissen hing immer noch der Duft frischer Waldkräuter. Ihr Duft. Nuriya.

Wie sehr musste sie ihn hassen, um einfach so zu gehen. Spürte sie denn überhaupt nichts von der festen Bindung, die zwischen ihnen bestand? Doch wenn er ehrlich mit sich sein wollte, so musste er sich eingestehen, dass nicht sie es war, die ihn zurückgewiesen hatte.

Ihre Blicke fielen ihm ein, das scheue Lächeln und das ehrliche Vertrauen, mit dem sie seine leidenschaftlichen Liebkosungen in dieser wundervollen Nacht in den Wäldern seiner Heimat erwidert hatte. Wie entzückt ihr Lachen geklungen hatte, während sie über die nächtliche Wiese getanzt war!

Und plötzlich erinnerte er sich an noch etwas anderes. Es war nämlich ihre Stimme, die ängstlich und besorgt durch seinen Kopf geweht war, während er erschöpft in der Wohnung seines Bruders lag! Was wäre, wenn er es sich nicht nur eingebildet hatte, sie zu hören? Kieran richtete sich auf und starrte in die Dunkelheit. Nuriya hatte ihn vielleicht gerufen, wie schon zuvor, als sie sich in Gefahr befand. Und er, zu sehr mit seiner Eifersucht beschäftigt, hatte sie ignoriert!

Senthil! Natürlich. Der gerissene Vampir ließ Vivianne überfallen und wusste ganz genau, dass Kieran ihr zu Hilfe eilen würde. Und diese Gelegenheit hatte er genutzt, um das Mädchen zu entführen. Kieran konnte nur hoffen, dass Senthil von seiner wahren Verbindung mit Nuriya nichts ahnte und lediglich gierig auf die Belohnung war, die Anvea angeblich auf den Kopf der Auserwählten ausgesetzt hatte.

Nuriya! Verzweifelt sandte er seine Gedanken nach ihr aus. Aber alles blieb still – nur das leise Summen des ewigen Kosmos füllte seinen Kopf.

Ein nervöses Zucken quälte Kierans Augenwinkel, als er sich vorstellte, was Senthil dem Feenkind inzwischen vielleicht schon angetan hatte.

Er musste gründlich nachdenken. Wohin konnte der Wahnsinnige Nuriya verschleppt haben? In das unwegsame Gebirge seiner Heimat? Unwahrscheinlich, denn dort würde man ihn zuerst suchen. Und suchen, da war Kieran sich sicher, das würde man ihn auf jeden Fall. Jeder einzelne Vampir, dem etwas am momentanen Frieden lag, und mit Sicherheit auch viele Bewohner des Feenreiches würden sich auf die Jagd nach dem Entführer machen, sobald sie von der unerhörten Tat erführen. Man verschleppt nicht einfach die Auserwählte und kommt ungeschoren davon. Senthil musste tatsächlich völlig verrückt sein, wenn er das glaubte.

Aber welche Rolle spielte Anvea? Es gab nur einen, der diese Frage beantworten konnte, und das war Sin.

„Das wurde aber auch Zeit!“, grollte die tiefe Stimme des mächtigen Vampirs, als er in Kierans Räumen erschien. „Donates hat übrigens recht. Ein hässlicher kleiner Schutzzauber, den du da über dein Haus gelegt hast.“

„Und du würdest nicht hier stehen, wenn ich dich nicht eingeladen hätte“, entgegnete Kieran.

Breitbeinig, mit verschränkten Armen stand Sin vor ihm und lächelte. Die Tätowierung in seinem Gesicht verhielt sich ganz still, als läge sie auf der Lauer. Beschwichtigend hob er seine Hand, als Kieran aufsprang und ärgerlich einen Schritt auf ihn zu machte.

„Entspann dich! Ich werde herausfinden, was sie im Schilde führt. Hast du Órla in alles eingeweiht?"

„Natürlich nicht! Wer sagt mir denn, dass sie die Finger nicht auch mit im Spiel hat!"

Sins Lachen überraschte Kieran und jagte ihm eine Gänsehaut über den Rücken. „Das glaube ich nicht. Wenn der Friede zwischen den Welten gebrochen wird, muss sie wieder an den Hof ihrer Feenkönigin zurück. Und dies ist das Letzte, was sie sich wünscht, glaube mir!"

„Warum?", fragte Kieran. Doch dann dämmerte ihm die Erkenntnis. „Sie war niemals ein Vampir – sie ist eine Leanan Sidhe, eine Blut trinkende Fee!" Überrascht schaute er Sin an. „Aber was tut sie hier?"

„Eine zu lange Geschichte."

„Und weshalb hat sie Nuriya nicht als Auserwählte erkannt?"

„Das ist meine Schuld. Ich wollte euch ein wenig Zeit lassen, bevor alles offiziell wurde."

Kieran fragte nicht, wie es dem Freund und Lehrer gelungen war, diese mächtige Fee so zu lenken. Sin hatte recht. Es gab Dinge, die besser ungesagt blieben. Außerdem hatten sie momentan Wichtigeres zu tun.

Sin warnte zum Abschied: „Unternimm nichts, bevor ich zurück bin. Senthil ist ein widerlicher kleiner Wurm, aber er verfügt über einen bemerkenswerten Selbsterhaltungstrieb."

„Der wird ihm auch nicht helfen!", schwor Kieran, während Sin mit den Schatten verschmolz.

„Genug geschlafen, kleine Schlampe!" Senthil lachte und zerrte Nuriya auf die Füße.

„Wie fühlt es sich an als Zuckerpüppchen so allein in einem dunklen Verlies? Darauf hat dich deine Mami nicht vorbereitet, nicht wahr? Ihr werdet immer nur darauf dressiert, uns zu umgarnen und dann ins Unglück zu stürzen, damit der Hof der Feen sich wieder einmal köstlich über die Dummheit der Vampire amüsieren kann."

Er packte sie brutal an ihren Haaren und bog ihren Kopf in den Nacken. Deutlich konnte Nuriya den Geifer von seinen langen Eckzähnen tropfen sehen. *Widerlich*, dachte sie.

„Aber damit ist bald Schluss. Wenn ich erst mit dir fertig bin, wirst du mich auf Knien anflehen, dein Leben zu beenden."

Senthil genoss ihre offensichtliche Furcht. Vielleicht durfte er die Auserwählte nicht töten, aber niemand hatte ihm verboten, sie zu quälen. Der Vampir wollte sich Zeit lassen und ihre Angst auskosten, bevor er sich nahm, was sein natürliches Recht als Mann war.

„Dein wunderbarer Beschützer sucht schon nach dir, Püppchen. Und wenn er tatsächlich schlau genug ist, dich hier zu finden, dann werden meine Kämpfer den Kelten schon erwarten und ihm eine nette Überraschung bereiten!"

Nuriya riss entsetzt die Augen auf. Bisher hatte sie tatsächlich insgeheim darauf vertraut, dass Kieran sie mit Ninsuns Hilfe aufspüren und befreien würde. Doch nun wünschte sie sich nichts sehnlicher, als ihn vor Senthils Heimtücke zu schützen.

Und damit tat sie etwas Unglaubliches. Zum ersten Mal in ihrem Leben gelang es ihr, Ninsun komplett aus ihren Gedanken auszusperren. Niemand durfte erfahren, wo ihr Entführer sie gefangen hielt. Sie würde sich nicht daran beteiligen, Kieran in eine Falle zu locken. Das war das Mindeste, was sie für ihren Lebensretter tun konnte.

Senthil deutete ihren Gesichtsausdruck richtig. Die Kleine hegte also tatsächlich eine heimliche Zuneigung zu dem Kelten. Wunderbar! Wenn nun Kieran ebenfalls Gefühle für diese Fee hatte, konnte er ihm ein weit größeres Leid zufügen, als nur seinen Stolz zu verletzen, weil er als Beschützer der Auserwählten versagt hatte. Diese Aussicht erregte ihn so sehr, dass er Nuriya wollüstig grinsend gegen den kalten Felsen drückte.

Ihre Handgelenke schmerzten in dem eisenharten Griff, mit dem er sie gepackt hielt, und voller Ekel spürte sie seine andere Hand unter ihre Bluse kriechen und gierig nach ihren Brüsten tasten. Vergeblich versuchte sie, sich aus seiner Umarmung zu schlängeln, aber ihre Gegenwehr schien ihn noch heftiger zu erregen, und so drängte er sich umso dichter an sie heran.

Fatalistisch ergab sie sich ihrem Schicksal. Sie erkannte: Ohne Aussicht auf Rettung war sie seinen Angriffen ausgeliefert, denn der Vampir war viel stärker als sie. Ihre Gegenwehr gefiel ihm offenbar, und es war nur eine Frage der Zeit, wann er sie vergewaltigen oder töten würde. Vermutlich plante er beides.

Nuriya wurde plötzlich ganz schlaff in Senthils Armen und sackte scheinbar ohnmächtig in sich zusammen. Senthil erschrak: Hatte er sie versehentlich getötet? Diese Sterblichen konnten so empfindlich sein, und sie war ja auch nur zur Hälfte eine Fee.

Nein, sie lebte noch. Ihr Herz klopfte wie das eines verängstigten Vogels. Wütend schlug er ihr ins Gesicht.

„Treib kein Spiel mit mir! Das haben schon ganz andere als du mit ihrem Leben bezahlt!"

Nuriya hätte am liebsten geweint, doch dann erinnerte sie sich an das verräterische Rot ihrer Tränen – und sie wandte ihr brennendes Gesicht ab. Der Entführer gab ihr einen so heftigen Stoß, dass sie zurück auf das primitive Lager stürzte. Ein gewöhnlicher Mensch hätte sich bei dem heftigen Aufprall sicher ein paar Knochen gebrochen, aber das schien ihr Peiniger nicht zu bemerken.

Sin war nicht begeistert, die Fee Anvea aufsuchen zu müssen. Sie schien wieder einmal ziemlich zickig zu sein und war auch nicht besonders gut auf seine Schwester zu sprechen. Beide waren einst als große Kriegerinnen verehrt worden, aber seine Schwester war nebenher auch noch für Liebesangelegenheiten zuständig und hatte dabei die Gunst von Anveas Bruder – manche sagten, er sei auch ihr Liebhaber – gewonnen. Außerdem war die Venus das Himmelszeichen seiner Schwester, und dies verhieß in der jetzigen Situation nichts Gutes.

Kein Wunder also, dass Anvea ihn, als er in ihren Salon schlenderte, wütend anfauchte: „Sin! Du wagst es, hierherzukommen? Verschwinde sofort aus meinem Haus!“

„Das würde ich ja sehr gerne, aber zuerst solltest du mir verraten, welches Unheil du diesmal angezettelt hast.“

„Was meinst du damit?“, fragte sie mit einem listigen Gesichtsausdruck und drapierte ihren üppigen Leib auf einer gut gepolsterten Liege.

Interessiert betrachtete Sin die Gestalt in ihrer so offensichtlichen Selbstzufriedenheit. Er lehnte sich gegen eine marmorne Säule, verschränkte die Arme vor der Brust und beschloss, ihr zu schmeicheln.

„Du bist gewachsen!“, stellte er fest. Anvea wuchs immer, sobald es ihr gelang, Zwietracht zu säen.

„Nicht wahr?“, fragte sie und strich zufrieden über ihre Hüften.

„Erzähl mir nicht, dass *du* diesen listigen Plan ausgeheckt hast, um das Venusbündnis zu stören.“

Die Fee schien ein wenig größer zu werden und entgegnete stolz: „Oh doch, das war meine Idee!“ Sie kicherte und rieb sich die Hände. „Das wird ein sehr blutiger Krieg werden: zwischen dem Reich des Lichts und der Dunkelheit!“ Sie lachte wieder: „Blutig! Das ist gut!“

Sin unterdrückte einen Seufzer und schenkte ihr stattdessen ein strahlendes Lächeln.

„Sehr gut! Doch sag mir, was willst du mit der Auserwählten tun, wenn du sie gefangen hast?“

„Aber Senthil hat sie doch schon längst …" Erschrocken hielt sie sich die Hand vor den Mund und schaute Sin aus großen Augen an. „Das hätte ich nicht verraten dürfen!"

„Mach dir keine Gedanken, er erzählt es ja selbst längst überall herum, wie geschickt er das Mädchen gefangen hat." Als Sin das ärgerliche Blitzen in Anveas Augen sah, fügte er noch hinzu: „Und er behauptet, demnächst die Welt der Schatten zu regieren und selbst bald ein Kriegsgott zu werden!"

Nichts davon stimmte, aber die Reaktion der Fee bestätigte ihn in seiner Strategie. Wütend richtete sie sich auf und kreischte: „Der Wurm! Wie kann er es wagen?"

„Wahrlich, er ist ein Unwürdiger", schmeichelte Sin.

„Sterblich oder nicht, diese menschliche Rasse ist einfach ganz und gar misslungen, findest du nicht auch?"

Sin überging ihre Frage. „Warum hast du dich überhaupt mit ihm eingelassen?"

„Ach, du weißt doch – mir ist so schnell langweilig."

„Wie kann dir bei all den fürchterlichen Kriegen, die diese Sterblichen gegeneinander führen, langweilig werden?", wunderte sich Sin und beobachtete fasziniert, wie sich Anveas Miene von grausamer Wut in trauriges Selbstmitleid verwandelte.

„Sie haben doch jetzt diese schreckliche Technik. Telefone, Fernsehen, Video! Und niemand erzählt mehr die Wahrheit über ihre Kriege. Die Sterblichen tun ja geradezu so, als gäbe es im Krieg weder Blutvergießen noch Tote oder Leid." Empört wedelte sie mit ihrer fleischigen Hand.

„Das ist nicht schön!", gab Sin zu.

„Und da habe ich mich daran erinnert, dass in diesem Jahr das Venusbündnis stattfinden soll." Verächtlich schnaufte sie bei diesem Wort und funkelte ihn an. Ganz offensichtlich dachte sie an seine Schwester. „Ich fand die Idee, ein wenig Spannung in die Sache zu bringen, einigermaßen verlockend. So ein Frieden ist doch langweilig. Weißt du …“, sie senkte ihre Stimme zu einem vertraulichen Flüstern und rückte etwas näher, „dieser Senthil hasst alle Feen!“

„Tatsächlich?“ Sin beugte sich jetzt ebenfalls vor und war neugierig, welche Geheimnisse sie ihm offenbaren würde.

„Oh ja. Und das schon seit fast zweitausend Jahren!“

Sin war überrascht, er hatte nicht gewusst, dass Senthil so alt war. Eine gefährliche Nachlässigkeit! Ehrlich interessiert schaute er Anvea an und wartete, dass sie mit ihrer Erzählung fortfuhr.

Die Fee lächelte zufrieden. Sie hatte nun seine volle Aufmerksamkeit. Sorgfältig ordnete sie ihr klassisches Gewand neu, trank aus einem riesigen Pokal und erzählte schließlich mit einem koketten Augenaufschlag weiter. „Als Senthil ein junger Mann und noch sterblich war, begegnete er eines Tages einer hübschen Feentochter. Er war der älteste Sohn eines bedeutenden Stammesfürsten und das Mädchen nur das angenommene Findelkind einer armen Familie. Zweifellos hatten diese Leute das Bedürfnis, den Göttern für ihre sieben Söhne zu danken, und brachten es deshalb nicht übers Herz, das arme ausgesetzte Kindlein einfach seinem Schicksal zu überlassen, wie das jeder andere getan hätte.“ Gerührt wischte sie sich eine kleine Träne aus dem Augenwinkel. Anvea mochte vielleicht grausam sein, doch war sie selbst Mutter und hatte für Kinder eine Schwäche. Die Fee bemerkte, dass Sins Gedanken abschweiften, und beeilte sich fortzufahren. „Senthil verliebte sich in die hübsche junge Frau und hielt zum Entsetzen seiner Eltern um ihre Hand an.

Ihre Familie, besonders die Brüder, drängten sie zu der Verbindung. Aber das Mädchen war eines Nachts bereits ihrem Seelenpartner begegnet und kannte nun keine andere Liebe als die seine. Weil sie Senthils Hand zurückwies, geriet dieser in Wut und nahm sich mit Gewalt, worauf er glaubte, ein Recht zu haben. Er schlug das Mädchen anschließend halb tot und ließ sie in dem kleinen Wäldchen zurück, in das er sie zum Stelldichein gelockt hatte. Sterbend fanden ihre Feenverwandten sie dort und schworen dem Fürstensohn ewige Rache.

Ihr heimlicher Verehrer war ein sehr junger Vampir, und als er in der darauffolgenden Nacht vom Tod seiner einzigen Liebe erfuhr, forderte er ihren Mörder heraus, tötete ihn und ging am nächsten Morgen ins Licht. Allerdings nicht, ohne Senthil dabei ein ganz besonderes ‚Geschenk' zu hinterlassen: Unsterblichkeit."

Anvea schaute auf. Ein Schatten schien über ihr Gesicht zu huschen, und Sin hatte plötzlich den Verdacht, dass sie am Fortgang der Ereignisse nicht ganz unbeteiligt gewesen sein mochte. Ihre Stimme verriet jedoch nichts, als sie fortfuhr: „Die Familie der geschändeten Fee schwor, Senthil werde niemals eine Seelenpartnerin finden. Sie töteten seine sterblichen Verwandten und streuten die Erinnerung an sein Volk in alle vier Winde."

Beinahe empfand Sin Mitleid mit Senthil. Das Dasein eines Vampirs war von Einsamkeit geprägt. Aus diesem Grund fühlten sich die meisten der erschaffenen Vampire den Nachkommen ihrer Familien auf besondere Weise verbunden und hielten nicht selten ihre schützende Hand über sie. Die Rache des Feenvolkes, ihm die familiäre und kulturelle Zugehörigkeit zu nehmen, war wirklich grausam gewesen.

Dann entsann sich Sin wieder seiner Mission und sagte: „Das hast du wunderbar erzählt! Aber willst du tatsächlich einen Krieg zwischen den Welten anzetteln, damit dieser Unwürdige seine Rache hat?"

„Natürlich nicht!" Anvea blickte sich misstrauisch um, dann flüsterte sie: „Das würde mir meine Mutter nie verzeihen!"

Sin unterdrückte ein Lächeln. Er kannte Anveas Mutter gut

genug, um zu wissen, dass es in der magischen Welt kaum jemanden gab, der sich nicht vor ihr fürchtete.

„Das ist ein ziemlicher Schlamassel", sagte er vertraulich.

Die Fee verzog ihr Gesicht, als wollte sie gleich weinen, und Sin fuhr hastig fort: „Ich habe eine Idee. Wenn du erlaubst?"

Sterbliche, die Anvea weinen hörten, wurden taub oder wahnsinnig. Auch Sin litt nicht selten noch tagelang unter Kopfschmerzen, wenn er das Missvergnügen gehabt hatte, ihr lautes Jammern und Klagen ertragen zu müssen. So war er froh, als sie ihn hoffnungsvoll aufforderte: „Lass hören!"

„Du könntest der kleinen Fee ein wenig helfen. Dann wäre sie in der Lage, Senthil zu besiegen."

Anvea sah ihn interessiert an.

Eilig sprach er weiter. „Tatsächlich weiß ich aus sicherer Quelle, dass Kieran, der berüchtigte Vengador, ihr Seelenpartner ist, und das zweite Siegel bereits gebrochen wurde."

„Du meinst, sie wäre schon längst ein Kind der Dunkelheit?"

Sin nickte.

„Senthil hat nichts davon erwähnt!", sagte sie anklagend.

„Er ist nicht gerade für seine Aufrichtigkeit bekannt", gab Sin zu bedenken.

„Das erkenne ich nun auch. Oje, und er befehligt die Sicarier!"

Sin wusste, dass sich Anvea eine Gruppe von Terroristen herangezogen hatte, die, gut trainiert, jedes Land in kürzester Zeit ins Unglück stürzen konnten. Mit derlei Spielchen vertrieb sie sich in letzter Zeit häufig die Langeweile. „Seit wann sind Sicarier denn Vampire?", fragte er misstrauisch.

„Das war Senthils Idee. Er hat junge Vampire rekrutiert. Verrückt, nicht wahr?" Sie lachte nervös, und Sin ahnte schon, dass ihm dies noch eine Menge Scherereien bereiten würde. „Da haben diese jungen Leute die Ewigkeit vor sich und wollen doch alles gleich hier und jetzt. Die meisten von ihnen hat übrigens dein Kieran ziemlich übel zugerichtet oder sogar getötet. Ich mag den Mann", lächelte die gefürchtete Kriegsfee und zeigte dabei eine Reihe spitzer Zähne – jeder einzelne messerscharf und tödlich.

„Du würdest auch seine Seelenpartnerin mögen. Sie ist eine talentierte Kämpferin!"

Anvea erhob sich von ihrem Lager, und Sin stand ebenfalls auf.

„Ich bin sicher, der Bessere wird gewinnen, meinst du nicht auch?", fragte sie Sin und legte vertraulich ihre Hand auf seinen Arm. „Eine ernsthafte Auseinandersetzung zwischen den beiden Alpha-Vampiren war früher oder später sowieso zu erwarten. Kieran wird einen Weg finden, das Problem zu lösen!" Und damit war er entlassen.

Großartig. Sie verlangte also Neutralität von ihm. Sin wusste, dass es keinen Zweck haben würde, mit Anvea zu verhandeln. Die Zeit drängte, und so beugte er höflich den Kopf. Wann würden diese hochmütigen Elben endlich begreifen, dass sie nicht das Maß aller Dinge waren und anderen nicht einfach so Befehle zu erteilen hatten, fragte er sich.

Als er ihre Villa bereits weit hinter sich gelassen hatte, hörte er Anveas amüsierte Stimme in seinem Kopf: „Ah, aber wir sind die unterhaltsamsten von allen. Frag doch die Sterblichen, warum sie immer noch unsere Geschichten lesen!" Sie lachte. „Falls du wissen möchtest, wo Senthil das Mädchen versteckt hält, dann frage Kieran – er kennt die Gegend sehr gut."

Sin sandte der Fee das Bild einer eleganten Verbeugung und nahm sich insgeheim vor, niemals den Fehler zu begehen, Anvea zu unterschätzen.

Ninsun, wo ist sie?

Ich weiß es nicht!

Erstaunt beobachtete Sin, wie Ninsun vor ihm Gestalt annahm. Wie immer, wenn er die zierliche Erscheinung seiner Begleiterin erblickte, verschlug es ihm beinahe den Atem. Ihre Augen glänzten wie Sterne, und ihre Lippen waren so rot und süß wie reife Kirschen, die jeden, der sie erblickte, verführten, davon zu kosten. So dachte Sin sehnsüchtig und musste über seine trivialen Vergleiche schmunzeln. Zum Lyriker war er gewiss nicht geboren.

„Mir hat es gefallen!", grüßte sie ihn zärtlich, schlang ihre Arme liebevoll um seine Taille und blickte in das vertraute Gesicht hinauf. „Nuriya hat mich ausgesperrt!", flüsterte sie, und ihre spitzen Ohren zitterten nervös.

Sin zog sie näher an sich heran. Er hätte sie jetzt gerne geküsst und genoss diesen Moment der Nähe. „Du hast einen schlechten Einfluss auf mich!", seufzte er schließlich enttäuscht und löste sich behutsam aus ihrer Umarmung.

Das verführerische Wesen begleitete ihn schon seit einer Ewigkeit, und er hatte sich inzwischen angewöhnt, eine gute Freundin und zuverlässige Gefährtin in ihr zu sehen. Aber er war keineswegs ein Heiliger, und sie konnte eine geschickte Verführerin sein. Da war es auch wenig hilfreich, dass Ninsun jedwede Gestalt anzunehmen vermochte, die sich ihr Gegenüber erträumte – und dass sie Sins geheime Neigungen genau zu kennen schien. Mittlerweile zeigte sie ihm jedoch ihre tatsächliche Gestalt, was ihrer Anziehungskraft keinen Abbruch tat. Im Gegenteil.

Bedauernd kehrte Sin aus seinen Tagträumen zurück. „Wie ist es Nuriya gelungen, dich aus ihren Gedanken zu verbannen?"

„Ich habe keine Ahnung." Eine steile Falte erschien zwischen ihren Brauen. „Ich habe sie niemals für undankbar gehalten!"

„Du hast ihr in den letzten Jahren viel beigebracht, Ninsun. Dein Schützling scheint flügge zu werden."

„Wenn es das nur wäre. Sie ist aber immer noch nicht bereit, ihre Magie wirklich anzunehmen – und von Kieran will sie offenbar überhaupt nichts mehr wissen. Was ich ihr nicht verübeln kann, nachdem er sie so schlecht behandelt hat“, grollte Ninsun vorwurfsvoll.

„Er ist wenig kooperativ, das gebe ich zu.“

„Wenig kooperativ? Das kann man wohl sagen. Dieser Vampir ist ein herzloser Kerl, der gar nicht weiß, was gut für ihn ist!“

„Ninsun!“

„Ich bin schon still! Er hat auch durchaus seine guten Seiten – dieser knackige Hintern ist zweifellos einzigartig“, kicherte sie und verschwand in einem regenbogenfarbenen Wirbel.

„Genug!“, knurrte Sin und wunderte sich über den Anflug von Eifersucht, den er bei ihren Worten verspürt hatte. „Knackiger Hintern“, seit wann legte Ninsun Wert auf solche Details? *Wie geht es der dritten Schwester?*

Estelle? Sie hat keine Ahnung!

Ein fröhliches Lachen umhüllte seine Gedanken zärtlich, und sofort fühlte er sich besser.

Ich habe eine Vermutung, wohin Senthil sie verschleppt haben könnte. Allerdings muss ich das mit Kieran noch klären.

Dann eile dich! Er wird nicht mehr lange warten!, warnte Ninsun.

Sin erinnerte sich, dass die Zeit für ihn vermutlich anders vergangen war als in dieser Welt. *Wie spät ist es?*, fragte er drängend, und Ninsun bestätigte seine Befürchtungen. Die Sonne war hier bereits vor einer Stunde untergegangen.

„Endlich!“ Kieran lief ungeduldig auf und ab. Seine Freunde blickten ebenfalls gespannt auf Sin, der sich wie immer unerwartet und geheimnisvoll aus den Schatten löste.

„Wo ist Nuriya?“

„Es gibt eine schottische Burg …", begann Sin, als Kieran ihn bei den Schultern fasste.

„Ist sie dort? In meinem eigenen Land!" Empört trat er einen Schritt zurück. Der erste Impuls Kierans war, sofort durch die Zwischenwelt zu Nuriya zu eilen. Aber das wäre wohl ein wenig voreilig gewesen. Sein Land war groß, und Burgen gab es dort mehr als eine.

„Zweifellos hat Senthil ein paar unangenehme Fallen aufgestellt", bemerkte Sin kühl und ließ dabei einen Blick über Donates und seine Familie gleiten. Rechtzeitig erinnerte er sich, auch Erik und Selena in diese Warnung mit einzubeziehen. Ninsun lächelte, und in Sins Kopf fühlte sich das wie ein herrlicher Sommermorgen an. *Meine Güte, willst du mir den Verstand rauben?*

Vielleicht später einmal, neckte sie übermütig. Diesmal glaubte er, ihre Lippen auf seinem Mund zu spüren, und hielt überrascht den Atem an.

„Was ist mit dir los?" Kieran blickte fragend in das verträumte Gesicht des Lehrers, und Sin bemühte sich, seine Aufmerksamkeit ganz dem vorliegenden Problem zu widmen.

Sie besprachen ihre Strategie. Kieran kannte ein paar verlassene Burgen und Ruinen, die sich durchaus als Versteck eigneten, und Sin erzählte von den Sicariern, die vermutlich irgendwo in der Nähe von Senthils Refugium lauerten. Sie zumindest müssten zu spüren sein.

Kieran überlegte kurz, dann traf er seine Entscheidung. „Asher hat versprochen, Estelle vor Übergriffen zu schützen. Ihr Winterfelds kümmert euch um Selena. Erik …"

„Ich werde mit dir gehen."

Kieran sah ihn fragend an.

„Wenn jeder magische Kontakt unterbrochen ist, wirst du

vielleicht die Nase eines Wolfes gebrauchen können. Außerdem rechnet Senthil nur mit Vampiren, das könnte ebenfalls ein Vorteil sein."

„Bist du dir darüber im Klaren, dass es sehr gefährlich ist?" Kieran war überrascht. Mit einem derartigen Angebot hätte er niemals gerechnet, besonders da Lykanthropen und Vampire nicht immer die besten Freunde waren.

Der Werwolf warf einen kurzen Blick auf seine Geliebte und lächelte. „Ich tue es für Selena. Ich könnte ihr nie wieder in die Augen sehen, wenn ich nicht alles täte, um ihre Schwester zu retten!"

Kieran sah Nuriyas Schwester prüfend in die Augen und las darin Zustimmung. Selena war auf ihren Geliebten ganz offensichtlich stolz. Der Vampir streckte Erik seine Hand entgegen und sagte: „Vielen Dank! Ich nehme dein Angebot gerne an."

„Ich glaube, ich weiß, wo Senthil das Mädchen gefangen hält."

„Du kennst sein Versteck?" Kierans Stimme war nicht anzumerken, dass er sich darüber ärgerte, Tesfayas Fähigkeiten falsch eingeschätzt zu haben. Offenbar verfügte sie über ausreichend magisches Talent, um das Siegel, das er über ihrem Zimmer angebracht hatte, unbemerkt zu lösen. Eine derartige Nachlässigkeit durfte sich Kieran nicht noch einmal erlauben, wenn er Nuriya retten wollte.

Sie lächelte zufrieden, als hätte sie seine Gedanken gehört. „Ich war schon dort. Senthil hat die Burg ausgezeichnet gesichert und zu seinem Hauptquartier ausgebaut. Die Sicarier werden dort trainiert. Außer Nebel, Schafen und einem eisigen Wind gibt es wenig, was die Konzentration stören könnte." Ihr schauderte bei dem Gedanken an die einsame Landschaft weit im Norden Schottlands. Es war der Vampirin, die ihre Jugend in den Weiten Afrikas verbracht hatte, unbegreiflich, wie man sich in einer solch unwirtlichen Gegend niederlassen konnte.

Das Klingeln eines Telefons unterbrach sie, und alle blickten überrascht zu Sin hinüber, der eilig ein Handy aus der Innentasche seines langen Ledermantels zog und sich mit einem kurzen „Ja?“ meldete.

Während er dem Anrufer lauschte, verdüsterte sich seine Miene. Schließlich drückte er ärgerlich einen Knopf und ließ das Telefon wieder in der Tasche verschwinden. Mit den Worten „Kieran, du weißt, wo du mich finden kannst!“ war er verschwunden.

„Du hast versäumt, mir deine Nummer zu geben“, knurrte der Vengador und fragte sich, seit wann seinesgleichen mit Mobiltelefonen ausgestattet durch die Welt zogen.

Dann sah er Tesfaya an. „Kannst du mir den Weg zu dem Versteck beschreiben?“

„Nein, aber ich werde euch dorthin führen.“

Kieran überlegte. Es war ein großes Risiko, der ehemaligen Partnerin Senthils zu vertrauen. Sehr leicht konnte das auch eine Falle sein. Aber noch immer fand er keine Spur von Betrug in ihren Worten, und Donates bestätigte seinen Eindruck, indem er kaum sichtbar nickte. Die Alternative, nämlich die schottischen Highlands selbst nach Spuren vampirischer Präsenz abzusuchen, wäre viel zu zeitaufwendig gewesen.

Endlich sagte er: „Ich danke dir, Tesfaya. Dein Angebot ehrt dich. Bleibt nur noch die Frage zu klären, wie Erik ohne Energieverlust rasch dorthin gelangen kann.“

Der Werwolf lächelte: „Darüber mach dir keine Gedanken!“ Sanft küsste er Selena zum Abschied und öffnete dann mit einer beiläufigen Handbewegung ein Portal. „Nach euch!“, forderte Erik die erstaunten Vampire auf und folgte ihnen in die Zwischenwelt.

„Wow!“, entfuhr es Angelina. „Hättest du gedacht, dass Werwesen diese Fähigkeiten besitzen?“

Donates fuhr sich durch das lange Haar. „Bei diesem hier schon!“ Er zwinkerte Selena zu: „Du hast da einen ganz ordentlichen Fang gemacht – lass ihn dir nicht entgehen!“

Das Feenkind lachte. „Das ist mir inzwischen auch klar geworden. Und weißt du was?“ Vertraulich beugte sie sich vor. „Mögen die Götter demjenigen Gnade erweisen, der es wagt, Erik auch nur ein Haar zu krümmen – ich werde es ganz gewiss nicht tun!“

11

Nuriya lag in völliger Dunkelheit in ihrem Verlies. Ohne irgendeine noch so winzige Lichtquelle half ihr auch die neu gewonnene vampirische Fähigkeit, des Nachts sehen zu können, nichts. Allerdings hörte sie deutlich die Beinchen eines Käfers in ihrer Nähe über den sandigen Boden kratzen – und irgendwo weiter hinten tropfte Wasser. Das brachte sie auf eine Idee. Im Rücken spürte sie kalten, behauenen Stein. Aber wie war der Rest ihrer Zelle beschaffen? Vielleicht befand sich irgendwo ein Ausgang? Die Vampirin fühlte den Boden nach Steinchen ab, um sie zu werfen und mit Hilfe des Echos die ungefähren Ausmaße des Raumes herauszufinden. Bald hatte sie eine Handvoll gesammelt.

Der erste Stein flog zu kurz und landete im Sand. Der zweite prallte gegen eine Wand – Nuriya schätzte, dass diese drei Meter entfernt war. Die anderen Steinchen gaben ebenfalls Auskunft, und bald konnte sie sich in etwa orientieren. Ihre Zelle war nicht besonders groß, vielleicht drei mal fünf Meter, und offenbar nicht sehr hoch.

Behutsam tastete sie sich die Wände entlang, bis sie eine Tür entdeckte. Nuriya hob die Faust, um dagegenzuklopfen, doch genauso gut hätte sie gegen die steinernen Mauern schlagen können. Die Tür war aus massivem Holz gefertigt und ließ keinen Laut aus ihrer Zelle entweichen. Unglücklich setzte sie sich wieder auf ihr Lager. War es deshalb so einfach gewesen, Ninsun aus ihren Gedanken auszusperren, weil sie hier, in der Tiefe gefangen, ohnehin niemanden erreichen konnte?

Aber dann spürte sie die Kraft der Sonne irgendwo dort draußen allmählich nachlassen und den Tag schwinden. Sie schöpfte neue Hoffnung. Es würden noch viele Jahrzehnte vergehen, bis sie sich im Tageslicht so frei bewegen konnte wie Kieran, hatte er ihr erklärt. Deshalb vielleicht schützte sie wie alle anderen Vampire ein inneres Warnsystem davor, aus Versehen in das tödliche Sonnenlicht zu geraten. Sie erinnerte sich genau an ihr nächtliches Gespräch bei den prähistorischen Steinen in seinem Land. Einfühlsam hatte er versucht, ihr die Furcht vor einer unbekannten Zukunft zu nehmen. Nun verstand Nuriya auch, warum Kieran ihr seine Rolle während der Transformation und besonders in ihrem zukünftigen Leben verschwiegen hatte. Er wollte ihr Zeit geben, sich über ihre Gefühle klar zu werden, bevor sie mit dem vollen Ausmaß ihres Schicksals konfrontiert wurde.

Kieran hatte vielleicht selbst nicht gewusst, dass sie füreinander bestimmt waren. Doch wenn sie sich nun an seine verwirrenden Stimmungsschwankungen zurückerinnerte, wunderte sie sich, warum sie nicht schon viel früher erkannt hatte, das sie ihm nicht gleichgültig war. Es blieb ihr nicht viel Zeit, bevor Senthil zurückkehrte. Entschlossen richtete sie sich auf und begann, in der Tiefe ihrer Seele die Kräfte zu wecken, die sie gegen diesen widerlichen Entführer schützen sollten.

Kurz darauf erwachte Senthil ganz in der Nähe. Kieran war gewiss nicht mehr weit entfernt. Mit Sicherheit fühlte sich der verhasste Vengador bereits als der strahlende Held, der die Auserwählte aus den Fängen des Bösewichts befreien würde, zudem noch in seinem eigenen Land.

Kieran, halb so alt wie er selbst, war ihm seit seiner Transformation ein Dorn im Auge gewesen. Kurz zuvor hatte er es fast geschafft, vom Rat als Vengador anerkannt zu werden. Doch dann war dieser grüne Junge aufgetaucht und hatte all seine hochfliegenden Pläne zunichtegemacht. Er hasste ihn für seine Herkunft, seine magischen Talente und ganz besonders für seine herablassende Freundlichkeit, mit der er ihn bei jedem Wettstreit stets hatte gewinnen lassen, obwohl jeder wusste, dass Kieran der Überlegene war. Doch das würde ihm nichts nützen, schwor Senthil. Er hatte jahrhundertelang Zeit gehabt, den Zauber zu vervollkommnen, der dem Kelten nun zum Verhängnis werden sollte. Der Vampir lachte zufrieden und machte sich dann auf, die Wachposten zu kontrollieren, die er rund um die Burg platziert hatte. Seine Truppe war leider nicht mehr so groß wie anfangs, aber die Kämpfer brannten darauf, mit ihm die Macht in einer neuen Weltordnung zu übernehmen.

„Gut geschlafen, General?" Der dunkel gekleidete Vampir begrüßte ihn, wie Senthil fand, viel zu vertraulich. Doch dieses Mal sah er großzügig darüber hinweg, er brauchte den Mann ja noch.

„Sind alle auf ihren Posten?"

„Ich habe Leute am Eingang des Tals und einige oben in den Bergen. Zwei überwachen den See und achten auf mögliche magische Bewegungen in der Umgebung. Alle anderen stehen uns in der Burg zur Verfügung."

„Sehr gut. Mir soll sofort berichtet werden, wenn Kieran irgendwo auftaucht. Verwickelt ihn in einen Kampf, aber tötet ihn nicht. Das Vergnügen möchte ich selbst haben."

„Bisher gibt es keinerlei Anzeichen, dass er sich in der Nähe befindet."

Senthil blickte ärgerlich in den Nachthimmel. Wo blieb der Kelte? Sollte er etwa kein Interesse daran haben, das Mädchen zu retten?

Kieran und seine Begleiter reisten durch die Zwischenwelt in die hüglige Landschaft Schottlands. Erstaunt blickte sich der Werwolf um. „Das ist Argyll! Die Gegend kenne ich gut! Entfernte

Verwandte leben ganz in der Nähe." Fragend sah er Kieran an. „Kann es sein, dass du zuweilen ebenfalls eine etwas andere Form annimmst?"

Sein Gefährte lehnte sich an einen hohen, aufgerichteten Stein und lachte. „Das wusstest du nicht? Einige sehr alte und fast alle geborenen Vampire können sich in Tiere verwandeln."

„Oje. Dann bist du vermutlich der teuflische Panther aus meinen Gutenachtgeschichten!", seufzte Erik.

Der Vampir grinste und gab zu: „Das könnte möglich sein. Dies ist meine Heimat."

„Aber wir befinden uns nicht in den Highlands", stellte Erik mit einem fragenden Blick auf Tesfaya fest.

„Brillant beobachtet, kleiner Werwolf!", entgegnete diese an Stelle des Vengadors und bedachte Erik mit einem verächtlichen Blick. Dann wandte sie sich lächelnd um: „Kieran, was hast du vor?"

„Tesfaya, hör mir genau zu! Erik ist ein loyaler Freund, und ich dulde keine abfälligen Bemerkungen über seine Herkunft. Hast du das verstanden?" Kieran hatte bei diesen Worten weder seine lässige Haltung aufgegeben noch die Stimme erhoben, doch die Vampirin wurde unter ihrer dunklen Haut ganz grau und entgegnete mit zittriger Stimme: „Das war nicht böse gemeint. Bitte entschuldige meine Bemerkung, Erik!"

Dem Werwolf hatten bei Kierans Worten ebenfalls die Haare zu Berge gestanden, und so fragte er sich nicht zum ersten Mal, wie viel Macht dieser Vampir tatsächlich besaß. Mit einem Lächeln akzeptierte er Tesfayas Entschuldigung und sah Kieran fragend an.

„Seht ihr das Cottage dort drüben? Ihr zwei könnt euch dort mit Nahrung versorgen – wer weiß, wann wir wieder Gelegenheit dazu haben. Ich muss noch etwas erledigen, und dann können wir weiter nach Norden reisen."

Tesfaya und Erik gingen den Hügel hinab zu dem strohgedeckten Häuschen, das zwischen hohen Eichen am Saum des Waldes stand. Erik war auf alles vorbereitet, als er die Klinke behutsam hinabdrückte. Aber nur ein feines Kribbeln in seiner Hand verriet die Magie, mit der Kieran seine einfache Unterkunft zweifellos vor unerwünschten Besuchern schützte. Innen roch es ein wenig nach Staub, ansonsten aber wirkte alles aufgeräumt und sauber. Der warme Duft menschlichen Blutes hing in der Luft, und Erik fragte sich, wer hier für den Vampir das Haus hüten mochte.

Derzeit jedenfalls war das Cottage, das nur aus einem einzigen Raum bestand, der von einem mächtigen, hölzernen Himmelbett beherrscht wurde, leer. Im Kamin hätte man einen halben Ochsen braten können. Davor stand ein bequem aussehendes, aber ziemlich hässliches geblümtes Sofa, und links der Eingangstür gab es zu Eriks Erstaunen neben einem Tisch mit vier altersschwachen Stühlen eine komplett ausgestattete Küchenzeile. Sie sah benutzt aus. Auf dem Herd war erst kürzlich gekocht worden, verriet ihm seine sensible Nase. Neben dem Spülstein hörte er ein leises Brummen. Neugierig öffnete Erik die hölzerne Schranktür und fand einen Kühlschrank. Gut gefüllt mit Lebensmitteln und einigen Blutkonserven. Tesfaya, die bisher kein Wort gesprochen hatte, griff schweigend an ihm vorbei und nahm einen der Beutel heraus, riss ihn mit ihren spitzen Zähnen auf und trank gierig die nahrhafte Flüssigkeit. Anschließend warf sie sich aufs Sofa und knurrte: „Ich frage mich, wo Kieran bleibt. Glaubt er, dass wir in fünf Minuten in Senthils Festung hineinkommen werden?"

Erik stellte sich die gleiche Frage, doch seine Loyalität ließ ihn jeden Kommentar verschlucken, und so plünderte er wortlos den Kühlschrank und wartete ungeduldig auf die Rückkehr des Vampirs.

Unterdessen eilte Kieran zu den magischen Steinen auf der anderen Seite des Tals. Am Rand der Lichtung prüfte er noch einmal die Atmosphäre der Umgebung, ob sich wirklich niemand in der Nähe befand. Erinnerungen an längst vergangene Tage wurden wach.

Hierher hatte die Mutter Kieran an seinem einundzwanzigsten Geburtstag geführt und aus dem Astloch eines hohlen alten Baumes einen Krug und ein mit Leinentüchern umwickeltes langes Paket gezogen. Als sie dann aber den mit Wachs getränkten Stoff beiseiteschlug, glaubte Kieran seinen Augen nicht trauen zu dürfen. Das Schwert, das sie ihm überreichte, war kunstvoll gearbeitet. Als er es in die Hand nahm, schien es ihm, als ginge ein sanftes Leuchten von dem kostbaren Metall aus. Behutsam strich Kieran über die Intarsien, die den schwarzen Knauf verzierten. Aus Elfenbein und feinem Gold waren darin Sonne und Mond eingelassen. Zwei winzige Diamanten schienen den Morgen- und den Abendstern zu symbolisieren. Ein filigranes Muster aus endlos verschlungenen Linien, ähnlich den keltischen Ornamenten, die er in der Burg seines Lehnsherren bewundert hatte, schmückten die Klinge. Die Waffe war vollendet ausbalanciert, doch Kieran fragte sich, wie er mit einem solchen Schwert kämpfen sollte. Es war viel kürzer als alle Waffen, die er in der Werkstatt seines Vaters bisher angefertigt hatte. Doch in den folgenden Jahrhunderten hatte er nicht nur gelernt, damit umzugehen, sondern auch festgestellt, dass niemand außer ihm das Schwert berühren konnte. Einmal hatte ein geschickter Taschendieb es zu stehlen versucht und war schreiend vor Schmerz zurückgesprungen. Heulend hielt er daraufhin seine verbrannte Hand in die Höhe, auf der der Abdruck des Schwertgriffes deutlich zu sehen war, und schrie: „Hexerei! Der Mann ist ein Hexer!“ Eine schwerwiegende Anschuldigung zu der damaligen Zeit. Kieran hatte zwar von den Sterblichen wenig zu befürchten, dennoch war er stets bemüht, keine Aufmerksamkeit zu erregen und damit womöglich andere, weniger mächtige Vampire in Gefahr zu bringen. Er bewachte das Schwert noch sorgfältiger, und so leistete es ihm stets gute Dienste.

„Mutter, woher hast du diese Waffe?", fragte der junge Kieran verwundert und riss seine Augen noch weiter auf, als er die glatt polierten Goldstücke in dem Krug aus Ton entdeckte. Und dann erzählte sie ihrem Sohn, wie sie ihn als Säugling in einer kalten Herbstnacht auf ihrem Heimweg aus dem Dorf gefunden hatte. Ganz so, als hätte, wer immer den Korb, in dem er warm eingewickelt schlief, dort abgestellt hatte, genau gewusst, dass sie an diesem Abend spät unterwegs sein würde. Das Schwert hatte sie zusammen mit einem Goldstück am nächsten Morgen auf der Bank, die neben der Feuerstelle in ihrem kleinen Cottage stand, gefunden und daraus geschlossen, dass dies der Lohn dafür war, dass sie das Kind, ohne zu zögern, in ihren ärmlichen Haushalt aufgenommen hatte. Ihr eigenes viertes Kind war am Tag zuvor, nur drei Monate nach der Geburt, gestorben – und so hatte sie sogar genügend Milch für ihr Findelkind. Die außergewöhnliche Waffe verbarg sie in dem hohlen Baum vor ihrem Mann. Dieser hätte nämlich sicher versucht, sie zu verkaufen. Das Gold jedoch zeigte sie ihm, und so gestattete er ihr, den fremden Jungen zusammen mit ihren eigenen Kindern aufzuziehen. Fortan fand sie an jedem Morgen, an dem sich der Fund des kleinen Jungen jährte, ein weiteres Goldstück auf der Ofenbank. Doch sie gab das Gold nicht aus, sondern versteckte es ebenfalls. Der Familie ging es nämlich auch so sehr gut. Das Vieh vermehrte sich und gedieh, die Ernte war stets außergewöhnlich ertragreich, die Kinder blieben gesund, und die Schmiedearbeiten ihres Mannes gelangen so gut, dass er vom Laird und anderen mächtigen Familien der Gegend bald regelmäßig Aufträge erhielt.

Kieran trat in den Steinkreis. Vor wichtigen Kämpfen kam er regelmäßig hierher, um die Ruhe dieses Ortes zur magischen Reinigung seiner Gedanken zu nutzen. Dieses Mal fiel es ihm besonders schwer, die distanzierte Kaltblütigkeit herzustellen, ohne die er kaum eine Chance haben würde, Nuriya zu retten. Ehrfurchtsvoll hielt er sein magisches Schwert mit beiden Händen in die Höhe, als wollte er es dem Himmel über sich anbieten, und gedachte dabei der zahllosen Gegner, die ihm bisher zum Opfer gefallen waren. Er wusste nicht, wie es gelingen konnte, aber kaum hatte Kieran seine Augen geschlossen, da schien es so, als würden die Steine beginnen, sich um ihn herum zu drehen. Wind kam auf, der versuchte, ihn mal hierhin, mal dorthin zu zerren, bis ein Wirbel entstand und alle seine Zweifel und Ängste mit sich in die luftigen Höhen davontrug. Da küsste er die kühle Klinge und flüsterte: „Verschone die Unschuldigen und diene dem Frieden!" Anschließend schob er die Waffe in ein eigens hierfür angefertigtes Futteral unter seinem langen Ledermantel und kehrte zu den Gefährten zurück.

Ihre neugierigen Blicke ignorierend wandte er sich an Erik: „Hör zu, ich habe keine Ahnung, was uns erwartet. Du wirst unter Umständen ganz auf dich gestellt sein. Jetzt ist noch Zeit zu gehen, wenn du es dir anders überlegt hast."

Der Werwolf sah ihn erstaunt an. „Ich bleibe natürlich bei dir!"

„Also gut. Wenn es aber zum Kampf kommt, halte dich zurück. Mit den Sicariern ist nicht zu spaßen. Sie haben ein besonderes Gift entwickelt, das selbst für mich hätte tödlich sein können."

Tesfaya blickte ihn ungläubig an: „Du hast den Trank genommen und überlebt?"

„Was weißt du davon?" Kierans Stimme klang scharf, und im Nu stand er dicht hinter der Vampirin. Sie zitterte.

„Nicht viel. Senthil hat seit einer Ewigkeit daran gearbeitet, das Rezept zu vervollkommnen."

„Augenscheinlich ist er nicht so gut, wie er meint." Kieran kehrte zu Erik zurück. Tesfaya musste nicht wissen, wie knapp er der Vernichtung durch dieses Gebräu entgangen war. Der Werwolf strahlte eine ruhige Entschlossenheit aus.

Kieran nickte zufrieden und riss sich mit seinem Fingernagel eine Ader am Handgelenk auf. Er hielt Erik die blutende Wunde unter die Nase. Ihm war klar, dass der Werwolf unter normalen Umständen niemals freiwillig von ihm getrunken hätte, schon aus Furcht, von nun an für immer an ihn gebunden zu sein. Er rechnete ihm sein Vertrauen und den Einsatz für die Feenschwestern hoch an.

Gierig sog Erik den Duft des vampirischen Blutes ein und konnte den Jäger, der in ihm schlummerte, nicht verleugnen. Seine Pupillen waren schmal und senkrecht, als er Kieran einen Moment lang durchdringend anblickte, als wollte er sich von dessen Aufrichtigkeit überzeugen. Er schien mit dem, was er im Gesicht des Vampirs las, zufrieden zu sein und beugte sich schließlich über dessen Handgelenk. Doch statt, wie es seine Natur war, die Zähne in das weiche Fleisch zu schlagen, leckte er mit seiner rauen Zunge das tiefrote Blut langsam von einer Wunde, die sich bereits wieder schloss.

Kieran wusste diese offensichtliche Selbstbeherrschung sehr wohl zu schätzen und war nun überzeugt, dass Erik ein zuverlässiger Kampfgefährte sein würde. „Jetzt solltest du gegen das Gift immun sein."

Erik fühlte sich, als wären noch ganz andere Dinge mit ihm geschehen. Sowie er Kierans Blut auf der Zunge gespürt hatte, war eine eigentümliche Flamme seine Wirbelsäule entlanggerast und hatte sich in Windeseile über den gesamten Körper ausgebreitet. Selbst für einen Werwolf besaß er außergewöhnlich gut entwickelte Sinne, und nicht nur seine Brüder fürchteten Eriks Reflexe und Kraft. Noch nie war er in den Kämpfen, die unter seinesgleichen üblich waren, irgendjemandem unterlegen gewesen. Jetzt fühlte er den Wind auf seiner Haut intensiver, und die Erde unter seinen Füßen schien von dem mannigfaltigen Leben in ihr zu vibrieren. Der Duft der Frühlingspflanzen und der weit entfernten salzigen See stimulierte Eriks Geruchssinn auf eine nie erlebte Weise. Die atemberaubende Landschaft schimmerte im silbernen Licht des abnehmenden Mondes.

Kieran sah den jungen Werwolf verständnisvoll an. „Du gewöhnst dich daran. In ein paar Tagen lässt das Ganze auch ein wenig nach.“

Die drei Krieger näherten sich behutsam dem Tal weit oben im einsamen Norden der britischen Insel, in das Tesfaya sie durch die Zwischenwelt geführt hatte. Es gab einen nicht besonders breiten Zugang, der relativ leicht überwacht werden konnte. Die flankierenden Höhenzüge waren nur von Flechten und Moosen bewachsen. Nebel hing über dem See und streckte seine Finger in das Wäldchen am Ufer aus. Die Bäume schienen sich an die Felsen zu ducken. Ihre Äste hatten sie anklagend in Richtung der mächtigen Festung ausgestreckt, die dunkel über dem totenstillen Tal thronte. Es schien, als sei jede lebende Seele aus diesem Ort geflohen.

Hier hielt Senthil das Feenkind gefangen.

„Hört zu, ihr zwei!“, flüsterte Tesfaya, nachdem sie sich mehrfach umgesehen hatte. „Weiter vorn, das ist die Quelle des Baches, den ihr dort fließen seht. Daneben, hinter einem Felsen, liegt gut versteckt der Eingang zu einem Höhlensystem, durch das wir unbemerkt in die Burg gelangen können.“

„Woher weißt du das?“, fragte Kieran misstrauisch.

„Ich bin auf diesem Weg schon häufiger unbemerkt ein- und ausgegangen. Ich kenne ihn ganz genau."

„Warum bist du nicht durch die Zwischenwelt …?"

Rüde unterbrach Tesfaya Erik: „Denk doch nach! Jede magische Tätigkeit wäre Senthil sofort aufgefallen, und alle anderen Ausgänge sind versiegelt. Niemandem ist es bisher gelungen, diese Siegel zu brechen."

Als Erik zu einer ärgerlichen Entgegnung ansetzte, hob Kieran beschwichtigend seine Hand. Sofort verstummte der Werwolf.

Tesfaya lächelte zufrieden und fuhr fort: „Ich werde jetzt in die Höhlen gehen. Wenn alles in Ordnung ist, gebe ich euch ein Zeichen."

„Und an was denkst du da?", fragte Erik.

Sie hatten besprochen, so lange wie möglich auf jeglichen mentalen Kontakt und Magie zu verzichten. „Ich werde einen Stein in die Quelle legen, sodass der Bach für einen Augenblick versiegt. Das ist das Zeichen!"

Kieran schaute sie durchdringend an, und Tesfaya wartete darauf, dass er ihre Gedanken erforschen würde. Sie konnte jedoch nicht einmal die Andeutung einer Berührung spüren. Erleichtert entfloh sie in Richtung der Quelle, als der Vengador schließlich nickte.

„Traust du ihr?"

„Ich traue niemandem, aber sie sagt die Wahrheit. Glaube mir, ich weiß, wann ich einen Lügner vor mir habe. Komm, wir überqueren den Bach und steigen dort drüben in die alte Eiche. Ein guter Aussichtspunkt, will mir scheinen."

Erik grinste. „Vertrauen ist gut …!" Er verstummte kurz und legte seinen Kopf schräg. „Hast du das gehört?" Doch die Frage war überflüssig, denn Kieran lauschte bereits konzentriert in den Wald hinein. Ein leises Rascheln war zu hören. Eriks Pupillen weiteten sich vor Überraschung, als er Nuriya leblos zwischen zwei mächtigen Steinen liegen sah. Ihre Lippen waren aufgeplatzt, ein Auge beinahe zugeschwollen, als hätte sie jemand geschlagen, und Blut tropfte aus ihrem Mundwinkel. Bei ihrem Anblick hatte Kieran das Gefühl, als drehe jemand einen Dolch in seinem Herzen um. Er gab ein gefährlich wirkendes Fauchen von sich und wollte schon zu ihr stürzen, aber Erik hielt den Vampir gerade noch zurück. „Ich kann sie nicht spüren!"

„Niemand kann das!" Kieran wollte sich losreißen.

„Aber du kannst es, Kieran!" Eriks Stimme klang so eindringlich, dass er innehielt. Es stimmte, Kieran hatte sie immer spüren können, selbst im „Hellfire". Und nun sah er das Mädchen zwar dort liegen, aber sie blieb doch auf merkwürdige Weise weit entfernt von ihm.

„Du glaubst, es ist eine Falle?"

Erleichtert ließ Erik den Ärmel des Vampirs los. Aber da stöhnte das Mädchen auf und flüsterte: „Kieran, bitte!"

Nichts konnte ihn mehr halten. Er stürmte vorwärts und wusste im selben Moment, dass dies ein Fehler war. Kieran hatte Nuriya noch nicht erreicht, als sich ihre Konturen auflösten und der Boden unter seinen Füßen nachgab. Entsetzt beobachtete Erik, wie der Vengador im Erdboden versank. Ehe sich die eigentümliche magische Öffnung wieder schließen konnte, beschwor Erik das Bild eines Polarwolfs vor seinem inneren Auge und verwandelte sich so schnell wie noch nie. Es war keine Zeit, sich über das Tempo seiner Gestaltwandlung Gedanken zu machen – mit einem gewaltigen Satz sprang er Kieran hinterher.

Erik fühlte ein seltsames Rauschen in seinen Ohren und fand sich unerwartet in einer riesigen unterirdischen Höhle wieder. Die Wände waren mit Kristallen überzogen. Eine flache Quelle sprudelte in der Mitte über das glatte Gestein. Das Wasser glitzerte in den ungewöhnlichsten Grüntönen, die sich in den Kristallen tausendfach widerspiegelten und die Höhle in ein unwirkliches, geradezu gespenstisches Licht tauchten. Ihnen gegenüber lag eine Grotte, die von unzähligen schwirrenden Lichtern beleuchtet war und in der ein reich mit kostbaren Stoffen geschmückter Thron stand. Vor dieser Grotte sahen sie wundersame Wesen, die auf Felsen hockten, in Gruppen zusammenstanden oder bequem auf weichen Kissen lagerten. Wenige davon waren Männer. Und dann verstummten die leisen Gespräche, und alle verbeugten sich vor der Frau, die wie aus dem Nichts in der Grotte auftauchte. Ihr Haar war ebenso lang und weißblond wie das der Clubbesitzerin Órla. Aber hier endeten die Parallelen auch schon. Die Symmetrie im Gesicht dieser Frau war vollkommen, ihre Figur sehr reizvoll – und hatte die Blutfee bereits die Ausstrahlung einer machtvollen Prinzessin der Finsternis besessen, so blickte sie nun eine Königin an.

„Was haben wir denn da?"

Eine Fee eilte an ihre Seite und schien der Herrscherin etwas ins Ohr zu flüstern. Diese schaute ihre beiden Gäste daraufhin durchdringend an und sagte mit zwar tiefer, aber leiser Stimme: „Komm her zu mir, Vampir – und bring deinen Schoßhund ruhig mit!"

Erik gab ein knurrendes Geräusch von sich, das sofort mit einem feindseligen Zischen von den Feen beantwortet wurde. Erschrocken legte der Werwolf seine Ohren flach an den Kopf und drängte sich näher an Kieran. Der Vampir begegnete dem prüfenden Blick der Königin ohne Zögern. Sekundenlang starrten sie sich an, und es schien, als vergäßen alle anderen für diese Zeit das Atmen. Die seegrünen Augen der Fee wirkten wie zwei endlose Strudel: Als wollten sie seine Seele in ihren Bann ziehen. Die Farbe erinnerte Kieran an Nuriya. Doch er widerstand der Versuchung, sich den Verlockungen hinzugeben, die seine verwirrten Sinne zu sehen glaubten. Wütend war er über diesen Versuch der Königin, ihn zu betören. Entschlossen, den Aufenthalt in ihrem Reich so kurz wie möglich zu halten, damit er weiter nach Nuriya suchen konnte, folgte er jedoch der Aufforderung und trat einen Schritt näher.

„Du willst also die Auserwählte befreien?" Elegant setzte sie sich auf den Thron und betrachtete ihren Gast von dort aus abschätzend. „Ist das alles, was die Welt der Dunkelheit zu ihrer Befreiung entsandt hat? Einen Vampir und einen …", sie lächelte, „Wolf?"

Kieran ließ sich nicht provozieren und entgegnete kühl: „Niemand hat uns geschickt."

„Und warum ist *er* hier?". Verächtlich zeigte sie auf Erik.

„Er kann tun, was er für richtig hält. Er gehört nicht in das Reich der Schatten."

„Das sehe ich selbst!", fauchte sie – und es schien, als lauerte unter ihrem ebenmäßigen Gesicht noch ein ganz anderes, weniger attraktives Wesen.

Erik wandelte sich so rasch von dem riesigen weißen Wolf in seine menschliche Form, dass die umstehenden Feen verblüfft einen Schritt zurückwichen. Wider Willen lächelte Kieran, als sich gleich darauf die Atmosphäre deutlich entspannte. Vereinzelt waren Kichern und Laute des Wohlgefallens zu hören; besonders die weiblichen Mitglieder des Hofstaats rückten neugierig näher, denn sie wussten den Anblick eines unbekleideten, attraktiven Mannes sehr wohl zu schätzen. Erik bemerkte ihr Interesse gar nicht, und noch gehorchte ihm auch seine Stimme nicht ganz. Sie klang eher wie das Knurren eines gefährlichen Tieres als sein menschliches Selbst. „Ich begleite ihn auf Bitten von Selena."

Wieder flackerte die falsche Fassade des Erdgeistes, und Erik erhaschte einen Blick auf spitze grüne Ohren.

Kieran wusste, dass die Zeit hier anderen Gesetzen unterworfen war als auf der Oberfläche der Erde. Deshalb drängte er:

„Was willst du? Wir haben Wichtigeres zu tun, als deine Fragen zu beantworten!“

Wütend sprang die Fee auf und nun bestand kein Zweifel mehr, dass sie tatsächlich von Kopf bis Fuß grün war. Scharfe Reißzähne wurden sichtbar, als sie fauchte: „Die Frage ist doch wohl eher, was *du* willst!“ Zufrieden, dass Kieran mit seiner Antwort zögerte, fuhr sie fort: „Was ist es? Gold, Diamanten, Macht? Hast du nicht schon genügend Macht, Vengador?“ Sie spuckte das letzte Wort wie ein bitteres Kraut aus.

Kierans Pupillen wirkten wie tosende Strudel geschmolzenen Silbers, als er seinen Blick hob, und einen Augenblick lang sah es so aus, als wollte sich der Vampir auf sie stürzen. Er war schon häufig beleidigt worden. Tatsächlich brachte man ihm selten Sympathie oder gar Anerkennung für seine Arbeit entgegen. Aber niemand, nicht einmal seine schlimmsten Gegner, hatte ihm bisher Habgier unterstellt. Ein Wirbelsturm schien sich zusammenzubrauen, heißer Wüstenwind fuhr durch die Kleider der Feen, zauste an ihren Haaren und ließ Erik entsetzt nach Atemluft ringen. Kieran aber stand wie ein Rachedämon völlig unbeeindruckt inmitten des Geschehens.

„Wer bist du?“ Die Feenkönigin hatte Mühe, ihre Stimme über das Tosen zu erheben, und Erik glaubte eine leichte Unsicherheit herauszuhören. Sofort legte sich der Sturm – und schon wies nichts mehr auf dieses ungewöhnliche Phänomen hin, als Kieran entgegnete: „Nuriya gehört mir und niemand – nicht einmal ein Gott – legt Hand an das, was mein ist!“

Ein abfälliges Lächeln umspielte die Mundwinkel der Fee. „Du erhebst also Anspruch auf die Hand der Auserwählten …? Du wirst aber feststellen, dass man ein Feenkind nicht einfach so besitzen kann. Wenn sie sich gegen dich entscheidet, Vampir, dann gehörst du mir!“

„Meinetwegen … wenn du Erik gehen lässt!“, verlangte Kieran. Ihm war es völlig gleichgültig, was mit ihm geschah, sollte Nuriya das Abenteuer nicht überleben. Verstieß sie ihn, so war sein Leben ebenfalls keinen Pfifferling mehr wert. Eine Zukunft ohne sie wollte er sich gar nicht vorstellen.

Der Hofstaat um ihn herum schrie empört auf, und deutlich war zu hören, wie sie zischten: „Wie kann er es wagen, Forderungen zu stellen?"

Die Königin blickte erst Kieran und dann Erik scharf an. Was immer sie in ihren Gesichtern gelesen haben mochte, es schien sie zufriedenzustellen. „Einverstanden, Erik bleibt frei. Er hat Selena bisher nicht geschadet – und wird das auch in Zukunft nicht tun", fügte sie drohend hinzu.

Plötzlich stand sie dicht hinter Kieran, griff blitzschnell nach seinem Schwert und hielt es an seinen Hals. Der Vampir erstarrte. Außer ihm hatte bisher niemand die Waffe berühren können, ohne dabei Schaden zu nehmen. Und nun hielt diese grüne Hexe die tödliche Klinge in eindeutiger Absicht an seine Kehle.

„Wo hast du das gestohlen?", fragte die Fee.

„Es gehört mir!" Kieran wagte kaum zu schlucken. Jede Verletzung mit diesem Schwert bedeutete das Ende. Wann immer es Blut zu schmecken bekam, hatte es zielsicher jeden von Kierans Gegnern vernichtet. Das war auch der Grund, warum er die tödliche Waffe nur verwendete, wenn ihm der Rat den Auftrag zur Exekution erteilte.

„Das kann nicht sein! Es sei denn …" Die Fee verstummte für einen Augenblick, dann presste sie die Klinge noch fester an seine Kehle. Jeden Augenblick konnte der kalte Stahl seine Haut verletzen. „Woher stammt dieses Schwert?"

Erik wollte Kieran zu Hilfe eilen, doch der Vengador stoppte ihn mit einem einzigen Blick. Der Wolf hatte keine Ahnung, was hier vor sich ging.

„Ich wiederhole mich nur ungern." Sofern möglich, wurde Kierans Gesichtsausdruck noch eisiger. „Es war meine Mutter, die das Schwert einundzwanzig Sommer lang verborgen hielt, bevor sie es mir überreichte."

Die Feenkönigin wedelte mit ihrer freien Hand in der Luft, als wollte sie lästige Insekten vertreiben. „Vergiss die Sterblichen!"

Kieran schwieg.

Unglauben schwang in ihrer Stimme mit, als sie einen Augenblick später heiser flüsterte: „Du hast tatsächlich keine Ahnung, woher es stammt und was es bedeutet, nicht wahr?" Mit diesen Worten senkte sie die tödliche Klinge und trat einen Schritt zurück.

Er streckte seine Hand aus, und behutsam – fast so, als fürchtete sie, sich selbst daran zu verletzen – gab ihm die mächtige Feenkönigin sein Schwert zurück. Dabei zischte sie: „Genug davon. Das ist dein Problem! Du hast sie transformiert, nicht wahr? Ich kann ihren Duft an dir riechen. Nuriya ist etwas Besonderes, du hättest sie niemals ohne ihre Zustimmung transformieren dürfen!"

„Wäre es dir lieber gewesen, sie wäre gestorben?" Kieran funkelte sie wütend an, während er das Schwert betont langsam unter seinem Mantel verschwinden ließ.

Der Blick der mächtigen Fee wurde weicher, als sie flüsterte: „Aber dann wäre sie zu uns zurückgekehrt!"

Dieser Moment der Schwäche währte nur kurz, dann lachte sie so schrill auf, dass sogar ihr Hofstaat erschrak und dichter zusammenrückte. „Wie dem auch sei, der Rat hat entschieden, dass wir in dieser außergewöhnlichen Situation neutral bleiben müssen. Aber niemand kann uns verbieten, euch die geheimnisvolle unterirdische Welt unseres Reiches zu zeigen, nicht wahr?" – „Sieh selbst, Vampir!" Und mit einer ungeduldigen Handbewegung schuf sie ein Fenster im Felsen. Dahinter erstreckte sich eine wundersame Landschaft. Sanfte Hügel in sattem Grün, Wälder und glitzernde Seen lagen vor ihnen und schienen in das sanfte Licht der untergehenden Sonne getaucht zu sein. Am Horizont erkannte Kieran die dunkle Silhouette einer Burg. Die Königin zeigte darauf: „In dieser Festung hält Senthil die Auserwählte gefangen." Sie winkte eine dunkelhaarige Fee herbei und flüsterte ihr etwas ins Ohr. Die Fee nickte und bedeutete den beiden, ihr zu folgen.

„Belinda wird euch dorthin begleiten. Danach seid ihr auf euch selbst gestellt."

Die beiden Krieger waren über die Wendung der Ereignisse nicht wenig erstaunt, aber bereitwillig verließen sie den Thronsaal. Als sich Kieran und Erik umwandten, flüsterte die Feenkönigin lautlos: *Zu lange habe ich den Geschicken der magischen Welt den Rücken gekehrt – mögen die Götter nicht euch für meine Ignoranz bestrafen!*

Sie folgten Belinda durch einen schwach beleuchteten Gang, bis die Fee plötzlich stehen blieb und einen ärgerlichen Blick auf Erik warf. „Selena dürfte wenig Verständnis für diesen provokanten Auftritt vor dem gesamten Hofstaat haben." Damit griff sie in den Felsen und zog eine schwarze Jeans, Stiefel und ein T-Shirt mit dem Aufdruck „Feen haben doofe Ohren!" hervor, die sie dem verblüfften Werwolf zuwarf. „Zieh dich doch endlich an!", forderte sie ihn auf und wandte höflich ihren Blick ab.

Kieran lachte laut auf. „Ich finde deine Ohren aber … sehr süß!"

Das Eis war gebrochen. Belindas Miene hellte sich auf, sie führte die beiden auf verschlungenen Pfaden durch ihre geheimnisvolle Welt bis zum Fuße der Burg, die sich dunkel und drohend vor ihnen auftürmte. Dort zeichnete sie mit ihrer linken Hand einen Kreis in die Luft – und ein dunkler Gang erschien, aus dem ihnen der moderige Geruch alter Gemäuer entgegenschlug.

„Weiter darf ich euch leider nicht begleiten." Sie umarmte Erik hastig und flüsterte: „In deiner Tasche befindet sich ein Amulett. Wenn du es dir umlegst, dann bist du unsichtbar, solange du dich nicht von der Stelle rührst. Viel Glück!" Damit drehte sie sich um und lief geschwind in den schützenden Wald zurück.

Während Erik sich beeilte, Kieran zu folgen, der bereits in der Dunkelheit des Ganges verschwunden war, umschlossen seine Finger für kurze Zeit das ungewöhnliche Geschenk der Fee. Es schien die vertraute Wärme und den erdigen Duft seiner geliebten Selena auszustrahlen – und so war Erik auf einmal sehr zuversichtlich, dass es ihnen gelingen würde, Nuriya zu befreien.

12

In ihrem Verlies war Nuriya auf der Hut. Die Sonne stand längst schon nicht mehr am Himmel, das spürte sie trotz der dicken Wände, die sie umgaben, und Senthil konnte jeden Augenblick zurückkehren. Als er dann aber plötzlich, wie aus dem Nichts, vor ihr auftauchte, erschrak sie dennoch.

Der Vampir entzündete mit einem Fingerschnippen einige Fackeln, und sie sah, dass ihre Vermutungen, was die Beschaffenheit ihres Gefängnisses betraf, richtig waren.

Er lächelte kalt und blieb viel zu nahe vor ihr stehen. „Himmel, du stinkst! Könnt ihr Sterblichen eure Körperfunktionen überhaupt nicht kontrollieren?“ Angeekelt trat er einen Schritt zurück.

Nuriya bemühte sich, ihren Triumph zu verbergen. Sie hatte sich in dem fauligen Stroh gewälzt und anschließend darauf konzentriert, den Gestank zu verstärken. Die Nase von Vampiren funktionierte ausgezeichnet, wenn auch nicht ganz so gut wie die der Werwölfe. Sie hoffte, sich mit ihrem strengen Geruch den Entführer besser vom Leibe halten zu können. Prüfend schaute sie ihn an. Würde er die Magie spüren?

„Wartest du auf deinen strahlenden Helden? Keine Sorge, er wird schon kommen, und ich bin bestens darauf vorbereitet.“ Sein Atem streifte ihren Hals, und sie musste sich mit aller Kraft beherrschen, um nicht zu erschaudern.

„Wie meinst du das?“ Ihr Versuch, unauffällig etwas mehr Entfernung zwischen sich und den Entführer zu bringen, wurde vom kalten Felsen in ihrem Rücken abrupt gestoppt. Zu ihrem großen Unbehagen schien er sich nun nicht weiter an ihrem Geruch zu stören.

„Wenn der Kelte in diese Burg kommt, um dich zu befreien, erwartet ihn eine nette kleine Überraschung. Ein Zauber, den manche Feen anwenden, um ihre vampirischen Gefangenen zu lähmen und ihre Foltermethoden so wirksam wie möglich zu gestalten. Kieran wird, bevor ich ihn töte, zusehen dürfen, wie wir zwei ein bisschen Spaß miteinander haben." Senthil strich ihr mit beiden Händen über die Brüste und grunzte dabei wollüstig.

Zwischen zusammengebissenen Zähnen zischte Nuriya: „Warum sollten Feen so etwas tun?"

„Sie wissen gar nichts davon. Der Zauber ist ihnen – wie soll ich sagen? – abhanden gekommen."

„Aber was willst du von Kieran?"

„Das wirst du schon noch sehen", lachte Senthil, sichtlich erfreut über ihren vergeblichen Versuch, sich seinem festen Griff zu entziehen.

„Hölle, wie sie stinkt! Nimm die Finger von ihr!" Abscheu schwang in der eisigen Frauenstimme mit, und doch war Nuriya dankbar, sie zu hören. Senthil ließ sofort von ihr ab und fuhr herum: „Was geht dich das an, Alida?"

„Eine ganze Menge, würde ich denken", entgegnete die Vampirin wütend. „Du vergeudest hier deine Zeit mit einer Sterblichen, und inzwischen dringen drei Fremde unbemerkt in die Burg ein!"

Grob griff Senthil noch einmal nach Nuriya und lächelte zufrieden. „Ah, wunderbar. Dein Vengador geruht endlich, doch noch auf der Bildfläche zu erscheinen!" Damit stieß er sie durch die Tür ihres Gefängnisses. „Bringt sie in den Turm und sorgt dafür, dass sie für die Zeremonie sauber ist! Diesen Gestank kann ja niemand ertragen."

Nuriya stürzte und schlug sich beim Aufprall auf einen Felsvorsprung die Lippe auf. Hastig fuhr sie mit ihrer Zunge über die Verletzung und hoffte, Senthil möge zu beschäftigt sein, um das Besondere ihres Blutes zu riechen. Glücklicherweise schloss sich die Wunde sofort. Nuriya schluckte den winzigen Blutstropfen rasch hinunter und blickte auf.

Rechts und links von ihr standen zwei riesige Männer, die in ihrer schwarzen Kampfkleidung sehr bedrohlich wirkten. Mit ausdrucksloser Miene packten sie Nuriya an den Oberarmen und zogen sie auf die Beine. Das Feenkind konnte kaum Schritt mit ihnen halten, und jedes Mal, wenn sie auf den endlosen, glitschigen Stufen strauchelte, hoben ihre beiden Begleiter sie einfach in die Höhe, um sie auf dem nächsten Absatz wieder auf ihre bloßen Füße zu stellen. Über ihren Kopf hinweg unterhielten sie sich, als existiere Nuriya überhaupt nicht: „Keine Ahnung, warum der Master so einen Aufwand um diesen Blutsack macht", grollte der eine ärgerlich.

„Er hat mir mit dem Sonnentod gedroht, sollte jemand Hand an sie legen", bestätigte der andere verwundert.

„Als würde sich überhaupt jemand an so einer vergreifen!" Der Vampir schüttelte sich angeekelt. Nuriya erhaschte einen Blick auf den Mann rechts von ihr, der gerade gesprochen hatte. Unter dem weit in sein Gesicht gezogenen Turban lugten ein paar lange rotblonde Strähnen hervor – und hätte er seine Mundwinkel nicht so missbilligend herabgezogen, man hätte ihn sogar als gut aussehend bezeichnen können.

„Verrückt, dass sie die Auserwählte sein soll! Wenn ich nur an das letzte Mädchen denke, da hätte ich auch schwach werden können. Was für ein Weib!"

„Stimmt. Aber was willst du mit einer Seelengefährtin, wenn es so viele willige Sterbliche gibt? Zugegeben, die halten zwar nicht lange, aber ich habe gehört, Seelenpartner sollen ungeheuer eifersüchtig und treu bis in den Tod sein. Das klingt nicht sehr verlockend.“ Der rotblonde Vampir lachte, und beide Männer machten ein paar derbe Bemerkungen über ihre sexuellen Vorlieben.

„Es heißt, der Vengador habe ein besonderes Interesse an ihr.“ Die Stimme des Vampirs klang hasserfüllt. „Mit dem habe ich noch eine Rechnung offen!“ Unbewusst berührte er mit einer fahrigen Handbewegung sein Gesicht. Nuriya sah erst jetzt, dass ihm sein linkes Auge fehlte. Eine hässliche blutrote Narbe entstellte das sonst attraktive Gesicht.

In diesem Augenblick blieben ihre beiden Begleiter vor einer eisenbeschlagenen Tür stehen, die der Blonde aufstieß. Er gab ein paar Anweisungen in einer für Nuriya völlig unverständlichen Sprache, bevor er sie in den Raum schob und die Tür hinter ihr zuschlug.

Die Frau, die Senthil Alida genannt hatte, war gerade noch rechtzeitig aufgetaucht, um Nuriya im Verlies vor weiteren Zudringlichkeiten zu bewahren. Nun schaute sie sie durchdringend an, kräuselte kurz ihre Nase und bedeutete ihr mit einer eindeutigen Geste, Abstand zu halten. Während Alida wortlos Wasser einließ, einen Stapel schwarzer Kleidung und sogar Handtücher bereitlegte, beobachtete Nuriya ihre Bewegungen. Kein Zweifel, auch sie war eine Vampirin und trug, wie ihre Kollegen, weite Hosen, ein schlichtes Hemd und einen Turban. Offenbar war das ihre Uniform – und sie erinnerte sich plötzlich, dass die Vampire, gegen die Kieran gemeinsam mit der dunklen Amazone gekämpft hatte, ähnlich ausgesehen hatten.

„Zieh dich aus!“, riss die Vampirin sie aus ihren Gedanken.

Nuriya gehorchte und stand kurz darauf nackt vor einer antiken Badewanne, in der heißes Wasser dampfte und duftende Essenzen lockten. Die Fremde musterte sie abschätzig und lachte dann zufrieden: „Du bist aber fett! Senthil mag seine Frauen schlank.“

Nuriya bemühte sich, sich nicht anmerken zu lassen, wie sehr sie diese Bemerkung verletzt hatte, und starrte in den Badezuber. Die alten Zweifel nagten wieder an ihrem Selbstbewusstsein und erschütterten für einen Augenblick die neu gewonnene Sicherheit. Aber ihr Spiegelbild hatte bewiesen, dass sie sich ihrer Figur nicht zu schämen brauchte. Und das begehrliche Leuchten in Kierans Augen, als er sie in den Wiesen seiner Heimat verführt hatte, war doch ein eindeutiger Beweis dafür! Oder bevorzugte auch er magersüchtige Models und hatte sich nur aus taktischen Gründen mit ihr eingelassen? Nein. Kieran liebte sie vielleicht nicht, aber dass er sie begehrte, das konnte der Vengador nicht leugnen. Und wenn Senthil andere Vorlieben hatte, dann konnte ihr das nur recht sein. Lächelnd prüfte sie mit dem großen Zeh die Temperatur des Badewassers und ließ sich schließlich erleichtert hineingleiten. Wenn sie ihre Augen offen hielt, fand sie möglicherweise schon bald eine Gelegenheit zur Flucht. Senthil war ihr ungeheuer selbstgefällig erschienen – eine gute Voraussetzung dafür, dass er irgendwann einen Fehler begehen würde.

Hoffentlich verstärkte ihr bescheidener Zauber auch den Duft der Badezusätze. Sie plante nämlich, die so empfindlichen Nasen der Entführer damit weiter zu irritieren und auf diese Weise die Macht ihres Blutes zu verschleiern. Wenn ihr dies gelang, hatte sie im entscheidenden Augenblick zusätzlich noch das Element der Überraschung auf ihrer Seite.

Während Nuriya in der Wanne lag und unter dem prüfenden Blick einer vampirischen Bademeisterin versuchte, unauffällig nach möglichen Fluchtwegen Ausschau zu halten, tasteten sich Kieran und Erik durch einen finsteren Stollen im Felsen tief unter ihr.

Rasch hatten beide die natürlichen Höhlen durchquert und

beim Schein von Kierans Taschenlampe sofort den Gang entdeckt, der, offensichtlich von Menschenhand in den Berg geschlagen und mit flachen Stufen versehen, zur Burg hinaufführte.

„Da seid ihr ja endlich – ich dachte schon, ihr würdet überhaupt nicht mehr kommen!" Tesfaya klang ungeduldig.

„Wir hörten ein Geräusch und wollten der Sache nachgehen", erklärte Kieran, der beschlossen hatte, Tesfaya die Unterstützung der Feenkönigin zu verschweigen.

Erik murmelte etwas von Hasenjagd, und die Vampirin warf ihm einen verächtlichen Blick zu. Offenbar waren nur wenige Minuten vergangen, seit sie das vereinbarte Zeichen gegeben hatte, und deshalb ließ sie die Sache auf sich beruhen.

„Ab hier dürfen wir kein Licht mehr machen", flüsterte sie. „Oben gelangen wir durch eine Tür in den geheimen Gang, der die Schlafzimmer im Turm miteinander verbindet. Senthil wohnt dort, und er hat seine Gefangenen immer gerne in seiner Nähe – besonders die weiblichen."

In Kierans Kehle stieg ein gefährliches Knurren auf. Er wäre am liebsten losgestürmt, um den verhassten Gegner auf der Stelle zu töten. Beruhigend legte ihm Erik seine Hand auf den Arm und wunderte sich nicht zum ersten Mal über Kierans heftige Reaktion, die ihn alles um sich herum vergessen zu lassen schien, wann immer er eine akute Bedrohung seiner geliebten Nuriya vermutete. Offenbar reichte schon der Blick eines anderen Mannes – wenn er sie traf –, und er verlor die Fassung. Keine ideale Situation für einen Vampir, und ganz gewiss eine völlig neue Erfahrung für den Vengador. Erik warf Tesfaya einen vernichtenden Blick zu.

Kieran bezwang seine innere Unruhe und dachte an den Geheimgang. Er wusste, dass im Falle einer Belagerung die Familie des Burgherrn in der Regel in Turmzimmern untergebracht wurde, wo sie am sichersten war. Sollte aber die Festung eingenommen werden, so konnten die Bewohner über eine zweite Treppe in eine Art Zwischengeschoss entkommen. Die Zugänge befanden sich oftmals im Kamin oder waren hinter Wandvorhängen verborgen. Letzteres war besonders beliebt und wurde nicht selten auch in Friedenszeiten zu heimlichen Treffen oder Schäferstündchen genutzt. Kieran erinnerte sich an die eine oder andere Gelegenheit, bei der er selbst diesen Weg gewählt hatte, um eine Dame in ihren Gemächern aufzusuchen. Natürlich hätte er auch durch die Zwischenwelt reisen können, doch dies barg ein nicht geringes Risiko, der Magie beschuldigt zu werden. Einige Sterbliche wurden misstrauisch – und im Übrigen liebte Kieran die Herausforderung, seine Ziele auch ohne Einsatz der besonderen Fähigkeiten eines Vampirs zu erreichen.

Selbstverständlich nicht in der jetzigen Situation. Er war keineswegs glücklich, auf die Hilfe einer ehemaligen Vertrauten Senthils angewiesen zu sein. Und je näher sie der Burg kamen, desto stärker wurde seine Befürchtung, dass sie geradewegs in eine Falle liefen. Dieser sechste Sinn für Gefahren hatte ihn noch nie getrogen. Aber Kieran sah keine andere Möglichkeit, unbemerkt an Nuriya heranzukommen, ohne das Leben der Geliebten zu gefährden. Ihr Entführer, das wusste Kieran aus früheren Begegnungen, würde nicht zögern, sie zu töten.

Tesfaya drehte sich noch einmal um: „Erik, links von dir ist ein Seil gespannt, daran kannst du dich vorantasten."

„Vielen Dank!" In der tiefen Finsternis konnte sie sein abfälliges Lächeln nicht erkennen. Erik wusste sehr wohl, dass Vampire ohne jegliches Licht nichts sehen konnten und auf ihre anderen Sinne zurückgreifen mussten. Der Geruchssinn eines Werwolfs war dem ihren jedoch weit überlegen. Er konnte das Wasser, das rechts und links von ihnen die Felswände hinabrann, deutlich hören und das erwähnte Seil sogar gut genug riechen, um sich daran zu orientieren, ohne es zu ergreifen.

Langsam stiegen die drei die immer steiler werdenden Stufen zur Burg hinauf, bis sie eine schwere Tür erreichten. Tesfaya zog einen großen Schlüssel aus der Tasche und öffnete das gut geölte Schloss behutsam. Lautlos schwang die Tür auf.

Dahinter lag grau und staubig eine schwach erhellte Steintreppe. Augenscheinlich sorgten kleine, unauffällige Öffnungen im Mauerwerk dafür, dass Luft in den Gang gelangen konnte. Den Eindringlingen genügte das silberne Mondlicht, das durch diese Öffnungen schien, um sich zu orientieren.

Kieran gefiel die Sache immer weniger. Der Gang war schmal und dabei so niedrig, dass er nur in gebückter Haltung die Treppe hinaufgehen konnte. Sollte der Feind sie hier entdecken, würden sie sich nicht einmal richtig verteidigen können. Widerwillig und trotz dieser Bedenken folgte er Tesfaya und war dankbar, dass Erik hinter ihm lautlos die Stufen erklomm. Er wusste auch ohne den mentalen Kontakt, dass dem Werwolf die Situation ebenso wenig behagte wie ihm selbst.

Auf einem Treppenabsatz blieb ihre Führerin schließlich stehen und wies auf eine schmale Tür. Kieran konnte deutlich das Siegel erkennen, mit dem Senthil sein Schlafzimmer geschützt hatte: Über dem Durchgang leuchtete schwach ein magischer Knoten.

Die Vampirin flüsterte: „Dieses Siegel kenne ich." Sie zögerte nicht und begann sofort, den komplizierten Zauber aus grünlich schimmernden Linien zu lösen.

„Irgendetwas stimmt nicht!", dachte Kieran. „Aber was?" Und dann wurde es ihm mit einem Mal klar! Tesfaya war vor Senthil geflohen, und er hatte ihr seine tödlichen Sicarier vergeblich hinterhergeschickt. Niemals würde dieser erfahrene Vampir seine Siegel nach einem so unerhörten Vorfall unverändert lassen.

„Eine Falle!", zischte Kieran und hob die Hand, um ein Portal in die Zwischenwelt zu öffnen, da tauchten wie aus dem Nichts ein Dutzend von Senthils Wächtern auf.

Erik, der nahezu gleichzeitig zu derselben Erkenntnis gelangt war wie Kieran, konnte sich noch blitzschnell in eine schmale Nische retten. Geistesgegenwärtig riss er das Feenamulett aus seiner Tasche und legte es um seinen Hals. In der Hoffnung, dass Belindas Zauber stark genug war, ihn zu verbergen, blieb er regungslos stehen und wurde Zeuge, wie Tesfaya und Kieran zusammenbrachen. Sie wurden mit Kry angegriffen! Wie ein entfesselter Hagelsturm schossen rasierklingenscharfe Kristalle durch die Luft und bohrten sich in ihre Opfer. Erik versuchte sich zu erinnern, doch es war nicht viel, was er über diese besonders tückische Waffe wusste, denn es gab kaum jemanden, der einen Angriff mit ihr überlebt hatte, um darüber zu berichten, und noch viel weniger Leute wussten sie überhaupt herzustellen. Die Kristalle transportierten eine tödliche Magie, die sich erst im Körper des Opfers entfaltete und dessen Regenerationsfähigkeit stark verlangsamte. Ihren Namen hatten die Kristalle wohl auch dem Umstand zu verdanken, dass sie extreme Schmerzen verursachten. Erik hätte sich am liebsten die Ohren zugehalten, so laut gellten Tesfayas Schmerzensschreie.

Senthil trat durch die Tür und blickte sich um. Mit zwei Schritten war er bei der Vampirin und schlug sie nieder. „Halt den Mund!" Mit seiner Stiefelspitze drehte er die nun Leblose auf ihren Rücken. „Ich denke, du hast dir einen ganz besonderen Platz in unserem Ritual verdient!" Er wandte sich um. Kieran lag stumm in einer rasch größer werdenden Blutlache. Blut, das er dringend zur Heilung seiner Wunden benötigte. Senthil beugte sich über ihn. „So schweigsam? Immer der stolze Vengador! Aber du wirst bald schon vor mir kriechen und um Erlösung betteln, das verspreche ich dir!"

Mit angehaltenem Atem beobachtete Erik, wie ein Kristall, von Kierans Körper abgestoßen, an die Hautoberfläche gelangte und leise klirrend die steinernen Stufen hinabsprang. Sofort begann sich die hässliche Wunde über seinem Herzen zu schließen und die Augenlider flatterten, als erwachte er aus einer tiefen Ohnmacht.

Senthil hatte es auch gesehen. „Nicht nötig, dass du dich mit der Heilung so sehr beeilst, Vengador!" Der hasserfüllte Ton erschreckte Erik. Der Entführer hatte auf Kieran gewartet. Wollte er womöglich viel mehr als nur den Venuspakt verhindern?

In diesem Moment blickte Senthil auf und sah Erik direkt in die Augen. Dem unsichtbaren Werwolf trat der kalte Schweiß auf die Stirn, und er sammelte all seine mentalen Kräfte, um seinem natürlichen Fluchtinstinkt zu widerstehen. Eine einzige Bewegung würde den sicheren Tod bedeuten.

Der Vampir murmelte irgendetwas und wandte sich dann wieder Kieran zu. Erik war erleichtert, bis er sah, wie Senthil eine Spritze hervorzog und Kieran ein bläuliches Serum injizierte. Nach wenigen Sekunden hielt der Heilungsprozess ganz an, und alles Leben schien aus dem verletzten Vampir zu weichen.

Zufrieden richtete sich Senthil auf und bellte: „Bringt die beiden in den Altarraum!" Damit verschwand er, und seine dunklen Krieger beeilten sich, den Befehl auszuführen.

Erik war allein mit der Frage, wie er seine beiden Freunde befreien sollte. An Tesfayas Schicksal verschwendete er keinen Gedanken.

13

„Hast du ihn?“ Alida schlängelte sich auf die für sie typische Art an Senthil heran. Er nickte zufrieden.

„Natürlich! Der Vengador hält sich zwar für unbesiegbar, aber es war genau so, wie ich es vorausgesagt habe: Mit den Kristallen hat er nicht gerechnet. Sie haben ihn durchbohrt, bevor er in die Zwischenwelt fliehen oder einen Schutzschild aufbauen konnte. Den Rest hat dann das Serum erledigt. Der entkommt uns nicht.“

„Und Tesfaya?“

„Die päppeln die Sicarier gerade auf, damit sie als Opfergabe nicht allzu blutleer wirkt. – Hast du für das Ritual alles vorbereitet?“

„Was denkst *du* denn? Selbstverständlich!“ Alida zögerte kurz, bevor sie leise fragte: „Bist du sicher, dass es funktionieren wird?“

„Alles hat seinen Preis, aber wir verfügen über die notwendige Valuta. Was soll da schiefgehen?“, lächelte Senthil böse und verschwieg der Vampirin, dass in seinem Plan bald kein Platz mehr für sie sein würde. Wenn er erst einmal an der Macht war, würde ihm Alida nur im Wege sein. Die ehrgeizige Vampirin hatte nicht gezögert, Tesfayas Fluchtpläne zu verraten, um deren Position in Senthils Leibgarde einnehmen zu können. Und nun schien sie zu glauben, dass ihr die wenigen Nächte, die er mit ihr verbracht hatte, den Platz an seiner Seite garantierten. Wie alle Weiber war sie verschlagen.

Auch die erste Liebe seines Lebens hatte nicht erkannt, welche Gunst ihr zuteil wurde, als er, der einzige Sohn und Nachfolger seines mächtigen Vaters, sich in seinem jungendlichen Enthusiasmus so weit vergaß, ihr seine Zuneigung zu gestehen. Als wäre es gestern gewesen, erinnerte er sich an den Anblick ihrer langen blonden Haare, die ihre Hüften verführerisch umschmeichelten, und an das tiefe Blau, in das er jedes Mal eintauchen wollte, wenn es unter den dichten Wimpern ihrer mandelförmigen Augen aufblitzte. Die Leute mieden das Findelkind und flüsterten, es sei ein Wechselbalg. Aber er war ein Prinz und fürchtete sich nicht.

Doch statt dankbar für die erwiesene Gunst zu sein, hatte sie ihn zurückgewiesen und einen einfachen Mann aus dem Volk heiraten wollen. Natürlich war es seine Pflicht gewesen, die undankbare Vasallin zu töten. Niemand verweigerte sich ungestraft seinem zukünftigen Herrscher.

Widerworte duldete Senthil auch heute noch genauso wenig wie kritische Fragen, und Alida quälte ihn regelmäßig mit beidem. Von seiner Königin verlangte er ganz andere Qualitäten. Sanft musste sie sein, unberührt und ihm zu Willen. Er würde sie formen und die Geheimnisse wahrer sexueller Qualitäten lehren. Um ihre einzigartige Schönheit sollten ihn seine Untertanen beneiden! Bislang hatte er eine solche Frau nicht gefunden.

Ärgerlich drehte er sich auf dem Absatz um – für Zweifel hatte er keine Zeit – und eilte die dunklen Gänge in Richtung der großen Halle hinab, in der er seinen Handel mit dem Dämon in Kürze besiegeln würde.

Alida folgte ihm auf den Fersen. Die Leichtigkeit, mit der er bereit war, Tesfaya, die einstige Geliebte, seinen ehrgeizigen Plänen zu opfern, beunruhigte sie. Wäre sie nicht ohnehin realistisch genug gewesen zu erkennen, dass nicht ihr Charme diesen Sinneswandel hervorrief, spätestens Senthils rücksichtloses Verhalten im Bett hätte ihr Warnung genug sein müssen. In der Nacht nach Tesfayas Flucht war der Vampir in ihren Räumen erschienen und hatte sie ohne Vorwarnung genommen. Kein Wort, keine zärtliche Geste, die bloße Gier nach Befriedigung trieb ihn, während er sie brutal zwang, ihm zu Willen zu sein. Dabei waren die Schmerzen nicht einmal das Schlimmste. Niemals hätte Alida mit dem Hass und der Verachtung gerechnet, mit der Senthil sie strafte, nachdem er schließlich in ihr gekommen war. Auch die folgenden Begegnungen waren stets von seinem absoluten Anspruch auf Dominanz geprägt.

Doch welche Wahl hatte sie schon? Als kleines Mädchen an einen mächtigen Magier als Sklavin verkauft, und zwar von der eigenen Mutter, hatte sie, ebenso wie die anderen Dienstboten, den Kuss der Unsterblichkeit von ihrem Herrn erhalten. Als dieser einen unseligen Pakt mit der dunklen Welt brach und dafür hingerichtet wurde, gelangten sie und Tesfaya in Senthils Besitz. Anfangs war ihnen dies als göttliche Fügung erschienen. Doch Tess hatte bald begriffen, dass sie in eine noch fürchterlichere Sklaverei gelangt war, und hatte die Flucht gewagt. Dafür würde sie heute endgültig vernichtet werden.

Während Alida das erbärmliche Feenkind wenig später frisch gebadet unter Senthils strengem Blick in die prächtige Halle führte, fragte sie sich nicht zum ersten Mal, ob Tesfayas Schicksal nicht einem Dasein an der Seite des ehrgeizigen Vampirs vorzuziehen war.

Nuriya hatte kurz überlegt, ob sie Widerstand gegen Alida leisten sollte, die nach dem Bad schroff auf das bereitliegende Kleid gewiesen und sie anschließend durch dunkle Gänge gezerrt hatte. Doch ihre Sinne verrieten ihr, dass in der Dunkelheit vampirische Wächter lauerten, die sofort eingegriffen hätten. So beschloss sie, einen günstigeren Augenblick zur Flucht abzuwarten. Außerdem schien die Vampirin eifersüchtig auf sie zu sein, warum auch immer. Senthil war gewiss kein Mann, der sie in Versuchung führen konnte. Schon bei dem Gedanken an seine Hände auf ihrem Körper wurde ihr übel.

Merkwürdigerweise empfand sie Neugier, gepaart mit einem wachsenden Selbstvertrauen und nur wenig Furcht. Kieran, da war sie ganz sicher, befand sich bereits in der Nähe und würde sie bald befreien.

„Ich weiß zwar nicht, warum wir uns überhaupt diese Mühe mit dir machen, aber glaube mir, Herzchen, hier entkommst du nicht!“ Ihre Wächterin schlang ein Seil um Nuriyas Handgelenke, hielt kurz inne und zog die Schlinge dann noch ein wenig fester. Nuriya spürte den kalten Granit eines Pfeilers im Rücken und nahm mit zusammengebissenen Zähnen wahr, wie Alida den Sitz ihrer Fesseln noch einmal genau prüfte. Endlich zog sich die Vampirin böse lächelnd zurück.

Inzwischen hatten sich Nuriyas Augen an die Dunkelheit gewöhnt. Sie wusste, ein normaler Sterblicher hätte in diesem Licht nicht viel sehen können. Möglichst unauffällig blickte sie sich also um.

In der Mitte des Raumes, direkt unter der hohen Kuppel, zeichneten sich die Konturen eines Pentagramms ab. Darin stand, hoch aufgerichtet, ein eisernes Kreuz. An den Spitzen des magischen Zeichens wuchsen fünf riesige Leuchter aus dem Boden. Dunkel gekleidete Gestalten traten hervor, um die Kerzen zu entzünden. Sie glaubte, darunter auch ihre beiden Wächter zu erkennen, doch die Männer zogen sich in die Schatten zurück, und während ihre Augen ihnen noch folgten, stand plötzlich Senthil unmittelbar vor ihr.

Ein einziger Blick in sein Gesicht genügte, um Schauer des Unbehagens über Nuriyas Körper zu jagen. Was immer er plante, es war offensichtlich nichts Gutes. Lächelnd strich er über ihr tiefes Dekolleté: „Wie schade, dass ich keine Zeit habe, mich sofort um dich zu kümmern“, flüsterte der Entführer heiser und wandte sich dem Eingang zu, durch den eine Frau hereingeführt wurde, die Nuriya bekannt vorkam. War dies die dunkelhäutige Kämpferin, die sie in der Nacht ihres heimlichen Jagdausflugs in Kierans Gesellschaft beobachtet hatte?

Senthil ging der Gefangenen entgegen und entband die beiden Wachleute, die sie begleitet hatten, ihrer Aufgabe. Die Bewegungen der Frau waren langsam, beinahe so, als befände sie sich in Trance. Widerstandslos folgte sie dem Vampir in die Mitte des Raumes und blieb auf sein Zeichen hin stehen. Jetzt sah Nuriya, dass ihre Augen geschlossen waren, und ein Laut des Erschreckens entwich ihren Lippen, als sie die tiefen Wunden auf dem schlanken Körper entdeckte, der von einem zerfetzten Hemd nur unzureichend bedeckt war.

Senthil hatte sie offenbar gehört, denn er lachte: „Schau sie dir gut an, Fee! Das passiert, wenn man mir nicht gehorcht! Alida hier hat ihre Lektion schon vor langer Zeit gelernt, nicht wahr?“ Und damit tätschelte er Alidas Hinterteil, die sich ihm schlangenartig genähert hatte. Der Vampir packte sie am Arm, presste sie dann dicht an seinen Körper, und während seine langen Zähne ihren Hals durchbohrten, um sich an ihrem Blut zu laben, blickte er triumphierend zu Nuriya hinüber.

Sie hielt seinem Blick stand und bemühte sich um einen gleichgültigen Gesichtsausdruck. Auch dann noch, als die Bilder von Senthils Folter- und Vergewaltigungsfantasien in atemloser Folge durch ihren Kopf rasten. Sie war für ihre Fesseln regelrecht dankbar, da sie sie daran hinderten, sich die Ohren zuzuhalten, um sich vor den Schreien der Misshandelten zu schützen. Dies hätte ihm doch nur erlaubt, sich an ihrem Entsetzen zu weiden.

Mit einem Knurren ließ der Vampir schließlich von seiner Assistentin ab und blickte Nuriya aus zusammengekniffenen Augen prüfend an. Es war deutlich erkennbar, dass er eine andere Reaktion erwartet hatte. Tränen vielleicht, oder sogar ein Flehen, verschont zu werden. Die Sekunden verstrichen, und Nuriya fürchtete schon, sie hätte zu viel von ihren verborgenen Fähigkeiten offenbart, als er Alida endlich von sich stieß.

„Es ist so weit – geh und hol das Schwert!“ Die Frau warf ihr einen triumphierenden Blick zu und beeilte sich, den Befehl auszuführen. „Sie ist auch noch stolz darauf, dass er sie wie Dreck behandelt“, dachte Nuriya fassungslos.

Mit einem schwer wirkenden Kasten aus schwarzem Edelholz in ihren Händen kehrte Alida aus der Dunkelheit zurück. Ehrfürchtig legte sie ihre Last auf einer Art Altar ab und trat dann einen Schritt zurück. Senthil hob behutsam den Deckel, schlug ein dunkles Tuch beiseite und nahm das mächtigste Schwert heraus, das Nuriya je gesehen hatte. Er wirbelte herum und war im Nu bei ihr, den tödlichen Stahl dicht an ihren Hals gepresst.

Beim Anblick der Vertiefung in der Mitte der Klinge erinnerte sie sich, dass diese dazu diente, das Blut des Opfers besser ablaufen zu lassen. Ein unangenehmer Gedanke.

Erfreut entdeckte Senthil endlich ein ängstliches Flackern im Blick seiner Gefangenen, der für seinen Geschmack bisher viel zu gleichgültig gewesen war. „Gut. Du scheinst ja endlich zu erkennen, in welcher Gefahr du schwebst. Das alles hier ist nämlich kein Feenmärchen, meine Süße! Und es wird auch kein edler Ritter herbeieilen, um dich zu retten!“

Nuriya bemühte sich, ruhig zu sprechen, denn sie befürchtete, sich durch eine falsche Bewegung selbst zu verletzen. „Wen meinst du damit? Den Vengador? Es ist seine Aufgabe, mich zu beschützen, und er wird sie erfüllen!“

„Seine Aufgabe?“ Senthils Augen funkelten. „Versuch nicht, mir etwas vorzumachen! Du bist in ihn verliebt und weißt, er würde alles tun, um dich aus den …“, bei diesen Worten verzog sich sein Mund zu einem abfälligen Grinsen, „‚Fängen des Bösen' zu erretten."

Nuriya überlegte blitzschnell. Er ahnte also, dass sie Kieran mochte, und würde bestimmt versuchen, dieses Wissen zu seinem Vorteil zu nutzen. „Natürlich gefällt mir der Vengador! Er sieht gut aus und gehört zu den mächtigsten Wesen in der Schattenwelt." Das ärgerliche Knurren ihres Entführers machte Nuriya leichtsinnig, und so fügte sie mit einem süffisanten Lächeln hinzu: „Außerdem ist er ein geborener Vampir! Welche Fee würde nicht davon träumen, seine Kinder zu bekommen?"

Senthil ließ das Schwert sinken. „Das scheint wohl das größte Lebensziel aller Feenkinder zu sein! Sich mit einem geborenen Vampir zu paaren und einen Haufen kleiner Bastarde zu produzieren!"

„Als ob *du* je an etwas anderes denken würdest!" Ihre Augen wanderten provozierend langsam über Senthils Gesicht und seine Brust hinab und verharrten dann einen Augenblick prüfend in seinem Schritt. „Wie schade, dass dir das Glück einer leiblichen Nachkommenschaft verwehrt ist."

Senthil sah aus, als wollte er sie erwürgen. Doch dann spuckte er vor ihr aus und ging zu Tesfaya, die immer noch inmitten des Pentagramms regungslos an das Kreuz gelehnt stand.

„Bringt ihn herein!" Über die Schulter zu Nuriya gewandt fauchte Senthil: „Ich glaube nicht, dass dir der Vengador noch viel Freude bereiten wird, wenn ich erst mit ihm fertig bin!"

Und dann erkannte Nuriya das Entsetzliche. Hilflos musste sie zusehen, wie Kierans lebloser Körper von vier Wächtern hereingetragen wurde. Arme und Beine waren in Eisen gelegt, und sein Kopf rollte hin und her, während sie ihn aufrichteten und gegenüber von Nuriya anketteten.

Kieran? Sie vergaß alle Vorsicht und wagte einen blitzschnellen Blick in seine Gedanken. Doch da war nur Nebel und Schmerz.

Immerhin – er lebte noch. Angsterfüllt zog sie sich rasch zurück und bot alle ihr zur Verfügung stehenden Kräfte auf, um ihre Stimme so gleichgültig wie nur möglich klingen zu lassen. „Wie schade! Nun werde ich wohl einen anderen finden müssen."

Senthil, der ihre Miene lauernd beobachtet hatte, um sich an Nuriyas Leid zu laben, hätte vor Wut und Enttäuschung schreien mögen. Das Luder hatte nicht einmal mit der Wimper gezuckt. Sie musste verdammt dämlich sein, wenn sie nicht den Ernst ihrer Lage erkannte. Er hatte es schon immer gewusst, diese Feen waren allesamt ein eiskaltes Pack!

Mit einem Fingerschnippen weckte er Tesfaya aus ihrer Trance. Diese schrie entsetzt auf, als sie bemerkte, wo sie sich befand. Offenbar konnte sie sich jedoch nicht ausreichend bewegen, um einen Fluchtversuch zu wagen, ganz so, als wären ihre Füße mit dem Boden verschmolzen.

Als Senthil begann, die Gefangenen zu umrunden, und dabei Beschwörungen murmelte, glaubte Nuriya ein leises Rascheln hinter sich zu hören.

Ich bin es, Erik. Sei ganz still – ich habe deine Fesseln gleich gelöst!

Der Druck des rauen Seils an Nuriyas Handgelenken ließ nach. Vorsichtig bewegte sie ihre Finger, die schon ganz kalt geworden waren, bis sie zu kribbeln begannen und das Gefühl darin allmählich zurückkehrte. Die Fesseln waren nun locker genug, dass sie diese bei einer günstigen Gelegenheit zur Flucht würde abstreifen können.

Den Göttern sei Dank, Erik! Bist du mit Kieran gekommen? Was haben sie ihm angetan?

Senthil hat ihn mit irgendeinem Gift betäubt. Offenbar verfügt er über ein längst vergessen geglaubtes magisches Wissen. So etwas habe ich noch nie zuvor gesehen. Aber still, er schaut gerade zu uns herüber!

Der Vampir warf einen prüfenden Blick in die Dunkelheit hinter Nuriya, gab Anweisungen in einer unbekannten Sprache, woraufhin dunkel verhüllte Gestalten aus den Schatten hervortraten. Voller Furcht, Erik könnte entdeckt werden, gab sie ein leises Stöhnen von sich, das sofort ein Lächeln auf Senthils Lippen zauberte.

Er wandte sich wieder um. Jemand führte weitere Gefangene herein, die sich willenlos an den fünf Ecken des Pentagramms platzieren ließen. Ihre Wächter nahmen hinter ihnen Aufstellung.

Monotone Gesänge erfüllten den Saal, und Alida half ihm, ein prächtiges purpurfarbiges Gewand anzulegen. Auch sie selbst hatte ihre schlichte schwarze Tracht gegen ein tiefrotes Samtkleid ausgetauscht. Von der hässlichen Bisswunde an ihrem Hals war kaum noch etwas zu sehen. Geschmeidig glitt die Vampirin durch den Raum, blieb direkt vor Tesfaya stehen und zückte einen kleinen Dolch. Ihre ehemalige Gefährtin starrte sie angstvoll an. „Was habt ihr vor?"

„Nun bekommst du doch noch die Gelegenheit, dem Vengador zu helfen!" Senthil lachte. „Der Arme kann ein wenig Blut gebrauchen, schätze ich."

Fast liebevoll griff Alida nach Tesfayas Hand und flüsterte: „Es tut mir leid! Warum hast du nur versucht zu fliehen?"

„Alida …"

„Pst! Sei ganz ruhig, ich werde dir nicht wehtun", raunte diese und fuhr beinahe zärtlich mit der flachen Klinge über den entblößten Arm der Gefangenen. „Weißt du noch, wie sehr wir dieses Spiel immer genossen haben? Ein kleiner Schnitt, etwas Blut und der kühle Stahl auf deiner samtigen Haut."

Ihre Worte schienen Tesfaya zu beruhigen. Ihre Brust hob und senkte sich gleichmäßig, und entspannt schloss sie die Augen. Als sie schließlich sogar ihren Kopf in den Nacken legte und kleine, wohlige Laute von sich gab, warf Alida einen triumphierenden

Blick in Senthils Richtung und stach zu. Mit einem raschen Schnitt öffnete sie die Arterie am Unterarm ihrer Gefährtin und fing in einem Krug das sprudelnde Blut auf.

Fassungslos starrte Tesfaya auf die lange Wunde. Wie in Zeitlupe öffnete sich ihr Mund zu einem gellenden Schrei. Alida sprang, das gefüllte Gefäß fest umklammernd, aus dem magischen Zirkel; gleichzeitig sanken die fünf Gefangenen mit durchschnittener Kehle zu Boden. Senthil hob im selben Augenblick blitzschnell sein Schwert und schlug mit einer einzigen Drehung Tesfayas Kopf ab.

Der enthauptete Körper sackte in sich zusammen, und das Blut der Vampirin strömte in das Pentagramm, dessen Konturen, wie Nuriya erst jetzt sah, in den steinernen Boden eingelassen waren. Dort vereinte es sich mit der Lebensenergie der anderen Opfer.

Kaum war die Form des magischen Symbols komplett gefüllt, glühte das eiserne Kreuz auch schon auf. Funken sprühten, als würde jemand ein Feuerwerk abbrennen – doch innerhalb von Sekunden war der Spuk vorüber.

Ein undurchdringlicher Schatten blieb zurück und waberte scheinbar unentschlossen über dem Boden, wand sich mal hierhin, mal dorthin, konnte die Grenzen des Pentagramms aber nicht überwinden. Schließlich versank, was auch immer dort in der Mitte des Raumes gelauert hatte, mit einem lautlosen Seufzer im Boden. Das Opferblut hatte es auf seinem Rückzug mit sich genommen, und von Tesfaya blieb nichts als ein Häufchen Asche zurück. Mittendrin lag eine kleine Phiole.

Nuriya, die ahnte, dass sie Zeugin eines dämonischen Rituals geworden war, und vor Furcht zitterte, spürte Senthils heißen Atem an ihrem Ohr. Er hielt das gläserne Gefäß in seiner Hand.

„Bring den Kelch!“

Alida eilte zum Altar, um ein goldenes Gefäß zu holen, das mit zahlreichen Edelsteinen besetzt war und sehr alt wirkte. Behutsam füllte sie ihn mit Tesfayas Blut und winkte anschließend mit einer hoheitsvollen Geste einen Wächter herbei, der den Kelch mit beiden Händen umschlossen hinter ihr hertrug. Senthil verzog missbilligend den Mund, als ärgerte er sich über ihr Verhalten.

Doch Nuriyas nun unverhohlenes Entsetzen heiterte ihn offenbar auf, denn er lachte: „Dieser magische Trank wird Kierans Energien binden – und schon wenige Schlucke seines Blutes reichen aus, um mich zum Herrn über Feen und Vampire zu machen. Denn in meinen Adern wird das Blut eines Halbgottes strömen und der Vengador wird Geschichte sein. – Sieh genau hin!"

Der Vampir machte eine Handbewegung, und die riesigen Kerzen, die auf den Leuchtern rechts und links von Kieran steckten, begannen zu brennen. Vorsichtig ließ er eine grünliche Flüssigkeit aus der Phiole in den Kelch tropfen und mischte sie mit dem darin befindlichen Blut der ermordeten Tesfaya. Mit einem Ruck zog Alida den Umhang von Kierans Schultern, und entsetzt erkannte Nuriya, dass man ihn gefoltert hatte. Sein Gesicht war von unzähligen Verletzungen entstellt, das rechte Auge unter einer starken Schwellung kaum noch zu sehen. Blut sickerte unaufhörlich aus tiefen Wunden, die seinen gesamten Körper bedeckten.

Er heilt nicht!

Kieran war nach seiner Gefangennahme nur kurz betäubt gewesen. Doch bevor es ihm gelungen war, die magischen Siegel auf seinen Fesseln zu öffnen, waren Senthils Wächter zurückgekehrt und hatten die Gelegenheit genutzt, sich für den Tod ihrer Kameraden brutal an ihm zu rächen.

Senthil war furchtbar wütend geworden, als er entdeckte, dass Kieran noch mehr Blut verloren hatte. Er durfte auf keinen Fall zu früh sterben!

Zähneknirschend befahl er deshalb, den Vengador mit Blut zu versorgen, und gab ihm anschließend vorsichtshalber noch eine weitere Injektion des Betäubungsmittels. Doch er bemerkte nicht, dass es diesmal wirkungslos blieb. Kierans Körper hatte bereits mit der Selbstheilung begonnen, aber der Vengador beschloss, die oberflächlichen Wunden weiter bluten zu lassen und eine tiefe Ohnmacht vorzutäuschen.

Er hoffte, so eher in Nuriyas Nähe zu kommen. Senthil würde sich niemals die Gelegenheit entgehen lassen, sich an ihrer Verzweiflung zu weiden, die sie gewiss überfiele, wenn sie erkannte, dass er ihre einzige Hoffnung auf Rettung in seiner Gewalt hatte.

Wenig später schleppten ihn die Sicarier tatsächlich in den Tempelraum, um ihn dort anzuketten. Ihr Schmerz, als sie sein zerschundenes Gesicht erblickte, traf Kieran wie ein Dolchstoß. Wie gerne hätte er der Geliebten beruhigende Gedanken geschickt, stattdessen starrte er nur blicklos durch sie hindurch.

„Da hast du deinen Vengador. Er erkennt dich nicht einmal!"

Bisher war Nuriya noch keinem Vampir begegnet, der seine Launen und Gefühle so offen zeigte, wie Senthil es tat. Vielleicht war dies die Chance, auf die sie gewartet hatte. Wenn es ihr gelang, ihn abzulenken, würde es Erik möglicherweise schaffen, Kieran zu retten.

„Bisher dachte ich immer, Männer bevorzugten den offenen Kampf und nur Frauen hätten einen Hang zur Giftmischerei." Nuriyas Stimme drang bis in den letzten Winkel des Tempels, und die Vampire starrten ihren Anführer neugierig an. Wie würde er auf diese unerhörte Beleidigung reagieren?

Senthil stand plötzlich ganz nahe vor ihr. „Was sagst du da?"

Nuriya lächelte eisig. „Aber vielleicht bist du ja gar kein richtiger Mann?"

Er wurde bleich, holte unerwartet aus und schlug ihr brutal

ins Gesicht. Nuriyas Kopf flog nach hinten – und es gab ein hässliches Geräusch, als ihr Kiefer zersplitterte.

Anstatt, wie es Senthil erwartet hätte, in Tränen auszubrechen, schaute sie ihren Peiniger jedoch nur einen Moment lang aus zusammengekniffenen Augen an. Sie brauchte diese Zeit, um ihre Kräfte zu sammeln. Dann befreite sie sich mit einer überraschenden Geschwindigkeit von ihren Fesseln.

Niemand hatte sie je geschlagen. In dem Augenblick, als seine Faust ihren Kiefer zerschmetterte, verlor Nuriya jedes Gefühl. Es war, als hätte man eine geheime Tür in ihr geöffnet und mit einem Mal all ihre Magie befreit. Senthil wollte Kieran töten und mit Hilfe seines Blutes Macht über sie alle erlangen? Niemals!

Blitzschnell war sie bei ihm. Lauerte auf ihre Chance. Der Vampir mochte ihr körperlich überlegen sein – das jedoch, so schwor sie, würde ihm keine Vorteile bringen. Seine Magie konnte sie nicht einschätzen, doch sie hatte nicht vor, ihm die Gelegenheit zu geben, sie überhaupt einzusetzen. Seine Spießgesellen waren offenbar viel zu überrascht, als dass sie hätten eingreifen können. Sie wichen in die Schatten zurück, um dort die Befehle ihres Anführers abzuwarten.

Senthil attackierte schnell und brutal. Seine Faust traf sie erneut am Kinn. Nuriya nahm den Schwung dieser Bewegung auf, machte einen Salto nach hinten und nutzte seine Energie zu einem mächtigen Gegenschlag. Schwer getroffen taumelte der Vampir zurück, schüttelte sich leicht benommen und griff sofort erneut wütend an.

Doch was auch immer er unternahm, es schien sich gegen ihn zu wenden. Jeder noch so wohl platzierte Hieb traf auf wenig Widerstand, verlieh seiner Gegnerin aber Energie genug, ihn schwer zu verwunden.

Aus dem Augenwinkel beobachtete sie, wie Erik Alida mit einem gezielten Schlag niederstreckte, als sie ihn daran hindern wollte, an Kieran heranzukommen. Dann wandte sie sich wieder ihrem Gegner zu, der ihre volle Aufmerksamkeit erforderte.

Mit tückischem Grinsen erinnerte sich Senthil endlich der Waffen, ohne die er niemals anzutreffen war. Die beiden Wurfmesser flogen in Sekundenabstand auf Nuriya zu und … verfehlten ihr Ziel. Geschickt fing sie die tödlichen Klingen auf, und noch ehe Senthil begriff, was geschah, sauste eines der Messer an seinem Ohr vorbei, das andere bohrte sich schmerzhaft in seine Brust.

Seit Jahrhunderten hatte er nicht mehr gespürt, wie es war, wenn sich blanker Stahl durch seine Haut in den kalten vampirischen Körper bohrte. Überrascht schaute er auf den Fremdkörper hinab. Mit einem hässlichen Lachen packte er den Griff und ließ das Metall klirrend auf den Boden fallen.

„Genug gespielt!“ Senthil sprang auf den Altar und griff nach dem dort liegenden Schwert. Nuriya riss instinktiv ihren Arm hoch, obwohl ihr bewusst war, dass sie gegen diese tödliche Waffe nichts ausrichten konnte. Da erschien in ihrer Hand ein offenbar magisches Schwert. Senthil gab einen erstaunten Laut von sich, und sein Angriff ging ins Leere. Er warf einen schnellen Blick auf Kieran. War der etwa weniger geschwächt, als Senthil dachte, und hatte er der Hure seine berüchtigte Waffe zugespielt?

„Das wird dir nicht helfen. Ihr werdet beide sterben!“, knurrte er zwischen zusammengebissenen Zähnen und griff erneut an.

Nuriya war nicht sehr erfahren im Schwertkampf, doch sie bemühte sich nach Kräften, die wütenden Attacken abzuwehren. Die Waffe in ihrer Hand war leicht und schien jede Bewegung ihres Gegners im Voraus zu erahnen. Doch allmählich ließen Nuriyas Kräfte nach, und mit einem verzweifelten Vorstoß gelang es Senthil, sie zu entwaffnen.

Er stürzte sich auf Nuriya und war diesmal so schnell, dass

er die Fee an ihrem üppigen Haarschopf zu fassen bekam. Er zwang sie vor sich auf die Knie.

„Genau die Position, in der ich dich haben möchte!“, lachte er und drückte ihren Kopf in seinen Schritt.

Sie hatte ihren Gegner unterschätzt. Jetzt kniete sie in dieser entwürdigenden Stellung vor ihm und hatte im ersten Augenblick noch keine Ahnung, wie sie sich befreien sollte. Aber dann kam ihr eine Idee. Auch als Sterbliche hatte sie es verstanden, sich gegen zudringliche Männer zu wehren. Warum sollte ihr das jetzt nicht gelingen? Kurz schloss sie die Augen – und biss kräftig zu. Mit einem furchtbaren Schrei sprang der Vampir zurück und krümmte sich vor Schmerzen.

Doch ihr Triumph währte nicht lange. Senthil richtete sich langsam auf. Hass und Wahnsinn schienen sich in seinen Zügen einen Kampf zu liefern.

Als die Magie des zweitausend Jahre alten Vampirs von Nuriya Besitz ergriff, raubte es ihr beinahe den Verstand. Eine Welle nach der anderen schlug über ihr zusammen, bis sie nahezu besinnungslos am Boden kauerte. Ihr Herz schlug wie wild – und verzweifelt versuchte sie, sich wieder aufzurichten.

Kätzchen, ich bin bei dir!

Kieran! Deutlich hörte sie seine Stimme in ihrem Kopf.

Frag jetzt nichts und tu genau, was ich dir sage! Er wartete ihre Zustimmung gar nicht erst ab. *Siehst du die weißen Linien, die sich in der Mitte des Raumes kreuzen?*

Panisch blickte Nuriya auf das Pentagramm. *Da ist nichts!*

Sie sind unter den Steinen – schau genau hin! Seine Stimme klang ruhig und sicher.

Noch einmal bot Nuriya all ihre Kraft auf, um Senthils magischen Angriffen zu widerstehen, während der Vampir bedrohlich näher kam. Und dann sah sie die Linien, etwa einen Meter unter dem Boden. Zwei mächtigen Schlangenleibern nicht unähnlich kreuzten sie sich tatsächlich, und es schien so, als hielten sie das eiserne Kreuz an dieser Stelle fest.

Ich kann sie sehen! Hoffnung schwang in ihren Gedanken mit.

Ich öffne jetzt ein Portal zur Drachenlinie – und gebe die Energie an dich weiter. Wehre dich nicht dagegen!

Sofort fühlte sie ein Feuer mit kleinen weißen Flammen um ihren Körper züngeln. Jede Flamme wurde durch einen winzigen Blitz unter Nuriyas Haut begrüßt, bis die Kräfte ein Volumen erreichten, das sie befürchten ließ, sie könnte platzen.

Du machst das sehr gut. Jetzt musst du sie bündeln!

Nuriya glaubte Kierans Lächeln bei diesen Worten zu sehen – und auf einmal wusste sie, was zu tun war. Sie begann die Kräfte der Drachenlinie zu formen, bis sie eine Kugel bildeten, in der Blitze zuckten und Irrlichter wild umeinander tanzten.

Unfähig, sich zu bewegen, starrte Senthil sie an. Wie in Zeitlupe nahmen die Ereignisse vor seinen Augen ihren Lauf. Die Fee hob, einer Rachegöttin gleich, ihren Arm – und da verließ das weiße Licht die ausgestreckte Hand scheinbar ohne ihr Zutun.

Als der Energieball Senthil traf, schaute der Vampir einen Moment lang fassungslos auf das Loch, das in seiner Brust rasend schnell immer größer wurde und ihn vollständig verzehrte, bevor er seinen Mund zu einem Schmerzensschrei öffnen konnte.

„Hinter dir!"

Nuriya, die sich nun wieder bewegen konnte, sprang auf, drehte sich herum und sah Alida mit Senthils Schwert auf sich zustürzen. Sie hatte keine Mühe, der merkwürdig langsamen Angreiferin die Waffe mit einem gezielten Tritt aus der Hand zu schlagen. Ein weiterer Fußtritt – und Alida sackte leblos zu Boden.

Kieran hatte sich inzwischen seiner Fesseln entledigt. Er murmelte etwas – und dann erschien das magische Schwert, das eben noch auf dem Boden gelegen hatte, in seiner Hand. Blitzschnell enthauptete er zwei der Wächter, die gerade wieder zum Leben erwacht schienen. Die anderen Sicarier waren klug genug, sich nicht auf einen Kampf einzulassen. Sie zogen sich möglichst unauffällig zurück.

Der Vengador hob seine Hand: „Halt!“ Niemand rührte sich von der Stelle. „Ich weiß, dass die meisten von euch jung sind und ihr transformiert wurdet, um den perversen Plänen Senthils zu dienen. Ich werde euch heute nicht töten, denn ihr habt nur auf Befehl gehandelt. Aber sollte jemals wieder einer von euch versuchen, den Venuspakt zu boykottieren oder der Auserwählten zu nahe zu kommen, wird es keine Gnade geben!“ Nuriya konnte die Erschöpfung in Kierans Stimme hören, als er Senthils ehemalige Gefolgsleute entließ: „Und nun verschwindet!“

„Und was machen wir mit ihr?“ Erik wies auf Alida, die sich wieder zu rühren begann.

„Lass sie laufen. Heute sind schon genug Köpfe gerollt.“

Der Werwolf sah grimmig zu, wie Senthils Gehilfin mit den überlebenden Sicariern lautlos in der Dunkelheit verschwand. Wenn es nach ihm gegangen wäre, hätte er alle endgültig unschädlich gemacht. Aber Vergeltung und Strafe blieben Sache eines Vengadors. Eriks Arbeit war getan. Er nickte Nuriya zu und öffnete ein Portal in die Zwischenwelt. Die beiden würden ganz gut ohne ihn zurechtkommen.

Als sich Kieran endlich zu ihr umwandte, stellte sich Nuriya die bange Frage, wie es nun weitergehen würde. Doch ihre Befürchtung, er könnte wieder zu dem kalten Vengador werden, der er bisher gewesen war, schien wie weggeblasen, als sie das warme Lächeln sah, mit dem er die Hand nach ihr ausstreckte und sie in seine Arme zog. „Komm, kleine Fee! Es wird Zeit, dass wir heimkehren!“

In Kierans Stadtvilla angekommen, blickten sie sich überrascht um. Niemand war dort, um sie zu begrüßen. Kieran fand die Vorstellung, mit Nuriya allein zu sein sehr verlockend. Als er jedoch die Besorgnis in ihrem Gesicht las, sagte er: „Wahrscheinlich wissen sie bereits, wie die Sache ausgegangen ist, und warten bei euch. Sollen wir nachsehen?"

Nuriya wollte gerade erleichtert zustimmen, als sie den Zettel mit Donates' altmodischer Handschrift entdeckte: *Herzlichen Glückwunsch! Wir sehen uns morgen zum Venusfest im „Hellfire"!*

Ein wenig schmerzte es Kieran schon, dass Nuriyas Schwester und auch die Winterfelds nach dem Sieg keine Zeit verloren hatten, sein Haus zu verlassen. Aber ein Einzelgänger wie er konnte natürlich nicht erwarten, über Nacht Freunde zu finden.

Nuriya schien diese Gedanken gehört zu haben. Sie legte ihre Hand auf seinen Arm und sagte lächelnd: „Ich glaube, ich habe mich noch gar nicht für meine Rettung bedankt!" Dabei stellte sie sich auf die Zehenspitzen, um ihm einen sanften Kuss auf die Lippen zu hauchen. Ihre Berührung öffnete Kierans Seele. Mit einem Stöhnen zog er *seine* Auserwählte an sich und küsste sie so wild und verzweifelt wie ein Ertrinkender, der mit letzter Kraft den rettenden Strand zu erreichen versucht. Ohne Nuriya, das hatte er in den vergangenen Stunden erkannt, hatte sein Dasein keinen Sinn. Sie war das Licht in seiner Dunkelheit, die einzige Hoffnung auf Harmonie und Glück. Sie war seine Seelengefährtin – und er konnte nur beten, dass ihn dieses wundervolle Wesen nicht zurückweisen, sondern ihrer gemeinsamen Zukunft eine Chance geben würde. Zu seiner großen Freude schmiegte sie sich dicht an ihn und erwiderte den Kuss leidenschaftlich.

Geliebte, bitte verzeih mir, was ich dir angetan habe!

Es gibt nichts zu verzeihen! Wir sind Seelengefährten – schon vergessen? Ihr kehliges Lachen glitt wie Samt über die sensible

Haut des Vampirs und klang in seinen Ohren wie ein Versprechen. Er umfasste ihr Gesicht zärtlich mit beiden Händen und schaute tief in ihre grün glitzernden Augen. „Ich liebe dich!“, flüsterte er. „Ich liebe dich, seit ich dich zum ersten Mal gesehen habe.“

Als er diese Worte aussprach, wusste er, dass es die Wahrheit war. Er hatte sie von Anfang an nicht nur begehrt, sondern geliebt – und mit jedem Tag war diese Liebe noch gewachsen. Sie waren Seelengefährten und füreinander bestimmt. Er spürte es in jeder Faser seines Körpers. Heute Nacht musste es geschehen: Das dritte Siegel musste gebrochen werden. Nun konnte sie nichts mehr daran hindern, das Ritual gemeinsam zu vollziehen. Deshalb also hatte Donates dafür gesorgt, dass sie allein waren. Für seine Umsicht war Kieran dem klugen Freund dankbar.

Er wollte Nuriya zu der Seinen machen und sich für immer an sie binden. Und wäre es nach seinem Körper gegangen, so hätte das Ganze hier und jetzt geschehen müssen. Und Nuriyas Reaktionen auf seine Küsse ließen ihn hoffen, dass sie nichts dagegen haben würde.

Doch das Ritual war einzigartig, und er hatte vor, jede einzelne Sekunde für Nuriya zu einem unvergesslichen Erlebnis werden zu lassen. Deshalb hob er die überraschte Geliebte kurzerhand in seine Arme und trug sie, ohne den Kuss zu unterbrechen, die Stufen hinab in sein Schlafzimmer.

„Du Höhlenmensch! Lass das bloß nicht zur Gewohnheit werden!“, protestierte Nuriya lachend, während er sich gemeinsam mit ihr auf sein Bett fallen ließ. „Oh!“, hauchte sie nach einem weiteren leidenschaftlichen Kuss und genoss die Wärme von Kierans Körper, der sich hart und dominant an ihre weichen Rundungen presste. Ein Körper, der ihr sexuelle Erfüllung versprach und nur dafür gemacht schien, sie zu befriedigen und ihre geheimen Träume zu erfüllen.

Als ahnte er ihre Gedanken, verzog er seinen Mund zu einem sinnlichen Raubtierlächeln und beugte sich hinab, um ihren Hals und anschließend auch die zarte Haut ihres Dekolletés zu liebkosen, während er quälend langsam die verbliebenen Knöpfe ihres schlichten Kleides öffnete.

Wie wundervoll sie duftete! Er schwor sich, diese wahrlich göttliche Speise heute Nacht bis zum letzten Biss zu genießen und nie wieder eine andere Leckerei, und sei sie auch noch so köstlich, anzurühren. Als Nuriya schließlich nackt vor ihm lag und das rote Haar wie ein seidiger Teppich über die Kissen floss, konnte er es kaum glauben, dass er sie wahrhaftig berühren und lieben durfte.

„Du bist so schön." Kierans Stimme klang rau vor Verlangen – und das war alles, was Nuriya ertragen konnte. Sie stürzte sich geradezu auf ihren Geliebten und machte all seine Pläne einer behutsamen Verführung zunichte. Ungeduldig zerrte sie an seinem Hemd, bis er ihr lachend half, es über seine breiten Schultern zu streifen. Dem Hemd folgte wenig später auch seine Hose, und alles flog in hohem Bogen vom Bett.

Nuriyas Augen weiteten sich überrascht, als sie seine mächtige Erektion sah, doch dann drückte sie ihn kurzerhand mit beträchtlicher Kraft in die Kissen und gab dem pulsierenden Verlangen in ihrem Schoß nach, ihn endlich ganz in sich zu spüren.

Geschmeichelt genoss Kieran, wie sehr ihn diese leidenschaftliche Wildkatze erwartete. Er glitt tief in ihren samtigen Körper hinein. Noch nie zuvor hatte er sich mehr zu Hause gefühlt als in diesem Moment. Nuriyas Wangen glühten und die Leidenschaft machte sie noch verführerischer, während die kreisenden Bewegungen ihrer Hüften ihn beinahe in den Wahnsinn trieben. Er griff nach ihr, um die festen kleinen Nippel zu kneten, doch statt der erhofften Ablenkung erregte ihn das nur noch mehr.

Nuriya stöhnte, als Kieran ihre Brüste liebkoste, die unter der

Berührung seiner rauen Hände so sehr spannten, dass es fast schmerzte.

Sie spürte, wie sich ihre Körper auf einen gewaltigen Höhepunkt vorbereiteten, und verlangsamte die Bewegungen. Der enttäuschte Laut, den Kieran von sich gab, klang wie ein verunglücktes Knurren, und Nuriya begegnete seinem fragenden Blick mit einem spitzbübischen Lächeln. Langsam beugte sie sich zu ihm herunter, um die sinnlichen Lippen ihres Liebhabers zu berühren. Fasziniert beobachtete sie dabei den rasenden Puls an seinem Hals. Ihre Zähne, die im Kiefer bereits schmerzend auf ihren Einsatz warteten, glitten hervor. Das salzige Aroma von Kierans Haut ließ ihr das Wasser im Munde zusammenlaufen, und so biss sie ihn fauchend, um endlich von seinem köstlichen Blut zu trinken.

Seine Energie verband sich mit der ihren, als der schwere Nektar durch ihre Kehle rann. Auf die Wucht des gewaltigen Orgasmus, der sie gleich darauf wie eine Sturmflut überrollte, war Nuriya nicht gefasst. Sie schrie auf und ließ sich von einer nie zuvor erlebten Lust davontragen.

Und dabei geschah etwas ganz Außerordentliches. Es fühlte sich an, als wäre das letzte Puzzle-Element an seinen Platz gerutscht und etwas Einzigartiges entstanden. Sie hatten das letzte Siegel gebrochen und waren nun auf immer und ewig miteinander verbunden.

„Oh Kieran!", flüsterte Nuriya sinnlich und blinzelte wie eine zufriedene Katze, die heimlich einen großen Sahnetopf leer geschleckt hat.

Das war zu viel für seine Selbstbeherrschung. Der Vengador packte ihre Hüften und stieß immer schneller und tiefer in sie hinein, bis er endlich befreit aufstöhnte und die heiße Flut der Leidenschaft in ihren Leib pumpte.

Nuriya fühlte das Echo seiner Befriedigung in sich und beobachtete, wie mit jeder Welle die Anspannung in seinem Gesicht abnahm, bis er schließlich regungslos in den zerwühlten Kissen lag.

„Wage es nicht, jetzt einzuschlafen!“, neckte sie ihren Liebhaber empört. „He! Was fällt dir ein?“ Sie schüttelte ihn heftig.

Träge öffnete Kieran die Augen und blickte unter langen Wimpern zu ihr hinauf, während ein sinnliches Lächeln auf seinen Lippen erschien. „Du bist das erstaunlichste Geschöpf, das mir je begegnet ist!“, murmelte er schlaftrunken.

Aber ehe Nuriya noch entschieden hatte, was er damit meinen könnte, hatte Kieran sie schon auf den Rücken gedreht und flüsterte ganz dicht an ihrem Ohr: „Du willst also mehr? Gib acht, was du dir wünschst, Kätzchen. Es könnte in Erfüllung gehen!“

Überrascht bemerkte Nuriya, dass ihr Körper mit einer Intensität auf die Verheißung, die in diesen warnenden Worten mitschwang, reagierte, die sie niemals für möglich gehalten hatte.

Kieran liebte sie diesmal geradezu andächtig langsam, und während sie gemeinsam dem Höhepunkt entgegenstrebten, dachte Nuriya, wie wundervoll es wäre, wenn sie in dieser Nacht sein Kind empfangen würde.

Als sich die Fee viel später glücklich in Kierans Armbeuge kuschelte, strich er sanft über ihr Haar und hoffte, das Schicksal möge ihr diesen Wunsch erfüllen.

„Ich habe gleich gewusst, dass sie zusammengehören! Sin wird entzückt sein.“ Perlendes Lachen schreckte die Liebenden im Morgengrauen aus ihrem Schlummer.

„Ein leidenschaftliches kleines Ding. Das muss wohl in der Familie liegen“, hörte Nuriya eine tiefe Männerstimme antworten.

„Schmeichler!“ Die Frau klang ohne Zweifel erfreut.

Als Nuriya Kierans bedrohliches Knurren neben sich vernahm

und fühlte, wie er sich schützend vor ihr aufrichtete, wurde ihr klar, dass sie keineswegs träumte. Erschrocken öffnete sie die Augen.

Mitten im Raum standen zwei Fremde, die das Paar milde lächelnd betrachteten. Der Mann war etwa so groß wie Kieran und schien mindestens genauso gut gebaut zu sein. Seine Gesichtszüge waren von einer überirdischen Vollkommenheit, die sie seltsamerweise eher abstieß.

Ein Blick in die seegrünen Augen seiner Begleiterin jedoch genügte, um in Nuriya die schmerzliche Erinnerung an ihre geliebte Mutter zu wecken. Feen! Mitten in ihrem Schlafzimmer standen Feen oder Elben, jedenfalls Lichtwesen, und das wer weiß wie lange schon!

„Du!", grollte Kieran, als er die Frau erkannte. „Sie hat sich entschieden, du hast keinen Anspruch mehr auf uns!"

Wütend war er aufgesprungen und blickte die Eindringlinge drohend an.

„Ah, jetzt sehe ich, was sie an dir findet!" Die Frau warf einen begehrlichen Blick auf Kierans Männlichkeit. Ihr Gefährte murmelte etwas, das wie „bestenfalls Mittelmaß" klang, und sein Gesichtsausdruck wurde dabei deutlich kühler.

Nuriya wickelte sich rasch in das Betttuch und stand nun neben Kieran. „Seid ihr etwa die ganze Zeit hier gewesen – und wer seid ihr überhaupt?", fragte sie verwirrt.

„Das, liebes Feenkind, ist deine Königin!", antwortete der Fremde an Kierans Stelle. „Und du tätest gut daran, dich etwas respektvoller zu verhalten!"

„Papperlapapp!" Die Königin streckte ihre Hände aus, um Nuriya in ihre Arme zu schließen. Ohne zu überlegen, folgte die Feentochter der Einladung.

Kieran hielt sie zurück, und es gelang ihr nicht, sich seinem eisernen Griff zu entwinden. „Was willst du von uns?"

Kurz schien so etwas wie Unwillen über das kühle Gesicht der Königin zu flackern, aber dann lächelte sie: „Beruhige dich, Vengador! Wir sind gekommen, um euch unseren Segen zu erteilen. Es hat ja lange genug gedauert, bis ihr endlich euer gemeinsames Schicksal angenommen habt."

Der Elf neben ihr knurrte: „Und das hat mich ein kleines Vermögen gekostet!"

„Du hast doch nicht wieder gewettet?" Die Königin sah ihn verärgert an.

„Anvea hat mir einen ganz sicheren Tipp gegeben", verteidigte er sich beleidigt.

„Gute Güte! Ausgerechnet dieser intriganten Unglücksfee hast du geglaubt?" Sie schnaubte empört. „Bin ich denn nur von Eseln umgeben?"

„Untersteh dich!" Er griff an seinen Kopf, als erwartete er, dort etwas anderes als ein Paar spitzer Ohren vorzufinden. Erleichtert ließ er die Hand sinken und fuhr fort: „Warum? Der Vengador hat doch die ganze Zeit geglaubt, dieser alberne Fluch laste auf ihm, weil seine Frau … "

„Genug!"

„Und er hat deine Ni…", hastig korrigierte er sich, „das Feenkind gegen ihren Willen transformiert!"

„Genug, sage ich!" Die Feenkönigin blitzte ihn wütend an, und der Elf verstummte missmutig.

„Es tut mir leid, wenn ich euren kleinen Zwist unterbrechen muss", warf Kieran mit eisiger Stimme ein, „aber ich denke, du bist uns ein paar Erklärungen schuldig!"

„Oh, meinetwegen! Wenn du darauf bestehst. Ihr werdet es ja ohnehin irgendwann erfahren, weil gewisse Leute …", dabei warf sie einen vernichtenden Blick zu ihrem Begleiter, „ihre Zunge nicht im Zaum halten können." Sie ließ sich hoheitsvoll auf einem Sessel nieder, den der Elf rasch herbeigeschafft hatte.

Dann bedeutete sie Kieran und Nuriya, ebenfalls Platz zu nehmen. Doch sie lehnten ab.

„Wie ihr wollt! Ich bedauere den Tod deiner Frau Maire. Sie hätte dir niemals begegnen dürfen – und letztlich war es der Ehrgeiz ihrer Mutter, der das arme Ding in den Selbstmord getrieben hat. Die Mutter hatte kein Recht und überhaupt nicht die Macht, dich zu verfluchen, und wurde dafür auch angemessen bestraft."

„Ich war sterblich und hatte keine Ahnung von meinem Schicksal, als wir heirateten", versuchte Kieran zu erklären, als er Nuriyas fragenden Blick auf sich spürte. Sie griff nach seiner Hand und drückte diese beruhigend: „Du brauchst mir nichts zu erklären. Das geschah in einem anderen Leben."

Die Königin rutschte etwas verlegen auf ihrem Sessel herum, was sehr seltsam aussah, weil ihre Haut dabei mehrmals von dem alabasterfarbenen Ton zu einem samtigen Grün und wieder zurück wechselte. Die beiden Vampire beobachteten fasziniert das Farbenspiel, das ihnen wie ein ständiger Wechsel der Jahreszeiten vorkam.

„Es war eine schwierige Epoche – sie wird nicht ohne Grund auch von vielen Menschen als das ‚dunkle Zeitalter' bezeichnet. Deshalb habe ich wohl vergessen, dich darüber zu informieren."

„Vergessen?", grollte Kieran. Doch dann schwieg er, als ihm klar wurde, dass er von dieser mächtigen Fee keine weitere Entschuldigung erwarten konnte.

Die Königin erhob sich. „Ich habe meiner Schwester versprochen, mich um ihre drei Töchter zu kümmern. Ich meine, das beantwortet deine Frage, warum ich ganz sicher sein musste, dass ihr Seelengefährten seid." Sie hob die Hand und sagte: „Mehr wirst du von mir nicht erfahren, Kieran." Sie hatte ihn zum ersten Mal bei seinem Namen genannt, und der Vengador wusste, dass sie damit seine Verbindung mit ihrer königlichen Familie akzeptierte.

„Nuriya, auch wenn du dich dafür entschieden hast, fortan in der Welt der Dunkelheit zu leben, du und deine Schwestern werden in meinem Reich stets willkommen sein."

Das Venusamulett leuchtete auf einmal in ihren Händen. Nuriya hatte es während ihrer Entführung bereits vermisst und war erleichtert, das wertvolle Schmuckstück zurückzuerhalten. Die Fee schüttelte den Kopf: „Das brauchst du nun nicht mehr. Mit Kierans Hilfe wirst du schnell lernen, deine Kräfte zu beherrschen. Dieses Amulett bleibt bei mir, bis wieder einmal ein Feenkind geboren wird, um den Venuspakt für uns zu schließen."

Sie umarmte Nuriya, flackerte ein wenig und war gleich darauf verschwunden.

Du hast eine gute Wahl getroffen, kleine Nichte!, hallten ihre Worte zum Abschied in Nuriyas Kopf, und erleichtert ließ sie sich zurück aufs Bett sinken, als der Elf mit einem letzten gehässigen Blick auf den immer noch unbekleideten Kieran ebenfalls verschwand.

„Hast du gesehen, er ist eifersüchtig auf dich!", grinste sie und betrachtete ihren Geliebten zufrieden. „Ich kann mir gar nicht denken, weshalb", fügte sie verschmitzt hinzu und kicherte erfreut, als sie Kierans empörten Blick bemerkte.

„Ich werde dir zeigen, warum dieser Schönling allen Grund hat, neidisch zu sein."

Er ließ sich neben sie sinken und begann sofort, den Beweis für seine Behauptung anzutreten.

Kieran schlief noch, als Nuriya sehr spät am folgenden Abend erwachte. Sie nutzte diese Gelegenheit, den neben ihr liegenden Mann ungestört zu studieren. Seltsam, seine Züge waren ihr so vertraut, als würde sie ihn bereits ihr ganzes Leben lang kennen. Was, verglichen mit seinem, allerdings noch sehr kurz war.

Entspannt lag der Vampir auf dem Rücken: Einen Arm hatte

er hinter seinen Kopf gelegt, der andere ruhte besitzergreifend auf Nuriyas Schenkel. Behutsam schob sie seine Hand beiseite und stützte sich auf, um ihn besser anschauen zu können.

Von den tiefen Wunden, die ihm Senthils Wächter zugefügt hatten, waren nur wenige, kaum noch sichtbare Narben zurückgeblieben.

Er hatte schöne Füße, stellte sie überrascht fest. Normalerweise fand Nuriya Männerfüße eher hässlich, aber jetzt hätte sie ihre Finger gern ausgestreckt, um sie zu berühren. Waren Vampire kitzelig? Sie war sich nicht sicher, deshalb widerstand sie der Versuchung und fuhr stattdessen mit ihrer Betrachtung fort. Kierans Beine waren lang und muskulös, die Gelenke kräftig, ohne zu mächtig zu wirken. Sein Körper war von einer Vollkommenheit, die ein Sterblicher niemals erreichen würde. Sie dachte an die Männer aus dem Fitnessstudio, in das sie eine Zeit lang gegangen war. Nie hatte sie begriffen, was an diesen Muskelbergen attraktiv sein sollte. Kieran dagegen strahlte Macht aus: Charme, Intelligenz, gleichzeitig aber Kraft und Entschlossenheit. Seine überwältigende Männlichkeit hatte eine sehr ursprüngliche Qualität, und alles an ihm, von der dunklen Stimme bis zu jeder seiner sinnlichen Bewegungen, war wie ein erotisches Versprechen.

„Ich werde sehr gut auf dich aufpassen müssen!“, flüsterte sie. Kierans Wimpern flatterten, und Nuriya wünschte sich noch etwas mehr Zeit, um jedes Detail in sich aufnehmen zu können und für immer in ihrer Seele zu speichern.

Er tat ihr den Gefallen, seufzte im Schlaf und atmete ruhig weiter. Nuriya war froh, dass die Beschreibungen von Vampiren in ihren Büchern nicht stimmten und zumindest dieser hier tagsüber keineswegs kalt und wie tot neben ihr liegen würde. Auch schien er glücklicherweise keine Vorliebe für Särge zu haben.

Prüfend ließ sie ihren Blick über sein Gesicht gleiten, über seine hohen Wangenknochen, die weit auseinanderliegenden

Augen mit den erstaunlich langen, dunklen Wimpern und das dichte schwarze Haar. Seine Nase war nicht ganz gerade, und das Grübchen, das sie entdeckt hatte, als sie ihn gestern das erste Mal wirklich von Herzen lachen hörte, galt gemeinhin als nicht besonders männlich. Dieses Gesicht war nicht so wunderbar wie das des unheimlichen Elfen, aber genau dieser Mangel an Perfektion schien es zu sein, der ihn für die meisten Wesen, die ihm begegneten, unwiderstehlich machte. Zumindest, wenn sie nicht angesichts des unheimlichen Anblicks brodelnden Quecksilbers rund um seine tiefschwarzen Pupillen in Panik flohen. Kieran war zweifellos einer der gefürchtetsten Krieger des Rates, aber vermutlich hatte ihn niemand jemals so friedlich schlafen sehen wie sie. Zärtlich küsste Nuriya die feinen Linien in seinen Augenwinkeln. Er wirkte müde – und sie konnte sich auch nicht erinnern, wann Kieran das letzte Mal Blut zu sich genommen hatte – wenn man von den wenigen Schlucken in der letzten Nacht einmal absah.

So behutsam wie möglich angelte sie eine Blutkonserve aus dem Kühlschrank neben seinem Bett, öffnete sie und nahm selbst erst einmal einen kräftigen Schluck. Seltsam, wie schnell sie sich an diese Form der Nahrungsaufnahme gewöhnt hatte. Wenn sie darüber nachdachte, dann war das Bluttrinken, so wie sie es praktizierten, auch nicht verwerflicher als ein saftiges Steak in der Pfanne. Immerhin überlebten ihre Spender in den meisten Fällen und fühlten sich anschließend sogar noch sehr beschwingt.

Dann hatte sie eine Idee, und mit einem schalkhaften Grinsen ließ sie ein paar Tropfen aus dem Beutel auf seinen Bauch fallen, die sie sofort wieder aufleckte.

Kieran hatte Nuriyas Inspektion neugierig unter halb geschlossenen Augenlidern beobachtet. Ihr hintersinniges Lächeln war ihm nicht entgangen, und gespannt wartete er ab, was sie im Schilde führte. Als er ihre freche Zunge plötzlich auf seinem Bauch spürte, musste er die Selbstbeherrschung eines Vengadors beschwören, um jede verräterische Reaktion seines Körpers zu verbergen. Dies fiel ihm zunehmend schwerer, und ein leichtes Zittern seiner Bauchdecke kündigte das rollende Lachen an, das ihn schließlich so sehr schüttelte, dass ihm nichts anderes übrig blieb, als seine Tarnung aufzugeben.

Er streckte seine Hand aus, die Luft vibrierte kurz, doch Kieran griff ins Leere. Fast im gleichen Augenblick erschien Nuriyas Kopf in der Badezimmertür und grinste: „Komm, Faulpelz! Es ist schon spät – wir werden erwartet!“

Kieran ließ sich zurück in die Kissen sinken. „Was für ein Wirbelwind“, lachte er leise. Normalerweise vermieden seine Bekannten es, ihm so kurz nach dem Aufwachen über den Weg zu laufen. Er war alles andere als ein Morgen- oder genauer gesagt Abendtyp. An Nuriyas Weckmethode konnte er sich aber durchaus gewöhnen. Wenig später stieg er zu ihr in die Dusche und bemühte sich nicht länger, sein Begehren zu verbergen.

„Was war das eigentlich für eine Energie unter Senthils Burg?“, fragte Nuriya auf dem Weg zum „Hellfire“-Club.

„Dort kreuzen sich sogenannte Drachenlinien. Energieströme, die unser Universum wie ein Netz durchziehen. Einige Sterbliche können sie spüren und haben ihre Tempel oder Kirchen häufig auf so einer Kreuzung erbaut.“

„Und warum hat Senthil diese Kraft nicht genutzt?“

„Weil er es nicht konnte. Vermutlich hat er sie nicht einmal spüren, geschweige denn sehen können. Nur Kinder der Mutter Erde, ihr Feen beispielsweise, seid dazu in der Lage. Diese Energie jedoch zu nutzen und zu bändigen, ohne dabei Schaden zu nehmen, das können die wenigsten.“

„Du hast sie gesehen.“ Das war eine Feststellung.

„Du willst alles ganz genau wissen, hm? Um ehrlich zu sein, ich habe keine Ahnung, warum ich die Drachenlinien sehe, aber mir gelang es schon als Kind. Es war ein ziemlicher Schreck, als ich eines Tages wagte, in das Licht zu fassen, und es mich durchströmte. Doch diese Fähigkeit nützt mir nichts, denn ich kann sie zwar leiten, aber nicht bündeln."

„Und woher wusstest du, dass ich es fertigbringe?"

„Das habe ich ganz zufällig entdeckt. Erinnerst du dich an unseren Ausflug in meine Heimat?"

„Die Eiche?" Nuriya errötete ein wenig bei dem Gedanken an die Schamlosigkeit, mit der sie bei dieser Gelegenheit ihre Lust ausgelebt hatte.

Mir hat es gefallen! Kierans Stimme wirkte wie eine sanfte Berührung ihrer Erinnerung. Laut fuhr er fort: „Genau! Einige Pflanzen gedeihen auf diesen Energielinien besonders gut. Die Linie unter dem Baum war nur winzig klein – ich habe sie kaum gesehen. Aber als du dich gegen ihn gelehnt hast, wuchs sie. Und du hast, ohne es zu wissen, Energie von ihr in dich aufgenommen." Kieran lachte: „Das war ganz schön prickelnd, kann ich dir sagen! Schau, dort drüben! Kannst du die Drachenlinie sehen, die unter der Kirche entlangläuft?"

„Oh, du Schuft! Ich seh dir doch an, dass du das am liebsten gleich wieder tun würdest."

Er blieb stehen, um sie zu küssen. „Du etwa nicht?", flüsterte er ihr ins Ohr.

„Hier?" Nuriya begann sich schon für den Gedanken zu erwärmen.

Kieran blickte sich um. Überall waren Passanten unterwegs, und gerade öffneten sich die Türen eines Kinos, um die Besucher der Spätvorstellung in die Nacht zu entlassen. „Ah nein, besser nicht. Komm, wir werden erwartet!"

Im „Hellfire“ wurden sie sofort von ihren Freunden umringt. Selena fiel ihrer Schwester um den Hals. „Erik hat mir alles erzählt. Ich bin so froh, dass ihr entkommen seid!“ Dann senkte sie die Stimme und raunte: „Und? Seid ihr jetzt … zusammen?“

Nuriya versprach leise, ihr später alles ganz genau zu erzählen, und winkte den anderen fröhlich zu, die sich angeregt unterhielten. Kieran hörte sie lachen. Alles wirkte so normal, dass sie sich fragte, ob sie ihr ganzes schreckliches Abenteuer vielleicht doch nur geträumt hatte.

Nuriya, ist alles in Ordnung?

Ich liebe dich!

Ihre Blicke trafen sich, und sein Lächeln wärmte ihre Seele.

Kresley Cole

Kuss der Finsternis

Band 2

Roman

Achterbahn der Gefühle!

Vor langer Zeit sind die beiden Schwestern der Walküre Kaderin Opfer eines Vampirs geworden. Seither ist sie auf einem erbitterten Rachefeldzug gegen die Blutsauger. Unfähig, Gefühle zu entwickeln, führt Kaderin das Leben einer kaltherzigen Auftragsmörderin. Aber als sie den Vampir Sebastian töten soll, weckt dieser längst verloren geglaubte Empfindungen in ihr: Sehnsucht, Leidenschaft und ein alles verzehrendes Verlangen. Kann Kaderin ihren Kampf aufgeben, weil ein Vampir ihr Herz erobert hat?

»Kresley Cole ist es gelungen, einen weiteren Liebesroman mit Gänsehaut-Faktor voller Abenteuer und Leidenschaft zu schreiben!« *Romance Reviews Today*

400 Seiten, Kartoniert, Klappenbroschur
€ 9,95 [D]
ISBN 978-3-8025-8190-8